知识生产的原创基地
BASE FOR ORIGINAL CREATIVE CONTENT

颉腾文化
JIE TENG CULTURE

猎天下

第3部 洛阳伽蓝

付遥 著

中国广播影视出版社

图书在版编目（CIP）数据

猎天下．第3部，洛阳伽蓝 / 付遥著．-- 北京：中国广播影视出版社，2021.6
ISBN 978-7-5043-8651-9

Ⅰ．①猎… Ⅱ．①付… Ⅲ．①长篇历史小说—中国—当代 Ⅳ．① I247.5

中国版本图书馆 CIP 数据核字 (2021) 第 091583 号

猎天下第3部　洛阳伽蓝
付遥　著

策　　划　颉腾文化
责任编辑　余潜飞　谭修齐
责任校对　龚晨

出版发行　中国广播影视出版社
电　　话　010-86093580　010-86093583
社　　址　北京市西城区真武庙二条9号
邮　　编　100045
网　　址　www.crtp.com.cn
电子信箱　crtp8@sina.com

经　　销　全国各地新华书店
印　　刷　北京市荣盛彩色印刷有限公司

开　　本　880毫米 × 1230毫米　1/32
字　　数　244（千）字
印　　张　12.5
版　　次　2021年6月第1版　2021年6月第1次印刷

书　　号　ISBN 978-7-5043-8651-9
定　　价　55.00元

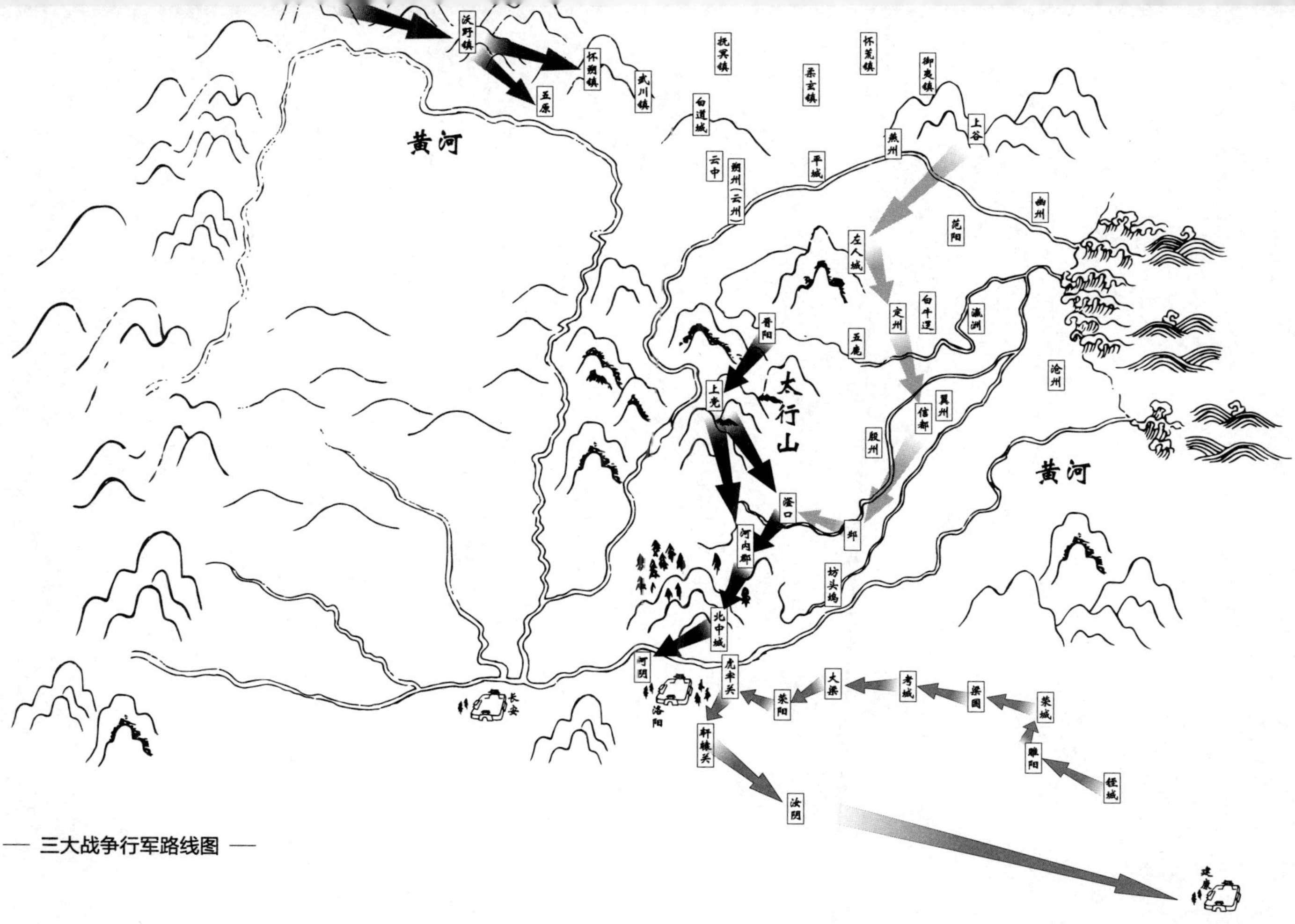
黄河
沃野镇
怀朔镇
武川镇
五原
抚冥镇
怀荒镇
柔玄镇
御夷镇
白道城
云中
朔州(云州)
平城
燕州
上谷
幽州
范阳
左人城
定州
白牛逻
瀛洲
沧州
晋阳
五鹿
太行山
上党
信都
冀州
殷州
滏口
邺
河内郡
坊头坞
北中城
河阴
虎牢关
长安
洛阳
荥阳
大梁
考城
梁国
荥城
睢阳
铚城
轩辕关
汝阴
建康

— 三大战争行军路线图 —

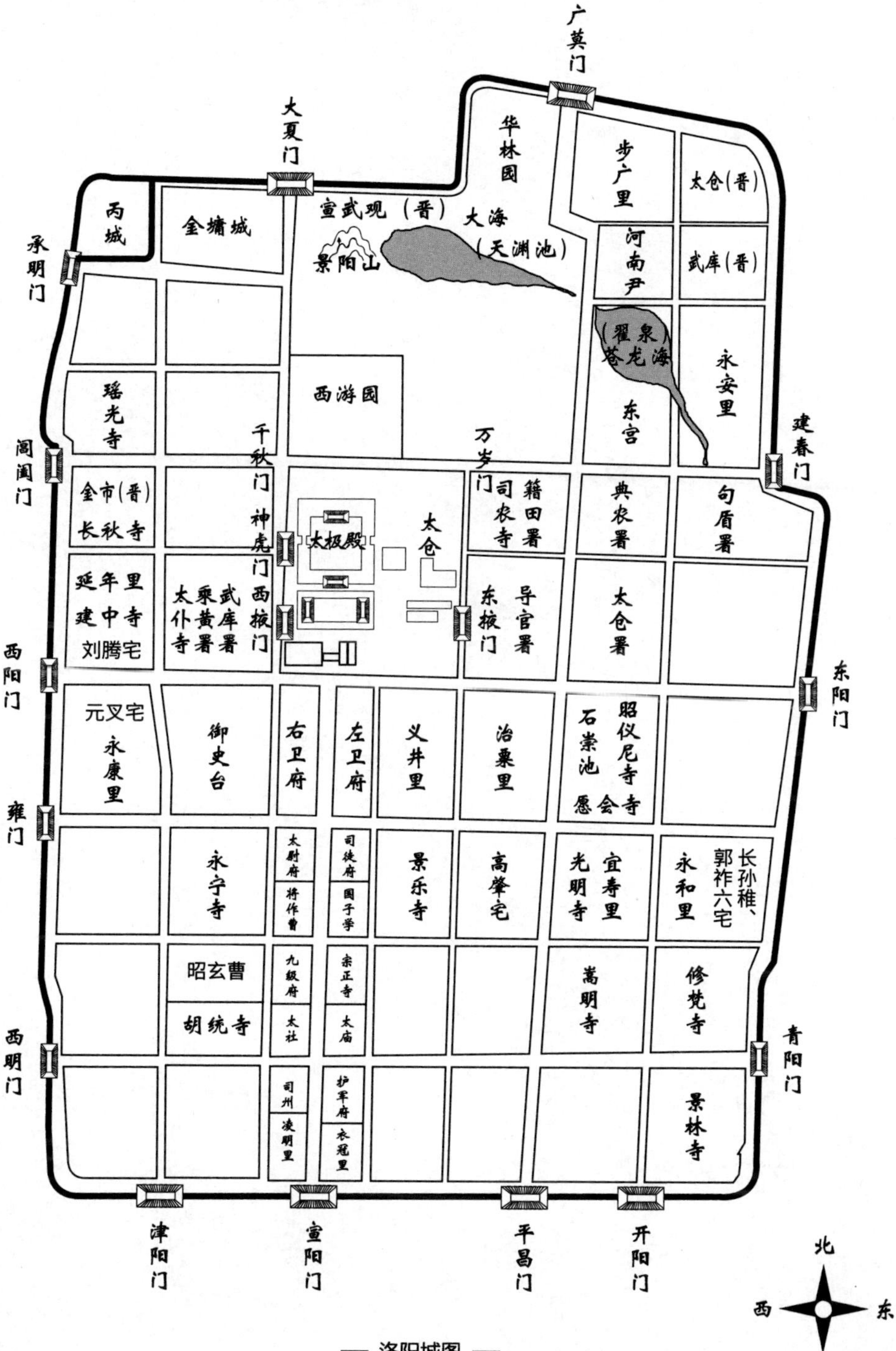

广莫门
大夏门
华林园
步广里
太仓(晋)
丙城
金墉城
宣武观(晋)
大海
(天渊池)
景阳山
承明门
河南尹
武库(晋)
(翟泉)
苍龙海
永安里
瑶光寺
西游园
东宫
建春门
阊阖门
千秋门
万岁门
金市(晋)
长秋寺
神虎门
太极殿
太仓
司农寺
籍田署
典农署
句盾署
延年里
建中寺
刘腾宅
太仆寺
乘黄署
武库署
西掖门
东掖门
导官署
太仓署
西阳门
东阳门
元乂宅
永康里
御史台
右卫府
左卫府
义井里
治粟里
石崇池
昭仪尼寺
愿会寺
雍门
永宁寺
太尉府
将作曹
司徒府
国子学
景乐寺
高肇宅
光明寺
宜寿里
永和里
长孙稚、郭祚六宅
昭玄曹
胡统寺
九级府
太社
宗正寺
太庙
嵩明寺
修梵寺
西明门
青阳门
司州
凌明里
护军府
衣冠里
景林寺
津阳门
宣阳门
平昌门
开阳门
北
西
东
南

— 洛阳城图 —

目录

第一章

沉鱼落雁

天下，
是天下人的天下

01 宫中礼仪

明月身在华林苑，与皇宫只有一墙之隔，却觉得与元子攸越来越远。她本以为回到洛阳就可以见到元子攸，像过去那样一起去永宁寺游玩，去伊阙龙门爬山看佛像。现在却不是她想象的情形，刚到洛阳时隐姓埋名住进祖莹府中，好像做了见不得人的事情，进华林苑都要将马车的车窗全部遮住。

早上起来，她被催促沐浴，披上薄纱，与一群秀女被带入黑漆漆、密不透风的房间。满脸横肉的老嬷嬷慢腾腾从屏风后转出来，用不死不活的口气阴阳怪气讲半天，总而言之就是一个意思，皇后母仪天下，德才艺容一个都不能少，要检查骨骼和肌肤。自己的肌肤和骨骼又和天下有什么关联？明月想不明白，只能排队等候，左手攥紧胸口，右手捏着裙角。纱衣又薄又短，她缓缓举手示意，可老嬷嬷们忙成一团，没人理她，只有几个女孩子侧头张望。她只好提高声调：“嗯，有人吗？”

白胖得像面团一样的老嬷嬷走过来：“怎么说话呢？到处都是人。”

明月小心翼翼看着她：“哦，对不起，我想换一件大点儿的衣服。”

老嬷嬷弯腰看看明月纱衣，又看她微露胸口，摇摇头。明月虽然害怕，仍然固执：“为何？”

老嬷嬷把明月揪出队列，上下打量：“不用费事，就要全脱了。”老嬷嬷右手一扯，明月全身一凉，纱衣滑落在地。老嬷嬷举着一根红绸丝带，小蛇一样在她身体上不停游走，胸口、腰肢、大腿，丝带撩动她最敏感的神经。明月脸红心跳，咬牙忍住。等到量完全身，明月捂着身体紧要部位，蹲下去取纱衣，又被老嬷嬷拎着手腕，来到粗壮的桦木桶边，示意面红耳赤的明月沿着石级走进木桶。

明月当着这么多人赤身露体，脸颊火烧着躲进木桶，清水哗啦啦向外溢出，又被老嬷嬷轰出木桶。一群老嬷嬷跑到桶边，寻找刻度，大声报出：三尺五寸。老嬷嬷们打量着赤身露体的明月，啧啧称赞，对体重和身材十分满意，取出碧绿色的上上玉牌丢入玉盘。明月捂着胸口和双腿，捡起薄纱披在身上，纱衣透明，遮不去羞得通红的肌肤。

明月又被带到另一间房舍，另外一群老嬷嬷围拢上来，挑开薄纱，指甲拢在一起，来刮皮肤。她们配合默契，将她身体从上到下分成五节，四肢、肚腹、脖颈、腰背和脸孔头发，各司其职。有的去嗅头发，有的使劲揉她胸口，寻找有没有异物，有的轻弹明月纤细蛮腰，测试弹性，有的掰着她脚趾仔细端详。明月全身好像爬满小蚂蚁，刺痒钻心而来，咬紧牙关，不让自己哼哼出来。

面团脸老嬷嬷摇头晃脑，嘀咕，一个都没有？再找。明月眨眨眼睛，她们寻找什么？她脚背被轻轻敲了一下，只见检视她脚趾的矮胖老嬷嬷半跪于地面，抬起明月脚掌惊叫一声，“这里有”。

明月单腿站立，身体摇晃摔倒，正中老嬷嬷们下怀，齐力将她放倒，老嬷嬷们聚拢在她脚底，仔细研究，轻声嘀咕，时不时指点脚心。明月咯咯笑个不停，提起右脚挡左脚，被众人七手八脚扭到一边，无法动弹。明月忍无可忍，两脚轮番用力乱踢，坐在地面抹去泪水，抓起屏风上的薄纱，披在身上，向外疾奔。老嬷嬷们大吃一惊，一起去拦截，把明月逼入墙角，七嘴八舌劝说。等她们口干舌燥，明月轻轻说："我要见子攸。"

矮胖老嬷嬷不解："子攸是谁？"面团脸太婆"哎哟"一声："我的祖宗哟，你要见皇上？"

老嬷嬷们叽叽喳喳议论。面团脸老嬷嬷来劝明月："你肌肤骨骼相貌都是上上，肯定入选，那时就能面见皇帝，可你现在什么都不是，什么名分都没有，不能见皇帝。"

明月目光低垂，眼泪挂在脸庞与老嬷嬷僵持许久说："我要见祖莹。"老嬷嬷们又争论一阵，最后决定："我去问慧成师傅，看看怎么办吧。"

天渊池中，蓬莱山高耸湖面，与九华台遥遥相对。仙人馆嵌于蓬莱山半空，阿阇梨凭栏眺望湖面，如同出世的仙子。她辞别陈庆之返回洛阳，查看魏国礼聘皇后，在慧成安排下住进仙人馆。突然脚步响起，一名老嬷嬷咚咚咚跑到身边，向侧立一旁的慧成禀报："师傅，那个叫吕桃儿的小姑娘不肯配合，无论如何都不让我们检查。"

惠成正欲动身，阿阇梨心中一动："她为何不配合？"

老嬷嬷不敢怠慢，躬身回答："她脚下有数颗细小如针尖的黑痣，我们要数清楚，记录下来，她却左右脚乱踢，不让我们察看。”

“是何形状？”阿阇梨心神一动。

老嬷嬷手指天空：“就像北斗七星。”

阿阇梨心中剧烈一跳：“带我去看。”

02 攻袭铚城

铚城虽小，却历史悠久。春秋战国时期，铚城隶属宋国，是通往楚国的门户，便在此修筑土城抵御楚国。南北朝时期，铚城先属刘宋，后来被北魏占领。梁国草创之际，两国大战于钟离，获胜后收回铚城，不久又被北魏夺回，驻军防御梁国。铚城东南西北各有城门，四周有角楼，西城有六座烽火台，东城有三座。烽火台高出城墙十几丈，既能观察敌情，传递消息，作战时还能三面杀敌。铚城东北两面有护城河，连接南面涣河和西侧的壕沟。这几年，魏梁在涡阳交兵，铚城附近无事，防守松懈，此时城墙上的士卒正在烤火。

杨忠连夜行军，借助黑暗掩护绕到铚城西边壕沟之外，月光被密云遮蔽，天色漆黑，守军毫无防范。他弯腰低头向身后挥手，五百梁军反披战袍遮住明光铠，分散开来，悄悄向城下潜去。距离城下百步距离，敌军仍然没有动静。第二批梁军抬着云梯潜出壕沟，接近城墙。宋景休率领第三批梁军跃出壕沟，没入黑暗。

一切顺利，杨忠心放下一半，云梯悄悄搭上城头，宋景休摩拳擦掌，偷袭军队各就各位，战斗一触即发，守军还没发觉，偷袭将易如反掌。杨忠挥手，弓弦响起，惨叫声音传出，魏军尸体跌落城下。攻城战鼓震天响起，火箭将城头照亮，城墙上敌军仅有数十，惊慌失措，被弓箭压制无法反击。宋景休扯下黑袍，亮出夺目的明光重铠，左手挽盾，右手举起环首刀："兄弟们，上。"

梁军缘梯而上，跃入城墙。城内嘈杂起来，守城士卒终于惊醒，冲上城墙，将堆积的稻草抛向城下，掷下火把。火势向梁军占据的垛口蔓延，云梯开始燃烧，一名士卒冲回来向杨忠大喊："火势太大，后援冲不上去。"

已有五六百梁军登上城墙，小猴子蹦蹦跳跳从后面跃出："糟糕，大眼在哪里？"

杨忠不慌不忙，手指城头："上去了。"

"他在城上怎么办？"小猴子常与宋景休争执，此时却很惦记。杨忠和马佛念相视一笑，翻身上马，扣紧兜鍪。"骑马爬城墙？"小猴子问道。

宋景休带领五六百人上了城墙，迅速攻取城门，魏军在深夜中也不知道梁军数量，一股脑向城下引火，两不相扰。仅仅片刻，宋景休率领梁军砍翻城门士卒，推开大门。杨忠抽出环首刀，向身后大喊："兄弟们，冲进去，来得及在铚城吃晚饭！"

第二轮战鼓响起，梁军翻转战袍，白袍下露出闪亮明光铠，掀起狂飙，如同黑夜闪电从城门席卷而入，直奔城中虎牙将军府。

03 脚踏七星

老嬷嬷们为明月穿好衣服，将她带入正殿。门帘一挑，空中的星月簇拥一位年轻女子进来，她身后是一位老而矍铄的僧人，正是阿阇梨与慧成。老嬷嬷抬起明月左脚，用手一指。阿阇梨语气亲切："小姑娘别害怕，让我看看。"

轻柔的动作和笑容融化了明月的紧张与僵硬，亮出脚底。忽然老僧惊呼，"脚踩芒星！"慧成脸面几乎贴在明月脚趾，过了一会儿遗憾说道："不对，只有六颗。"

阿阇梨分开明月脚趾，第七颗现出原形。惠成知道佛家的传说，脚踩芒星之女将诞下未来一统江山的雄主，不意竟在这里遇到，转念一想，此次礼聘皇后，皇后产子则为太子，本就是最有可能一统天下之人，是偶然的必然。阿阇梨看着明月毫无瑕疵的面容："小姑娘，叫什么名字？"

明月从她的动作和声音中感受到了慈爱："我叫吕桃儿。"

"桃儿，你有任何事情，都可以告诉我。"

这是极大的承诺，明月立即回答："我要见元子攸。"

"此时不宜。"

"或者见祖莹。"

“我去唤祖莹来。”阿阇梨立即答应，好像把黄门侍郎唤来毫无困难。

阿阇梨脚步匆匆离开房门，身体微微抖动，终于找到了，就是她，将孕育未来一统天下的帝王。英雄榜还在怀中，既然找到吕桃儿，这榜便没了用途，公布出去，还不知道惹出多少腥风血雨。惠成却不明白：“你足迹遍南北，列出英雄榜，为何突然收回？”

佛家慈悲为怀，不能如同儒士登幕入府，替英雄们运筹帷幄，争夺天下，唯有教化他们的子女，皈依佛家，既能普度众生，又能避免太武帝灭佛的惨剧再现。阿阇梨不向慧成隐瞒：“脚踩芒星的女子极难寻访，我才罗列天下英雄，使他们后人皈依佛家。现在无意中找到吕桃儿，事情变得简单，只要专心照顾她，等她诞下太子，接入寺庙细加呵护，教育他帝王之术，便可以培育一统天下的帝王。”

明月就是命中注定的那个人，她入宫为后，说明元子攸将统领群雄一扫天下，这也是最自然而然的结果。惠成高兴也有遗憾：“可惜你寻访天下英雄，却是这样的结果。”

阿阇梨轻轻一笑，探访天下英雄，她乐在其中：“我以为天下大乱，魏室倾覆，可是这脚踏七星的吕桃儿竟在采选之列，她若为魏国诞下太子，一统天下，百姓不用再遭刀兵，实为天下大幸。”

慧成也是满脸笑容，忙不迭去找祖莹。

04 罢兵铚城

第二天，宋景休和小猴子挤在铚城垛口，双脚噼啪踢打城墙。宋景休提起那晚战事，绘声绘色说道：“云梯搭上城墙，我们打开城门，骑兵直奔虎牙将军府，守城的将军搂着小妾被堵在被窝，这仗打得不过瘾。”

铚城驻军并非精锐，梁军夜间偷袭易如反掌，小猴子用石块在垛口上画着飞石机连杆的图形，哼了一声：“铚城丢失的消息肯定传到魏国了，人家有准备，就不好打了。”他四下张望，压低声音问道，“这点儿人马能打下洛阳吗？”

宋景休从小猴子手中取来石块，画出一幅地图，在铚城的西边画了一个圆圈，上写睢阳二字。商代成汤在睢阳建都，周朝分封天下，这里是宋国国都，秦实行郡县制，置睢阳县，西汉梁孝王时为梁国之都，规模远大于铚城，魏国都督丘大千领兵七万镇守。小猴子知道这些情形，琅琅念道：“孙子云，‘故用兵之法，十则围之，五则攻之，倍则战之，敌则能分之，少则能守之，不若则能避之。’我们则跑之。”

宋景休在睢阳的西边画出第二座城市，上写考城：“魏国济阴王元晖业率领两万大军驻守考城，此人是魏国景穆皇帝之玄孙，少时险薄，长大后通读诸子文集，慷慨有志节，现为魏国太尉。”

魏国太尉亲自驻守，可见考城防御的严密。宋景休向西又画出两个圆圈，标出荥阳和虎牢：“荥阳和虎牢都是千古名关，互相呼应，掎角相倚。魏国司徒杨椿本来领兵十万讨伐葛荣，还没出兵，葛荣就被生擒活捉，便驻扎于荥阳和虎牢。”

小猴子越看越泄气，北伐路上有重兵拦截，难上加难。宋景休又画出一个巨大的圆圈表示洛阳：“魏国上党王元天穆为京畿大都督，雄踞洛阳，沿途还有数十座小城。”他在洛阳之北画了一道波纹，表示黄河，向上画出晋阳，“魏国大将军尔朱荣驻兵晋阳，随时驰援，我们必须击败五路大军，才能攻入洛阳。”宋景休滔滔不绝，如数家珍。

“天哪，咱们这七千人还不够给人家填牙缝。”小猴子学会宋景休的口头禅，这仗根本没法了打。

咚咚战鼓响起，聚将议事，宋景休双手一撑，跃回城墙：“该打了。”

“我看是全军撤退，打个熊。”小猴子从垛口跳下来，拍掉身上灰尘，一同跟去。

宋景休回头问道：“你一个孩子，去做什么？”

“关中侯奏请我为中军仓曹，参与军机。”小猴子职务还在宋景休之上。

“恭喜，七品。”宋景休和小猴子一高一矮，在阵阵战鼓声中进入大营，只见十二面严警鼓和十二面金锣排列在纛旗之后，八幅朱红门旗夹立两侧，两柄豹尾门枪并列帐前。

大帐中众将云集，陈庆之居中而坐。元颢坐在左侧，全身披挂铠甲，制式与银光灿灿的梁军明光铠不同，头顶金色兜鍪，身披朱红战氅。陈庆之见众将到齐，起身说道："我们奉旨护送魏王入洛，睢阳驻守索虏七万人马，主将都督丘大千，众位将军有何主张？"

宋景休站出来大喊："丘大千败军之将，岂敢再战？"数年前，魏国徐州刺史元法僧投降梁国，陈庆之率军二千，送豫章王萧综入镇徐州。魏国派遣安丰王元延明、临淮王元彧率众二万来拒，当时丘大千还是别将，筑垒防御。陈庆之进薄其垒，一鼓便击溃敌军。

"睢阳之后是考城，三面环水，易守难攻，魏国济阴王元晖业率领两万羽林驰援。荥阳和虎牢关紧随其后，如何攻克三道防线？"陈庆之语气淡然，众将闭口不言，都知道攻取洛阳难如登天。陈庆之与元颢相视一笑，下令，"敌军势大，实力悬殊，不打了。"

大帐中一片喧哗，刚刚攻取铚城便休兵，还北伐什么？小猴子挤眉弄眼，笑呵呵说："关中侯英明，送死的事情不能干。"

元颢起身向众将拱手："尔朱荣发动河阴之变，屠杀宗室，与我有不共戴天之仇，故此借兵北伐，无奈魏国设下三道防线，三十万大军驻守，我不忍众位流血，奏请皇帝陛下，暂缓北伐。"

陈庆之把命令说死："铚城甚小，无法驻扎如此多军队。年关将至，各位随我征战多年，没有时间看看父母，今日起以三月为期，大家轮流宿营军中，其他时间各自回家。"

宋景休大眼瞪小眼，这道休战令极为彻底，仗肯定打不起来，急急禀报："关中侯，敌军攻打铚城怎么办？"

"他们来打，就还给他们。"陈庆之说完一挥袍袖，散会！

宋景休迷迷糊糊出来，仍然难以置信，北伐这么快就完了？又觉得必然，七千人马攻打名帅大将据守的雄关，实在难如登天。宋景休和小猴子出了军帐，忽然醒悟：“不对，关中侯还是要北伐。”

“为何？”小猴子觉得陈庆之遣散诸军，不可能再战。

“杨忠和老马去了哪里？必有军情。”宋景休与杨忠和马佛念作战多年，陈庆之绝不会平白无故将二人派走，难道他们已经出兵？

众将退出大帐，陈庆之走向地图，目光跳过铚城和睢阳一线，注视青州。河间邢杲率领十万河北流民起兵造反，自称汉王，改元天统。魏国任命征东将军李叔仁为车骑大将军，仪同三司，出兵讨伐。元颢问道：“杨忠和马佛念能击败李叔仁吗？”

“魏王不用多虑。”陈庆之不担心，马佛念职务虽低，指挥作战不在杨忠之下，足以制服李叔仁。一旦李叔仁战败，魏国必然再派人马，洛阳便会空虚。

“四周都是敌军，既无援兵又无退路，攻取洛阳实在太难了！绝无可能！”元颢连说了几句绝无可能，声音渐渐消失在嗓子眼。

05 三分情丝

祖莹进入门内，让老嬷嬷全数退出，向明月恭敬施礼：“郡主，她们惹你不高兴了？”

明月朝向祖莹，幽怨目光像一潭泉水：“她们没有惹我，我只是不开心。”

祖莹低声安慰：“郡主就要进入皇宫与陛下日日相处，为何不开心？”

明月望着毕恭毕敬的祖莹，扁起嘴角：“近在咫尺，为何没有见到？”

元子攸登基成为天子，不是自由自在的长乐王，祖莹走近劝说：“邢杲在青州起兵造反，皇帝在太极殿处理政务，晚上还要和大臣商议，几天没有好好休息了。”

明月不语，皇帝忙得连见一面的时间都没有吗？祖莹更加恭敬：“礼聘皇后不同寻常，按照采选礼仪，皇帝在此期间不能与郡主见面。”明月仍不满意，看着祖莹。祖莹脑筋转动，又找到一个理由，“北海王从梁国借兵要攻打洛阳，你与他关系密切，千万小心，不能让别人知道你的身份。”

明月当即反驳：“姐夫借兵讨伐尔朱荣，有何不对？”

祖莹心惊肉跳，手指挡在嘴唇："这种话怎么能随便讲？尔朱世隆负责采选，如果传到他耳中，皇帝陛下就要大祸临头。"

祖莹一口气说了三个理由，都是劝阻她去见元子攸，明月不满地噘嘴："要见子攸，就这么难吗？"

祖莹摇头叹气："陛下日夜思念郡主，盼望与你早日相会，北海郡主稍安，只要按照宫中规矩，就能入宫与陛下团聚。"

明月只好让步，把要抛给元子攸的问题问了出来："我和子攸已经行过六礼，是明媒正娶的正妻，为何还要采选？"

祖莹不知道该怎么解释，明月与元子攸行了六礼，在礼法中已算元子攸的正妻，只是还没来得及大婚，这又牵扯到尔朱荣和元子攸的联姻，只好暂时委屈明月："没有大婚便不算正妻。"

"人人都要遵守规矩吗？"明月不和祖莹争辩算不算正妻的问题，她极为细心，看出端倪，采选在洛阳、长安、邺城和晋阳四个城市进行，应该有四十人，为何偏偏少了一人？

尔朱歌曾为先帝之妃，又是尔朱荣女儿，身份特殊，安排与众不同，明月心细如发，居然发现这个漏洞。祖莹支吾答道："是吗？我没有注意。"

明月看出他神态有异："你去查查，漏掉哪个人？"

祖莹转念一想，干脆向明月讲清楚："不用查了，我知道是谁，她就是天柱大将军尔朱荣之女尔朱歌，皇帝很多事情不能做主，要请郡主体谅。"

元子攸在自己和尔朱歌之间怎样选择？尔朱荣是权倾天下的天柱大将军，她烦躁不安地问："不能做主？这句话何意？"

"郡主冰雪聪明，岂能不知？"

明月毫不客气，语气犀利：“子攸将选侄媳妇为皇后吗？”

祖莹被问得节节后退，勉强应付：“能不能成为皇后，要看北海郡主的德容才艺能否压过尔朱歌。”明月不说话，祖莹突然反击，“有一件事情埋藏在我心里，不知道可不可问？”

“你问。”

祖莹不敢得罪明月，澄清道：“此事我对谁都没有说过，郡主不要担心。”

他越吞吞吐吐，明月越好奇：“说吧，我不怪你。”

祖莹抬起目光，仔细观察明月表情，甄密来到洛阳，将明月依圣旨交给祖莹，曾经提及杨忠舍命护送明月入城，关系非同一般。明月将要入宫，祖莹必须问清楚：“在离开邺城那晚，你在铜雀台与一梁国将领密会，可有此事？”

明月血液向上涌出，脖子和脸庞被烧得通红：“祖大人是何意？我们干干净净，不须你担心。”

祖莹目光逼视明月：“郡主肯定吗？”

明月被挑起回忆，在洒满月光下的铜雀台上，她拥入杨忠的宽广怀抱，世界仿佛消失不见。元子攸心怀国家大事，杨忠心中只有自己，她目光迷惘，扪心自问，她九分情丝仍属元子攸，却有一分悄悄系在那个健壮的梁军将领身上。祖莹似乎看出什么，趁明月心慌意乱，躬身施礼：“北海郡主请勿多虑，只要不做出格的事情，却也无妨。这些采选规矩都是宫中惯例，请郡主配合，告辞。”

一群老嬷嬷从黑暗角落冲出，将明月包围，拥入密不透风的小房。明月心思转移到杨忠身上，他在哪里？啊！我要成为子攸的皇后，必须忘记杨忠！

06 海岱青州

“海岱惟青州。”海是渤海，岱是泰山，青州便是大海到泰山的土地，为《禹贡》九州之一。马佛念与杨忠策马奔驰在队列前方，骑兵持盾排列两侧护住弓骑，排成鱼鳞缓行之阵，穿行在枯败的榆树林中。马佛念马鞭遥指黑黝黝的五岳之首泰山，滔滔不绝说起青州地理：“周初封吕尚为齐侯，青州归于齐。西晋怀帝永嘉五年筑广固城，为青州刺史治所。”杨忠听到广固城，双手一拉缰绳，战马出列奔向高处，广固？刘裕曾在这里大战南燕慕容德。马佛念追上去，这座城市荡然无存，当年刘裕灭南燕，夷平广固，筑东阳城，邢杲率领河北流民就聚集在那里，榆树皮都被剥光舔食，被当地人称作舔榆贼。

马佛念紧锁眉头:“李叔仁陈兵潍水,战事一触即发,入城吧。”

城门打开，拥出无数手持棍棒和藤牌的灾民，他们灰褂布衫，扶老携幼，与灰扑扑的土地同一颜色，瞪大眼睛望着远道而来的梁军。杨忠策马出列，拱手问候：“汉王何在？”

一位手持枯藤、骑跨瘦马的老者从人群中现出，右手搭在前额，挡住从梁军明光铠上反射的光线：“河间邢杲在此。”他摆起枯藤止住百姓，来到杨忠马前，“你们可是前锋？”

杨忠否认：“我等驰援汉王，没有后续军队。”李叔仁领军十万驻扎潍水，邢杲向梁国乞援，千盼万盼只来六百军队，邢杲转首回望百姓，满脸都是愁。杨忠不想在百姓面前暴露虚实，“先入城，再议破敌之策。”

邢杲仰望苍白天空，反复盘桓，终下决心：“你们快走，越快越好。”

马佛念看出他神情异常，策马贴近邢杲身边：“为何？”

邢杲神色慌张，策马半退，摆摆枯藤说道：“魏国征虏将军韩子熙是我旧交，我答应投降，你们快些离开。”

杨忠怒视邢杲，他竟敢两面三刀，诈降梁国，暗地勾结魏军，环首刀出鞘。六百梁军久经沙场，向两翼展开，迅速收拢，鱼鳞缓行之阵变成防御力极强的圆阵，护腕擦动明光铠，羽箭出囊，弓弦半满。如果邢杲投降魏国，陈庆之无法乘虚而入，事关重大。杨忠策马上前：“你已称汉王，魏国能够放过你吗？”邢杲脸上闪过一道忧惶的神色，马佛念催马上前：“寒冬风紧，百姓无衣无食，灾民怎么办？”

邢杲回头张望，仿佛害怕流民听见：“朝廷自会接济。”

马佛念紧皱眉头，他投降朝廷，显然没有告知流民。现在是初冬时分，北方霜冻，寸草不生，百姓缺粮，他贴近邢杲：“汉王，听说青州人相食，可有此事？”

这句话正戳在邢杲痛处，他们早就断粮，情景惨不忍睹：“是又如何？”

“我们押来足够吃一个月的粮食。”马佛念有绝对把握，河北流民最缺乏的不是兵器和战马，而是粮食，他们早已舔净了树皮！

“可是你们只有几百人，如何对敌？”邢杲仍然不肯接纳梁军。

“请大人放心，必破李叔仁！”马佛念拉着邢杲，指挥梁军快速入城。

07 分而化之

华林苑南门直通皇宫，距离虽不远，尔朱世隆、元徽和祖莹两面都有差事，一日数次往返，也常常不胜其劳。他们被唤到明光殿，宦官将军情呈上，尔朱世隆看完，喃喃自语：“元颢攻打铚城？有众七千。”

元子攸来到偏殿地图，铚城只是边境小镇，元颢要从这里出发攻打洛阳？不可能！梁国大概如同往常，利用魏国内乱夺些边境的州郡而已。元徽痛恨尔朱荣在河阴滥杀，元颢是宗室近亲，倒也没有觉得他会如何：“元颢有众七千，不足为患。”

尔朱世隆看了半晌，铚城距离洛阳上千里，其间三十多座城池，睢阳、考城、大梁、荥阳和虎牢有重兵把守，元颢的七千人马确实毫无威胁：“陛下无须多虑，城阳王说的甚是，让他们夺走些地方，等我们平息叛乱，再让梁国加倍偿还回来。”

尔朱世隆、祖莹和元徽思路相仿，元子攸也觉得元颢不足为虑：“着丘大千小心防守睢阳，不可大意。”

元徽和祖莹离开明光殿，与尔朱世隆告辞，绕一圈从东掖门返回皇宫，径直去洗月亭。此时已是初冬，湖边柳树仅剩枯黄的干枝，湖面结起冰霜，元徽缩成一团，躲避无孔不入的西风。没多久，元子攸兴冲冲来到亭内，侍从抱出铁黑色炉子，燃起木材，火焰照亮小亭。元子攸从不大意，等随从们退出百步之外，双手拢向火炉，暖意徐徐，他极为关心明月近况："采选如何，明月何时入宫？"

"若尔朱歌为皇后，先与皇帝大婚，三月之后才能将明月以淑妃之礼引入。"祖莹处处遵守礼仪，绝无差池。

"如果明月是上上，尔朱歌是下下，料尔朱荣不能强来。"元徽自以为得计，劝慰皇帝。

"如果尔朱歌也是上上，又当如何？"元子攸难以忘记杀兄屠弟之仇，即便尔朱荣之女成为皇后，也是不共戴天。

"陛下静心等待结果吧。"祖莹连忙劝道，章程已定，悔之不及，不如以静制动。

元徽不想多说此事，转了话题："侯景那厮在华林苑看中一名西域舞姬，托我打听。"

那舞姬名叫胡笳，本是大月氏的公主，大月氏与柔然交战，战败后父母双亡，幼时与族人投奔洛阳。长大后相貌出众，眼神勾人魂魄，能歌善舞，被先帝元恪看中，要收为侧妃之时被胡太后毒杀，胡笳遂进入瑶光寺。元徽明白了胡笳的来历："胡笳如此身份，侯景是痴心妄想了。"

元子攸看中胡笳美貌歌舞双绝，轻轻一笑。祖莹看出他神色有异："侯景是尔朱荣手下大将，能否抵上一个舞姬？"元徽垂涎于胡笳已久，都不可得，竟要赐给侯景？祖莹故作姿态，遗憾说道，"可惜啊，本可以用胡笳换取侯景效力。"

元子攸难抵收服侯景的诱惑："胡笳伺候先帝，已非完璧，怎能赐予军中大将？"

元徽嫉恨侯景，也想拉拢他："侯景为羯胡，不在乎这些，只要将胡笳相赠，何愁他不改换门庭？"元子攸舍不得胡笳，又不想失去收揽侯景的机会。元徽极力促成，"趁侯景出兵前把这件事办了吧，免得夜长梦多。"

"我再想想。"元子攸缓缓说道。

08 水火战歌

《尚书·禹贡》曰："潍淄其道"。《水经》云：水出琅琊箕县之潍山，因而得名。潍水从南向北注入大海，虽非名川大河，却也水流湍急，如今正值冬季，冰冷刺骨。天蒙蒙亮，晨雾散去，李叔仁率领的魏军与邢杲的流民隔河相望，对峙于潍水两岸。魏军的斥候寻到当地向导，找到一处水缓的浅滩，河水只及膝盖。大军北上到达河岸，李叔仁不急于渡河，命令士卒结下营盘，埋锅造饭，养精蓄锐。果然斥候又传来消息，对岸发现敌军，李叔仁久经战阵，沿河布阵，前方贴近河水的是重铠步兵，他们身后是横背箭袋的弓兵，斜插环首刀，既可射杀敌军也可近战。两侧各有五六千士卒，横端长槊，防备骑兵冲击，又可作为前锋，结成密集战阵。

军阵布好，对岸丛林中就拥出无数百姓。"流民岂会用兵？"李叔仁横握巨大长槊，被数千亲卫护卫于战阵之后，远望对岸看出义军的弱点，火攻！对面是一片浅滩，百步以外还是杂草丛生的河岸，再往后是看不到尽头的森林。义军人数众多，漫山遍野正在向浅滩之处集结，形成一道长蛇阵，背靠浓密的森林，布阵在沙滩和杂草之间。

邢杲流民自称义军，其实是从河北迁徙至青州的流民，按照同宗和乡里聚集，各有豪杰统领，推邢杲为首脑，平时自相谋生，战时聚集，胜则呼号奋勇，败则四散逃亡。他们听说朝廷军队将至，聚拢成兵，少则数百，多则数千，沿着潍水排开。他们沿路作战，已非乌合之众，各执长槊短刀，弯弓挎箭，有人抢来盾牌，也有人用门板或者锅盖，大小形状不一。穿着千奇百怪，豪杰首脑缴获精良铠甲，骑乘战马，士卒有的顶戴头盔，有的身着短铠，大多数则是灰衣布裤。为了区分敌我，义军都头缠红巾，漫山遍野，蔚为壮观。

“占据上游！”李叔仁长槊一指，骑兵向上游奔驰，烟尘滚滚，与步兵形成掎角之势。

“渡河。”李叔仁令下，重铠步兵列队整齐，踏入潍水，对岸爆发出一阵箭雨，“叮叮当当”嵌入盾牌，魏军毫无损失。河水渐深，渐至膝盖，箭雨已经稀稀拉拉。李叔仁的兵马跟随他转战数年，盾牌相接，铠甲坚韧，转眼间杀上浅滩。

“冲！”邢杲坐于长耳毛驴，手举枯藤杖，背后竖起“汉”字大旗，列于长阵后的土坡上。义军趁着敌军没有渡河，向岸边拥去，两军在潍水岸边激烈撞击，杀声顿时响起。义军数量极多，瞬间将魏军挤入河中，在浅水之处搏杀起来。

“弓箭兵渡河。”李叔仁军令一下，弓箭手跃入河水，弯弓射出。河边义军毫无防备，纷纷中箭，少数竖起盾牌遮挡箭雨，士卒停止向前。

“两翼进攻！”李叔仁再下军令，长槊兵从两侧跃入河水，蹚水而过，从左右杀出，向中间包围。魏军弓箭兵和长槊步兵一出，已成三面包围之势，形势逆转。岸边义军不等邢杲军令向后夺路而逃，这就是流民本色，上风时勇猛无比，一旦处于劣势便立即崩溃。

“勿追！”李叔仁不想冒险，锣声响起，重铠步兵将弓箭手护在中间，结阵踏上对岸。“火箭！”李叔仁令下，辎兵拎着油桶跑过对岸，弓箭手点燃火箭，凌空飞舞，风紧草干，杂草灌木瞬间点燃，火势由近及远向树林卷去。河岸浅滩已经被魏军占领，义军脚下杂草荆棘，森林燃起熊熊大火，义军沿着潍水溃逃。

此战顺风顺水，胜负已定，李叔仁隔岸观望。大火卷向树林向深处蔓延，河边的硝烟开始散去，一面“汉”字大旗下有五六千人马向北逃窜。邢杲！只要将他擒获，便彻底扫平叛乱。李叔仁急偫战马，群马下水，河水为之一滞，战马奋蹄冲到对岸，邢杲就在数里之外。“咚咚咚”，战鼓如同天雷翻滚。“伏兵！”李叔仁戛然而止，义军止住脚步向河岸聚拢，形成一道长阵，摆开阵形，邢杲大旗之下聚拢了上万义军，队伍仍在壮大。

“列队迎战。”李叔仁本在阵后指挥，由于追逐邢杲冲至两军之间，如果后撤，义军趁机冲杀，阵脚必定大乱，如果前冲，五六千骑兵无法突破敌军，李叔仁的军队聚集在狭窄的浅滩，仓促间排开战线，长槊步兵在前，重铠步兵退入河水，抢在弓箭手之前。

战鼓再响，邢杲大旗纹丝不动，李叔仁正在疑惑，忽然看见河岸峡谷燃起大火，数十个用树枝和杂草捆绑起来的草球熊熊燃烧，义军砍断束缚，火球向潍水岸边压来，魏军正当其冲！中计了！义军诱使魏军渡河，用树林中的火球攻击河边的魏军。

魏军从浅滩退至河中躲避火球，在半人深的河水中布阵。火球进水则灭，余势未消，冲出巨大浪花。李叔仁哈哈大笑，可笑邢杲在河边火攻，己方稳住阵脚仍可获胜。忽然，邢杲大旗招展，一队骑兵从义军背后奔出，露出明光重铠，头顶银色兜鍪，外罩战袍，骑着雪白战马，左手盾牌，右手环首刀，背后斜插长槊，结成阵线，如同一座难以撼动的城墙，缓慢压上。

第三通鼓声响起，并无义军杀出，竟是虚张声势，李叔仁正要反击，突然天地间隆隆巨响，上游映出一条丝绸般的亮泽。大地为之摇动，水起风生，李叔仁大叫不好，义军将上游拦截，蓄水为军。前方的火球从山坡上颠簸冲下，河流继之于后。李叔仁当机立断，战马跃出河水，大声下令，“退！”他双手横握长槊，往返奔驰。一半魏军退出河流，还有小半被冲得横七竖八。洪水一落，义军呐喊着渡过潍水，掩杀包抄而来。

“将军，撤吧。”一员将领策马过来，潍水两岸都是义军，他们陷入包围之中。

北风呼啸，火势横扫树林，发出呜呜的声音，对岸的杂草和灌木早已被烧光，焦土上横七竖八卧着尸体，重伤士卒断腿断臂，狂呼不止，凄惨声音就在耳边。魏军伏尸潍水，河流被鲜血染红，冲刷岸边。义军渐渐合拢，李叔仁左肩剧痛，一只弩箭贯穿肩胛骨。敌军精心设计，诱使魏军渡河，火攻击溃阵形，在上游放水，冲垮魏军，战法丝丝入扣。李叔仁想到这里，萌生退意，倒拖长槊，命令左右，“撤！”

尔朱世隆和元徽被宦官引入明光殿，元子攸居中，元天穆坐于左侧，温子升陪坐于右侧末座。没等两人施礼，元子攸伸手示意：“免礼，赐座。”

元天穆不等他们坐定，开口道：“李叔仁败了！”这消息将礼聘皇后的喜气洋洋的气氛打回原形，李叔仁十八岁时为统军，击败梁国豫州刺史王超宗入侵，闻名军中，以军功升为金紫光禄大夫兼车骑大将军、仪同三司，是魏国有名的能征善战的将领。此次拜他为征东将军征讨邢杲，都认为十拿九稳，却败得如此迅速。邢杲击败李叔仁，葛荣部将韩楼在幽州造反，形势骤然恶化，这无异于当头一盆冷水。元子攸早习惯了络绎不绝的叛乱，叹息道：“各位有何对策？”

元徽想起分化之策：“有什么好商议的，赶紧出兵，不能让邢杲坐大。”

温子升想将高欢和侯景划分给元天穆，削减尔朱荣实力，制造隔阂，故意为难道：“从哪里调兵？元颢偷袭铚城，丘大千坐镇睢阳，杨昱驻守荥阳，都不能动。”

元天穆是忠厚之人，不明就里：“前番出兵河北，我到达朝歌，葛荣已被生擒活捉，我早想征讨邢杲，陛下偏要派李叔仁，这次千万不要拦我。”

元子攸欲擒故纵，故意摇头：“邢杲十万流民都是亡命之徒，大都督人马可够？”

“只需一人。”元天穆八万大军还在朝歌，距离青州极近，随时可以出征。

“何人？”元子攸想不到元天穆这么痛快。

“温子升。”元天穆笑看温子升。元子攸一惊，多亏温子升辅佐才稳定局势，如果他被调给元天穆，自己顿失左膀右臂。“陛下难道舍不得？”元天穆看中了温子升的才能，一定要得到此人。

“他一人足够吗？”元子攸转念一想，温子升随同元天穆东征也有好处，至少能与领军将领打成一片，便不反对。

元徽一唱一和：“此战关系天下，必须万无一失，恐怕温子升一人不够。”

元子攸故作为难。温子升问向尔朱世隆：“仆射大人，你看如何？”

尔朱世隆毫无提防，替尔朱荣做主：“侯景和高欢就在京城，天柱大将军征讨葛荣时七万步兵都在上党郡，交给大都督吧。”

元子攸达到分兵目的，外表不动声色：“大都督，凑出军队十五万，够吗？”

元天穆离开座位，扑通跪倒：“吾愿带领十五万大军征讨邢杲，必将他生擒活捉，献于阊阖门，请陛下敬候佳音。”

元子攸让他平身：“生擒活捉谈何容易？只愿旗开得胜，马到成功。”

元天穆气鼓鼓：“尔朱大将军七千骑兵阵擒葛荣，难道我十五万大军就不能抓住邢杲？陛下何以小视于我？”

尔朱世隆恨元天穆耿直，如果不能阵擒邢杲，轻则说你大言不惭，重则就是违旨，连忙说道：“高欢和侯景都在华林苑礼聘皇后，应让他们尽快出发。”

救兵如救火，岂能耽误？元徽怕事情有变，力促高欢和侯景出征。元天穆止住元徽，调兵遣将和征集粮草都需时间，与尔朱世隆商议，十日内高欢和侯景再出征不迟。明光殿商议已毕，尔朱世隆和元天穆离开明光殿，元子攸和温子升相视而笑：元天穆忠厚有余，尔朱世隆人才猥劣，不费吹灰之力就鼓动他们出兵。

09 皇后淑妃

尔朱世隆喜欢繁复的汉服，每日清晨，数十名姬妾服侍梳头、穿衣、漱口、拭脸，不用自己动手，繁复又有何关系？尔朱荣偏偏有福不享，在秀容的帐篷里过着苦行僧的日子。他从高欢身上看到了尔朱荣的影子，他在华林苑依然穿着胡服，侯景则很享受地换上宽袖长袍。尔朱世隆回到华林苑，让二人不要客气，东张西望走下步辇进入温风室，这里斜倚华林苑湖岸的山坡，寒冷的北风被挡住，温暖的南风从湖面吹来，气候宜人，是华林苑越冬最好的所在。酒席备好，尔朱世隆左拉高欢右扯侯景，走到桌前："华林苑风景如画，美女如云，美景和美女都不如眼前美酒，两位赶紧享受吧。来，我来一首《回波乐》。"

尔朱世隆久居洛阳，却没有忘记草原上饮酒作乐的歌曲，踏地起舞，嘴里唱道："回波尔时栲栳，怕妇也是大好。外边只有大王，内里无过天子。"栲栳是由柳条编成的笆斗，用来蒸煮食物。歌词讲述的是宫外尔朱荣怕老婆北乡长公主，宫里的天子元子攸也会这样敬畏未来的皇后尔朱歌。他稍微篡改了歌词，高欢和侯景一齐哈哈大笑。尔朱世隆此时春风得意，心情大好，歌舞之后坐下，举起酒杯："两位就要出征讨伐邢杲，特为饯行，祝你们马到成功，今日不醉不休！”

侯景仰脖干掉杯中酒，伸个懒腰拢着炭火，他以前在军中，无论多冷倒头就睡，哪来过这么好的地方，他还没有享受够：“仆射大人，您让我们多待几天呗。”

高欢提醒侯景：“温柔乡便是英雄冢，多少英雄死于锦绣美人之中！搂着娇妻美妾，不与士卒吃喝一起，他们岂会一心一意？”

“扫兴，扫兴！贺六浑你可真是烦人。”尔朱世隆良辰美景，哪有心绪想这些。

侯景不以为然，人生在世，不能太苦自己：“咱们拼死拼活，不就图个富贵？”

高欢惦记战场形势，痛饮一杯问道：“仆射大人，听说元颢偷袭铚城了？”

尔朱世隆没把元颢当作心腹之患，一饮而尽：“元颢雷声大雨点小，偷袭铚城后便销声匿迹，大概想抢些城池，他只有区区七千人马，何须担忧？”

高欢知道梁军厉害，将尔朱荣在枋头坞下被火攻的经过讲述一遍：“当日尔朱大将军在枋头坞遇到数百梁军，差点吃亏，千万不能大意。”

尔朱世隆倒吸口冷气，难道我竟小看了梁军？可是他们逗留铚城，没有继续进攻。侯景虽贪图荣华富贵，也绝非草包：“朝廷出兵了吗？”

“丘大千领兵七万，驻守睢阳。”尔朱世隆趁机考校高欢和侯景，“李叔仁兵败潍水，皇帝命元天穆统兵讨伐，铚城还有元颢，先打哪一路，你们意下如何？”

朝廷大臣与死于河阴的王公大臣沾亲带故，盼望元颢为他们复仇，不会全力抵御。一旦大军出兵讨伐邢杲，京师空虚，元颢挥师西进，只要打赢几仗，天下人心归附，势力将像雪球般越来越大，未必不能攻下洛阳。侯景明白了眼前局势：“元颢潜伏在铚城，等待朝廷大军出发平灭邢杲叛乱，与京城王公大臣里应外合，一举夺取洛阳。”

朝廷中，尔朱荣势力与朝廷王公大臣互相制约，既要联手平定叛乱，又互相提防。尔朱世隆仍半信半疑，举到嘴边的酒杯停在半空：“我明日上朝，奏请派兵遣将，守住梁国边境。”

高欢摇头，王公大臣同情元颢，派他们防御边境，无异于给元颢送礼，有去无回：“仆射大人，有人看似与我们亲近，其实恨之入骨，不可不防。”

尔朱世隆惊讶地望着高欢，联想到元子攸：“皇帝陛下常与温子升等人私下见面。”

元子攸年纪轻轻，身边必有谋主，高欢举起酒杯提醒尔朱世隆：“如果陛下有未决之事，他目光会扫向哪里？谁常出谋划策，此人便是陛下谋主。”

尔朱世隆心凉了下来，侯景喝得脸色通红，大声嚷嚷：“没有尔朱大将军，哪有他这个皇帝，凭什么疑神疑鬼？”

臣下功劳越大，权势越大，皇帝就越担心，元子攸看家护院的本钱都没有，要么坐以待毙，要么暗中谋划。尔朱世隆哼一声：“大哥千方百计将小歌嫁给皇帝，弥合两家关系，哪有夺位之意？既然皇帝心中存疑，顶多我们跑回秀容老家，一拍两散。来来来，喝酒，不想这些烦人事。”这种事情岂能一走了之？高欢暗暗摇头。尔朱世隆呵呵笑着，“小歌和皇帝联姻，变成一家人，天下太平，咱们一起把这件事办好。”

尔朱歌是上上之选，又有尔朱荣坐镇，哪会有意外？侯景并不担心，只觉得皇家礼仪过于麻烦。高欢提醒：“那个叫作明月的女子，可与小歌媲美。”

尔朱世隆已经得到了消息，兴致猛然提起：“猜猜，在她身上发现了什么？”见侯景和高欢摇头，尔朱世隆神秘地说道，“七颗黑痣！”

侯景“嗨”了一声连连摆手：“几颗痣有什么大惊小怪？”高欢心中一惊，他有踏星而行的梦想。尔朱世隆灌了几壶酒，使劲拍着侯景：“你不懂，这是帝王之相。”

侯景把酒杯一放：“帝王之相？，幸亏她是女的。”尔朱世隆喝多了，干脆趴在侯景肩上：“如果是女的，必将诞下天子。”

侯景扶着几案，撑住尔朱世隆的身体重量：“皇帝先聘皇后再纳妃，咱们把小歌弄成皇后，皇帝年轻身体好，不用担心。”高欢深爱尔朱歌，在这种场合只能默默喝酒。侯景醉酒胡言乱语，“即使那明月入宫，生不生太子，要看皇帝宠爱哪个，晚上和谁鏖战。”侯景说完哈哈大笑。

尔朱世隆推开侯景：“明月与元子攸青梅竹马，情投意合，已行六礼。”

“皇帝三宫六院，仆射大人多虑了。”侯景喝了不少，晕乎乎开导尔朱世隆。

尔朱世隆“啪”地把酒杯摔下：“不行，这明月不能入宫！”

侯景已然喝多："明月样貌举止都是上上，祖茔不是吃干饭的，肯定死保她入宫。"

"不可，这是尔朱大将军的将令，咱们三人就是出征的将领，必须打赢此战！"尔朱世隆把侯景和高欢当作自己人，忽然一笑，"我昨晚辗转反侧，终于想出办法。"

明月有皇帝撑腰，确是尔朱歌劲敌。尔朱世隆忽然起身，极为恭敬地向高欢拱手三拜："我来洛阳时，大哥告诉我，如有难事可问贺六浑，我想起此话便安然入睡，此事就拜托你了。"

侯景知道尔朱歌和高欢之间的事情，猛拍酒桌："佩服，仆射大人，您这叫灵机一动，计上心来。"

高欢猛灌一口，痛惜尔朱歌，不肯为此事出力："这是皇帝的事情，我岂能左右？"

尔朱世隆喷着酒气喝得迷糊："贺六浑，你对小歌情有独钟，以为我看不出来？你就死心吧，不要多想了。"

"联姻不能化解深仇大恨，仆射大人，我们就要大祸临头，还不知道吗？"高欢勃然而起，酒水横飞。

侯景心中仍有一丝清明，拉着高欢坐下："贺六浑，你醉了。"再看尔朱世隆，俯伏几案，鼾声如雷，竟没有听见高欢所说。高欢思路反而贯通，元子攸娶了尔朱歌，暂时稳定形势，也麻痹了尔朱荣，反而将选择权交了出去，也得到了难得的缓冲期，可以预料，尔朱荣将全力平息天下叛乱，可是他的终点是什么？邢杲、万俟丑奴一定是要讨平的，南梁呢？尔朱荣真的要效法曹操和苻坚？可是曹操兵败赤壁，苻坚在淝水之战后家破人亡，尔朱荣能够完成南北的大一统吗？如果他真的有这样的志向，又要花多少年？乾坤江山绝非一个人可以独断，甚至尔朱荣也不能，如果尔朱荣完成了不世的伟业，即便他不想夺取江山，他手下那些骄兵悍将也会不断挑战皇权，那时尔朱荣和元子攸还将较量一番。可是一旦尔朱歌诞下太子，尔朱荣将会如何抉择？高欢越想思绪越乱，我该怎么办？我带小歌逃走？联姻不成，尔朱荣就会对元子攸下手，失去挟天子以讨不平的大旗，尔朱荣以一己之力挑战天下，血将流得更多，杀戮会更加惨烈，天下会更加混乱。

10 沉鱼落雁

尔朱歌独坐虹霓阁，侍女挑开窗帘，冰封天渊池，飘飘洒洒的雪花洗刷着她的心田，思绪回到过去，嘴角浮出笑意。在又长又冷的冬季里，族人将牛羊圈起来，用秋季积攒的干草喂养，聚集在一起，点起篝火驱除寒气，男人饮酒吃肉，女人载歌载舞，期待第二年水草丰美，牛壮羊肥。可是她逃不过命运的安排，在懵懂无知的年龄嫁入皇宫，成为众多妃子中的一个。为了在深宫中生存下去，她凭着绝世容貌和草原百灵鸟才有的歌喉，博取皇帝的宠幸。她心里常闪过与高欢策马草原的情形，宽厚的肩膀与皇帝丈夫那么不同。一切已是过眼云烟，那时是胡灵太后的天下，尔朱歌只求无过，不敢造次，噩运仍然躲不过，丈夫中毒惨死在怀中，她被打入冷宫，停止膳食，饥饿、痛苦和麻木，只有在小猫偷偷扔入馒头的时候，时间才开始流动，她坚持活了下来。父亲攻入洛阳，高欢将她从宫中救出，她以为噩梦过去，新的生命即将展开，命运旋即又开了大玩笑，她将再次嫁入宫中。元子攸的父亲彭城王元勰，是孝文帝之弟，元诩是孝文帝之孙——天啊，我要嫁给叔叔！

其他采选的年轻秀女进入华林苑，在仙境中屏住呼吸睁大眼睛，尔朱歌冷冷旁观，天渊池风雪依然不减，这里没有一丝值得留恋的地方。去年此时她陪元诩在此游玩，他当晚便中毒身亡，命运真是弄人。她不想入宫，尔朱世隆说服了她，嫁给元子攸是弥合家族与朝廷矛盾的唯一出路，那些在草原上骑马放牧的小伙子们被父亲带入中原，河阴之变的屠杀将他们变成人人憎恨的契胡仇敌，如果能够化解仇恨，拯救族人，尔朱歌怎能拒绝？

尔朱歌嫁给元诩时经历过采选，那时脸色通红，听人摆布，现在父亲是一人之下、万人之上的大丞相、天柱大将军，疼爱她的尔朱世隆主持采选，她住在华林苑最好的虹霓阁，处处优待。她轻轻步入浴池，侍女拉上薄纱帷幕，她两手一摊，滑得像流水般的纱衣像雪花般飘落。她缓缓躺入热气腾腾的温泉中，讨厌的老嬷嬷们双手交叉于前，毕恭毕敬地进入虹霓阁，在薄纱帷幕外将丝带递入浴池中。贴身丫鬟走近，小心翼翼地测量她身体每个部位的尺寸，将丝带挽成小花交还给老嬷嬷。尔朱歌起身，火红霞帔掩在肩膀，她撩开帷幕，水滴噼啪砸落玉阶，在她纤美的足跟绽放。老嬷嬷哗啦跪在两边，尔朱歌轻轻吩咐："我知道采选的规矩，不要顾虑，来吧。"

老嬷嬷围拢在尔朱歌身边，象征性地摸摸她被温泉润得光滑的肌肤，躬身退后将"上上"玉牌放入托盘。尔朱歌披上紫碧纱纹缨双裙，侍女将飘摆腰肢的长发分成两缕，灵巧地盘髻。一切已毕，尔朱歌对镜梳妆，戴上步摇冠，披上雪白的鹤氅裘，独坐窗口，凝望漫天飘洒的雪花。

尔朱世隆出现在门口："小歌，随便唱一首歌就行。"他抬头，忽然一个激灵，尔朱歌佩戴赤金步摇冠？那是后妃才能使用的礼仪。尔朱歌嫣然一笑，“叔叔，这是九绺，并非天子的十二绺。”

无论九绺还是十二绺都是皇家配饰，尔朱世隆摆手：“小歌，你不能用先帝之妃的身份。”

尔朱歌不与他纠缠：“外面都有什么人？”

虹霓阁与清凉殿互相可望，那边的众人正在向这边张望，尔朱世隆只好不再坚持，耐心叙述：“城阳王元徽，上党王元天穆，临淮王元彧，都督贺六浑和侯景……”

“我是什么身份，那些人都知道，何须掩耳盗铃？”尔朱歌听到高欢的名字，拿起一支玉笛交给尔朱世隆，“叔叔，将玉笛纳入袖中，悄悄送与贺六浑。”

尔朱世隆手持玉笛，这是什么意思？尔朱歌笑着说：“我唱歌，总要有人伴奏吧？”尔朱世隆袍袖遮掩玉笛，疑惑地退出虹霓阁，趁人不注意将玉笛往高欢怀中一塞。高欢认出这支伴随尔朱歌游历大漠的玉笛，还带着她身上的味道。

“叮当”玉坠相击，侍女挑开门帘，冷风从门口涌来，尔朱歌长裙曳地，穿过水上回廊，进入清凉殿，步摇玉坠发出叮当叮当的清脆声音。众人惊异，元徽紧皱眉头，侯景凑过去：“城阳王，有何不妥？”

先帝元诩去世，尔朱歌出家瑶光寺，不应佩戴步摇冠这样的皇家之物，现在这样，天下人岂不都知道先帝之妃参加采选？元徽不敢说出来，天下都掌控在尔朱荣手中，佩戴一个小小的步摇冠又能如何？

尔朱歌骄傲地挺起额头，目光平视，嘴角挑出浅浅的笑意，既然这是命运安排，我就要笑着面对，不惊慌，不卑微，无法逃避惨淡的命运，却可以从容面对。她直上御座，这本就是她和先帝元诩的位置，目光在清凉殿中扫视一遍，笑吟吟地停留在城阳王元徽身上。元徽是宗室至亲，熟识尔朱歌，被冷风吹得全身僵硬，慌乱将目光躲开。尔朱歌仍然一言不发，玉坠相击的声音消歇，鸦雀无声，众人怔怔地望向元徽。侯景轻捅元徽："城阳王，大家都看你呢。"

元徽恨不得跳进天渊池中躲起来，几乎把脑袋伸入侯景怀中，不理尔朱歌，装作和侯景说话："她佩戴皇妃之冠，我难道要跪地参见吗？"

尔朱歌轻轻一笑："城阳王。"

元徽躲不过去，整整衣冠慌张站起，双腿弯曲，扑通跪倒："参见歌嫔。"

元徽在清凉殿中身份最高，其他人慌慌张张跪倒在地，尔朱世隆苦笑，弯下右腿装模作样地跪在地上。心里暗想，这是采选吗？根本就是拜见。高欢看着眼前这个高贵、孤寂和平静的女人，不再是那个十六七岁，在草原中歌唱的追逐百灵鸟的小姑娘，她逃出黑暗的皇宫，又要嫁给另一个皇帝，高欢心中作痛。侯景一拉高欢，压低声音："跪下。"

高欢撩起长袍双膝下跪，侯景偷偷瞥一眼尔朱歌，低声说道："小歌变了。"

尔朱歌目光从元徽移到高欢身上，他不是当年落魄马夫的模样，只有他抬起双眼与自己对视。别人都说，人生就是选择，我从来是被选择，被选入皇宫，被选来化解河阴之变的仇恨。如果让我选择，我愿意和这个男人在草原上自由自在地生活，可是他的选择是什么？是天下而不是我。

祖莹匍匐于地，寒意冷飕飕地从脊柱蹿起，他悄悄抬头，顺着尔朱歌的视线看见了高欢。祖莹心中一跳，惊恐袭上心头，高欢与尔朱歌眉目传意，他们之间发生过什么？祖莹随即暂时将眼前一幕压在心底，就像吕桃儿和杨忠间的纠葛，高高的宫墙足以切断她们与外界的联系，无论曾经发生了什么，一切都将被挡在外面。

侯景跪得膝盖酸麻，嘟囔：“我们来帮皇帝采选，怎么给一个小丫头下跪？”

元徽悄悄安慰侯景：“就当给皇后下跪。”

侯景立即平心静气，舒服些了。清凉殿鸦雀无声，连高欢都低下头去，尔朱歌才轻轻开口：“免礼。”

众人规规矩矩起身，小心翼翼跪坐于地，再也不敢盘腿箕坐。祖莹觉得不妙，尔朱歌以皇妃身份出现，逼得众人跪地参拜，气势上压倒一切，他们还怎么评分？祖莹绕开众人停在木榻之侧，毕恭毕敬参拜，抬出皇帝压制尔朱歌：“我等奉皇帝之命礼聘皇后，不知您展现何种才艺？”

尔朱歌笑容不减：“我欲歌。”祖莹躬身倒退，右手平伸请她开始，尔朱歌说道，“可有笛声？”祖莹手指艺伎：“早有器乐。”

尔朱歌招手，乐工将铜笛递与祖莹，再传至尔朱歌手中。尔朱歌长袖轻轻擦拭，放在唇边吹出几个音符，轻轻摇头：“铜笛有金属之声，过于冲折凄厉，无法配歌。”

乐工为难摇头，尔朱歌转向高欢，轻轻露出笑容：“在场王公大臣可有人携笛？”高欢手握丝绸包裹的玉笛，犹豫不决。尔朱歌望着高欢，“诸位不会吹笛吗？”

侯景忍受不了这种气氛，抓起高欢右手向空中一举：“贺六浑。”

全场目光齐刷刷望向高欢，他手握碧绿玉笛熠熠发光。高欢不得不承认这个事实，玉笛一横，笛声悠然。尔朱歌侧耳细听，一曲已毕，却没有开口合唱。王公大臣左右相顾，尔朱世隆轻轻提醒：“小歌，怎么不唱？”

尔朱歌轻语：“相隔数十步，歌声被玉笛所掩，难成曲调。”她一指身边，竟要让高欢坐在自己身边。尔朱世隆惊呆，王公大臣无语，祖茔无措，尔朱歌是先帝之嫔，又可能是未来皇后，谁也不敢拒绝，也没人敢答应。高欢撩袍袖走上木榻，不避不闪坐在她身边，玉笛置于唇边，向尔朱歌示意可以开始。时光倒流，两人多年前同乘骆驼游历大漠的情形再现，高欢压住波荡的心神，双腮鼓气，笛声再起，尔朱歌找准曲调，歌声飞出清凉殿。五六只雪雁正巧在空中划过，听到歌声，拍拍翅膀，停留在窗橼，不再叽叽啾啾，越来越多的雪雁从茂密树林中腾空而起遍布湖面，环绕清凉殿，上下悠然滑翔。

一曲敕勒歌述说着尔朱歌的爱恋，高欢忘记征战，被带回大漠中相伴的日子，皇宫生活在她身上刻下无可挽回的印记，她的心没有变，还是那个向往草原自由自在生活的小姑娘。无尽的后悔袭上高欢心头，为何不能放下争霸天下的梦想，为何不陪着她留在金山银水？

歌声停止，笛音消失，尔朱歌拭去眼角的泪水，这是和高欢的告别，从此自己将再入皇宫，弥补家族和天下的血仇，和这个男人的缘分真的断了，再也不能找回过去的自由自在的时光。喝彩声哄堂响起，一只振翅欲飞的雪雁受到惊吓，东倒西歪栽落水中。王公大臣回味着歌词，咀嚼着旋律和余音，侯景眼疾嘴快，手指窗外："雪雁落水了。"

王公大臣探头向湖面望去，那只雪雁在水面扑腾几下，带着一溜水迹重返空中。城阳王元徽手指水面大喊："鱼，这么多鱼沉在水中，鱼也能听懂美妙的歌声？"

祖莹忽然醒悟，大声尖叫："沉鱼落雁。"

尔朱世隆得意，乐得嘴角撇到耳边，张开双臂仰天大叫："沉鱼落雁，传说中的沉鱼落雁今日再现！"

侯景趴在窗口俯身望去，无数红色和黄色的鱼儿搅成一团，布满水面，他大声向殿内喊道："神了，鸟和鱼也懂得歌吗？"

祖莹走到榻边，抓起一把玉牌，向空中举起："上上，大家不反对吧？"

11 月氏公主

尔朱歌趁大家欢呼转向高欢，纤纤玉指轻点玉笛。高欢看见手势，玉笛从横转竖，赫然发现顶端的凹陷内竟藏着一丝布条。他把玉笛扣在手掌，小指轻抠，布团轻落。尔朱歌嫣然一笑，香风散尽，消失在回廊之中。高欢趁人不备打开手掌，拨开布团，只有一行小字：天黑月升，蓬莱山虹霓阁。祖莹暗自留意他一举一动，目光扫去。侯景猛然一推高欢，哈哈大笑挡住。祖莹没看清字迹，不满地问侯景："侯将军，笑什么？"

侯景眼珠一转，顺嘴胡诌："我们要出征邢杲，暗中下一注，如果此歌为上，便能旗开得胜，如果为下则负，如果为中，不胜不负，现在歌嫔得到上上，我便兴奋大笑。"祖莹不知真假，嘿嘿笑着应和，连说好兆头。侯景继续信口开河，"还有一赌，也不知众位大臣是否愿意陪我玩玩？"元徽最爱押注，极想试试。侯景说道，"有谁愿意与我赌一局，我们不但能平灭邢杲，还能将他生擒活捉押至京师。"

邢杲击败李叔仁，势不可当，他又不是笨蛋，打不赢可以跑，岂能轻易束手就擒，元徽出来与侯景对赌，尔朱世隆走到两人面前充当见证："我赌，赌什么？"

元徽有心收揽，走到侧殿，侯景不解：“城阳王，怎么跑了？”元徽一指胡笳：“赌她。”

侯景如被雷劈，元徽笑着说：“胡笳是大月氏公主，流落宫中，如果你能够生擒邢杲，我奏请皇帝将胡笳赏赐与你。如果你将邢杲槛送京城，我在阊阖门摆开酒宴为将军庆功，随即将胡笳送到府中，当晚成亲，洛阳百姓都为你庆祝。”

侯景误打误撞惹出此事，心中乐开花：“侯景肝脑涂地在所不惜，城阳王，我没有如此贵重物品赌给你，要什么你说吧。”

元徽大笑：“只要侯都督忠心。”

侯景仰天狂笑，走到胡笳身边托起她下巴，望向她碧蓝的双眸，向元徽跪倒：“请受侯景一拜，我当亲率铁骑，不擒邢杲誓不回头，必不负城阳王，请诸位为证。”

祖莹步出人群朗声说道：“以茶代酒，祝侯都督旗开得胜！”他饮完，站回清凉殿正中，这里礼聘皇后，不是预卜战事的朝堂，请王公大臣各回各位，战前激情渐渐消散。祖莹开口说道，“侯将军忠勇为国，不忘战事，让人十分佩服，不过皇帝今晚亲临华林苑，等候采选结果，我们不能耽搁。”

“你们继续，我回军营。”侯景抓起玉牌，将上上挑出扔进托盘，向尔朱世隆和祖莹拱手抱拳，“仆射大人，祖大人，上上玉牌都投给小歌，其他的贺六浑替我做主。我心急如焚，返回军营，点齐斥候，直奔青州打探军情。”

尔朱世隆双眼一瞪：“皇帝陛下今晚驾临华林苑，你敢不拜见？”

元徽拉着侯景回到座位：“心急吃不了热豆腐，今晚将是胡笳最后一舞，从此她的歌舞将成绝唱，洛阳的歌舞如同夕阳西下，暗淡无光。”

尔朱世隆摆手：“从此胡笳只为侯将军一人而舞，只是我们没有机缘瞧见。”

元徽走到正中宣布：“我收胡笳为义女，册封郡主，今晚之后将她接入王府，备妥嫁妆，待将军凯旋！”

12 绝代红颜

元子攸独坐景山殿，一溜灯笼在湖面长廊中摇摆不定。自从临危受命，登上大位，他没有一天清闲，独眠茅茨堂，殚精竭虑苦思国事，宫中美女得不到宠幸，无妆而失颜，歌舞绝迹，乐工荒而技疏。唯独明月让他心中宁静，若不是河阴之变，她早成为我的长乐王妃了，可惜近在咫尺却不得见，元子攸不想授人以柄，她能体谅我的苦心吗？今晚明月灿烂，湖面清澈，花草如生，鱼鸟雀跃，是她来到我身边的先兆，元子攸遐思间，笑意从嘴角泄出。

祖莹和元徽从殿外走进，拍拍身上的落花：“陛下，采选的结果出炉。”

元子攸极为关心：“如何？”

元徽笑着说：“北海郡主不负所望，德容才艺皆为上上。”

明月娇俏的样子在元子攸眼前闪过，如此便顺理成章点她为皇后：“有何意外？明月难道不该拔得头筹吗？”祖莹将名单呈上去，元子攸拿在烛光前仔细去看，尔朱歌也是上上，排在第一，明月排在第二，元子攸心情冰冷，尔朱世隆主持采选，必有蹊跷。如果强立明月为后，无法向尔朱荣和朝中大臣解释，元子攸盯着祖莹，“尔朱世隆是不是搞了名堂？”

尔朱世隆有心偏袒尔朱歌，祖莹绝没有让明月吃亏。尔朱歌与明月容貌骨骼肌肤并驾齐驱，难分伯仲，明月肌肤如丝，洁白无瑕，毛发清秀，没有疤痕，唯独在脚底有七星之痣，为大吉之相。祖莹侃侃而论："明月骨骼清奇，全身柔若无骨，唯独盆骨丰腴，此为最易受孕的益男骨骼，如蒙陛下宠幸，必诞皇子，脚踩芒星之痣，一旦诞下皇子，前途无量，必能整顿乾坤，大治天下。"

祖莹将明月吹捧到天上，元子攸十分好奇。元徽也说道："皇家血脉由皇后所出，采选礼仪承传上古，千百年完善，绝非普通。北海郡主相貌、毛发、骨骼和肌肤都是上上，可尔朱歌也不落下风。"

世上还有与明月并驾齐驱的女子？元子攸酸溜溜说道："那尔朱歌是先帝之嫔，曾经采选，自然不会差到哪里。"

元徽和祖莹听出元子攸语气不善，只好详细讲述，在清凉殿上，明月年幼紧张，却能看出天真烂漫，率性纯真，如同春日初绽花蕾的桃花。尔朱歌雍容华贵，气度威严，如同名贵的盛放牡丹，各有胜场，众人实在无法判断高下，只好都给上上。雍容华贵？气度威严？哼，我倒要见识下她的风采，元子攸并不相信："既然容貌和德行不分胜负，明月为何排在第二？"

祖莹俯首答道："陛下英明，就是输在才艺上，琴棋书画，歌舞音乐，随意挑选，北海郡主选舞，尔朱歌选歌。"

元子攸曾见过明月舞蹈，很是不错，怎么会输？祖莹笑着问："陛下可知胡笳？"

元子攸曾经宠幸胡笳，回味无穷："她在宫中最善舞。"

祖莹十分聪明，并不贬低明月："北海郡主的舞蹈与胡笳相比如何？”

胡笳从小习舞，身体柔软如绸，明月只是随便玩玩，哪能及得上胡笳十几年的苦练，元子攸大笑：“我礼聘皇后，又不是找舞姬。”

元徽明白祖莹心意：“胡笳点评北海郡主，她频频点头欣然接受，还要拜她为师，胡笳当场就收了这个徒弟。”

元子攸心里甜蜜，明月就是这样，没有尊卑之分，做事从不负心。祖莹也露出笑容，清凉殿中都能感受到北海郡主如同春风拂面。元子攸收拢笑容：“尔朱歌唱得如何？”

祖莹惊叹：“尔朱歌开口歌唱，宫中歌伎不敢开口，飞鸟尽集清凉殿，窗棂站满雪雁，清凉殿四周十丈之内，红黄两色鱼儿将天渊池水面搅动如同沸腾。”

元徽吧嗒嘴长叹：“我终于知道什么叫作沉鱼落雁了。”

元子攸觉得夸张，一拍几案：“胡说八道。”

这是众人亲眼所见，尔朱歌唱完后全场寂静，宫中艺伎自愧不如，不敢开口点评，仅与她讨论乐理，执礼甚恭以晚辈自居。两相对比，明月的舞与尔朱歌的歌，高下立判，连明月也心服口服。元徽郑重其事：“要非亲眼所见，我死也不信，传说中的沉鱼落雁重现今日，看来天意让尔朱歌成为皇后。”

元子攸相信尔朱歌并非侥幸，仍不甘让她成为皇后：“天意？她们二人居于榜首，就按照祖制手铸金像，看天意归属。”

祖莹连忙反对，手铸金像通天意只是胡俗，并非儒家名教礼仪，孝文帝推行汉化后弃置不用。元子攸不这么想，尔朱荣在河阴手铸诸王金像，只有自己铸成，铸金像的法子深得元子攸之心：

“王公大臣到达景山殿外，夜宴结束，我就宣布铸金像之事。”

元徽还惦记另外一事：“皇上，侯景发誓生擒活捉邢杲，迎娶胡笳。”

元子攸舍出胡笳收揽侯景，好人做到底：“晚宴时册封她为郡主，待侯景凯旋。”

13 采选内幕

高欢等众人散去，跟随尔朱世隆走出殿门，转入清凉殿下暗道，正巧被侯景看见，返身折回。尔朱世隆与高欢互视一眼，决定不瞒侯景，推开暗门，双眼适应漆黑之后，看见清凉殿下别有天地，好多人忙忙碌碌。窗口架着木梯，地面飘落无数羽毛。侯景大吃一惊，手指这些人：“你们在做什么？”

尔朱世隆从地面捡起一支羽毛：“看看，这是什么羽毛？”

侯景脑筋终于转开，雪雁竟是从这里放出去：“沉鱼是怎么回事？”

尔朱世隆拎起一个布袋，里面是炒得黑亮的芝麻，高欢在窗口洒落一把芝麻，游鱼在池中扑通抢食。沉鱼落雁竟是这么回事，连侯景都被骗过，尔朱世隆得意非常，大笑：“都是贺六浑的主意。”

侯景笑出眼泪，难怪尔朱歌沉鱼落雁，名列前茅，都是套路！尔朱世隆看看天色，示意周围安静：“今天大功告成，不能掉以轻心，大家各自悄悄离开清凉殿，明日论功行赏。”

等众人散去，高欢提醒：“胡笳的事情，你要想清楚。”

侯景听了一愣，尔朱世隆停住脚步说道：“贺六浑，你就扫兴吧，陛下赏赐就收呗。”

胡笳是大月氏公主，羯族祖先为西域月氏部落，本来隶属于匈奴，深目高鼻，被称为匈奴别部。汉朝击败匈奴之后被分散居于上党、武乡、羯室，被称为羯胡。后来羯人石勒建立后赵，法政严苛，杀人甚多。石勒死后，其侄石虎夺取政权，施行暴政，民不聊生，为冉闵所灭。冉闵下杀胡令，羯族当日就有二十万人被杀，尸首堆积如山，从此羯人流落各方。侯景这支来到太行山中，胡笳从大月氏而来，另有所出，血脉更为正宗。侯景恨不得今晚就将她娶回来，问高欢：“我有了容身之所，就不管自已族人吗？”

元子攸和尔朱荣的隔阂还没有消除，如果胡笳被封为郡主嫁给侯景，皇帝便与侯景有了亲缘。高欢反问：“你以后听皇上的，还是听尔朱大将军的？”

侯景想也不想：“大将军率领我们鞍前马后，在疆场厮杀，岂是送个舞姬就能打动的？收了胡笳，我也听大将军的。”

尔朱世隆初时觉得高欢大惊小怪，后来发现他对尔朱荣忠心可鉴，听侯景这样说，放下心来，就是个舞姬，皇上愿意送侯景愿意要，你情我愿：“过两天我请大将军也送一个公主给侯景，不就扯平了？”

侯景乐得鼻涕冒泡，连声称好。高欢急于赴尔朱歌之约，不再多说：“仆射大人，你们先去，我稍后再去景山殿。”

天色已黑，景山殿灯火通明，人声鼎沸，高欢走向蓬莱山中的虹霓阁，尔朱歌等候多时了吧？虹霓阁大门敞开，高欢抽出玉笛，曲声绕竹而起，竹林在风中作响，飘入虹霓阁。片刻时间，身披长氅的尔朱歌出现门口，泪水涟涟扑进他怀中："贺六浑。"

造化弄人，相见便是分别，高欢轻轻扶起尔朱歌，深施一礼："拜见歌嫔。"

尔朱歌眼角一笑，似在嘲笑这个称呼："陪我说说话。"景山殿歌舞声起，皇帝正在宴请群臣，高欢不想缺席，尔朱看出来他犹豫，"担心丢掉都督职位？"

高欢无语，在皇帝身边私会未来的皇后，实在是胆大。尔朱歌才不害怕："让他们看见也好，反正我不想嫁给皇帝。"她牵住高欢，没入竹林，高欢全身冰凉，"歌嫔，不可。"

尔朱歌走在崎岖不平的地面："万一我失足落入山涧，你怎么向我爹爹交代？"干脆倚入高欢怀中，向山顶走去。

14 尽心收揽

上党王元天穆、城阳王元徽、临淮王元彧和仆射尔朱世隆是景山殿中身份最高的大臣，并排上殿，跪倒拜见元子攸。侯景混在王公大臣中拜了几拜，找到尔朱世隆身边一屁股坐下，小声抱怨跪在榻上真不是滋味：“跪坐真难受，汉人为何不坐着？”

尔朱世隆不把自己当胡人：“你们胡人只有牛羊肉，你有酒喝还啰唆什么？”

侯景看一眼酒杯，酒是好东西啊。元天穆示意他不要乱讲，正好看见温子升，笑呵呵向他拱手施礼，温子升深深回礼。元子攸登基一年，早有帝王气派：“诸位，请满饮此杯。”

元天穆手中权力高过众人，拱手言谢：“谢陛下。”

景山殿中座位排满，唯独空着一个，元子攸看得清楚：“高都督何在？”

尔朱世隆拱手回答：“贺六浑稍后便至。”

祖莹曾见尔朱歌通过玉笛向高欢传递消息，疑问越来越大：“陛下，我去找找。”见元子攸不反对，走出景山殿。元子攸再次举杯：“难得在华林苑相聚，何不歌舞助兴？”

十几名舞姬围拢着一蒙面女子走入殿中，侯景心中一跳，胡笳众星捧月下来到中间，龟兹乐奏起，左肩一挑，就要起舞。元子攸举手，乐声停止，走入殿中仔细端详乐器，转身问胡笳："这乐曲与中原丝竹之声不同，来自哪里？"

胡笳不敢对视，低声用汉话应答："陛下，来自西域月氏。"

这些乐工高鼻深目多须，长相颇不相同，元子攸极为好奇："月氏在哪里？"

"我的族人数百年前居住在祁连山北边昭武城，后来被匈奴击败向西迁徙，分为康、安、曹、石、米、史、何、穆等九姓，故称昭武九姓。匈奴灭亡之后，柔然取而代之，不断攻伐，我们国破后流落中原。"胡笳本是公主，说得很清晰。

元子攸听过这些历史，余光扫视侯景："你们入宫已久，我想给你们找安身之地，可惜你们没有族人，让我难以安置。"

侯景正要说话，被尔朱世隆悄悄按住，闭上嘴巴，静观其变。元徽已经会意："陛下，匈奴击退昭武九姓后，月氏人大部分向西迁移，小部迁入中原，他们白肤高鼻，深目多须，与汉人相貌差异极大，信奉拜火教，主神为胡天，汉人将他们称为羯人。"

元子攸目光投向侯景："侯将军，你族可信奉胡天？"

侯景走到胡笳身边，结结巴巴用半生不熟的羯语咕哝几句，转身禀告："陛下，火是主神胡天之子，至善无比，我族庙中祭台点燃神火，因此叫作拜火教。火水土神圣不可玷污，我族死后天葬，放置于山崖上让兀鹰吃掉，我刚才详细询问，完全一样，他们就是我的族人。"

侯景所属羯族迁徙内地，胡笳属于留在西域那一支，重逢也算天意，元子攸笑说："既然如此，侯将军，你看如何？"

元徽早已设计好一切:“真巧，我与都督打赌，若他生擒邢杲，便将胡笳赐给他。”

温子升跪地启奏：“胡笳本是昭武九姓中的康国公主，岂能随便赐予？不如赐胡笳为公主，侯都督凯旋，按照六礼明媒正娶。”

侯景并无异议，满心欢喜起身拜倒：“侯景必不负所望，将邢杲生擒活捉以谢陛下。”

元天穆阻拦侯景：“生擒邢杲谈何容易，岂敢随便向陛下承诺？”

侯景向元子攸三拜，卷起袖口走到胡笳身边看看，向元天穆跪倒：“大都督，给我三千铁骑充当先锋，不擒邢杲誓不回头。”

15 意乱情迷

尔朱歌倚在高欢怀中，感受到他的心跳，就像几年之前两人在骆驼上横贯大漠：“贺六浑，我不想嫁给皇帝。”高欢与尔朱歌反反复复，纠结于皇宫和金山银水之间，都有放不下的心结，高欢要追寻猎取天下的梦想，尔朱歌放不下族人的命运。高欢理解尔朱歌之苦，当初晋武帝司马炎好女色，禁止天下男婚女嫁，有隐藏者以不敬罪名治罪，选年轻女子充实六宫，五千多宫人的哭号声能传到宫外。司马炎吞并吴国后，诏选孙皓姬妾五千人入宫，嫔妃达到万人。他坐上羊车，幸御嫔妃，羊停在哪里就在哪里寝宿。嫔妃们为求宠幸，把竹叶插在门前，盐水泼在地上以诱羊车。尔朱歌在宫中的命运可想而知，即便得到宠幸，夹在尔朱荣和元子攸之间，外人绝难体会到其中难处。尔朱歌抬起头来，眼泪纵横：“皇宫是修罗地狱，我宁愿嫁给一个草原牧羊人，为他生几个孩子，游牧于敕勒川。”高欢托起尔朱歌下巴，她又说下去，“我在宫中不敢入眠，总想起在金山银水的日子，骑在骆驼上，你抚笛我放歌。”高欢擦去她泪水，尔朱歌眼角又涌出更多泪水，“我好后悔，我们本来可以逃走，留在金山银水。”

尔朱歌的容颜在月光下纤毫毕现，高欢情不自禁轻轻压下，堵住她娇艳的双唇。尔朱歌全身僵硬，随即热烈反应，身体由冷渐热，融化在高欢怀中。

仙人馆上，惠成难以相信眼睛，尔朱歌极可能母仪天下，却在皇帝的眼皮底下和高欢偷欢："她不守妇道，岂能入宫？"

阿阇梨叹气，她早将高欢与尔朱歌同赴大漠的事探听清楚，不知如何说起，高欢是当世豪杰，尔朱歌沉鱼落雁，本是天造地设的一对："你变成儒生了吗？满口礼义道德，背后男盗女娼，说什么君贵臣轻，父尊子卑，夫重妻贱，凭什么男人三妻六妾，女人却要独守空闺？"

竹林中忽然闪现一盏灯笼，那边尔朱歌被高欢压在身下，身体像洁白的莲藕暴露出来，竹林一片狼藉。慧成哼了一声："幸好有人揭开奸情，绝不能让她坏了皇家尊严。"

祖茔挑灯沿着石级来到天渊池边，九华台与蓬莱山遥遥相对，被弯曲长廊连在一起，尽头的虹霓阁灯光点点。祖茔犹豫一番，脑海中浮现尔朱歌与高欢之间的眼波流转，向烟雾萦绕的蓬莱山大步走去。湖水拍打岸边，竹林月色掩映，他挑灯夜行，竹叶萧萧如雨，随风落下。两只灯笼在微风中晃动，虹霓阁门前小路蜿蜒，祖茔在虹霓阁兜转一圈，听不见声响。高欢在哪里？尔朱歌在何方？在蓬莱山的竹林掩映中，仙人馆亭上仿佛有两人，难道是暗中幽会的尔朱歌和高欢？祖茔将灯笼向竹梢上一插，隐没在黑暗之中。

情不自禁，意乱情迷。尔朱歌倒在高欢怀中，纱衣被尽数剥去，隐秘处纠缠着高欢的双手。尔朱歌移开火热的嘴唇，目光迷离地摇头，这样不妥。可是高欢的欲火点燃，抚摸她柔软的肌肤："给我。"

尔朱歌嘴唇移至高欢耳边："别在这里，去虹霓阁，那里有我的族人。"

一阵马蹄声传来，鞭声响彻景山殿，只有军情急报才可以驰马华林苑，景山殿立即归于冰冷寂静。一名传令羽林直入景山殿，跪倒禀报："陛下，尔朱兆将军率领三千铁骑已到洛阳。"

元天穆就等尔朱兆到来，出兵讨伐邢杲。元子攸沉思片刻，不想耽搁前线战事，起身宣布："摆驾回宫，召集群臣，准备出征！"

竹林小径一片狼藉，一缕碧绿纱衣挂于竹叶。

祖莹借着月光，惊骇地望着凌乱竹叶，何人在此缠绵？他望向竹尖纱衣，这是尔朱歌在清凉殿歌唱时所穿，祖莹心中剧烈跳动，如果尔朱歌胡来，元子攸会不会与尔朱荣决裂？谁来平灭天下叛乱？他决定先把事情搞清楚，扶着竹枝在黑暗中悄悄寻找，他们去了哪里？行苟且之事，不会跑到远处。祖莹寻找数圈，连拍头颅，再想想，他们会跑到哪里？

虹霓阁的灯光在斑驳竹叶中隐现，祖莹绕着山腰向前疾奔。大门仍然敞开，灯笼斜插在竹梢之间，他蹑手蹑脚走到门边，向内望去，一条小径在奇花异草中直通中间红顶亭阁。一双男人的靴子立于门口，倾诉着不可告人的秘密。冲进去揭破奸情？这里都是尔朱荣从秀容带来的族人，叫声将会引来什么？乱刀齐下，剁成肉泥，埋入土中，明年这片竹林便会更加茂盛，竹笋也会更加粗壮，竹笋炒肉应急火爆炒，嗯，再来一壶烧酒。我想到哪里去了？祖莹将这念头赶走，掉头向景山殿跑去，我要召集王公大臣将他们现场抓获。

祖莹满身大汗跑回景山殿，先见到尔朱世隆，又遇到元天穆，他们与高欢一丘之貉。祖莹终于望见元徽，揪住他的胳膊，走到无人地方，将事情叙述一遍。元徽冷汗顿时冒出："祖大人不能乱说，你亲眼所见吗？"

元徽光脚于榻上，急切间找不到靴子，祖莹找到一个身材差不多的宦官，按在地面剥下靴子让元徽穿上，两人直奔虹霓阁，尔朱世隆从后追上："城阳王，你去哪里？"

元徽犹豫不定，祖莹拖着他向前行走，如果揭破高欢与尔朱歌有奸情，明月固然能登上皇后之位，但是元子攸会不会与尔朱荣决裂？元徽想到这里，腾地停下来。尔朱世隆目光闪烁，走到祖莹面前："何事惊慌？难道比朝会还重要？"

车马声响，金根车冲出景山殿，六匹战马仰天长鸣，骤然停住，正是元子攸御驾。几人跪倒在地，祖莹看见温子升，匍匐几步在他耳边嘀咕几句。温子升下车压低声音问道："祖大人，这是你亲眼所见？"

祖莹茫然摇头，温子升躬身向元子攸施礼："陛下，我去找上党王，同去太极殿。"战马狂啸，金根车绝尘而去。温子升将不相关的人打发走，只剩尔朱世隆和城阳王元徽，"家丑不可外扬，先去看清楚。"

元徽带头向虹霓阁冲去。尔朱世隆找到侯景，通风报信："去找贺六浑，快跑。"

祖莹和元徽在前，温子升和尔朱世隆蹑后，虹霓阁大门关闭，唯有一盏灯笼还在竹梢。尔朱世隆心里发虚，拦在门口："祖大人，不可造次。"

祖莹推开木门，向里一指："此处怎么会有男人靴子？"

尔朱世隆如受重击，责任全数推到高欢身上："贺六浑，你敢乱来，我亲手杀了你。"

元徽"呀"了一声，大步抢入："谁把老子的靴子弄到这里？"他坐在门口，三两下扒掉宦官靴子，双脚纳入，见众人围拢上来，似乎自己是偷情之人，连忙摆手，"我一直在景山殿，屁股都没动一下，你们不是都有眼睛吗？"

尔朱世隆上前拉起元徽："城阳王，和你无关，起来。"

"谁偷了我的鞋，来和歌嫔幽会？"元徽大怒大喊。

"城阳王，你有何证据，污蔑小歌。"尔朱世隆怒极，心里却没底儿。

推开门便知道究竟，温子升向尔朱世隆拱手："仆射大人，请。"

尔朱世隆犹豫，祖莹上去砸门，传出侍女声音。祖莹担心高欢逃跑，咬牙将房门推开，虹霓阁内水汽缭绕。温子升向内跪倒："有贼人，我等正在搜寻，请歌嫔恕罪。"

尔朱世隆连忙借着台阶问道："小歌，虹霓阁里面有什么人吗？"

"没有。"侍女的声音冷冷传出。

尔朱世隆摊摊手，转向祖莹："既然没有，走吧。"

祖莹不甘功亏一篑，梗着脖子吼道："贼人藏于阁内，危险万分，请歌嫔恕罪。”

虹霓阁内毫无声息，祖莹进去扇去水雾，仅有木桶中尔朱歌的纤纤背影。温子升跪倒三拜，拉着祖莹要退出虹霓阁。祖莹犹不放弃：“那木桶巨大，贺六浑必在其中。”

尔朱世隆劝道：“得饶人处且饶人，祖大人适可而止。”

祖莹狠狠向下一跪：“这并非小事，必须水落石出！”

正在僵持之中，虹霓阁外人声嘈杂，侯景钻出人群：“贺六浑偷偷跑回清凉殿睡觉去了，被我从被窝里揪出来。”

尔朱世隆盼到救星，分开众人看见捂着肚子的高欢，指桑骂槐：“贺六浑，你肚子不好，也该知会一声，搞得祖大人疑神疑鬼。”

祖莹脸色已变，“扑通”向浴桶中的尔朱歌跪倒：“祖莹死罪。”

尔朱世隆冲到祖莹身边：“祖大人，你说贼人藏在桶中，你便将这贼人给我揪出来。”

元徽上前一步劝解：“既是误会，就算了吧。”

尔朱世隆刚才又惊又吓，现在扬眉吐气，岂肯放过：“祖大人，你我搭伴主持采选，配合默契，我佩服你学识渊博，处事公允，敬重有加。没想到你心怀鬼胎，包藏祸心，要置我于死地。河阴之事，我大哥铸成大错，后悔不已，从此为国家呕心沥血，冲锋陷阵，皇帝已大赦，了结此事，你却千方百计构陷歌嫔声誉。”

尔朱世隆越说越气，从腰间拔出匕首，吓得元徽一把拉住：“仆射大人，祖莹罪不至死。”

尔朱世隆将匕首指向自己双眼：“我恨自己有眼无珠，留着还有什么用处？”

“祖大人无心之过，何必逼人太甚？”尔朱歌声音从虹霓阁中传出，“纯属误会，传出去有伤大雅，就当没有发生，不许再提。”

祖莹被救下性命，泪流满面。尔朱世隆不解气，强压怒气甩袖离去，渐渐想到复仇之法，嘿嘿冷笑离去。

众人拥出虹霓阁，乘轿骑马赶赴太极殿。尔朱世隆凑到高欢身边：“到底怎么回事？”

“仆射大人，您不是让我确保歌嫔成为皇后吗？”高欢欲言又止。

尔朱世隆将信将疑，不想追问高欢与尔朱歌间的隐情，再一细想，祖莹掉入陷阱，应不敢反对尔朱歌成为皇后。侯景急急追来，他接到高欢口信，将元徽靴子扔入虹霓阁：“幸好我们来得及时，没有闯进去。”

祖莹平常满脸笑容，居然翻脸不认人，我是好惹的？尔朱世隆咬牙切齿：“如果祖莹奸计得逞，大祸便至，他如此心思，不能对他客气！而且天子与那北海郡主青梅竹马，她狐媚万分，入宫后难保不勾走皇帝，让小歌独守空房。”尔朱世隆已然掌握明月和元颢的底细，那就让她永远进不了皇宫，尝尝人间地狱的味道，再看祖莹如何求我。

16 东征邢杲

温子升拉着祖莹快步走出虹霓阁："祖大人，你中计了，这是圈套。"

祖莹诬陷尔朱歌，惹出大祸，哑巴吃黄连有苦说不出，如果再纠缠下去，尔朱世隆用此事要挟，虽然不会杀头，免不了再吃板子。现在天下大乱，能够平灭叛乱的唯有尔朱荣，即便尔朱歌真与高欢有染，也不能翻脸。温子升辅佐元子攸，没参与礼聘皇后，问道："祖大人，尔朱歌力压北海郡主，可有尔朱世隆捣乱？"

尔朱歌沉鱼落雁，是众人亲眼所见，祖莹郑重其事保证："尔朱歌确实德容才艺样样出色，这是实情。"

温子升上车劝说祖莹："祖大人说过反经合义的典故，既然如此，便应说服皇帝册立尔朱歌为皇后，三个月之后再立淑妃，请北海郡主入宫。"

祖莹被尔朱世隆握住把柄，心灰意冷："尔朱歌国色天香，倾国倾城，沉鱼落雁，闭月羞花，气度不凡，足以母仪天下，我还有什么脸挡着人家？"

元子攸回到皇宫等了许久，温子升疾步进入茅茨堂，跪倒在地："陛下，祖大人闯祸了。"

元子攸一惊抬头，温子升斟酌道："刚才在景山殿，祖大人隐隐望见贼人潜入虹霓阁，进去搜查，没想到歌嫔正在沐浴。"元子攸吃惊，这是大不敬之罪。温子升再奏，"祖莹推开大门没敢进去。"

元子攸松了一口气："祖莹身为黄门侍郎，岂能如此冒失？"

温子升替祖莹请假："祖大人惊吓过度，身体不适，想在家歇息几天。"

"也好，让他称病几天。"元子攸让温子升起身，"你要随同元天穆出征，没你出谋划策，朕如何坐稳这太极殿？"

这话十分贴心，温子升拱手而答："葛荣授首，贺拔胜驻守定州，韩楼不敢南下，万俟丑奴龟缩潼关以西，唯有北海王元颢不可不察。"元颢和元子攸同是献文帝之孙，一旦打出为河阴之变复仇的旗号，很多人不但没有抵抗之心，甚至会向他输诚。

元颢去年十月攻破铚城，至今毫无音信，元子攸不以为意："我又何尝忘记河阴之变？"

"王公大臣可以投降元颢，唯独陛下不能，万一他攻到洛阳城下，陛下该如何？"温子升提醒，他随军征讨邢杲，极为担心京师洛阳。元子攸茫然摇头，温子升叮嘱道，"如果当真如此，谁都不可相信，唯有尔朱大将军可以托付，立即调他驰援洛阳。"

元子攸点头记住："先生，还有何事指教？"

温子升拜倒："陛下应遵守当初诺言，册封尔朱歌为皇后，不可失信。天子置三夫人九嫔二十七世妇八十一御妻，其中贵妃、淑妃和德妃为三夫人，品正第一，可封北海郡主为淑妃，三个月之后迎入皇宫。”

元子攸点头应承：“谨遵先生指教。”

北魏永安二年，公元529年二月二十日，元子攸诏令济阴王元晖业兼任行台尚书，统领都督丘大千等人镇守梁国，防御元颢和陈庆之率领的梁军。三月十一日，诏命上党王元天穆出征讨伐邢杲，费穆为前锋大都督，高欢为都督，大军随即出发。

第二章

长驱直入

天下，是天下人的天下

17 苦等战机

杨忠和马佛念率领梁军与邢杲惜别，叮嘱他抓紧备战，魏国绝不会善罢甘休。邢杲再三向梁国请求粮草，民以食为天，军队也是如此。在这乱世，有了粮草就能聚集勇士，吃空粮草，流民百姓则四散而去，空着肚腹，如何练兵？杨忠和马佛念无语以对，只能转告朝廷，能否运来粮草，何时能到，谁也不知道。两人回归陈庆之军中。青州到铚城有千里之遥，沿途荒凉，杳无人烟，天灾肆虐，战乱不平，天下永无宁日。行军十数日终于返回，他们去年十月十八日攻陷铚城，前往支援邢杲，击败李叔仁，返回时已经是来年四月。军营紧闭，霹雳连弩声不绝于耳，身强力壮者双手抡锤，上下盘舞。军营之侧便是匠房，工棚之内，小猴子捧卷而坐，工匠们“叮叮当当”打制铠甲兵器。他们在帐前下马，通禀而入，陈庆之正面对地图，轻轻问道：“回来了？”

“禀报关中侯，不辱使命，大败李叔仁。”杨忠和马佛念拱手。

“你们来。”陈庆之手指地图，一道红线从铚城出发，经睢阳、考城、大梁、荥阳、虎牢直指洛阳，又一根蓝线从洛阳出发向东经延津渡黄河北上指向青州，陈庆之问道，“你们用了几日从青州返回？”

“十五日。”杨忠答道。

“若从青州前往洛阳，需几日？”陈庆之再问。

“大军行进，快则二十日，慢则一个月。”马佛念回答。

邢杲击败李叔仁，魏国肯定再次派兵，陈庆之打算趁洛阳空虚出兵北伐：“我们只有一个月的时间。”马佛念和杨忠大惊，一个月内攻克睢阳、考城、大梁、荥阳、虎牢和洛阳？“杨忠，你率领斥候前往黄河岸边，打听魏国军情，看看他们是否再次讨伐邢杲。”

18 饮马黄河

元天穆立马岸边，无尽舟船载着士卒渡过黄河，这是他去年讨伐葛荣所走的路线，甫至朝歌，尔朱荣便出滏口将葛荣生擒活捉。渡过滚滚黄河便是一马平川，没有阻拦便可以直捣青州。前军大都督费穆策马拱手参见：“辎重全部上船，大军天黑前可全数渡过黄河。”

元天穆望向铁灰色的天空，无数舟船在黄河上往返：“贺六浑到哪里了？”

费穆拱手禀报：“已渡过黄河，向北先讨平羊侃，再与我军会合。”

羊侃的祖父羊规原为宋武帝部下，身陷北方，留在北魏为官。羊侃身高七尺八寸，爱读文史，臂力过人，能用六石强弓。前年秦州羌人莫折念生造反称帝，命其弟莫折天生攻陷岐州，进犯长安。羊侃时任偏将，一箭射死莫折天生，击溃叛军，进封征东大将军、东道行台、泰山太守，赐爵钜平侯。当初，羊侃之父羊祉常有南归江东的想法，嘱咐儿子伺机回归南朝。去年河阴之变，徐纥逃出京城，劝他起兵反叛。羊侃决定完成父亲遗志，南归梁

朝，于是在泰山郡起兵，十月魏国派兵征讨，高欢增援，将

羊侃重重围困。

天色已晚，元天穆传令扎营休整，次日出征。传令兵发布军令，军士在落日下埋锅造饭。一匹战马从黄河岸边疾驰而至，斥候翻身下马："军情急报，元颢进拔酂城。"

元颢前段时间销声匿迹，难道要趁大军出征，洛阳空虚之时伺机而动？元天穆命令："召集众将。"

鼓声阵阵，众将聚集中军大帐，元天穆居中而坐，费穆立于左侧。尔朱兆率领骑兵从晋阳出发前来会合，驻地最远，听到军令急匆匆赶来，翻身下马进入帐中，不顾左右，直奔元天穆："叔父，何事？"

元天穆面色一凝，他与尔朱荣义结金兰，但军中法令森严，岂能不依军职胡言乱语？板起面孔："一边站立，不得乱语。"尔朱兆气呼呼站到一边，元天穆扫视众将说出军情，"邢杲数月前击败我军，向西追击，正在围攻历城。"

这次讨伐邢杲，将领云集，尔朱天光、尔朱兆、费穆、慕容绍宗、刘灵助都是尔朱荣嫡系，高欢、孙腾和侯景出自六镇，还有原先在河北山东平叛的将领，几乎精锐尽出。众人来路不同，各有心事，刚才看到元天穆教训尔朱兆，都沉默不语。元天穆停了停说道："元颢从梁国借来兵马，攻破铚城，偃旗息鼓半年，突然进拔酂城。"

众将都是一惊，元颢和陈庆之出兵时机把握精妙，元天穆率领众将来到地图旁边，形势顿时清晰，铚城地处梁国边境，酂城居于睢阳和铚城正中，显然元颢要乘虚而入。尔朱兆忍不住拱手：

“大都督，我军渡过黄河，如同射出之箭，岂能回头？先平灭邢杲再回头对付梁军。”

前军大都督费穆深得尔朱荣赏识，去年十月救援荆州，击败梁军，极为狂傲：“丘大千领兵七万，济阴王元晖业率领两万羽林驰援考城，洛阳尚有三川八关之险，荥阳和虎牢雄关横亘，元颢仅有七千梁军，何必惊惶？”

元天穆此次出征带了温子升，问道：“鹏举，你是何意？”

温子升字鹏举，沉思许久：“邢杲兵众虽多，都是鼠窃狗偷之辈，只想据守一方没有大志。北海王元颢是帝室近亲，声称为河阴之变复仇，蛊惑人心，势头难测。我军正在延津，距离睢阳极近，应顺流而下击败元颢，再讨伐邢杲。”

睢阳距离不远，却隔着黄河，往返岂是易事？尔朱兆反对：“一旦我们兵至睢阳，元颢掉头跑回梁国边境，我们怎么办？”

元天穆觉得有理，一旦元颢逃回梁国，大军如何进退？温子升依然反对：“梁军去年十月攻破铚城，消失无踪，我军刚离开洛阳便现身酇城，将向睢阳，岂是巧合？元颢故旧遍布朝堂，定有人与他通风报信，一旦他兵临京师，便会有人为他开门投诚。”

费穆与温子升各有道理，元天穆重新落座，沉思片刻拿定主意：“元颢孤弱，不足为虑，我军引兵东出，先定齐地，还师击颢。”

温子升叹息一声，不再多说，议事完毕，离开军帐，望着滚滚黄河，心中戚戚不安。

19 进拔荥城

黄河南岸半山之间，一名银盔白袍的斥候立马山间，望着魏国大军从黄河北岸拔营北上，正是杨忠。梁军攻袭铚城之后不断侵蚀魏境，向西占据酂城，再向前便是魏军重重防线。陈庆之于是扎下军营，打探军情，等待战机。杨忠掉转马首，撮唇呼啸，梁军斥候从四面八方向山顶聚集，向山下奔驰，绕开魏军驻守的睢阳，返回梁军大营。

战马啸风，杨忠率领斥候席卷而入，直奔中军大帐，跃下战马，破帘而入拱手禀报："魏国上党王元天穆率兵十五万，费穆为前锋大都督，渡过黄河向北进发。高欢和侯景先行出发，前往泰山郡，正在攻打羊侃。"

"再探再报。"陈庆之挥退杨忠。费穆、高欢、侯景和尔朱兆都是魏国精锐，魏军十五万大军倾巢出动，陈庆之看着身边的元颢，"魏王，可知费穆其人？"

元颢深知魏军将领虚实，咬牙切齿道："费穆本是武卫将军，在南边作战，后来调至北方平灭六镇叛乱，也算身经百战。此人挑拨尔朱荣发动河阴屠杀，与我有不共戴天之仇。"

魏军良将尽出，陈庆之松了一口气，洛阳空虚，向帐外发令：

"击鼓升帐！"

元颢在铚城半年就等此刻："关中侯，终于要出兵了吗？"

陈庆之点点头："直捣洛阳，绝不回头！"

荥城只有东西南北四个城门，城门有内外两重，中间为瓮城，瓮城两厢为驻兵之所。城中守军三千，每座城门各有数百，其余驻扎在中央钟楼。荥城距离睢阳只有几十里，距离梁国边境数百里，去年十月梁军攻破铚城，荥城草木皆兵，盘查极严，夜间关闭四门。半年时间过去，梁军没有动静，防守渐渐松懈。不知是何缘故，近几月人烟兴盛，四处客商络绎不绝，商铺因之而生。尤其东南两门靠近商路，食肆和酒楼里熙熙攘攘，布帛店和铁匠店人流涌动。

黄昏将近，客商拥入城中，人流拥挤不堪。七八名客商肩挑背扛来到南门，他们与守门军曹早已混熟，送出乡间特产，嬉笑间入城，直奔酒肆。伙计大声吆喝："几位客官，打烊了，明日再来。"嘴里阻止，却拉开大门，让七八名客商进门。酒肆之中人满为患，数十张食桌挤了将近百人，加上掌柜、伙计、大厨一齐从后堂拥出，向为首之人抱拳施礼。这位头领扔去斗笠，双目如电，两撇黑须如同利箭，斜入下颌，正是马佛念。他将包袱打开，铠甲兵器排在地面，扯去麻布小衫，百名梁军披挂整齐，再外披布袍，让人不易辨认。

马佛念早早扮作客商潜入荥城，盘下这座酒肆，作为打探消息的据点，再将兵器铠甲缓缓运入，隐为伏兵，就为里应外合攻破荥城。今日，陈庆之得知魏军渡过黄河，下令攻打荥城，马佛念潜入城中。一名伙计从二楼疾奔而下，向马佛念禀报："魏军关闭城门。"

"少安毋躁，各自休息。"马佛念不着急，酒肆灯光熄灭，寂静无声，梁军枕戈待旦，等候即将开始的大战。

夜半时分，明月升空，蛙声如潮。瓮城内门打开一道缝隙，潜入守军的梁军打开城门。酒肆与城门只有数十步距离，梁军鱼贯进入，潜伏城门之内。城上有守夜士卒，两厢有数百魏军。马佛念举手示意，手指城墙上的巡逻魏兵，弓箭齐发射落地面。马佛念直奔城门，守兵听到动静，开口叫出一声，胸口"扑哧"被一箭贯入。与此同时，一支火箭遥遥升空，发出信号。

叮叮当当打起来，守军惊醒，刚摸到铠甲，窗外弓箭齐发，他们贴着墙面，抓起兵器，破门而出，又被一阵弓箭射回来。盘桓一阵，守军分成数队，手举盾牌破窗而出，瓮城之内空无一人，却有箭雨从前后罩来。马佛念熟知战阵，在瓮城布下一个奇怪的阵形，两道半月形防线各守内外两门，守军攻打任何一门，背后都空门大开。魏军分兵两路，听到嗤嗤声音，弓箭袭至，放倒数十人，魏军才知道好歹，一起先攻内门，打算与城内魏军会合，结成防线缓慢向内门推进。城门内连串锣鼓声响，巡逻魏军发现情况，击响战鼓，呼唤援兵。守军这才发现，翁城内只有近百敌军，精神大振，各持盾牌向前拥去。忽然梁军阵形轻轻晃动，数十支长槊贯穿而出，盾牌顿时成灰，霹雳之声骤起，连珠弩速度极快，魏军失去防护，倒地一片，余众四散而逃。地面震动如筛，久经战阵者立即明白，敌军潜伏进来只是要打开城门，大队骑兵将至，绝无可能阻挡，掉头逃回厢房。

城门一开，骑兵漫卷西风，夺门而入，银盔白袍的梁军的兵器从未见过，半长柄顶着赤红铜西瓜，不理会守军，穿越瓮城直入内门，为首正是杨忠，将一匹战马交给马佛念。马佛念翻身上马，喊道："钟楼，你正，我侧。"

入城梁军骑兵约有三千，杨忠收起缰绳，勒马缓行向钟楼攻去，另外一支在马佛念带领下没入街巷。荥城不大，城门距离钟楼只有一里，杨忠遇到守军，结成阵线对峙。忽然敌军背后大乱，马佛念率领梁军在街巷中跃马而出，冲破战线。魏军分散在东西南北四座城门，不占优势，被前后夹击，落花流水，对骑兵毫无抵抗之力。一名魏军将领正在呼啸指挥，命令士卒重新结阵。

"跟我来。"杨忠直冲钟楼，沿着楼梯盘旋而上，七八名魏军迎面冲来，被弩箭射退，杨忠已到魏将面前，战锤高高举起，向下砸落。魏军将领横举长槊向上一迎，要是寻常刀枪，槊杆都能接住，但战锤重过数倍，又借助马力居高临下，力过千钧，长槊哪能抵挡？"咔嚓"一声，槊杆从中断裂。战锤威势不减，魏军将领头盔如同虚设，血光迸现，如同砸中一个巨大的血葫芦，鲜血四溅，尸身如同一摊烂泥从钟楼坠落。杨忠战锤再舞，旗杆断裂，旗帜坠落城墙。梁军占领钟楼，霹雳弩向下俯射，魏军主将殒命，士卒前后被包围，头顶也架满弩箭，难逃一死。正在此时，数匹战马从南门冲进，高声喊道："箭下留人。"

杨忠认出元颢的金盔金甲，没想斩尽杀绝，弩箭抬起。元颢策马登上钟楼，掀开兜鍪露出面孔，双臂大张："我乃元颢，向梁国借兵北伐，并非颠覆大魏社稷，而是向尔朱荣讨还血债，各位将士对魏国忠心耿耿，岂能丧命于此？”

魏军丧失斗志，放下兵器投降。元颢大声宣示：“如果各位愿意返乡，我绝不阻拦，如果想留下来，元颢必竭诚相待，同心同德，光复大魏。”马佛念觉得不对，元颢岂能随便收留魏军？忽然北门鼓声阵阵，这是陈庆之将令，杨忠来不及多想：“大哥，收押降军，向关中侯复命。”

20 皇帝大婚

北魏礼法采用古制，纳采、问名、纳吉、纳征、请期、亲迎都用白雁和白羊各一头，酒米各十二斛，帛三匹，绛二匹，绢二百匹，钱二百万，玉璧一枚，马六匹，便是所谓五雁六礼。尔朱歌默默看着，一切循规蹈矩，礼数周全，独独缺了情义。她换上赤缥衣，熊、兽、赤熊、天鹿、辟邪绘于其上，翡翠为毛羽，金题白珠珰，再戴步摇冠，黄金为枝干，白珠相贯，挺直脊背缓缓走出虹霓阁。一辆羽盖金根车，驾青辂，青帷衣裳，云画辕，黄金涂五彩，盖爪施金华，马三驾，左右騑，停在门前。十二名侍女各乘安车，随在金根车后，前面一队持戟武士，车驾离开天渊池，进入皇宫。

明月远远望着，今天将是皇帝哥哥的大婚之日，那个沉鱼落雁的尔朱歌将成为皇后，心里突然一酸，眼泪在眼眶中打转。我在一年前便与皇帝哥哥行六礼，是他明媒正娶的妻子，为何换成另外一个女人？当了皇帝便要这样吗？雍容华贵的尔朱歌登上画轮车，身边的秀女羡慕得惊呼起来，明月眼泪却像断线的珍珠一般迸落四溅。画轮车启动，秀女们指指点点，明月偷偷拭去泪水。

羽盖金根车从华林苑绕出洛阳城，从阊阖门重新回到城中，宫门次第打开，尔朱歌频频回头，一入此门，再难回顾。太极殿正门只为帝王开，唯有皇后大婚才得以入。尔朱歌走上步辇，跪坐其上，脚下是匍匐的大臣，莫敢抬头。钟鼓齐鸣，乐曲响起，一片祥和。

翩翩白鸠，再飞再鸣。怀我君德，来集君庭。
白雀呈瑞，素羽明鲜。翔庭舞翼，以应仁乾。
皎皎鸣鸠，或丹或黄。乐我君惠，振羽来翔。
东壁余光，鱼在江湖。惠而不费，敬我微躯。
策我良驷，习我驱驰。与君周旋，乐道忘饥。
我心虚静，我志霑濡。弹琴鼓瑟，聊以自娱。
凌云登台，浮游太清。攀龙附凤，自望身轻。

年轻的天子元子攸坐于太极殿正中，黑介帻，通天冠，朱绿里，广七寸，长二尺二寸，前圆后方，十二旒白玉珠垂于前。上衣皂下衣绛，前三幅后五重，衣画而袖绣，日、月、星辰、山、龙、华虫、藻、火、粉米点缀其间，朱里束带广四寸，绿线修饰其侧，绛绿为领袖。

尔朱歌缓缓踏上丹陛，这个地方和这些人与我何干？贺六浑出征了吗？我爱他，我恨他。他为何不能放下天下与我流浪草原戈壁，让我无法逃脱这个牢笼。尔朱歌只能认命，这就是宿命，再嫁给另外一个皇帝。年轻的天子脸色苍白，目视远方，仿佛尔朱歌不存在一般。元子攸一点头，算是夫君对妻子的问候，苍白的面孔，坚毅的眼神中含着客套和善意，鼻梁坚挺，嘴唇薄锐，他是父亲扶立的皇帝。我还是元诩嫔妃之时，曾经在西林园见过这个年轻谦卑的叔叔。尔朱歌微微欠身，浅施一礼，走上皇后之位，面对群臣，不看旁边的夫君，却能感受到他的困惑。目光里包含了什么，惊艳？渴望？还是愤怒？尔朱歌不知道。

元子攸默然看着这个盛装的女子，她美丽惊人，才艺俱佳，可她不是明月，我心中只有明月，我爱她的无瑕、明亮和单纯。为了社稷只能接受这个皇后，她是尔朱荣的女儿，那个内控朝廷、外掌重兵的权臣。元子攸强迫自己笑着看向尔朱歌，得到冷漠的回应，元子攸依然笑着，我在演戏，让群臣看见，我与尔朱荣尽弃前嫌，共同对付叛乱。她不笑，我不在乎，我只在乎天下。元子攸握住尔朱歌的手掌，缓缓站起，众臣三拜九叩，山呼万岁。

21 对坐睢阳

军营肃整，士卒成列，大帐内众将寂静无声，杨忠策马入营，攻破荥城又将出征？他和马佛念走到正中，向陈庆之交令：“关中侯，攻破荥城，魏王收揽降卒，自成一军。”

杨忠特地强调元颢收降魏军，陈庆之凝眉细想，未予置评，道声辛苦，率领众将走到地图面前，向上一指：“魏国上党王元天穆率领魏国精兵良将渡过黄河，讨伐邢杲，我们前面便是睢阳，都督丘大千领兵七万驻守，各位有何对策？”

梁军攻袭铚城，占据酂城，打下荥城，这些都是小城，魏军驻兵极少，突袭极为顺利。睢阳将是进入魏境的第一座大城，商汤以此为都击败夏桀，后来春秋宋国和西汉梁国建都于此，城深池广，荥城被攻破的消息肯定传至丘大千耳中，必定有所防备。以梁军七千人马，仰攻坚城，且不论能否攻下，伤亡必定惨重，得不偿失。

众将正在商议，帐外马蹄声音响起，元颢大步入帐，梁军将领纷纷让开。他来到地图之前，向陈庆之依军礼拱手：“我收揽败军，助你一臂之力，关中侯意下如何？”

陈庆之深思熟虑：“正该如此，请魏王自成一军，共破敌军。”

元颢组建军队，陈庆之统率梁军，如何配合？以谁为主？马佛念出列力争："天无二日，军无二主，沙场之上，军令如山，岂能令出多门？"

马佛念所言极为有理，众将纷纷点头，元颢坦然回答："我虽为魏王，行军作战，唯关中侯马首是瞻，绝不敢抗命。"

元颢这么说，等于将军队指挥权交给陈庆之，马佛念无话可说，梁军数量极少，必须仰仗元颢招降纳叛，才能不断壮大。陈庆之向地图示意："前面便是睢阳，是攻入魏国境内的第一场大战，魏王意下如何？"

睢阳城池坚固，护城河环绕，如果丘大千闭门不出，极难应对，元颢答道："不可强攻。"

元颢身份尊贵，在侧面设座，陈庆之猛地抛出令箭："歇兵三日，绕过睢阳，直奔考城。"

众将皆惊，如果绕开睢阳直插敌后，就会深陷重围，故此自古作战，谁也不敢避城而深入敌境，但是陈庆之令下，众将解散，各自准备。杨忠随马佛念出了大帐问道："大哥，关中侯为何如此？"

马佛念笑而不语，陈庆之不想强攻睢阳，把难题抛给了丘大千，他要不要出城拦截？放敌军过境便是大罪，一旦他出城，梁军掉头迎击，避免强攻坚城的劣势。

三天之后，梁军饱餐已毕，大队出发，绕着睢阳向西而去，一日只走了几十里，天还未黑，便扎营埋锅造饭。忽然尘土飞扬，宋景休飞马赶到，拱手禀报："关中侯，魏军七万人马出城，抢在我军阵前，布下七道防线，丘大千统领骑兵居中扎营。"丘大千果然不敢放梁军入境。宋景休已经探察详尽军情，魏军携带十日军粮，士卒配有丈二长槊，八成佩刀，六成披铁皮两挡甲，三成持盾，骑兵约有一万，皆为轻装骑兵。宋景休讲完敌情，众将与魏军交战无数，立即明白丘大千战法。他凭借数量优势，筑七道木栅防守。丘大千深思熟虑，要打一场消耗战，如果一道一道攻打，伤亡惨重，难以北伐。

众将聚集在地图前，丘大千沿睢水与睢阳之间布阵，阵形奇绝，城池隔断进攻路线，南侧便是睢水，留下从东向西一条通道，迫使梁军正面强攻。看了这个阵形，众将不知所措，陈庆之笑笑："魏王，何不到阵前看看？"

陈庆之与元颢并辔出营，很快望见敌军木栅，策马登高瞭望敌阵。丘大千占据地利，左侧是连绵不断的山坡和睢阳城，右侧睢水，七道防线扼守其间，防线竖立一人多高的木栅，内侧有斜木支撑。在阵前数里，梁军安营扎寨，战马朝内，车厢向外，并排搭接，士卒用长槊搭好行军帐篷，夕阳下一片宁静。如果此战不胜，只能乖乖退回梁国境内。陈庆之问道："魏王，敌军如何？"

元颢在铚城半年，做了不少招降纳叛的事情："丘大千手下将领侯暄曾是我部下，我已与他联络。"

陈庆之北伐一半凭借军力，还有一半要凭借元颢的影响："侯暄说什么？"

信使将侯暄的口信带回，元颢答道："丘大千虽然痛恨尔朱荣，却不愿意投降。"

"他既出城，便可一战。"陈庆之善于出其不意攻其不备，这次却不得不打场硬仗。

22 六月之期

天气渐暖，洗月亭内不用架起火炉，元子攸掐指计算时间，心里惦记明月，祖莹知道他的心事儿，说道："她一切都好，就是想见你一面。"

"明月来到洛阳怕有三四个月了吧，朕还一次未见。"元子攸常为此不安。

"采选已毕，大婚已行，应该筹划册封淑妃了。"祖莹也通人情，如今元天穆率领大军东征邢杲，洛阳成了元子攸的天下。

"速速为之！"元子攸大喜。

祖莹见完元子攸，出宫找到元徽，再奔华林苑，明月正在湖边呆坐，祖莹深深施礼："郡主，恭喜！"

明月与元子攸只隔一道宫墙而不得相见，心里很不痛快："城阳王，祖大人，有何可喜？"

"臣已得旨，操办礼聘淑妃之事。"元徽与明月极熟，略略拱手。

明月备受冷落，淡淡答道："不知是哪家女子？人才样貌如何？"

祖莹知道明月讥讽，答道："陛下一往情深，对北海郡主念念不忘，何出此言？”

明月向祖茔和元徽施礼：“两位大人，当皇后还是淑妃，我不介意，我只想早日与皇帝哥哥在一起。”说完盈盈回转庭院。

23 攻营拔寨

天将放亮，陈庆之居中而坐击鼓升帐。将领们陆续鱼贯而入，依军礼抱拳分列两厢，三通鼓毕，众将到齐。陈庆之走到地图旁，丘大千筑成七道防线，若攻其中军，必须渡河，极为不利。如果进薄其垒，丘大千便可层层阻挡，层层消耗，让梁军损失巨大。陈庆之直接点了马佛念的名字："老马，你说说。"

众将诧异，陈庆之以往请众将畅所欲言，今天点马佛念的名字，与往常不同。马佛念从众将中走到地图面前说道："关中侯，我有三策，不知何者为佳。"马佛念指着地图上的睢阳说道，"魏军凭栅驻守，睢阳空虚，绕开敌阵攻打睢阳，迫使敌军离开木栅，便可以决战，这是一策。不过，城墙更难攻取，丘大千与城内守军前后阻击，颇为不妙。"

这种打法看似避开魏军主力，但仰攻坚城不一定划算。马佛念说出第二策："若不想战，搭乘舟师，溯流而上，直奔考城，如果丘大千胆敢追来，掉头决战。"杨忠暗暗点头，这是最佳对策，马佛念又说，"还有一策，不避不绕，进薄其垒！"

这正是丘大千所求，是最笨的选择，众将一齐摇头。马佛念向四周拱手："丘大千看似周全，实为不智，他分置七栅，重兵屯于中央，各营人数与我军相仿，正好一一击之。”

这是实情，魏军如果集中兵力决战，便有绝对优势，如今将兵力分散成七支，每一处都处于劣势。陈庆之听完转向元颢：“魏王意下如何？”

元颢讨伐尔朱荣，魏国大臣倚墙观望，痛恨尔朱荣的大臣将领不在少数，只要打赢几仗，形势就大不相同，缓缓说道：“但听关中侯驱驰，只要击败丘大千，我便有把握招降于他。”

陈庆之主意已定，举起令旗：“杨忠领兵一千，进薄其垒。”众将相顾骇然，陈庆之竟用了马佛念的第三策。

魏军大营中，丘大千手持元颢书信，难以决断，元颢借兵北伐，偷袭铚城，打出复仇的旗号进攻洛阳。他与朝廷同气连枝，不少故交好友丧生于河阴之变，对尔朱荣有刻骨之恨。只是元子攸登基称帝以来励精图治，已有中兴之象。丘大千哼了一声，他镇守边境，从来都是魏国进攻，梁国防守，元颢借来区区七千人马也敢北伐？

当他得知领兵将领是陈庆之时，倒吸一口冷气。四年前，徐州刺史元法僧叛魏降梁，陈庆之护送豫章王萧综入镇徐州。徐州是兵家必争之地，魏国派遣安丰王元延明和临淮王元彧率军二万试图夺回，丘大千随同主将元延明包抄到徐州背后，筑垒结营，阻挡梁军归路。陈庆之那时名不见经传，梁军乘月黑风高奇袭。魏军正在酣梦，鼓声震天，被梁军一鼓而胜，丘大千输得糊里糊涂，深以为耻。这次又逢老对手，丘大千憋着一股气，一声令下，七万步骑倾巢而出，在睢阳城外结成七道战阵。他亲自率领一万步骑居中驻守，只要咬住梁军，骑兵两翼齐飞，就能将梁军消灭于睢阳城外。

鼓声惊天动地，邱大千登上瞭望塔，梁军出现在平地，金花狮首盾后明光铠银光闪耀，云梯和尖头轳掩映其间，梁军数量不多，想必是诱我出战。南军擅守，唯独陈庆之这支梁军长于进攻，丘大千一举令旗："据守木栅，不得出战。"

梁军前锋分成三道：第一道手持盾牌和长槊；第二道斜挎弯弓，抬着各种攻城器械；第三道是攻击主力，他们换上新兵器，臂张弩置于盾牌之后，右手持锤，腰间挎着环首刀。他们后方是梁军军营，排列着整齐的骑兵，只等前锋攻破敌营，便席卷而出。营门之上还有三丈硐楼，陈庆之与元颢瞭望战场。魏军毫无动静，没有出兵迹象，元颢不免紧张："丘大千闭门不战。"

陈庆之右手一挥，战鼓二通，发出进兵指令。梁军结阵接近魏军木栅，对面弓箭腾空而起，梁军竖起盾牌抵挡，步步逼近，直取营门。元颢大吃一惊，城门处于防线正中，梁军直趋此处，狂妄至极，他吃惊阻止："关中侯，为何用一千士卒挑战一万敌军？"

"不入虎穴，焉得虎子？"陈庆之不为所动。

正面硬抗是笨拙战法，元颢不便多说："第一场恶战，我擂鼓助威。"

梁军前锋已到敌军辕门，鼓声再起，这是攻营之令，战靴踏平枯草，铁甲相交，树林的飞鸟也感觉到肃杀之气，仓皇飞窜。

木栅由圆木拼接而成，远不如城墙高大坚固，其后填土为台，士卒居高临下，既可张弓射箭，也可近战防御。马佛念率领前军，齐声呐喊掉转方向，在盾牌保护下折向营门左侧木栅，长槊齐齐从圆木间刺穿，向上挑起。杨忠与魏军作战多年，熟知马佛念战法，后军士卒一起放箭，十几名魏兵从木栅上翻落。梁军长槊刺入圆木之间，浅浅贴着土皮从魏军脚底钻出，木栅之后守军被戳倒一片。梁兵从盾牌中钻出，短梯搭连，宋景休当先翻越木栅，结成半圆之阵，阻拦魏军来援。梁军弓箭全开，轻而易举攻上木栅，四人一组拔出木桩，清理通路。

梁兵聚集一点，突破营栅，丘大千等的就是此时，令旗一展："骑兵，把梁军围起来。"

魏军骑兵待命多时，一声号角，辕门洞开，冲出营门，分左右两队，如同箭头一样向梁军包抄而去。杨忠听到号角之声，高喊："老马，敌军骑兵！"

梁军腹背受敌，前有第一道营栅的敌军，魏军骑兵直驱背后，马佛念下令："结阵据守！"梁军背靠夯土坡结成半圆之阵，盾牌竖起，长槊朝后防御骑兵，弩兵集中在木栅上，布成却月之阵。这种阵法是刘裕北伐时所用，依靠大河结阵，背后舟船，梁军用没有拆除的木栅作为凭借，长槊隐藏圆木之后。金属碰撞相继响起，重铠梁军藏身盾牌后，箭囊立于地面，弩箭填满熟铜廓机，咔嘭的入膛声音爆响。魏军不急进攻，两军相对，弓箭互指，战场上宁静万分，一旦骑兵合围，便是开战之时。

元颢在碉楼上看得清楚，魏军故意让梁军冲入营栅，其实是为了从后面包抄，杨忠率领的梁军向前，会越陷越深，后退则被骑兵在野地围歼，形势极端不利："关中侯，敌军就要合围！"

梁军凭借木栅却月阵，转攻为守，陈庆之心安，轻轻一笑，看出杨忠的战法："他们要吸引敌军决战，毕全功于一役。"元颢不信，守且不足，岂能决战？陈庆之马鞭遥指却月阵，问道，"魏王可知此阵？"

"士卒背靠营栅，盾牌毕集于前，弓弩居中，是防守之阵。"元颢带兵打仗多年，此阵似乎蕴含极大杀伤之力，守中蕴攻。

梁军结阵，吸引敌军包围，陈庆之不打算隐瞒："杨忠自甘为饵，以挫敌锋。"

此战极为关键，如果梁军前锋被魏军吃掉，就不用再打了，如果敌军久攻不下，陈庆之便可以挥军逆袭，元颢推算战局，不能穷尽，只好长叹："战局无常，听天由命罢了。"

陈庆之却不苟同："魏王，战局无常，须当机应变。"

元颢无心辩论，敌军骑兵合围，加速向梁军阵形冲来，与此同时，敌军步兵向前移动，前后夹击。梁军龟缩成小小一片，如同巨浪上的一叶扁舟，仿佛要被连根拔起。梁军盾牌林立，长槊密布，弓箭斜向天空，弩箭暗指地面，两面烟尘冲天，阵中极为平静，元颢暗自称赞，就是这股冷静，便可看出这些梁兵久经战阵。突然，咔嘭咔嘭的霹雳之声爆起！元颢从未听过这种声音，这是什么兵器？如同巨雷，响彻天空！

"连珠弩，专克骑兵。"陈庆之短促说道。

杨忠、马佛念和宋景休并肩站在阵中，岿然不动。敌军马蹄震地而来，烟尘翻滚，进入弩箭射程，马佛念一举令旗："望山。"

望山是弩机上的准星，士卒双臂一抬，手按悬刀瞄准。宋景休手掌一翻，弩机出现在他手中：“我试试新家伙。”他极爱霹雳弩，夹带到战场。他扳动悬刀，霹雳连珠弩迸发，一支支弩箭贴地飞行，正中魏军战马，咆哮着四蹄扬起，将敌兵抛落地面。宋景休被震得全身一抖，兴奋喊叫，“劲儿真大，不打弯地向前蹿。”

话音迅即被霹雳般的发射声音掩盖，梁军弩机上扬，弩箭脱膛，齐刷刷地从宋景休头顶飞出，凌空而至，将魏军骑兵扇面整齐削掉，第二排又倾泻而到，连绵不绝，如同飞蝗漫天蔽日。敌军骑兵数量仍然极多，宋景休扔下弩机拎起长槊：“我去挡一下。”

三人配合默契，马佛念居中调度，杨忠在阵前防御魏军步兵，宋景休殿后防御骑兵，圆阵处于重围之中但井井有条，毫无败象。骑兵冲入百步距离，战马铃铛声声入耳，弩兵放尽弩箭，士卒弯弓向天，箭雨罩去，距离已近，几乎箭无虚发，又有大片骑兵坠地。三轮弓箭过后，仍有半数敌军骑兵冲出箭雨，到达木栅之前。

“备槊。”宋景休令下，梁军平端长槊聚在木栅，转眼间，敌军骑兵冲过箭雨，略一转弯贴近木栅，长槊向前，勾搭圆木，只要扯开木栅，后续骑兵就能蜂拥而入，梁军步兵绝无反抗能力。

杀！宋景休看清时机，双臂用力，长槊破栅而出，刺入战马脖颈，鲜血喷薄而出，溅得宋景休从头到腰都是。战马失去力量，斜着向木栅撞来，将圆木震飞。宋景休弃长槊，提起战锤，横向一扫，敌军骑兵被凌空撞出，喷出一口鲜血，气绝身亡。

战马撞出缺口，魏军见机极快，战马高速奔驰，马佛念居于土坎高处，呼喝一声，三四十柄弩机转到这边，悬刀一动，战马被刺成刺猬，鲜血如注，巨大身体轰然倒在木栅之下，挡住缺口。

魏军骑兵攻势受阻，又处于弓弩射程，掉转马头，沿着木栅向两侧逃出。骑兵来得快，去得快，留下一地狼藉，第一波攻击已告失利。

弩箭射出两百步？元颢的反背弓只能射出一百五十步。弩箭还能连发？元颢再次惊叹，梁军扣动悬刀，弩箭毫不停息，快得让人看不清楚，骑兵被层层削去，每轮都有百名骑兵掉落马下。弩机力度、距离和准头好于弓箭，唯独须双手填弩，无法在战马上使用。梁军弩兵与弓箭兵组合在阵中，远则用弩箭，近则用弓箭，一远一近，阵法之妙都在其中。元颢早就听说梁军弩兵厉害，果然不虚。

另一边，魏军步兵手持盾牌，呐喊着接近梁军。杨忠左手持盾，拎起战锤跨出半步，他身材本就极高，战锤画出一道赤红光环，砸向盾牌，木屑横溅，碎如粉末，左手一抬，盾牌下的弩机发射，魏兵胸口中箭，卧倒于地。梁军第一排士卒挎盾持锤，第二排士卒平端长槊，从缝隙中袭击敌军，中间士卒填满弩箭，冷射敌军。魏军人多势众，虽有损伤，源源不断拥来，一时冲不开梁军阵形，贴身肉搏。

战场形势已变，魏军步兵没有冲破梁军阵形，却将圆阵向内压缩，贴着土坎变成一道扁圆阵列。魏军骑兵背后包抄不成，退回射程之外重新列阵。魏军将领改了主意，围绕梁军奔驰一圈，寻找破绽，看出梁军阵形压扁，凝聚成锋矢阵形，长槊平伸，向梁军薄弱处猛冲，挑开梁军盾牌，像旋风一样拥向缺口，呼啸而入。梁军无法抵挡，骑兵冲过，步兵拥入，梁军瞬时被分成两截。十几名被冲散的梁军被四面包围，无法抵御上下左右的长矛，身上迸出无数道血光，血葫芦一样栽倒在地，旋即被旋涡般的敌军吞没。马佛念指挥士卒弓弩齐发，止住敌军攻势，梁军大半守在栅口，阵形完整，冲出去的两百多人大都为重铠步兵，缺乏长槊和弓弩，只要被反复冲击几次，便无可幸免。

元颢关心则乱，再次劝说："关中侯，出兵支援吧。"

此时增兵将陷入消耗战，难获大胜，陈庆之举起令旗又放下："魏王，且慢。"

"关中侯，快救他们！"元颢嘶声叫喊，千钧一发，他顾不上许多了。

陈庆之向战场看去，被冲散的梁军正在聚拢："再拖拖，消耗他们士气。"

24 破营而出

杨忠被撞出数十步，与主阵分开，敌军步兵快速拥来，一旦被四面包围，绝无生路。他稍一喘息，一举长槊高喊：“兄弟们，结阵！”梁军都是百战老兵，被冲散后并不惊慌，背靠背拢成圆环，盾牌环绕，弓弩聚集中间，将受伤梁兵拖回中间救治，弩箭上膛的声音响起，阵形如同激流中的小岛，坚如磐石。

宋景休挤到马佛念身边：“大哥，怎么打？”

魏军骑兵绕出半圈，席卷而来，如果再冲一次，将两拨梁军冲得越来越远，杨忠那两百多人便要全军覆没。马佛念额头青筋暴起，命令弩兵：“填满。”

“快！”宋景休大喊，杨忠被分割出五六十步距离，他和马佛念占了栅口，如果全力救援杨忠，便会丢了退路。梁军弩机填满，马佛念环首刀高举：“兄弟们，冲！”

七百梁军一声怒吼，放弃木栅，战锤横飞，击碎敌军盾牌，梁军不用瞄准，扣动弩机悬刀，“哧哧哧”，弩箭如同暴风般平射，射倒一片敌军，瞬间便将距离拉近到三十步。马佛念砍翻一名魏兵，与宋景休肩并肩向杨忠冲去。

杨忠也不闲着，举起战锤大喊：“兄弟们，杀回去。”

梁军向外杀去，杨忠盾牌荡开长槊，战锤凌空砸下，一朵血花在敌兵头顶盛开，飞起一脚将尸体踹出三步，擦干脸上鲜血，扔掉盾牌，提起一柄战锤，双手一交，如同平地生雷，状若癫狂。迎面长槊刺来，他反手一抡，槊杆从中折断，槊尖激射，右手大锤猛劈，轰向目瞪口呆的敌兵腰间，血光横溅，上半截被凌空轰飞，双腿从中断折，噼啪坠落地面，几名魏兵吓得倒退几步，不敢上前。杨忠双锤一合，猛冲上前，敌兵盾牌格挡，长槊横刺。杨忠双臂齐抡，盾牌粉碎，长槊断裂，接连砸翻三名魏兵，银盔银甲被鲜血染成通红。

如果不能与马佛念会合，便要被剁成肉泥，梁兵拥在杨忠身边，猛然爆发，聚成冲锋阵形，盾牌贴紧，防住弓箭，大开大合向前，不管盾牌长槊还是战刀，当者无不粉碎，残肢和槊尖激射，盾牌粉碎，血光绽放，数十步间已是修罗地狱。魏军步兵刚刚切入，数量不多，没有结成稳固阵形便被合击，顿时崩溃，士卒四散，转眼间两路梁军汇集一起，重新布阵，盾牌立在外围，长槊居其后，向里是弓箭手，最核心是弩兵，四道圆圈正中是伤兵，大都是一刀一枪之伤，拭去血污稍做包扎重新归阵，伤势稍重换成弓弩。

魏军骑兵怯于弓弩，停在两百步外，魏军步兵守住木栅，拦截退路，似在静观其变，不急于进攻。此战奇异，梁军攻营拔寨，魏军骑兵包抄不成，掉头再战，分割敌军。梁军放弃木栅重新会合，穿破了第一道营栅被拦截在两道木栅之间，双方有得有失。杨忠、马佛念和宋景休三人背靠背聚在一起。马佛念报上战况："弓箭射去一半，弩箭还有三分之一。"

"怎么办？"元颢看得清楚，梁军破营而出，两侧是睢水和城池，又丧失了栅口。

“静观其变。”陈庆之冷静观察着战场局面，魏军守住木栅，骑兵忌惮强弩，两军遥遥对峙。梁军埋头扣入弩箭，咔嚓的声音重振云霄。

北方骑兵极重速度，猛冲猛打，忽略阵法和兵器搭配。元颢第一次见到梁军野战，有感而发：“我军重铠士卒挡住敌军，依靠强弩射杀敌军，不愧为最佳的防守阵形。”

陈庆之目光离开战场：“此阵并非最强的防御阵形，却月阵才是。”

元颢在记忆深处搜寻这个名字，难道是刘裕北伐所用的阵法？刘裕当年横扫河洛，为魏晋南北朝以来之兵法大家，禅代晋室，开创南北对峙的格局，无人不知，无人不晓。陈庆之在兵法上对元颢毫无保留：“刘寄奴进军长安，魏国沿黄河阻挡，他派出两千七百步兵，在黄河北岸布出却月阵，魏军不识此阵，三万骑兵猛攻，全军覆没，刘裕毫发无伤。”元颢仍对却月阵一知半解，陈庆之说道，“却月阵依靠河水布阵，不用担心后方。”

却月阵不用腹背受敌，可以更好地聚集兵力。陈庆之又说出第二点区别：“我军依靠盾牌和长槊抵挡敌军，易于被骑兵冲破，却月阵用战车挡在阵前，士卒手持长槊在车后据守，绝不可能让骑兵冲破。”

刚才在战场，杨忠的阵形被骑兵冲破，战车便不会如此。陈庆之又说出一点不同：“普通阵形孤立无援，伤兵退回中央，自行包扎，士卒和弓箭无法补充，却月阵背靠大河，船只随时收纳伤员，补充士卒和兵器，源源不断，生生不息，万一战败，士卒可以从容撤回，敌军骑兵无法渡河追击。”

源源不断，生生不息！元颢倒吸一口冷气，幸好却月阵依赖战车背靠大河，仓促间难以布阵，否则千军万马也难以取胜。陈庆之忽然灵光一闪，一幅图像出现在眼前，依稀是却月阵却大有不同，城墙取代河水，瓮城取代战船，源源不断支援。蕴含锋矢，反守为攻，瞬间战场颠覆，山崩地裂，弓弩掠天，天空失色，大地血染，一种前所未有的阵形出现在脑海之中。陈庆之为其杀气所慑，身体晃动脸色惨白，额头迸出汗珠。

元颢惊觉陈庆之晕倒，连忙扶住他：“关中侯，你怎么了？”

陈庆之从脑海中的杀戮战场清醒过来，缓缓说道：“我明白了。”

“明白什么？”元颢不解。

陈庆之想到新的阵法，从却月阵脱胎换骨而来，威力惊动天地，不禁骇然。他不想细说，手指战场：“我军破寨而出，丘大千该当如何？”

战场出奇的平静，杨忠扭开水囊大口猛喝，体力一丝丝恢复。马佛念数着弓箭，把最后一支弓箭掷入箭囊，想出应对之策：“丘大千龟缩不出，便继续打。”

“继续向前，去攻第二道营栅。”宋景休握着长槊从地面跳起。

“掉头向后。”马佛念十分谨慎。

“何不一口气打下去？”宋景休第一阵下来，还不过瘾。

“弓弩不够。”马佛念拍拍箭囊，破骑兵必用弓弩，一旦被围断绝支援，极为危险。

宋景休不再争执："打哪里？"

"营门！"马佛念向前一指，魏军骑兵聚集营门，前后左右排满步兵。马佛念走到高处，命令梁军，"兄弟们听我号令，阵形不变，靠近敌军。"梁军保持阵形，缓缓向前。

"马佛念是何来历？"元颢看得清楚，排兵布阵都由马佛念指挥，此人精通兵法。

"我也不知。"陈庆之好奇马佛念身份，他四五年前成为杨忠手下，陈庆之初时没有注意到他，每有战功都封赏杨忠，后来才发现马佛念才是调度指挥之人。

魏军步兵布成长蛇阵，骑兵居于阵后，张弓搭箭，一阵箭雨射出，梁军盾牌密密麻麻插满箭矢。杨忠身后的弓箭手转眼间将一个箭囊装满。魏军箭雨骤停，将领们似在商量对策，过不多久，战场上烟尘渐起，魏军骑兵冲出。元颢再次催促："他们没有弓箭了，出兵吧。"

"兵不厌诈。"杨忠如果没有弓箭，必会用旗帜示警。陈庆之哈哈大笑，"能而示之不能，这是诱敌之计。"

"弩箭上膛。"马佛念低声喝令，梁兵填满弩箭，弓箭指地，等魏军骑兵进入百步，马佛念一举令旗，梁军开弓放箭，腾起一片箭雨。魏军骑兵被强弩吓破胆子，以为梁军缺箭才敢冲击，当下抖动缰绳，掉转马头向两侧疾奔，只求逃出箭雨，几轮弓弩，敌骑瞬间散乱。

"变阵。"马佛念再举令旗，阵形展开，重铠士卒排列最前，第二列长槊如林，第三排弯弓挎弩。话音落地，攻守变幻，马佛念向城门一指，“兄弟们，攻栅门。”

魏军步兵仍有数量优势，漫天遍野冲来，无奈刀枪和长槊都破不了梁军盾牌，铠甲和盾牌在战锤下毫无防御之力，弩箭破空而来，例不虚发，少数漏网魏兵抵挡不住神鬼莫测的长槊。梁军势如破竹突破阵线，攻至营门。杨忠两柄战锤一举，砸向门闩，“咔嚓”一声，栓木断裂，营门洞开。杀！马佛念稍事休整，令旗一指，杀向第二道营栅。

魏军一万步兵和六千骑兵包抄梁兵前锋，本应轻松获胜，却被攻破木栅，夺取营门，梁军攻向第二道营栅。“胆敢如此！”丘大千恼羞成怒，梁军弓弩必有穷尽，一不做二不休，大声发令：“上，我压上去。”他气急之下不顾后果，战鼓震天，全军倾巢而出，声势大振，勇气倍增，向前猛冲。第一道防线的魏军也聚拢一起从后兜上，将梁军紧紧包围。

梁军杀了两阵，由于铠甲坚固，只有少数士卒负了一刀一枪一箭的轻伤，包扎后重新跃入阵中，仍有八九百人，只是弩机发射极快，弓箭越来越少。马佛念向后指营门：“夺！”杨忠将弓弩聚集一起，明光铠护住要害，发令：“用锤的兄弟们，在前面。”数百名力大士卒挎起盾牌，右手持锤，第二排双手持槊，弓弩形成三排，越往前越密集。杨忠双手战锤一交，大喝一声，“动手！”

战锤翻飞，砸向盾牌，一排雪白的木花在战线中央绽放，随后盛开一排鲜红的血花，爆发在飘散的木屑中。梁兵长槊挺起，洞穿敌兵，弓弩平射，逐一射杀。梁军如同狂风巨浪中的小舟，劈波斩浪，一步步接近营门。

“快！”马佛念回望，背后魏军源源不绝，沿着睢水猛冲，铠甲沉重，盾牌巨大，队形散开，像蚂蚁一样散布在睢水河岸。梁军先一步夺下营门，奋力拆了木栅，将木桩运至阵前，匆匆结成一道阵线，无边无际的魏军近在眼前。

杨忠等人终于搅乱了敌军阵营，梁军大营内，银盔银甲的六千精骑都是跟随陈庆之多年能征善战的老兵，不管外面如何鏖战，毫不惊慌，营中死一般的寂静，他们对主帅充满信心，只等一声令下。“出兵！”陈庆之挥动令旗，营门静悄悄打开，梁军骑兵分成两路，水银泻地般奔腾而出。

“我来击鼓。”元颢接过鼓槌，向牛皮大鼓敲去，十名鼓手双手抡圆，鼓声震天。

魏军步兵披挂铠甲，手持兵器，气喘吁吁跑了后方跑到前方，队形凌乱，眼看就要将眼前几百梁军彻底包围，忽然杀声阵阵，地面跳动如鼓，梁军向两面一分，骑兵！无数白袍骑兵席卷而出，如同无可阻挡的洪流。魏军想结成阵线，哪里还来得及？梁军骑兵像暴风一样席卷而过，战场只剩狼藉，梁军骑兵像狼群一样聚集，将敌兵撕扯和切割出来，形成优势后刀枪齐下，再重新选择另外一批敌军，冲锋之后再包围，四五个骑兵对付一个步兵，魏兵无法逃脱被宰杀的命运。骑兵在血流成河的平地上反复冲锋，像一把锋利无匹的锯刀，切割，包围，然后是一面倒的屠杀。魏兵试图抵抗，后来发现毫无意义，丧失勇气，抛弃兵器跪地，举手投降。

杨忠满身伤口，鲜血染满铁衣，瞭望战场，魏军败局已定，缓缓后退。他忍住疼痛，战锤举过头顶，大吼一声："兄弟们，追！"他依仗明光铠护身，不避不躲，专挑敌军密集处冲杀，在乱兵中横行无阻。一名魏军将领正在阻止溃兵，长槊一压，挑翻一名逃兵，手下亲兵一字排开，杀死几名退却魏兵，稳住战线，大呼："结阵，不要让骑兵冲散！"

梁军利用骑兵冲击散乱的魏军步兵，一旦魏军结阵，数量便处于极大劣势。杨忠直奔魏军将领，战锤抡出，敌将侧身让开，大吼一声，四五个亲兵一起扑来，长槊向杨忠腰间刺来，另一侧长刀逆风扬起。杨忠躲避不过，向后一退将敌将身体当作挡箭牌，战锤向敌将左肩砸去。敌将异常骁勇，不惜两败俱伤，槊尖再刺杨忠。杨忠三面受敌，铜锤挡住长槊，刀枪已到近前，身体一晃避开长刀，大腿一痛，已被长槊刺中，魏将狞笑着扬起长槊，指向杨忠脖颈，口中狂笑："去死吧。"

杨忠来不及格挡，双腿一弹，避开咽喉要害，长槊刺中胸前板铠，敌将力气极大，铠甲虽没有被洞穿，杨忠被大力掀翻。他正要举起铜锤抵挡，敌将长槊一盘再次向面门刺来。却看见血光迸射，一声巨响，敌将头颅被一柄铜锤击中，像开瓢西瓜一样"咔嚓"爆裂，鲜血从脖颈间冲天而起。马佛念踢飞敌将，拉起杨忠，对四周魏兵喝道："要死的上来，要活的投降。"

无数白袍银甲的梁军骑兵扫荡魏军，地面上横七竖八全是尸体，魏军再也无法抵挡，纷纷抛弃兵器投降。杨忠全身被血水浸透，明光铠甲变成赤红，稍微歇歇，专挑敌军将领厮杀，往复冲杀几个来回。魏军虽然数量众多，阵形却乱了，无法结阵抵御骑兵，终于崩溃，跪倒地面举手投降。杨忠找不到宋景休，不顾伤口，呼叫着他的名字，在死人堆里擦去鲜血和灰土辨认，寻找梁军重伤士卒，终于一名梁兵翻开一具尸体，大喊："这里！"

宋景休满身鲜血，双眼紧闭，气息若隐若现。杨忠手忙脚乱在血水中寻找伤口，心中恐惧越来越强："大眼，醒醒。"

马佛念和杨忠一起把宋景休放平躺在地面，擦去血迹，他身上没有致命之伤，唯独兜鍪形状不整。杨忠取下兜鍪，将鲜血倒出，铁兜鍪的后脑处被钝器砸出巴掌长的裂痕，鲜血迸流而出，他赶紧解下颈间布条，包扎伤口。马佛念大喊："大眼，醒醒。"三人同生共死，情义极深。马佛念拍着他的脸孔，已经有了哭声，"大眼，我们攻入洛阳后，还要为你提亲。"

听到提亲两字，宋景休耳朵一动。杨忠大喊："大眼，刘离要来看你了。"

宋景休猛然睁开双眼："刘离，在哪里？"

杨忠笑中含泪："大眼，我们去枋头坞，找叔父为你提亲。"

宋景休缓几口气，解下牛皮水袋，大口饮干闭上眼睛，惦记刘离，嘴角还带笑容。绿油油的草地被染成红色，伏倒无数尸体，空气中充满血腥味道。杨忠抬头望向天空，根本无法望见月亮的影子，她已经是魏国的皇后了吧，我能再见到她吗？

枋头坞城门大开，迎来一队人马，为首之人抱着大雁，杨闵喜上眉梢。《礼记·昏义》记载：纳采者，谓采择之礼，故婚礼下达，纳采用雁也。夫为阳，妇为阴，用雁者，取其妇人从夫之义。其中有儒家深意，大雁转徙飞行，老壮居先引导，幼而弱者尾随其后，从不逾越，长幼有序才是儒家礼法，先婚而有子嗣，有忠孝而名礼仪，从订婚之时，便要如同大雁飞行，不能逾越。

杨闵将聘礼一溜在厅堂中排开，唤来刘离，笑眯眯地说："女儿，你已逾二八，女大当婚，爹爹想留你，也留你不住。"

刘离羞红了脸："穿着铠甲送聘礼，是来打架吗？"

送来聘礼的都是梁军士卒，杨闵故意说道："那就打发他们回去，换了衣服再来。"

"爹爹，那么远来，怎能随便回去？"刘离从小在坞壁长大，未经世事，极为天真。

"那我收了？"杨闵与刘离虽然不是亲生，已经把她当作亲生女儿一般。

"爹爹，您随便。"刘离脸上通红逃出厅房，这支人马正是陈庆之派出的提亲队伍，杨闵笑呵呵收下聘书，招呼着来人吃喝。

25 密会洗月亭

徽音宫，这是我过去的寝宫，元诩常来找我喝酒，看我歌舞，元子攸却不宴不舞，每日在太极殿议事，晚上独居茅茨堂。尔朱歌肩负使命，化解父亲与朝廷之间的巨大仇恨，如果不能解开心结，又怎么化解元子攸的仇恨？想到这里，尔朱歌命令侍女带好貂裘，他不来，我可以陪他，出了徽音宫，来到茅茨堂，却看不到皇帝。

尔朱歌挥退内侍，皇帝去了哪里？他不是好色的晋武帝司马炎，没有后宫嫔妃，不会留宿在其他宫殿。尔朱歌怀疑不定，返回徽音宫，见小亭有灯火闪亮。尔朱歌比任何人都熟悉皇宫，洗月亭平常很少有人，谁在那边？尔朱歌熄灭灯笼，脚步轻盈，发现亭外站着两人，一名脊背弯曲的儒服老者，另一人是城阳王元徽。尔朱歌拐进花丛，拨开枝叶向小亭望去，两个身影紧紧相拥，一人是自己的天子夫君，另一人却是女子，啊，是那个叫作吕桃儿的秀女。

“皇帝哥哥，你变了。”明月与元子攸见面生疏，这是从来没有的情形，他已不是那个少年王爷，而是深沉内敛的皇帝。

“朕变了。”元子攸轻轻搂了搂明月，他一肩扛下江山社稷，再也不是那个轻狂少年。

“有人！”元徽指着岸边花丛，宫灯之下一个背影正在离去。

“是皇后。”元子攸认出尔朱歌背影，宫女和宦官都有固定服饰，只有尔朱歌才能这般花团锦簇。

“快走。”祖莹大惊失色，他一直藏着明月，终于被发觉。

“有什么好怕？正好立明月为淑妃，她早晚会知。”元子攸要与明月亲近，十分扫兴。

“不是还没册封吗？尔朱大将军知道就麻烦了。”元徽搓手顿足，小不忍则乱大谋！

“朕是皇帝，册封淑妃还要尔朱荣同意吗？”元子攸愤恨不平。

“勿要耽搁，现在去见皇后，说明淑妃之事。”元徽情急之下将元子攸从明月身边拉开。

祖莹也来劝说：“即便普通百姓人家，纳妾也须知会正室，不可操之过急。”元子攸被祖莹和元徽前引后推，抛下明月离开洗月亭，去找尔朱歌解释，留下眼泪汪汪的明月。她见到元子攸总共没说三句话，盼望已久的会面已经结束。

永宁寺塔，万丈浮云，阿阇梨仿佛看透沧桑，慧成步履沉重，双手合十:“阿阇梨，宫中传来消息，祖莹正在操办册立淑妃之事。”明月只要入宫为妃，与元子攸情投意合，极有可能产子，未必不能继承皇位。慧成停了一阵儿，吞吞吐吐说道，“我得到宫中传言，皇帝密会北海郡主，被皇后遇到。”

“也算正常，皇帝和皇后可有圆房？”阿阇梨问到关键处。

“皇帝独居茅茨堂，皇后居于徽音宫，似乎没有。”慧成本是皇族，皇宫中又有众多善男信女，消息极为灵通。

阿阇梨不想介入皇帝与皇后、淑妃间的醋坛子，向慧成说道：“我想去看看高敖曹。”

慧成一直不明白，阿阇梨为什么看重那个小混混：“高敖曹应在晋阳。”

阿阇梨另有消息来源：“高敖曹被囚禁之后，他的结义兄弟们一直在寻找他，为首者两人，名为东方老和呼延族，已从晋阳来到了洛阳。”

慧成想了一想，尔朱世隆曾经押运一个蒙布囚车来到洛阳，想必就是高敖曹：“高敖曹极有可能在驼牛署，这是羁押囚徒之所，我去找找。”

26 睢阳登基

元颢盼望打赢几仗，魏国那些与尔朱荣结下仇恨的王公大臣能够反戈相向。如今，陈庆之在睢阳城下大破丘大千，他心旷神怡。杨忠的前锋是诱敌之兵，反复攻破营栅，吸引敌军驰援，梁军主力骑兵在旷野中横扫敌军步兵。杨忠、马佛念和宋景休三人义结金兰，杨忠身先士卒，深获军心，宋景休勇猛善战，马佛念精通阵法，指挥若定，如能把三人收揽，便可顶上千军万马。元颢先去看望三人，称兄道弟，尽心拉拢，然后返回大营去见陈庆之，哈哈笑道："关中侯，魏军大败，我正好劝降。"

梁军要攻入洛阳，必须借助元颢的势力，陈庆之应允："有劳魏王。"

元颢甩袍出了军营，自从去年十月攻下铚城，他打出魏王旗号，招降纳叛，已聚集数千人马。营门打开，元颢一马当先，离开梁军大营，向睢阳城驰去。

杨忠看见元颢领军出营，十分不解，问马佛念："大哥，魏王这是去哪里？"

马佛念望着元颢人马的去向，那是睢阳方向，他们入帐见了陈庆之，听说元颢要收降丘大千，将信将疑。天色将黑之际，睢阳传来消息，城门大开，丘大千举城以降。天近黄昏，杨忠和马佛念探望养伤的宋景休，正在议论军情，一阵战鼓响起，又急又密，不是平常击鼓升帐的动静。马佛念冲出营帐："敌军夜间偷袭？"

士卒聚拢一起，伤兵用长槊支撑地面，保持随时可以作战的阵形，宋景休留下来安抚士卒，杨忠和马佛念向中军大帐走去，营中戒备森严，刀剑出鞘，弓箭待发，陈庆之身披一袭白袍，银盔银甲，已是戎装，紧锁眉头，闭目沉思。"关中侯，敌军偷袭？"杨忠察觉出异常，营外没有敌军。

陈庆之抬起头来："元颢收降丘大千，在睢阳城外筑高台，燃薪祭天，登基称帝，改年号为孝基。"

这消息太过惊人，陈庆之志在驱除胡虏，收复汉家河山，岂能容元颢称帝？他利用魏国内乱出兵，七千人马孤悬魏境，如果先和元颢动手，仗还怎么打？陈庆之不由得想起阿阇梨所说，她竟未卜先知，早早预料到今日这一幕。陈庆之再一细想，元颢称帝，从此与元子攸势不两立，反而显示出他势在必得。可自己身属梁国，又怎能听从元颢命令？想到这里，他右手一挥，传令大军备战，又唤来杨忠："速去打探元颢动向。"

梁军士卒披挂铠甲，在营中排列整齐，营门一开，杨忠率领斥候冲出，进入望不见边际的黑暗之中，冲出不到一里，没来得及四面散开，无数灯笼火把漫山遍野。元颢真快，大战之后也不歇兵，竟然趁夜逆袭梁军。杨忠命令斥候返回通知军情，将骑兵召集在一起："元颢称帝，趁夜偷袭，我们在这里挡一挡，拖住敌军。”

马佛念调集强弓硬弩据守营门，手提弩机登上箭楼，将弩箭压入机槽，看不到尽头的火光已经迫近面前，大声喝道：“架弩。”

陈庆之披挂整齐，登上箭楼仔细察看：“杨忠出营多久？”

“刚出营。”马佛念看出奇异之处，营门之外魏军高举火把，声音嘈杂，大张旗鼓不像夜袭，必有曲折。

“且慢放箭。”陈庆之判断不清，等待杨忠消息。

杨忠探察军情，只披挂轻甲无法冲阵，面对漫山遍野的魏军，绝无胜机。再仔细观察，魏军没有携带攻城器械，不像作战。犹豫之间，魏军像潮水一样紧紧包围，在弩箭射程外停住脚步，两边一分，元颢越众而出，催马向前：“前面可是杨忠？”

杨忠对明月情愫滋生，与元颢亲近，但他已然称帝，便是仇敌，只能拼死相搏，绝无通融，杨忠策马出阵：“前面可是魏王？”

元颢走到近前，有意试探：“你我近在咫尺，如果以我为敌，何不擒之？”

杨忠难以出手：“魏王，我军护送你返回洛阳，你为何在睢阳筑高台，燃薪称帝？”

元颢早想收揽杨忠，和颜悦色问道：“我军只有七千，若不收降魏军，如何攻下洛阳？若名不正言不顺，如何让他们归降？我乃献文皇帝之孙，登基称帝，方能号令天下。”

杨忠摘下长槊横在身前：“如此，我们便是敌人！”

元颢跳下战马，解下兵器向地面一扔：“杨将军，你我绝不是敌人，愿赤手空拳独入军营，拜见关中侯。”

杨忠不想他送死："魏王，想清楚了。"

"多谢杨将军提醒，我相信你和关中侯。"元颢吩咐士卒停在原地，走入梁军队列。

军帐内火光正旺，梁军将领分列两边，元颢被杨忠押回，毫不惊慌进入大帐，向正中的陈庆之拱手之后，装模作样地张望。宋景休要压下元颢气焰，喝问："元颢，你找什么？"

元颢故作惊奇："我的座位没有了？"

陈庆之不想纠缠："魏王，听说你登基称帝了？"

元颢顾左右而言他："丘大千的部将侯暄曾跟随我在关中讨伐万俟丑奴，帮我招降丘大千，魏军归入我麾下，全拜关中侯大胜。"丘大千有众七万，如果投降元颢，兵力已经远远超过陈庆之的梁军。

"我是梁国，你是魏国，势不两立，送客，战场上相见。"陈庆之不打算乘人之危。

元颢从怀中抽出一卷金黄丝帛，双手奉上。陈庆之一触便知，这是梁武帝萧衍的圣旨，展开仔细查看。元颢走到正中，大声让梁将都听清楚："我从出发之时，启奏皇帝陛下，准我在魏境称帝，以便招降纳叛。如果没有这道皇帝亲笔的谕旨，我怎敢擅自妄为？"

自古帝王要么从战场上打下江山，要么从老子手中继承，奉旨称帝前所未有。梁军将领不知道如何是好，如果萧衍真有圣旨，虽然怪异，却须奉旨。陈庆之手捧谕旨，果然与元颢所说一样，难怪他有恃无恐地独闯大营。陈庆之来回走动几步，缓缓说道："魏王，可否让我与众将议议。”

“可！”元颢也不多说，转身离开大帐。

陈庆之将萧衍的圣旨宣读一遍，内容果然与元颢所说一致：“诸位，该当如何？”

宋景休急于打入魏国，带头应道：“既有圣旨，还有什么好说的，打呗，夺回洛阳长安，驱除鞑虏，光复河山。”

马佛念憋着一口气要收复汉家河山，现在好像被雇用去给别人打天下，心里不是味儿：“元颢也是胡人。”

宋景休胡搅蛮缠，并非毫无道理：“中原总有汉奸，现在出了胡奸，岂不更好？”

马佛念张口结舌，沉思一阵放出重话：“前方尚有考城、荥阳、虎牢，重兵把守，元天穆一旦击败邢杲必将回师援助，尔朱荣驻兵晋阳。即便精诚一心，胜负也在未知之数，元颢志在帝位，兵至半途便称帝，同床异梦若此，怎么共抗敌军？”

陈庆之冷着脸问道：“按你之意，放弃北伐？”

马佛念拿不准主意，如果元颢总拿圣旨压下来，梁军束手束脚怎么作战？答道：“应趁魏国大乱，蚕食其领土，积累实力，以待后举。”

杨忠与马佛念情同手足，不愿意徇私：“魏王有圣旨，岂能抗旨不遵？”

北伐中原是陈庆之终生梦想，萧衍好不容易同意出兵，退回去便难有机会，胡人扫平内乱，就会倾巢南下，那时汉人难有生存之地。陈庆之想到这里，壮怀激烈，仰头长笑：“晋室偏安，王公大臣已把建康作洛阳，日夜笙歌，不知亡国之恨。胡人把南朝视作无物，汉人岌岌可危，我练兵涡阳，欲图北伐，无论输赢胜负，只望惊天地泣鬼神，打得胡人不敢再有南侵之志，惊醒那些醉生梦死的浑噩之人。诸位怎能遇到一点难处，便半途而废，哪怕丢掉性命，将这腔热血溅于沙场，尸骨埋于荒野，我陈庆之也要攻入洛阳！”

陈庆之说到这个程度，众将都明白他心意。马佛念率先跪倒：“马佛念不惜肝脑涂地，追随关中侯。”

公元529年四月，陈庆之在睢阳击败丘大千，元颢在燃起的熊熊烈火中登上高台，禀告上天，登基即位，改年号为孝基，矢志击败尔朱荣，为死于河阴的两千名王公大臣复仇。元颢授予陈庆之持节，任命他为镇北将军、护军、前军大都督，杨忠获封东宫直阁将军，马佛念被册封为副将。

第三章

天下戒乎

天下，
是天下人的天下

27 速战速决

公元 529 年，北魏永安二年四月，济南城外。

雨生五谷，谷雨是二十四节气之一，初候萍始生，二候鸣鸠拂其羽，三候戴胜降于桑。此期雨量增多，浮萍生长，布谷鸟摇动羽毛提醒播种，桑树上可见到戴胜鸟之时，便错过了耕作的最佳时节。魏国大军出现在黑沉沉的济南城下，郊野的田地长满荒草，明日便是谷雨，仍没有耕作的迹象。叛乱丛生，只有枯骨荒草，哪有耕地？元天穆慨然长叹："大家都去打仗，没人春耕秋收，更没有粮食吃，叛乱此起彼伏，我们跑断腿也无能为力。"

尔朱兆没有恻隐之心，手指济南城头："前面便是济南，给我三千人马，必破此城！"

"击鼓升帐！"元天穆下令，众将汇入军帐，立于两侧。此次讨伐邢杲，魏军精锐尽出，既有败军之将李叔仁，高欢和侯景在泰山击溃羊侃，也率领骑兵星夜向东，来到济南与元天穆会合。唯独贺拔胜和贺拔岳兄弟守卫河北，防备葛荣余孽。斥候穿营而入，跳下战马，急入帐中向元天穆拱手："启禀大都督，军情急报！北海王元颢引军向东，在睢阳击败丘大千，筑高台燃薪称帝。"

这消息将元天穆吓了一跳，元颢去年十月占据铚城，蛰伏半年，睢阳一战暴露出他的企图。然而十几万大军已至济南，岂能后退？他发声询问：“诸位，元颢在睢阳称帝，要乘虚攻打洛阳，是进是退，各位有何对策？”

尔朱兆向来意气好战，如今前有邢杲，后有元颢，不知道先打那一边，反没了主意，向后一缩并不答话。侯景走出一步回答：“我们大军出击邢杲，洛阳却非空虚，济阴王元晖业据守考城，车骑将军杨昱为南道大都督，镇守荥阳，近十万大军，足以抵御元颢。”

温子升沉思，元颢击败丘大千，说明其兵力甚强，可是大军已到济南，不可能掉头返回：“元颢不可小视，须得速战速决，击败邢杲，即刻回师京城。”

开弓没有回头箭，众将都无异议，而且济南城墙上看不出一丝人气，想必早已断粮，邢杲不会据守打持久战。元天穆向帐外吩咐：“李叔仁到了吗？”

李叔仁赤膊自缚，肩膀带伤，走进帐中向元天穆跪倒：“败将李叔仁，拜见大都督。”

元天穆目光闪烁，还想重用李叔仁，向众将说道：“我听说，陇西李叔仁骁健有武力，前后数征讨。梁国豫州刺史王超宗内侵，他大破敌军，以战功迁至洛州刺史。广川人刘执和清河太守邵怀聚众谋反，李叔仁出兵讨平叛乱，升为车骑大将军。”

李叔仁惭愧万分，跪地答道：“邢杲临阵乞降，我轻信冒进以致兵败，罪在不恕。”

元天穆仍不罢休：“我还听说，李叔仁所用长槊又长又大，异于常人，是不是被邢杲缴去了？”

李叔仁双手自缚，只能用胳膊托起长槊：“长槊还在。”

元天穆大笑：“今日两军对垒，征东将军还会用槊吗？”

李叔仁眼中泪光一闪，伏地答道：“李叔仁如果今日不能击败邢杲，便提头来见。”

“好，你还有多少人马？”

“四万。”李叔仁跪地不起。

大兵齐集济南，不如立即开战，元天穆马鞭向外一指：“你整顿兵马，充当前锋，准备攻城，去吧。”李叔仁拱手接令，返回本营。元天穆也不耽搁，起身命令，“兵贵神速，饱餐一顿，明日出兵！”

28 固守待援

战马踏破洛阳城的凌晨，城门次第而开，铁蹄击打铜驼街，绕到皇宫东掖门，传令骑兵翻身下马狂奔而入。宦官认出信使，不敢怠慢，匆匆引他来到茅茨堂，向上通报："军情急报，睢阳刺史丘大千全军覆没，阵降元颢。"

元子攸悚然一惊，披衣坐起："召集群臣，连夜在太极殿议事，将温先生请来。"

宦官们纷纷低头，元子攸恍然想起，温子升前往济南，想必已经渡过黄河，向宦官示意去召祖莹，披着斗篷来到洗月亭，耐心等到天边渐渐泛白，祖莹手提灯笼，屏退随从，进入亭中，躬身施礼。元子攸将他让到炉边："请坐，劳累先生凌晨入宫，有要事相商。"

元子攸登基半年养成习惯，如遇大事便在洗月亭与温子升商议对策，然后在明光殿召集相关人等颁布旨意。如今温子升不在，便唤来祖莹，将军情急报递到他手中。祖莹仔细阅读，心中渐凉，仿佛漫天寒风飘进心口——丘大千筑起营垒阻挡元颢，一天内便被击垮。

让元子攸愤怒的并非丘大千兵败，而是元颢称帝，他本来期待元颢击败尔朱荣，为河阴之变复仇。称帝算什么？元子攸心脏像被挖走一块，元颢不是要为河阴之变复仇，而是要改天换地，复仇只是招牌，称帝才是目的。元子攸终于缓过来，压住心底的痛苦："天亮即将朝会，以先生之见，应如何应对？"

祖莹呆呆望着亭外，想象千里之外的鏖战，睢阳之后便是考城，须立即布防，立时侃侃而论："应即刻调兵遣将，驻守考城、荥阳、虎牢，元晖业已在考城，杨昱可驻守荥阳，陛下亲守洛阳，我们尚有十余万人马，足以一搏！"元子攸点头应诺。祖莹又道，"陛下还应颁下圣旨，将元天穆大军调回，两面夹击，必破元颢！"

元颢从梁国借来七千人马，即便沿路收揽降军，也仅数万，考城三面为水，易守难攻，元晖业率领两万羽林驰援，荥阳和虎牢更是天下名关，自己统领羽林和虎贲据守洛阳，胜算极大，再调回元天穆，前后夹击，绝无败理，心中稍安："尽如先生所言。"

祖莹还有话说："通报尔朱大将军！"

全国兵马都在四处作战，唯独尔朱荣在晋阳，数日可至，他是元颢复仇的正主，必然毫不犹豫提兵南下。元子攸转念一想，我难道忘记了屠兄弑弟之仇？让更多朝廷兵马受尔朱荣节制，是极不情愿的选择，他嘴角抽动："元颢仅有七千梁军，岂能攻破考城、荥阳和虎牢？"

元天穆离开洛阳之后，尔朱世隆当仁不让地总控朝政，他生性好交游，四周不乏谄媚之人，成日饮酒寻欢，好不热闹。他不是酒囊饭袋，得到元颢在睢阳称帝的消息，惊出一身冷汗，罢酒宴，舍车辇，策马沿着宫墙外小路直奔皇宫。到铜驼街，灯火通明，他跳下战马，随手将缰绳交给身边随从，踏入宫门。

刻漏已尽，乐声奏起，元子攸走上龙床。

从古至今，皇帝都与大臣跪坐于榻上，不能体现皇帝高高在上的独尊。温子升垫高木榻，模仿胡床样式在榻上竖起雕刻着巨龙的靠背，又将丝质软垫换成宽大的硬桃木木板。元子攸第一次试坐时，不习惯这种箕坐之姿，那是普通百姓的坐法。温子升让工匠再打造超大的几案，挡住群臣的视线，使他们看不清皇帝的坐姿，元子攸才勉强坐上去。现在，雕龙的胡床居高临下，替代双腿承受身体的重量，这种坐法实在舒服。儒家讲究存天理，灭人欲，其实何须如此？元子攸今天没有心情享受龙床的惬意，将战报向太极殿中扔去，“念！”

宦官拾起，高声朗读，议论声音嗡嗡响起。元颢为死于河阴之变的王公大臣复仇，矛头指向尔朱荣，做了朝中大臣想做却不敢做之事，他们心有戚戚，痛快远过震惊。尔朱世隆明白利害，出来禀告：“元颢出兵为胡灵复仇，臣责无旁贷，当统兵征讨。”

元子攸左右为难，元颢登基称帝，必须荡平，他又想抑制尔朱氏的势力，绝对不想让尔朱世隆出兵，却找不到好的理由。祖莹脑中急转，出班向尔朱世隆拱手：“仆射大人主持礼聘皇后，暂时不能离开，还是请其他将军出马吧。”

自从祖莹发现高欢和尔朱歌的私情，尔朱世隆就和他分道扬镳。这理由过于牵强，礼聘皇后早已结束，尔朱世隆怒气冲冲：“皇帝都大婚了，要生出儿子再抵挡元颢吗？”

祖莹说漏了嘴，他指的是册立淑妃，再找借口说道：“大将军的人马都在晋阳，远水不解近渴，须征调羽林和虎贲固守待援，等大都督击败邢杲，便能夹击元颢。”

考城、荥阳、虎牢和洛阳尚有军队，只要守住城池，元天穆扫平邢杲回师京城，洛阳固若金汤。尔朱世隆忽然恶念一动，禀报道：“北海王竟敢称帝，实属叛逆，请陛下夺回以往册封，查抄北海王府，追捕他身边近亲，以免洛阳城中有人通风报信。”

元颢要来夺我天下，元子攸想及此处，彻底决裂：“元颢私结敌国，其罪难赦。拟旨！革除元颢册封，查抄北海王府，通缉捉拿元颢亲信。”

尔朱世隆心中大喜，拱手请示：“陛下，此事交给微臣吧。”

元子攸看一眼太极殿，这些王公大臣打的什么主意？他们都可能与元颢勾结，唯有尔朱世隆不会，点头同意：“此事交给仆射大人，谁与元颢勾结，便将谁缉拿。”

尔朱世隆大声应是，出了太极殿，回府召集亲兵，直奔华林苑。他只想抓一个人，那个威胁尔朱歌成为皇后的吕桃儿，报华林苑之辱。

29 浮尘破城

天像开了一个口子，雨水越来越大，鞭子一样抽打在城墙垛口，火把都无法点亮，只有一行牛皮灯笼勉强照亮城头，城下更是笼罩在浓重黑暗中。羽林军与考城守军混在一起，向城外张望，如临大敌，梁军不会放过今晚这个攻城良机。济阴王元晖业提着宝剑，伫立在墙头，心中激烈振荡，他伸手到怀中抚摸元颢的亲笔信：我们身上都流淌着道武帝和太武帝的血脉，高阳王元雍、司空元钦和义阳王元略都是宗室至亲，血溅河阴，难道不该为他们复仇？你有何面目替仇敌守城？何不大开城门与我合兵，反戈一击，重振大魏雄风？

元晖业任由冰冷的雨水击打脸庞，我当然想复仇，可是能击败尔朱荣吗？如果不能，反将魏国社稷毁于一旦。元颢，拿出实力击败我，即便丧生此城，也会笑着看你一路向西，洗刷河阴之屠！元晖业举起宝剑，咬紧牙关："把靠近城墙的房舍都拆了，木头和石块运到城墙上。"

片刻时间，百姓哭喊的声音传出，睡梦中男女老幼被如狼似虎的士卒们唤醒，轰入雨中簌簌发抖。屋顶被扒去，房梁被拆下，灶台、铁锅、木床，能抛下城墙伤人的东西都被运上城墙。还没忙完，守军发现敌情，护城河外发现攻城方阵。元晖业大声鼓舞士气：“这么大的雨，我不信他们能填平护城河。”

话音未落，十几艘舟船顺着河面飞速驶来，竹竿刺入水中，船身旋转跃进护城河，南人善舟，果然不假。但护城河水流平缓，小船静悄悄停在水面，每艘船上顶多十人，怎敢渡过护城河攻城？小船向护城河中一横，互相抛去绳索，排成阶梯形状，元晖业顿悟，梁军要在河面搭浮桥，命令守城士卒开弓放箭。

小船早有准备，木板翻起挡住箭雨，小块木板搭在小船之间，魏军终于明白，纷纷惊呼，浮桥，他们要搭浮桥！转眼间，木板向前急送，翻滚着搭向下一艘小船，半截浮桥已经成形，元晖业当机立断，大喊：“开门迎击。”

元晖业跑下城墙，率领羽林军打开城门一窝蜂涌出，冲到护城河边。船边竖起的木板挡得严严实实，弓箭无法射入，只好结阵等待。元晖业退后几步：“守住护城河，绝不能让他们踏入一步。”

小船距离岸边数步，木浆翻飞稳定船只，却不靠近河岸。木板严密遮挡弓箭，兵器无法相接，便打不起来。梁军为何不攻上岸来？身边传出惊恐的声音，三座黑乎乎的木塔在对岸升起，如同泰山压顶一般，飞楼？这是攻城器械，用于攀爬城墙，为何在对岸竖起飞楼？死一般的沉寂过后，飞楼悬楼开出无数小孔，簇头隐隐探出，黑乎乎的弩机斜斜向下。

羽林军前有盾牌，头顶却没有防护，仓促间听到霹雳声在空中翻滚，比雨点还要密集的弩箭倾泻而下。元晖业用兵器拨打雕翎，左躲右闪仍被弩箭从空隙中钻进来，钉入战靴，鲜血冒出，汇入混浊的雨水。一名魏军将领贴到他耳边说道：“大王，退到城墙吧。”

梁军把飞楼竖立在护城河对面，压制我军，便可以攻过护城河，元晖业想到此处，率领羽林军且战且退，回到城中。他拔下箭头，略微包扎，登上城墙。梁军浮桥搭起，士卒过河竖起盾牌列阵据守，尖头轳摇摇晃晃从浮桥渡过。元晖业将守军全部调集过来，守到天亮，形势便有转机。

城北暴雨如注，河面暴涨，士卒被调往南边，垛口间只有两个老兵，躲在一面牛皮灯笼之下。一名瘦高士卒问道：“能守住吗？”

考城本有三万人马，济阴王又带来两万羽林军，另一矮胖士卒哼了一声：“咱们五六万人马守得跟铁桶似的，梁军哪能打下来？”他抱着铁刀，能够在这里烤火守城，不用去南边作战，让他心满意足，“邪门了，梁军怎么打到这里来了？”

南边战鼓催人，那边打起来了，瘦高士卒嘀咕一声：“那羽林军铠甲鲜明，高头大马，打仗却未必在行。”

“羽林军花拳绣腿，关键时刻还得靠咱们。”矮胖士卒双手拢在灯笼两边，忽然一道鲜血从瘦高士卒脖颈间溅出，矮胖士卒吓一跳，伏身向城下张望，顿时魂飞魄散，黑黝黝的河面上浪花翻滚，无数舟船顺河而下，贴近城墙，搭起浮垒，云梯靠上城墙。他正要高喊，一只簇头贯入前额，翻滚坠入水中。大雨后河水暴涨，水面已到城墙半腰，浮垒停靠城墙边，梁军顺着云梯和绳索翻入垛口，驱散四周零星的魏军守兵，后续梁军翻墙而入。

杨忠跃入城墙，左手平端强弩，右手战锤，聚集登城梁军，顺着城墙向南门杀去。一路没有抵抗，看见城门楼时，魏军慌张掉转方向。杨忠弩机激荡，魏军层层倒地。他率领梁军杀至南边城墙，将射空的弩箭扔向地面，双手持锤，一指城门："大眼，夺城门。"

宋景休分出一军，沿台阶向下猛冲，盾牌粉碎，槊杆四溅，白袍银甲的梁兵如狼似虎杀入黑暗。风雨黑夜，魏军搞不明白状况，大多数分散在城墙上防御护城河上的敌兵，城门下只有数百士卒。跟随宋景休的梁军约有千人，都是久经战阵的老兵，弩箭横扫一片，手持战锤的士卒率先破阵，第二排士卒手持长槊，乘隙刺杀，第三排士卒张开弓箭，向敌兵头顶倾泻。魏军顾前不顾后，顾下不顾上，人数处于劣势，只数波冲击，宋景休便夺下城门，劈开门闩，向外推撞，城门大开！

杨忠也不闲着，见魏军帅旗之下，数百士卒护卫着一员将领，他双锤一交，发出低沉的吼声："擒贼擒王，杀。"

城门轰然大开，梁军势不可当，战鼓阵阵，护城河外骑兵奋马扬鞭，沿着浮桥跃马冲入城门。元晖业才明白梁军战法，在南城佯攻，突发奇兵，借助暴涨的水面，从浮垒登上北边城墙。魏军被分割在城墙两端，阵形散乱，如今大势已去，元晖业冲到队前，大喊："你是何人？"

杨忠止住梁军，与元晖业的人马对峙："直阁将军杨忠，考城已破，还不投降？"

"北海王在哪里？"元晖业与元颢是旧识。

杨忠铜锤向城下一指："就在城下。"

元晖业向城下望去，九曲伞下，一人金盔金甲被簇拥在中间。

他本无斗志，又同情为河阴之变复仇的元颢，略一迟疑，掷下宝剑，扶于垛口向外高喊："元晖业，拜见陛下。"

风雨极大，没人听得清楚，杨忠拱手："济阴王，随我来。"

元晖业跟着杨忠下城墙，沿途羽林军纷纷扔掉兵器，他出城门，扑通跪倒："臣，元晖业参见陛下，愿誓死效力！"元颢扶起元晖业，仰面望天，雨点劈面洒下，却浇不灭他心中火焰。他默默祈祷：苍天在上，保佑我攻陷荥阳虎牢，重建社稷！

杨忠缓步走开，眺望远处，数百里外便是洛阳，那是东汉故都。对杨忠，洛阳还有另一层含义，明月就在那里。如果攻入洛阳，我和明月能否再相见？

30 鬼哭狼嚎

明月孤单地坐在清凉殿的台阶上，仰望着碧蓝的天空和飞鸟。她听说过皇宫深如海，却不信元子攸变成高高在上的无情帝王，可是我到达洛阳半年，他只匆匆见我一次，还没有说三句话。朝政太忙，皇帝日理万机，虽有宫墙相隔，但往返用不了一顿饭的时间，我为他沏茶倒水，怎能耽误他处理国事？祖莹还说，采选和礼聘期间皇帝不能会见，以免惹人闲话，如今采选结束月余，为何还不把我接进宫中？

明月轻轻叹气，回忆从涡阳前往洛阳和邺城有趣的事情，在杨忠保护下到达邺城，冲入千军万马之中，漫天箭雨，此起彼伏的胡角声音，无尽的盾墙，黑漆漆的铠甲，面目狰狞的敌兵，阳光下耀眼的刀枪，他忠心耿耿保护在身边，我就不再害怕。我应该留在这里，死气沉沉的皇家园林，还是回到那个年轻的梁国将领身边？他没有军国大事，情愿抛弃一切陪在我身边，可是皇帝哥哥怎么办？把他一个人孤零零地留在皇宫吗？

呵呵，不会，他有那个沉鱼落雁的尔朱歌。

一辆画轮车通过长廊，消失在天渊池边的山林，一队威武雄壮的士卒出现在山边，战靴踏起尘土，腰间战刀上下起伏，兜鍪寒光逼人。他们踏上九华台，绕开惊呼避让的秀女，来到景山殿台阶之下。明月抬起头来，黑影遮住日光，凶狠的士卒停在面前。尔朱世隆怀抱圣旨，大步走来，展开丝帛朗读：“元颢罔顾君臣，僭越称帝，诏令剥夺册封，查封府邸，羁押其亲戚故旧。”尔朱世隆收起圣旨，明知故问，“你是吕桃儿？”

明月擦干眼泪：“是。”

“你姐姐是北海王正妃？”

“是。”明月再答。

尔朱世隆停止询问，向后招手，两名彪形大汉大步上前架起明月，士卒分成两列，将她紧夹在中间。尔朱世隆一声令下：“驼牛署。”

华林苑乱成一锅粥，阿阇梨皱眉沉思，明月脚踩芒星，本该入宫诞下太子，竟被尔朱世隆抓走，一切出乎意料。她走出仙人馆，天下乱极，一切都是未知。慧成挑灯出来：“阿阇梨，有何吩咐？”

阿阇梨长叹一声：“明月被尔朱世隆带走，请大师打听一下，她到了哪里。”

驼牛署大门轰然而开，扑鼻恶臭冲面而出，明月被士卒挟持踏入黑暗。甬道两边本是饲养驼牛的畜栏，被重重的铁条隔成囚房，恐惧、凶狠、绝望、奸邪的目光在囚房中闪烁，四周只有战靴踏地的声音，恐惧使她全身簌簌颤抖。铁门咣当打开，明月的身体在空中划出一道斜线，重重撞在墙面。铁门嘭地合上，战靴声顺着亮光远去，寂静滞住了明月呼吸。黑暗中忽然传来一声阴冷的长笑，鬼哭狼嚎的声音如同从地狱升起。

明月躲在黑暗一角，缩成一团：我从梁国建康，冒着生命危险，千里迢迢来到洛阳，只为能够陪伴在你身边，一辈子在一起。如今，你大婚，我却进了暗无天日的囚牢。明月睁开眼睛，月亮从屋顶射入，她被单独隔绝在一个驼槽，两边都是黑铁栏杆，挤满了衣衫褴褛的犯人。他们五官模糊，哼哈吼叫，伸出肮脏的手指，仿佛要把她吞在肚中。你是至高无上的皇帝，却让我置身驼牛署，你与我已行六礼，却与别人大婚，我不怪你，只怪自己。明月实在太累，正要闭眼，旁边响起嘈杂纷乱的声音。

“看样子，像是个小姑娘。”

“哈哈，还挺好看。”

“明天放风的时候，大伙儿动手。”

“哈哈，剥成白羊一样，就更好看了。”

“嘿嘿……”

31 济南之战

公元529年四月二十日，济南城下，魏军列阵城下，不动如山。

高欢结束采选，马不停蹄来到山东，平灭泰山太守羊侃叛乱，又率领军队到达济南，与元天穆会合。费穆、尔朱兆、李叔仁等魏国能征惯战的将领都聚集济南城下，元天穆便有信心一鼓作气击败邢杲。元天穆右手一扬马鞭，指向邢杲军队："你们看。"

魏军众将望向济南城，邢杲义军滚滚不息地拥出，背城布成长蛇阵，左右两翼各有数万人马，邢杲中军突前。他们黄布包头，身披布褂，兵器庞杂，大多持棍棒，只有少数是各式刀枪。虽然人人弯弓，但从简陋的形状看，那是用山中树木临时弯出，对重铠魏军毫无杀伤之力。唯有将领头顶兜鍪，披挂铠甲，在阵中十分显眼。现在已经四月，春暖花开，但他们面黄肌瘦，饿得连力气都没有，摇摇晃晃，似乎一阵风都能吹倒。元天穆却不敢小视，他们刚刚击败李叔仁。

李叔仁的四万魏军为先锋突于阵前，士卒披挂连环两挡甲，背负箭囊，斜挎弯刀，结成盾墙，长槊排列如密林，兜鍪在阳光下熠熠放光。左右两翼是高欢和尔朱兆率领的具装重骑兵，铁制面帘挡住战马头部，连环锁甲保护马颈，板甲护住战马胸口，铁甲片编织的裙甲垂至战马腹部以下。身着乌黑重铠的契胡骑兵各持马槊和袖棒，弯弓挂于左侧，目光从兜鍪中射出，冷冷望着前面由流民组成的邢杲义军。前锋之后才是中军，元天穆亲自坐镇，他发出军令："李叔仁！"

李叔仁手持巨槊，拱手听令："末将在！"

"猛攻邢杲中军，不让他退入城中。"

"遵令！"李叔仁策马回阵。

长蛇阵攻无锋，守无形，是流民最爱用的阵形，一则这种阵形极为简单，无须训练和配合；二则是其他阵形都需要弓弩、盾牌、铠甲、长槊和骑兵配合，流民本就乌合，兵器庞杂，没有弓兵和骑兵，也没有重铠士卒，不能布成复杂阵形。元天穆看出长蛇阵致命之处，马鞭指向高高悬挂的邢杲大旗："贺六浑、尔朱兆，二通战鼓响起，骑兵接近敌军。三通鼓响，冲入敌阵缝隙，将邢杲中军切出来，不许他逃回城内。"

高欢和尔朱兆大声应是，策马飞奔回阵。尔朱兆跃下战马解开头盔，向草地上一躺，放任战马啃地面草皮，休养马力。这些流民百姓岂能打仗？他拔出腰间羊皮水袋，仰头倒灌口中，抹抹嘴唇，命令士卒："解开缰绳、马鞍，让战马休息。"

李叔仁平端巨大长槊列在第一排，四个月前，他十万军队被邢杲打败，败得窝囊，引为平生之辱，这次憋口气争来先锋。只要把邢杲从战马上揪下来，就可以洗去羞辱，将功折罪。他按下铁兜鍪，大槊向天空一指："结阵！"

沉重的盾牌砸向地面，第一通战鼓响起，这是攻击号令，密麻麻的长槊平举，李叔仁率领魏军缓慢前行，漫天箭雨瓢泼而来，叮叮当当贯入盾牌。李叔仁停住脚步发令："放箭！"

魏军用盾牌遮挡身体，士卒张弓搭箭，一轮一轮的箭雨越过步兵阵形，蔽天射向邢杲义军，噼里啪啦倒毙一片。义军不退反进，撞上魏军盾墙。李叔仁摆动长槊，从盾牌缝隙刺入一名义军脖颈，鲜血如注喷射而出。他拔出长槊，大喊："保持战线，不要被冲散。"

邢杲把义军中精锐的十万人马排在长蛇阵正中，与李叔仁四万人马相遇，在济南城下绞杀在一起，空中回荡着兵器相交和惨叫声。邢杲义军两翼一展，像洪水一般向魏军包抄过来。魏军两翼骑兵按兵不动，元天穆的中军远远观战。只要不被敌军冲散就能存活，李叔仁一举长槊大喝："不许退，向前杀。"

鼓声催动邢杲大军厮杀，四万魏军被十万邢杲义军包围，陷入苦战。义军左右两阵人马还没有投入战场，与魏军两翼骑兵对峙，高欢和尔朱兆的骑兵各有三千，投入战斗也是杯水车薪。费穆来到元天穆身边："两军相接了，要不要出击？"

元天穆手抚长髯，邢杲汉王大旗还没有进入战场，如果救援李叔仁，必然遭遇义军左右两翼，成苦战之局，难以大胜。元天穆止住费穆："不急，李叔仁稳守有余。"

两军相接约莫一盏茶时间，魏军铠甲沉重，利于防守，邢杲义军虽然包围魏军，却一时吃不掉，在魏军左冲右突之下露出破绽，左侧包围已经薄弱。元天穆命令费穆："率领两万人马，突击左侧，切割下来。"

费穆返回阵中，率本部士卒冲入战场，从义军薄弱之处向里攻杀，李叔仁顿时压力一松，指挥士卒掉头反攻，两路夹击，将数千义军切割下来。魏军铠甲精良，结成战阵，将这些义军团团围拢，费穆策马止住军队，隔着战阵向内喊道："各位，你们都是朝廷赤子，往日无冤近日无仇，不要白白丢了性命，何不放下兵器投降，现在正是春耕之时，我费穆保证你们返回家乡，授予田亩。"

邢杲那边鼓角齐鸣，喊杀声阵阵响起，救援被包围义军。费穆还要劝，一支弓箭从阵中射来，被费穆一刀磕飞，战马一挺将他差点掀翻，怒从中来，长刀指向义军："射，一个都不留。"

魏军万箭齐发，义军惨叫声压过弓弦激荡空气的声音，而后声音渐渐消失。费穆催马上前，尸体横七竖八倒卧于地，受伤士卒夹在其间，呼声凄惨，只有一面插满箭矢的战旗迎风招展，突入魏军阵线的义军全军覆没。费穆手扶战刀刚喘口气，鼓声突然响起，抬头一看，济南城下旗帜摆动，遍地的邢杲大军重新压上。

元天穆看见邢杲大军全部压上，与两翼拉开距离，战机稍纵即逝，喝令擂鼓，召唤尔朱兆和高欢出兵。尔朱兆听到第二通战鼓，整顿鞍桥，翻身上马，契胡骑兵披挂整齐，袖棒举在手中。一名契胡骑兵大声催促："将军，敌军大旗露出来了。"尔朱兆缓缓加速，渐入弓箭射程，速度提至最高，马头一转，直奔汉王大旗而去。

高欢也听到了战鼓，跃马扬鞭率领骑兵冲入长蛇阵右翼，弓箭齐发，风驰电掣般截住邢杲退路。义军看出魏军意图，左右两翼向邢杲的汉王大旗聚拢，露出护城河。唯有吊桥可以返回城中，桥头只有数千人马，高欢看出关键所在，骑兵反复冲折，看似无意，渐渐靠近吊桥。

元天穆大声命令："出兵，压上。"

双方军队撞击在一起，魏军两侧骑兵绊住义军左右两翼，费穆和李叔仁的魏军极有经验，不急于鏖战，反复撕扯义军战线，辗转杀向汉王大旗。尔朱兆偷眼一看，右侧烟尘翻滚，高欢已经动手，于是不管左翼义军，马头向内，袖棒指向邢杲大旗："杀，抓住邢杲老儿。"三千骑兵保持马力，初时缓慢向前，向义军背后缓缓兜去，继而抖动缰绳，渐渐加速，腾起滚滚烟尘。

尔朱兆和高欢两路骑兵从背后出现，义军惊惶回首，元天穆中军已经杀入战场。尔朱兆骑兵如入无人之境，长槊夹杂袖棒，鞭急马快，突入邢杲阵中，义军纷纷避让，缺口如同大坝决堤，势不可当。尔朱兆眼中只有汉王大旗，箭头一样直奔邢杲。

李叔仁浴血苦战多时，忽然压力一松，义军两翼已经被割开，处于颓势，正是斩将夺旗之时。他奋勇争先，夺过旗帜向空中挥舞："敌军溃败了，杀！"战鼓阵阵，魏军全线压上，喊声四起，汉王大旗向后退去，战线崩溃，四面瓦解。李叔仁杀破阵线，一挺长槊，刺入迎面冲来的敌兵腹部，双臂一晃高高举起，鲜血如雨浇下，他大喊一声，"包围邢杲，别让他逃回城内。"

李叔仁和尔朱兆聚拢兵力，破开阵形，直取邢杲。济南城头锣声山响，这是收兵之令。两翼义军胆战心惊，不顾被围中军，快速从吊桥退回。高欢来回奔驰，如同放牧一般，驱赶两翼义军从吊桥退回。城墙上义军望见奔驰而来的魏军，惊惶大喊：“收吊桥，快！”

一名义军手指邢杲战旗：“汉王还在城外。”

邢杲原先是北平主簿，哪经过多少战事？士卒没有训练，旌旗鼓角混乱，临阵缺乏应变，遇到强敌必败无疑，去年击败李叔仁全靠梁军支援和调度。他意识到形势不妙，如果被魏军夺占城门便没有退路，战旗向后一指：“退兵。”

义军掉头向后，被箭雨封住，一支骑兵横在面前，邢杲一举宝剑：“冲，杀回城内！”

邢杲义军没有弓兵、骑兵、重铠甲士之分，混杂一起，军令只及身边数十步，数万人马哪里听得见，混成一团向吊桥冲去。劈面一阵箭雨，义军顷刻间中箭倒地，士卒缩回原地，任凭邢杲督促，也不敢上前。高欢从背后，尔朱兆从侧翼，李叔仁从正面，费穆从另一侧四面杀来，将上万名义军士卒包围于护城河外。

大局已定，元天穆不想滥杀，大喝一声：“停。”

鼓声骤然停止，尔朱兆策马奔来：“大都督，邢杲跑不掉了，杀吧。”

尸首遍地，残阳血染，元天穆叹气摇头，来到阵前，朗声说道：“宣旨。”

一名宦官疾步跑出，双手一抖亮出圣旨，大声宣读：“胡氏无道，六镇叛乱，流民迁徙河北，鲜于修礼和葛荣起兵左人城，夺城攻寨，村镇残破。幽州前平北府主簿河间邢杲，拥率部曲，以拒葛荣，垂将三载，实有功于社稷。广阳王深等败后居于青济，如今葛荣已平，百姓当返回河北，重建家园，被裹挟者一律大赦，并免去三年赋税。”

胡太后曾经诏命流民百姓推选豪强为太守，青州刺史奏请邢杲为太守，未获批复，而他的子侄却被授予河间太守，邢杲深以为耻，于是起兵。河北流民被当地人欺辱，都来投奔，旬月之间众逾十万，劫掠村坞，与葛荣无异。邢杲与流民本就不是一条心，听见圣旨，犹豫不定。李叔仁欲雪前耻，只求速战：“邢杲曾向韩子熙诈降，反复不定，不可轻信。”

尔朱兆料定义军挡不住具装骑兵，请战：“我上！”

元天穆举起右手，士卒张弓搭箭，仰天而起，乌黑簇头指向衣衫不整的义军。高欢策马过来：“大都督，我再劝劝。”

不待元天穆回答，高欢策马冲出队列，从宦官手中夺过圣旨，紧夹马腹向被包围的邢杲义军冲去。尔朱兆想把他唤回来：“贺六浑，不要命了吗？”

高欢在阵前勒住战马，掀开兜鍪，望着面黄肌瘦的流民百姓，将圣旨高高举起：“诸位，我是都督高欢，你们的老父老母还在吗？如果死在这里，谁在他们膝下尽孝？你们的妻子儿女在哪里？你们如果死在这里，谁来抚养你们的子女？”

汉王大旗下一名宽袍大袖的老人策马走出阵中，向高欢拱手：“高都督，我将这些百姓托付给你，我邢杲任杀任剐，随你便吧。”

高欢本以为邢杲应像葛荣一般凶神恶煞，没想到竟是个枯发皓首的老人：“你是邢杲？”

邢杲将手中竹杖向地面一抛：“老夫就是河间邢杲，幽州平北府主簿。”

邢杲临阵请降，山东河北平定，仅剩关中的万俟丑奴，天下大定指日可待。元天穆如释重负，扬眉吐气。正要提兵入城，远处烟尘骤起，一小队斥候飞速奔来，急声禀报：“报大都督，元颢攻克考城，济阴王元晖业就擒，正在引兵而西，攻打大梁。”

元天穆倒吸一口冷气，元颢短时间内击败丘大千和元晖业，夺取睢阳和考城，竟要兵至大梁，那是战国时魏国都城，骑兵一日便可到达荥阳。他无心入城：“擂鼓聚将，商议对策。”

32 天下戒严

公元 529 年五月六日，北魏永安二年，洛阳。

元天穆大军渡过黄河后，沉寂多时的元颢突然冒出，接连击败丘大千和元晖业，夺下睢阳和考城。旋踵之间，丢失大梁的消息再次传入洛阳，王公大臣瞬间被打入冰窖。大梁距离洛阳极近，骑兵朝发夕至，元子攸惊疑不定，再一深想，更加胆战心惊，丘大千和元晖业望风投降，太极殿上有多少人心向元颢，会不会掉头反戈相向？恐惧从元子攸内心升起，再也难以消除。谁来抵抗梁军？城阳王元徽？临淮王元彧？安丰王元延明？他的目光最终落到尔朱世隆身上。元颢是我们共同的敌人，他断不会投敌！元子攸问道："元颢攻破考城，引兵而西攻打大梁，诸位有何对策？"

元颢距离洛阳尚有数百里，元徽站出打气："元颢要攻打洛阳，必须经过荥阳和虎牢两座雄关，我们尚有十几万大军，足以分兵驻守。"

元子攸除了尔朱世隆谁也不信，丘大千和元晖业是前车之鉴："何人驻守？"

元徽拱手应答："微臣愿往。"

他与元颢关系也不错，如果里应外合，将荥阳或者虎牢拱手相让，我就死无葬身之地。元子攸看着尔朱世隆：“仆射大人，意下如何？”

尔朱世隆向上拱手，语气轻松：“元颢跳梁小丑耳，何足挂齿？”

太极殿上没人应和，唯有元徽嘿嘿苦笑，如今元颢连续夺下睢阳和考城，战力惊人，无人敢于轻视。尔朱世隆说出主意：“有天柱大将军在，天就塌不下来，请陛下即刻颁旨，命太原王南下，元颢不堪一击。”

与元颢相比，元徽更加憎恨尔朱荣，立即反对：“远水不解近渴，元颢攻克考城，率兵西进，三日内就将到达荥阳和虎牢城下。”

王公大臣纷纷附和，尔朱世隆又想出一招：“微臣愿意率领大军，亲守虎牢。”

元子攸此时此刻最信赖尔朱世隆，当场答应：“有劳仆射大人，荥阳当如何？”

尔朱世隆目光从太极殿大臣面上扫过，推荐道：“微臣保举司空杨椿，必不负陛下所托。”

弘农杨氏为北方有名的豪门望族，在太祖拓跋珪时归降于魏国，出过七郡太守和三十二州刺史等内外显职，深受重用。杨椿年长，心有余而力不足，颤巍巍禀报：“陛下，微臣七十有五，实在难当此任，吾儿杨昱好武事，可守荥阳。”

杨椿和杨昱是双方都能接受的人选，元子攸当即下令，加杨昱散骑常侍、使持节、假车骑将军，南道大都督，领军七万镇守荥阳。尔朱世隆继续推荐亲信：“鄂坂中有辕关，居于虎牢和荥阳之间，当屯兵于此以为后备，我推荐侍中尔朱世承，必忠心耿耿，不负所托。”

太极殿上大哗，此人是尔朱世隆亲弟，庸劣不堪，难堪大任，元子攸却毫不犹豫答应下来：“侍中大人统兵三万驻守鄂坂，接应荥阳和虎牢。”

尔朱世隆大展威风，还不罢休：“请陛下即刻宣布戒严，召集天下兵马驰援洛阳。”

元子攸全数答应，尔朱世隆意气风发，拍胸脯保证：“杨昱统兵七万驻守荥阳，微臣领兵五万挡在虎牢，尔朱世承三万大军随时待援，陛下亲统十万虎贲羽林坐镇洛阳，凭坚城拒守，元颢从梁国借来七千人马，前有雄关，后有追兵，插翅难逃，实为送死！”

忽然一人肩背红旗冲入太极殿，难道元颢兵锋到达洛阳？此人一瘸一拐冲入殿上，扑通跪倒，嘶哑声音禀报：“报！上党王大胜，邢杲临阵投降。”

元子攸本以为是从前线传来的噩耗，却得到大好消息，兴奋得手足无措，看此人眼熟，竟是侯景：“侯都督？上党王不是刚到山东吗？”

元天穆三月十一日离开洛阳，速度确实难以想象。侯景声音干哑：“我军于上月二十日大败邢杲，邢杲临阵请降，槛送洛阳，我累死两匹战马，从济南狂奔至此。”

元子攸命令宦官倒水，亲自送到侯景手中。文武百官兴高采烈，葛荣授首，邢杲就擒，风雨飘摇的大魏江山中兴在望，只要挥军平灭元颢和关中的万俟丑奴，天下大定。尔朱世隆喜气洋洋，得意非常：“元颢跳梁小丑，还来送死！”

元子攸急问侯景：“都督，上党王何时回师洛阳？”

侯景毫无声息地伏在地面，众人极为奇怪，元徽惊声说道：“他五天五夜不停奔驰，难道累死了？”

尔朱世隆上前，拍拍他脸颊，听到轻微鼾声，大笑：“睡着了？”他手掌捂住侯景口鼻，闭住他呼吸，侯景片刻时间脸色涨红，手脚抽搐，推开尔朱世隆手掌，睁开眼睛大声喘气。尔朱世隆哈哈笑道，“睡得真香，口水都流到太极殿上了。”

元子攸命令宦官：“快，将侯都督扶至明光殿休息。”

侯景擦干口水，重新伏在地面：“大都督请我启奏陛下，大都督亲率骑兵回师洛阳，十五日后便可抵达，请陛下固守待援！”

元颢前有荥阳和虎牢，后有元天穆骑兵尾随，必将陷入重重包围，元子攸的忧虑一扫而空：“好，杨昱点兵七万入驻荥阳，仆射大人进驻虎牢，尔朱世承在鄂坂居中接应，前后夹击，将元颢消灭在洛阳城下。”

33 何处寻她

元子攸心情愉悦地回到茅茨堂，元天穆抓获邢杲，将率领大军回返，元颢前有坚城后有追兵，大概只能赶紧退回梁国，或者向自己投降，即便他曾经称帝，我仍然会宽恕他，不失为当朝太傅。他刚喝口茶水，祖莹慌张小跑进来，跪倒便拜：“陛下，不好了，北海郡主被尔朱世隆抓走了。”元子攸大惊失色，祖莹忙于朝中政务，几日没去华林苑，那边也没有人来通知，今天派人探望，才知道明月被尔朱世隆抓走，“元颢称帝，陛下下旨缉拿北海王亲眷，尔朱世隆便去华林苑抓了明月。”

“大胆！”如同晴天霹雳，元子攸怒气冲天，“朕已和明月行六礼，她是朕的正妻，你说反经合义，让朕娶尔朱荣之女，朕依你，你要明月去邺城采选，朕也依你，可是你把明月丢了，怎么向朕交代？”元子攸怒火倾泻，恨自己疏忽，只想着天下大事，忽略了明月，指着祖莹说，“快把尔朱世隆找来，朕当面问他。”元子攸挥走祖莹，在茅茨堂中心神不宁，肯定那日和明月相会让尔朱歌看见才有今日，立即起身直奔徽音宫。

尔朱歌正在对镜贴花黄，见元子攸冲入大门，宦官小跑跟随，来到门口迎接。元子攸每见尔朱歌都有惊艳之感，今天挂念明月，来不及怜香惜玉，上来直问：“明月何在？”

尔朱歌满心欢喜迎来元子攸，没想到迎头就是这样一问，脸色已经不好：“是淑妃吗？”

明月淑妃的诰封还没有下旨，元子攸分辨出尔朱歌嘲讽自己，再问：“她在哪里？”

“陛下忘记了吗？圣旨缉拿元颢亲戚故友。”尔朱歌心情差极，没耐心交谈。

元子攸大怒，尔朱世隆假借圣旨对付明月：“朕是元颢的近亲，你是皇后，也跑不了干系，为何不将你我都缉拿？”

“皇帝，你不讲理。”尔朱歌不想争吵，向元子攸一拜，“她在哪里，我确实不知。”

元子攸见尔朱歌要走，紧紧抓住她的胳膊：“速将明月交出，否则！”

尔朱歌转身看着元子攸：“我入宫数月，陛下来看过我几次？今天你突然跑来，来找一个我根本不认识的女子，我还是你的皇后吗？”

元子攸又怒又急：“你如不想当皇后，朕也不求你。”

尔朱歌甩开元子攸，怒斥：“我爹爹扶持你称帝，你竟忘恩负义。他自己做皇帝，你又能如何？”

元子攸听了这话，怒气勃发，转身离去。

34 荥阳虎牢

公元529年，北魏永安二年五月十七日，元颢攻克大梁。

元颢称帝后组建军队，以侯暄为后军大都督，镇守睢阳，确保归路，以陈庆之为前军大都督，冲锋陷阵，自己统率中军。连克睢阳、考城和大梁之役都是陈庆之的功劳，因此元颢十分客气，屈居侧位，把主帅之位让给陈庆之。由于降将众多，将杨忠、马佛念和宋景休等梁军将领挤到左侧，元晖业和丘大千等人站于右侧。一名斥候单腿跪地禀报：“报，魏国上党王元天穆击败邢杲，将要渡过黄河，回师洛阳。”

陈庆之挥手让骑兵再探，开口问道：“诸位，有何对策？”

梁军将领都不开口，元晖业禀报：“荥阳、虎牢和洛阳有羽林虎贲把守，攻下洛阳谈何容易？元天穆尾随而至，不如暂避锋芒，驻守睢阳，进可攻退可守。”元天穆快速击溃邢杲，对梁魏联军形成前后夹击之势，前有荥阳和虎牢两座雄关，退守睢阳才是万全之道。

元晖业眼中只有元颢，没有陈庆之，梁军将领心中不满，马佛念毫不客气：“济阴王，我等都可以撤回梁国，唯独陛下不可。”

“为何？”

“陛下登基，难道到南朝当皇帝？”马佛念毫不客气。

元颢不能回头，断去退守睢阳的念头：“趁元天穆还未渡河，相持官渡，如何？”

官渡是当年三国古战场，那时曹操尽取黄河以南，挟天子以令诸侯，与河北的袁绍隔黄河对峙。如今形势截然不同，梁军腹背受敌，绝不像曹操那么从容，陈庆之问道：“元天穆与洛阳兵马相比，谁更强些？”

羽林和虎贲铠甲精良，都是京城纨绔子弟，不习战阵；元天穆麾下猛将如云，费穆和李叔仁久经沙场，尔朱兆和高欢都是骁将，擒葛荣败邢杲，士气如虹。两相比较，元天穆的实力远远胜于洛阳守军。元颢答道：“精兵良将尽在元天穆手中，羽林虎贲远远不如。”

“如今可进不可退，只能一往无前。”陈庆之慨然直陈。

元颢没有回头路，与陈庆之心意暗合，叹一声气：“荥阳！虎牢！让多少英雄豪杰铩羽？”

荥阳东有鸿沟连接淮河和泗水，北依邙山毗邻黄河，南临索河连嵩山，西过虎牢关接洛阳和长安，是地势险要的咽喉之地，为历代兵家所必争。春秋时晋楚争霸于此，秦灭韩国后在荥阳广武山麓建敖仓，储积粮草，派驻重兵，凭荥阳而镇六国。陈胜和吴广揭竿而起，攻打荥阳时功亏一篑，吴广战死，陈胜一蹶不振。楚汉战争时，高祖刘邦尽出关陇精锐，在荥阳与西楚霸王项羽对峙，反复争夺。项羽不能踏入荥阳，止步鸿沟，陷入十面埋伏，落得霸王别姬，自刎乌江。这些纵横天下的英雄豪杰，都在荥阳关下失利，可见此地牵动天下，绝非轻易。

魏军众将正在思索对策，元晖业又吐出两个字：“虎牢！”

元颢脸色灰暗，攻破荥阳，还有虎牢。虎牢又名汜水关，位于荥阳西北三十里，周穆王曾在此羁押猛虎，故称虎牢。南连嵩岳北濒黄河，山岭交错自成天险，一夫当关，万夫莫开，与荥阳结为掎角之势。三国时的十八路诸侯便在此与董卓大战，北魏孝文帝迁都洛阳后，修筑虎牢，城坚壁厚，粮草充足。

元晖业跪倒：“杨昱领兵七万进驻荥阳，尔朱世隆统兵五万驻守虎牢，掎角相倚，尔朱世承守于鄂坂居中接应，元天穆十万大军平灭邢杲，尾随而至。我们既无陈胜吴广人多势众，又无西楚霸王力可拔山的气势，比不上汉末十八路诸侯的名将济济，更无关羽张飞之猛，陈胜吴广、霸王项羽和十八路诸侯，携天下之兵，无后顾之忧，尚且饮恨而归。我军腹背受敌，手下皆为降兵，仅靠七千梁军，想攻破荥阳和虎牢，难如登天啊。”

元颢沿途收降的数万人马士气消沉，毫无战力，不值得一提，丘大千并排跪倒：“元天穆十数日便能到达洛阳，哪有时间攻打坚城？不如分兵驻守延津，关中侯可继续西进。”

这分明让梁军送死，他们可以随时溜回睢阳。元颢不满此计，苦笑着说：“兵力捉襟见肘，如若分兵，拿什么打仗？”

陈庆之对元颢的表现暗暗满意：“须速战速决，破敌一路，绝不能被两面夹击。”

“哪一路？”元颢做不了主，还要陈庆之拿主意。

“先夺洛阳。”陈庆之不为所动。

魏军将领都认为陈庆之疯了，要向重重包围里跳，一齐跪倒：“陛下，三思！”

元颢手按剑柄猛然站起，一掌击破几案："置之死地而后生，传朕旨意，马不停蹄直捣荥阳，朕死，也要死在洛阳城下！"

众将离去准备开拔，元颢长叹一声，论天时，只有十数日时间，论地利，敌军占据雄关，论人和，手下是毫无士气的降兵，不反戈相向就谢天谢地，面对二十万羽林虎贲和气势如虹的元天穆精锐，此战凶险万分。元颢问道："关中侯，此仗可打吗？"

陈庆之谋划出兵北伐绝非一日，早有面对千古雄关和三十万大军合围的预想："人生在世，当此难局，陛下不觉得有趣吗？"

元颢不解："兵危战险，有何有趣之处？"

陈庆之脑海中显现出一幅战阵的画面，将攻击力最强的锋矢阵和防御能力最强的却月阵混而合一，一个天地惊鬼神泣的阵法渐渐成形。想起此阵，陈庆之四肢百骸仿佛都通了："我军攻至大梁，为何能够连战皆捷？"

元颢对陈庆之极为仰赖，回想一路战法："相生相克，阵形变换，生生不息，此为胜因。"

"陛下为死于河阴之变的王公大臣讨回公道，知人善任，投书联络，招降对手才是胜因。"陈庆之倒不是恭维，作战和招降两手并用，他们才能到达荥阳城下。

"前有坚城，后有追兵，何须说这些？"元颢处境艰难，无心多谈。

"我另有用兵之道，还需陛下配合。"陈庆之并非故意夸奖元颢。

"何种用兵之道？"元颢心中无底，听陈庆之话中有话，凝神细问。

“奇正之兵！”陈庆之想通了将却月阵和锋矢阵融通之法，“却月为正，锋矢为奇，奇可以为正，正可以为奇。”

“关中侯可有把握？”元颢不敢下决心，自古名将无人能够在这种劣势下击败敌军，夺取洛阳，尤其尔朱荣接连击败葛荣和邢杲，绝非一般人物。

“战场之上，谁又有把握？”陈庆之不敢承诺。

元天穆三月十一日离开洛阳，四月初渡过黄河，二十日击败邢杲，马不卸鞍、人不解甲立即回到黄河岸边。对岸向东百里便是荥阳，运兵舟船往返两岸，黄河倒映夕阳，河水如火鲜红。元天穆站在舟头眺望，佩服元颢胆量，竟敢率领七千人马轻入中原，当年项羽还有八千子弟兵。高欢站在元天穆身边：“大都督有何打算？”

“驰援荥阳和虎牢，内外夹击。”

“何不断其后路？”即便击败陈庆之，他们仍可从睢阳退回梁国。元天穆心中一动，高欢又说，“大都督给我数万人马，突袭睢阳断去元颢后路，梁军不战自溃。”

元天穆大笑，这是釜底抽薪之策，夺下睢阳还可斩断梁国援兵：“你明日清晨率领行台崔孝芬和都督刁宣，统三万骑兵突袭睢阳。”说话间战船急转，稳稳停在岸边，亲随手拉缰绳等候在岸边，大声禀报，“大都督，元颢率领军队，五日前离开大梁直奔荥阳。”

尔朱兆策马而至，问道：“大都督，要不要安营扎寨？”

元天穆脚踩松软的沙土，望着正在横渡的战船，突然翻身上马：“费穆何在？”

费穆和温子升刚跳下战船，一齐军礼拜见，元天穆下令道：“你留下整顿人马，前来荥阳与我会合。”元天穆命令尔朱兆，“救兵如救火，我们率领三千骑兵急速驰援荥阳，抢在元颢之前。”

宋景休立马黄河北岸山坡，望着水面上无数舟船。黄河夜间风大水急，天色全黑，魏军便停止渡河，在两岸燃起篝火。宋景休找当地渔民打听，魏军一个多月前从这里渡过黄河征讨邢杲，当时用了三天的时间。

陈庆之只有极短的时间攻打荥阳、虎牢和洛阳，一向胆大的宋景休不禁头皮发麻。他正要上马报信，忽然看见岸边魏军纷纷上马，排成三行鱼丽之阵，马蹄震动大地，提高速度向西边奔驰，抢先支援荥阳。宋景休暗呼糟糕，挥鞭策马直奔荥阳向陈庆之禀报军情。

宋景休刚出发，另一支魏军从黎明的黑暗中疾奔而出，方向相反，正是高欢的三万骑兵，他们要突袭睢阳，断梁军后路。

35 奇正之兵

公元529年，北魏永安二年，五月二十一日。

元颢披挂金盔金甲，陈庆之穿着银甲披白袍，身后是用于指挥攻城的旌旗和鼓号。马佛念被封为副将，位于陈庆之身侧。杨忠等梁军将领骑乘战马，一字排列。向前是七千梁军，白袍翻转，漆黑裹身，毫无声息，唯有呼吸可闻。再前是三个重铠步兵方阵，手持盾牌，肩抬背扛攻城器械，缓慢前行。弓箭手背着箭囊，沿着护城河散开，准备过河压制城墙守军。一百五十步外便是荥阳城墙，高耸难测其高，寻常弓箭绝对无法企及，护城河又深又阔。

元颢与荥阳守将杨昱极熟，向陈庆之详述："杨昱字元晷，为司空杨椿之子，年轻时曾为太学博士、员外散骑侍郎。延昌三年，太子元诩尚在怀抱，出入唯有乳母相伴，不让文武官僚知晓。杨昱启奏：太子轻易出宫，太傅少傅不能随时教授，入宫时无群臣陪侍，绝无示民轨仪，著君臣之义。从此以后，太后若召太子必降手敕，令臣下皆知，我为宫臣，应知太子动止，扈从在侧，此当为后世法。胡太后下诏应允。"陈庆之听得出神，元颢继续说下去，"杨昱后来担任中书舍人，胡灵太后曾对他说：皇帝年幼，朕亲理万机，难免处处称人心，卿如果有所闻，慎勿讳隐。杨昱立即揭发领军将军元义受贿，胡灵太后召见元义夫妻，泣而责之。元义深恨杨昱，诬告他反叛。胡太后遣左右夜围杨昱宅院，并无所获。杨昱与元义对质，言至哀切，胡太后亲自为他除下捆绑。”元颢停下来，看陈庆之是否理解他话中之意，杨昱深受胡灵太后重恩，必然痛恨尔朱荣，这场仗或许容易一些。

陈庆之并不苟同，按照元颢所述，杨昱极为耿直，奉命死守荥阳，或许死战到底。元颢与杨昱渊源极深，万俟丑奴祸乱关中时，元颢为西北道大都督，杨昱担任侍中随军监察。叛军偷袭豳州，元颢一日一夜发出九道求兵书信，杨昱却不派援兵，答复：长安是关中根本，如果大军前往泾豳，若长安失守，军队溃散，有何益也！元颢当时对杨昱大为不满，罢免他官职。元颢向陈庆之详述一遍，连两人过节都不遗漏：“胡灵太后于杨昱有厚恩，他虽与我有过节，却没有撕破脸面。”

城墙静悄悄伫立在月光下，唯有几盏昏暗的灯笼斜吊垛口，城外大兵压境，城内不可能不知道，越安静越诡异，元颢深知此战之至关重要：“子云，你曾提及奇正之兵，今日之战，何为正？何为奇？”

陈庆之领兵之后，其他人都称他为关中侯，唯有梁帝萧衍三十多年来唤他子云，元颢也如此称呼，让他极不习惯。陈庆之不想多说，解释攻城之策：“前军五万为正，后军七千为奇，先正而后奇，此为兵法。”

元颢多年在战场厮杀，明白陈庆之的打法，魏国降军正面攻城，吸引敌军，梁军才是破城关键。说话间舟船放入护城河，船只靠岸，卸下数百士卒，掉头排列整齐，木板横搭，舟桥已成。

元颢不由得感叹，北方军队往往派遣杂兵填满护城河，费力极大，南军用小舟横陈，敷设木板造出浮桥，若论奇袭攻城，南军这种打法显然更好。

荥阳守军似乎毫无知觉，任由敌军渡河、结阵和搭桥，陈庆之猜出守军意图，必等大军渡过护城河，突然出击："向前为正，后却为奇，我们试试守军意图，利而诱之，乱而取之。"

梁军连战皆捷，元颢亲历，他自诩熟读兵法，与陈庆之相比，自知是井底之蛙，趁着大战未起，向陈庆之请教："凡是后退，都是奇兵吗？"

奇正兵法是用兵之术，相生相克是兵器与阵法搭配，相辅相成，不可或缺。陈庆之为萧衍书童之时熟读兵书，暗自揣摩，融会贯通，与元颢临阵而论十分畅快："《孙子兵法》说佯北勿从，是指以退为奇的战法。但敌军退兵时，战旗参差不齐，鼓声大小而不应，号令喧嚣而不一，这是真败，而非奇兵，便可追击。如果旗齐鼓应，号令如一，必有奇兵。"

元颢虚心讨教："子云，可否详细教我？"

陈庆之在担任萧衍主书时，时常为他查阅兵书，他曾经深研曹操用兵之法："《孟德新书》说，两倍于敌，一术为正，一术为奇；五倍于敌，三术为正，二术为奇。《孙子兵法》说，奇正之变不可胜穷，奇正相生，循环变化，难以穷尽。关键在于士卒练习纯熟，偏将裨将熟习法令，士卒各认旗鼓，迭相分合，故此分合之变在于教战，上下都知兵法，如驱群羊，由将所指，敌军难以分辨，这就是孙武所说的'形人而我无形'，这是奇正之兵的极致。"

元颢见过梁军在阵前变幻，惊呼：“深乎，子云用兵如神，原来如此！”

数十辆偏箱车渡过护城河，结成却月形状，数千弓箭手登岸保护。一队重铠士卒护送云梯过河，搭在城墙，十几名士卒头顶盾牌，顺着云梯向城墙攀爬，其他士卒远远散开。

战鼓响起，城头出现无数魏军，弓箭如雨，攻城士卒防不住四面八方，被射成刺猬，坠落城下。城门大开，守军冲出，怒吼向云梯杀去。攻城士卒并不恋战，向护城河退去，偏箱车两边一合，转攻为守。守军隔着战车组成的战线，刀剑难及，长槊也攻不到近前，远远用弓箭互射。元颢仔细观看，梁军撤退时，队列整齐，旌旗不乱，退守防线，显然是以形制敌。元颢驱马到达河边望去，隐约认出敌军主将杨昱，两边数人竟也认识，左侧是都督元恭，右侧为西河王元悰，都是魏国宗室。

锣声响起，这是收兵之令，也有停战之意，两军向后稍退，喊杀声停歇。周围一圈火把衬得元颢的铠甲金光灿灿，有如神迹，左军都督刘业和王道安手捧诏书，昂首挺胸走出阵列，两人都是在考城之战中投降元颢的大臣，向城上喊道：“尔朱荣屠戮宗室，胡逆擅朝，淫刑肆毒，幼帝元钊年仅三岁何罪之有？朕为献文帝之孙，提三尺剑，渡江三千里，无遗镞之费，披肝沥胆，誓斩契胡首级，献于宗室陵寝。弘农杨氏忠毅谦谨，累受皇恩，荷内外之任，公卿牧守，荣赫累朝，门生故吏遍于天下。言色恂恂，出于诚至，恭德慎行，为世师范，汉之万石家风，陈纪门法，所不过也。诸子秀立，青紫盈庭，岂能不分良莠，何以为虎作伥？为亲者痛仇者快之事？”

这道诏令是元颢亲自授意，字斟句酌，先述说河阴之变的冤屈，再讲弘农杨氏至孝，杨昱黯然无语，都督元恭和西河王元悰低头沉思。元氏宗亲与汉人高门望族联姻，弘农杨氏便是佼佼者，讲究儒家礼仪服饰，与尔朱荣等人格格不入。河阴之变中被杀者两千余人都是盘根错节的亲朋好友，杨昱等人何尝不想复仇，只是尔朱荣平灭葛荣，元天穆击败邢杲，武功赫赫，无人敢于挑战。而且杨昱抵抗元颢，并非为尔朱荣，而为元子攸。他念及此处，缓缓说道："元颢，如要为河阴之变复仇，为何登基称帝？我等已奉明君，岂能反复无常，向你屈膝？"

陈庆之心中一跳，杨昱这句话说中要害，元颢北伐到底为何？为河阴之变复仇还是另有野心？他一心北伐中原，却落得为元颢打江山。城墙上杨昱说完，右手一挥："射。"

两名使节与杨昱熟识，哪想到箭雨倾盆，惨呼声中被钉在地上，还好杨昱手下留情，弓箭拦住道路，并未射向要害。两使各中一两箭，摔倒地面，鲜血流淌，缓慢爬回护城河，拖出一地血迹。元颢怒气勃发，举起鼓槌，咚咚擂响，发出进军之令，前军士卒头顶盾牌、云梯再次渡河。上轮进攻纯属试探，这次才是真正攻城，极为扎实，士卒护好自己，待数十架云梯到达护城河边，大军缓缓集结。

36 修罗地狱

明月半昏半醒，听见切割金属的声音，静夜中让人毛骨悚然。她被这声音折磨，睁开眼睛，只有黑暗。驼牛署中间是两人多宽的走道，两边是豢养驼牛的牲口栏，被铁栏杆加固分隔，四周都没有人。声音来自哪里？有人切割铁栏杆！明月被关押在最里面一个单独的房间，声音必来自两侧的囚笼。

磨断栏杆会怎样？明月不寒而栗，她四处摸索找到一个铁盒，入手沉重冰冷，似乎是盛饭所用。抓在手中略微安心，贴着墙壁循声挪动，声响越来越清晰。明月碰到一根鸡蛋粗细的铁条，举起铁盒，用尽全身气力向那震动之处砸去。一声凄厉的喊叫划破驼牛署，犯人们炸窝，一个亮堂堂的声音在头顶响起：“鬼七，你这采花淫贼，又犯色心了？”

“哎哟，胡说，不是我，哎哟，痛死了。”尖厉的声音从隔壁飘出，犯人被惊醒，哈哈狂笑，声浪惊人。

明月缩回墙角抬头望天，驼牛署上有窗口，云层极厚，没有光亮。她闭上眼睛，恍然中又听见摩擦金属的声音，那鬼七恨恨不平，也不知嘀咕什么。明月不寒而栗，再次抓起铁盒，来到那声音出处，奋力向下，“叮当”一声砸到铁物，忽然手腕一紧，被人捉住。

“细皮嫩肉，不错，不错。”鬼七的声音传来，明月手腕顿觉湿漉漉的，热气哄哄，竟是被人抓住用舌头舔，惊叫一声，一阵反胃，恶心难耐。鬼七揪住明月手腕，急不可耐地将她纤纤手指含在口中，尖利的牙齿刺痛明月。

“别打扰老子睡觉。”一个粗厚的声音凌空而至。

“跟着我，不会亏待你。”荧光忽现，一枚夜明珠出现在三尺之外，鬼七瘦小干枯的面孔浮现出来，借着荧光打量明月，隔着铁栅狞笑道，“不出所料，果是绝色。”

“城阳王府那案子是你所为？”那个粗厚声音从头顶落下，明月隐约看见，一个壮汉躺在不远处，一道亮光划过，夜明珠像被一只看不见的手凌空抓走。

鬼七不管那珠子，继续磨铁栏杆，只听一声猛吼：“奶奶个熊，让不让人睡觉？”又有几名囚犯被吵醒，怒骂鬼七。天色已有亮光，借助那颗夜明珠，明月恍惚看见，驼牛署两侧各有十几个铁栅栏隔开的狱房，每间都有数十名人犯，唯独自己一间，房间面积也大了数倍。

“佳人在侧，你们还在睡觉，瞧瞧。”鬼七炫耀，无数丑陋肮脏的面容望向明月，眼孔倏然放光。一人问道，“你什么来头？竟投入这间狱房！”

“别管那么多，把栏杆弄断，就是咱们的，也不知道修来什么福气，坐牢都有这等美色送上来。”鬼七张罗着，铁栅栏被磨去一半，囚徒们拥来用力去扯栏杆。明月从地上拾起食盒，挪到栏杆处，“谁敢过来？”

鬼七阴阴冷笑：“别急，我们都过去，小丫头，今天让你做神仙姐姐，乐不欲生。”

明月食盒击中鬼七手指，痛得他捧着手掌，跳到一边，其余囚犯抓来铁物，在栏杆处磨起来。忽然一个虬髯壮汉翻身起来，上身赤裸，露出宽厚结实的胸膛，隔着铁栏杆问道：“小姑娘，你什么来历，竟被关在这里？”

这个囚房处于走道顶端，除了大些没有什么特别，明月不懂他在说什么，只是拦在栅栏旁边。那鬼七用衣裳破布包好手指，抓回铁物在栏杆上磨动：“老子还没在女人身上吃这么大的亏，一会儿让你知道厉害。”

栏杆眼见就要断裂，那虬髯壮汉翻身起来：“让开，我来。”他快速上前，朝着鬼七后背猛踹一脚，踢飞身体，撞断铁栏杆，飞出十几步翻滚到明月脚下。明月惊叫，举起铁食盒向他脑袋砸去，爆出一道血光。她连续不停，鬼七血肉模糊，动弹不得。又有几个囚犯从栏杆断裂处挤过，恶臭扑面而来，刺啦一声，明月衣袖已经被扯掉，露出藕段儿一般的胳膊。

“何人扰我？”一道声音仿佛从天空传来。明月头顶吊着巨大铁笼，大约一丈见方，视线被整块铁板阻挡，什么也看不见。囚徒们恍若未闻，一起拥上，明月胸口小衣也被扯断，她泪如雨下。

“哎，问你们话呐！”那虬髯壮汉似乎与囚徒们不是一伙儿，踢断一根铁栏杆，弯腰进来，一手一个将两名囚犯凌空抓起，小鸡一样扯到数丈，弯腰问道，“小姑娘，你是何人？”

“我是青州人，流落到洛阳。”明月蜷缩一团，看着虬髯壮汉，他身材极高，几乎能够顶到头顶的铁笼。

“抬头看看这是哪里？”壮汉瞪大眼睛，粗看十分吓人，细看却有一股善良之气。

明月回头看去，墙上有四行大字，字迹鲜红，都是用鲜血所书：为君不仁，为臣不廉，怀朔葛荣，无食无衣无居无法无天，无父无母无妻无子无命，头断血流，永不朝魏！明月曾在邺城，熟知葛荣之事，他战败被擒之后被槛送洛阳，在驼牛署羁押，想必就是这里，囚徒们定然觉得自己来头极大。念及此处，明月对元子攸彻底失望，今日绝没有好下场，顶多如同葛荣那样一死而已，绝不辱没贞洁，抬头望着壮汉：“我与元子攸已行六礼，是他正妻，被人陷害，流落于此。”

众人听到元子攸名讳，脑子转了几圈，才知道这是当今天子，吓了一跳。“嘿嘿，皇帝的老婆落到咱们手里，上，反正也活不了几日。”一个粗黑的大汉恶狠狠地喊道，这人是斩立决的死囚，伸手去抓明月。

明月五指伸开，冷不防朝着他戳去，正中那死囚左眼，他捂着眼珠嚎叫，两膀一甩，恶从中来，对明月就是一掌。明月火辣辣疼痛，用手一摸，脸庞肿胀如同馒头。那死囚仍不罢休，来扯明月衣服，布帛撕裂，裙摆开裂。明月悲哀至极，搡开众人，从缝隙钻出向铁栏杆一头撞去。

公元 529 年三月十一日，北魏诏命上党王元天穆出征讨伐邢杲。四月初陈庆之攻克睢阳，元颢燃薪称帝。四月二十日，元天穆在济南城外击败邢杲。五月初，元颢攻克考城。五月十四日，北魏诏令内外戒严，防备元颢。五月十七日，陈庆之和元颢攻克大梁，逼近洛阳。五月二十一日，元颢开始攻打荥阳，距离洛阳咫尺之遥。

第四章 杀戮立威

天下，是天下人的天下

37 飞石之机

喊声震天，火箭弥天，元颢数万士卒将荥阳四面包围，彻夜猛攻。元天穆已经回师，必须争分夺秒，否则战局便要急转直下。山坡背面的密林中隐藏着几百名工匠，这里是小猴子安置攻城器械的地方。他弓着腰，将一块坚硬的楸木扛在背后：“快，到这里来。”

数百工匠肩抬背扛，将奇形怪状的木材和钢铁运出森林来到护城河边。他们混杂在士卒中间，让人难以分辨。坚木为脊梁，钢铁为筋骨，一种前所未见的攻城器械渐渐成形，被工匠们用黑布覆盖，让人看不出形状。在铚城半年时间，小猴子整日对着飞石机的图形发呆。宋景休找他喝酒也被拒绝，杨忠来聊刘离，他也恍若未闻。一个月后他突然打开房门，直奔陈庆之中军大帐，列出一份详细的单子，记载各种形状的木器和钢铁。两人私语许久，陈庆之照单全收，梁军辎重营到处采购，马蹄踏遍梁国境内，钢铁从东冶源源不断运来。东西集齐，小猴子又消失在铚城外的山中洞窟，四周严加戒备，连百姓砍柴、伐木、打猎都不允许，陈庆之甚至严禁军中任何人谈论那片深林中的东西，违者杀无赦！马佛念曾偷偷看过，咋舌不已，一种亘古未有的攻城器械即将面世，至于样子和攻城方法，他从不透露。宋景休也想偷偷去看，却不敢违背陈庆之的将令。打铁的声音昼夜不息，夜晚熊熊火光映于夜空，时常传来震裂天空的轰鸣。众人碍于军令，视而不见听而不闻，但好奇心已经爬出了嗓子眼。

两个月前，梁军从铚城出发进入魏境，横扫千军，始终有一支队伍护送着辎重营，任何人不得靠近。宋景休远远望见，几十辆偏箱车遮盖乌棚，任他想破脑袋，也无法从形状上猜出那是什么。宋景休和小猴子勾肩搭背，他爱理不理，以他喜怒必形于色的性子，宋景休知道，这种杀器肯定还不能问世。

攻下考城之后，小猴子更加癫狂，时而喜气洋洋，时而唉声叹气，马佛念是军中唯一可以和小猴子谈论兵器的人，他熟读兵书，能给小猴子讲解古书。梁军连战皆捷，宋景休一心打仗，心思不在那东西上。直到攻入考城，马佛念和小猴子烂醉如泥，自以为帐外无人，聊起那神秘的东西，帐外宋景休听到几句，什么准头、霹雳弩、望山。宋景休猜到，他们的那个东西好像可以像臂张弩那样瞄准。

唯有马佛念知道，小猴子遇到了难题，他们仿制马钧的飞石机，推动半人高的飞石，掷于百步之外，力量绝非人力可以阻挡，足以砸烂任何防线，准头却不好，忽高忽低，忽远忽近，这是当年马钧遇到的难题，无功而返。《傅子》中说，马钧想到了解决办法，没来得及实施，小猴子找不到这种失落三百年的法子，他受到弩机的启发，弩机用望山瞄准，飞石机可以吗？荥阳城东门外，月光洒遍护城河，小猴子蹲在高坡下，三座飞石机上覆盖着泥土和乱草，静静躺在地面，这种亘古未见的攻城器械即将面世，将带来血雨腥风。

战马疾奔而至，直驱元颢和陈庆之面前，拱手禀报："元天穆大军渡过黄河，亲领三千骑兵，尾随而至。"

"元天穆不是在济南吗？"元颢一惊，哪会这么快？

"上月二十日，元天穆在济南城外大胜，邢杲阵前请降！"宋景休打探到极多消息，来不及一句说完。

"元天穆何时到达？"陈庆之语气中露出不安，面前是荥阳，还有虎牢和洛阳，追兵已到，这是他极力避免的情形。

"如果元天穆马不停蹄，日夜奔袭，天不亮就能到达荥阳。"宋景休不敢乱说，他彻夜不停奔驰，元天穆应该稍慢一些，掐指细算说出最坏的可能。契胡骑兵都有两匹战马，如此紧急，不用备马才是稀奇。元颢心中翻腾，大事不好！

一匹战马扑通侧翻土径，前腿抽搐，后腿疾抖，士卒冷不丁滚落地面，猛然惊醒。尔朱兆下马跑来，那战马全身热汗，呼哧急喘，腹部鲜血淋漓。他极爱惜战马，从草地上拔下一丛苜蓿喂入战马口中，抚摸一阵儿。三千骑兵马不停蹄，人在马上睡觉，战马三天三夜未曾合眼，轮流骑乘，体力难以支持。尔朱兆挥鞭追上元天穆，拉住他缰绳："大都督，不能再跑了。"

此处距离荥阳约一百里地，他们全速奔驰，来不及派出斥候，元天穆每到一地，便向当地村民打探消息："梁军五日前刚走，看不见队头队尾。"

"骑兵在前，战车居中，步兵跑着，听说去打洛阳了。"

“有银盔白袍，也有魏军制式，里面还有梁军，到底咋回事？”

消息一点一滴汇集到元天穆耳中，他收拢缰绳，眺望荥阳方向，雾霭沉沉遮挡视线，今晚要歇息吗？人可以支持，战马向路边摔倒。温子升策马过来，催促：“大都督，为何不继续向前？”

“看这战马？到了荥阳累死一半，如何打仗？”尔朱兆瞧不惯温子升，没有好气。

“即便累死战马，也要赶到荥阳城下。”温子升熟知朝廷内幕，王公大臣与元颢同气连枝，只要他攻下荥阳，说不准就会有人献城投降。

“胡说，没有战马怎么打仗？”契胡是游牧部落，尔朱兆爱马如命，说话间竟扬起马鞭指向温子升。

元天穆夺过马鞭扔到一边，手捋长髯望着骑兵队伍，士卒握着缰绳，晃晃悠悠，战马没了气力，马刺之下鲜血淋漓，速度越来越慢，到荥阳城下也没有攻击之力，叹息一声：“洛阳三十万守军，荥阳坚固异常，总能守个三五日。”

尔朱兆明白了元天穆的意思，不待军中司马发令，扯着嗓子喊道：“扎营，休整。”

38 奇兵旁击

前军半渡，人马到达对岸，云梯也在舟桥之上，大战即将开始。元颢一点儿把握都没有，策马来到陈庆之身边：“子云，此战怎么打？”

陈庆之不慌不忙，仿佛喊杀声并不存在：“曹操说，攻城须奇兵旁击，又在《孙子》注中说，先出合战为正，后出为奇，其实未必尽然。”

元颢焦急难耐，在攻打荥阳的关键时刻，陈庆之还有心情琢磨这些，稍一转念问道：“奇正之兵还有先后和旁击的区别？”

荥阳城墙上鼓角响起，向东门调兵，陈庆之等待时机，不急于出战，解说兵法：“吾之正，使敌视为奇，吾之奇，使敌视为正，以奇为正，以正为奇，变化莫测，此为奇正之要。”

前有重城，后有追兵，绝不能出了差错，陈庆之即将突出奇兵，必由元颢配合，以兵法指点他，并非无缘无故。元颢半懂不懂，这番话似与战局有关，又连不到一起，向陈庆之告饶：“子云，你熟读兵书，朕自当请教，只是大战将至该怎么打，请直言相告！”

“善用兵者，无不正，无不奇，使敌莫测，故正亦胜，奇亦胜，三军只知其胜，不知其所以胜，唯有孙武和吴起可以做到，其后诸人远远不及。”陈庆之眼观战局，洞若观火，寻找最佳战机，心潮波澜起伏，言谈间分毫不乱。

“如果孙武和吴起此时此刻就在这里，他们如何用兵？”元颢心急如焚，攻城士卒靠向城墙，弓箭如潮，云梯分成左右，已经有士卒开始登城。

吴起作战时先派遣勇士试探攻击，刚一交锋便退兵，试探敌军反应，如果敌军不轻易追逐，则敌将极有谋略，如果敌军开门反击，旌旗鼓角不齐，敌将无能，纵兵击之勿疑。陈庆之用的便是吴起兵法。一座飞楼从舟桥渡过，比城墙还要高一截，翻板下落，弩机爆响，城墙上魏军倒地一片。城下战鼓声声，攻城士卒蚁附云梯，快速登城。飞楼前靠，木板搭在城墙，数十名士卒拥出，当先者手持重锤，正是杨忠，他双手一分，大开大合，有五六名守军跌落城墙。刹那间，梁军用盾牌结成防线，阵中已有三十多人。

元颢这才明白陈庆之战法，杨忠率领梁军混入收降的魏军当中，正中出奇。待到梁军攻上城墙，守军从四面八方赶来支援，旗帜凌乱，士卒蜂拥，陈庆之一笑：“杨昱不过如此。”

“杨昱可知奇正之兵？”元颢心情大好，杨忠顺利夺下垛口，形势不坏。

“杨昱以奇为奇，以正为正耳！未知奇正相变，循环无穷。”陈庆之观望战局，已对敌军主将判断清晰。

“临阵出奇，攻人不意。”元颢击节叫好，他初识陈庆之时，听说他仅是书童，并非出自豪门望族，心里不以为意，夜间攻袭铚城，以优势兵力击败毫无防备的老弱残兵，这也不算什么。直到陈庆之在睢阳城外击败丘大千七万大军，元颢才知厉害。随后陷考城，袭大梁，一个月内横扫千军，攻到荥阳，自古名将远远不及，元颢真心佩服，故此陈庆之当阵谈论兵法，元颢心中再急，也不敢打断。

“临阵出奇，以小术而胜无术，并非高深，就如谢玄在淝水之战中击败苻坚，并非谢玄善用兵，只是苻坚无谋。”陈庆之指点古人，纵论兵法，意思是说梁军混入元颢降兵，不是什么大不了的用兵之法。

元颢听得神驰意往：“苻坚哪里无谋？”

“淝水之战，诸军皆溃散，唯慕容垂一军独全，苻坚率领千余骑兵投奔，可见其谋略不如慕容垂，世上哪有无谋而胜的道理？”陈庆之在担任萧衍主书时，看过记载苻坚生平的《苻坚载记》，娓娓道来。

城墙上战事正酣，杨忠率领士卒守在五六个垛口间，后续士卒从云梯向上攀登。守军从两侧压上，被狭窄的甬道挡住，无法将梁军赶下城墙。梁军数量居于劣势，不能攻破守军，只守住垛口，聚集力量。守军弓箭密集如雨，登城士卒速度极慢，元颢心脏就像被揪住。他熟读兵书，继续请教心中疑惑：“诸葛亮也不如孙武和吴起吗？他以石纵横布为八行，为天地风云龙虎鸟蛇八阵，这是什么意思？”

“诸葛孔明远不及孙武，比曹操和刘备还有不足，他守则有余，攻则不利，何曾攻下坚城？八阵图也并非诸葛亮所创，黄帝始立井田之法，两横两竖，八家处之，形状为井字。大将居中，诸部连绕，共有八阵。黄帝《握奇文》说，陈数有九，中心零者，大将握之，四面八向，皆取准焉。陈间容陈，队间容队，以前为后，以后为前。进无速奔，退无遽走。四头八尾，触处为首，敌冲其中，两头皆救。混混沌沌，形圆而势不散，散而成八，复而为一。八阵是一个战阵，天地风云本是军中旌旗，龙虎鸟蛇是队伍名称，所谓呼风唤雨，都是后世附会而已。”

城墙上杀声震天，梁军士卒不断跃入城墙，蓄力许久，杨忠双锤一交，盾牌爆裂，几名守军被铜锤荡开，出现一个缺口。强弩震天响起，长槊捅破缝隙，梁军切入敌军，硬生生挤出一块地盘，元颢正以为杨忠要乘胜追击，没想到梁军冲出六七步突然停止，向回收缩，他十分不解：“子云，杨忠兵锋甚利，为何不突破敌军阵线？”

“陛下可听说，六步七步，六伐七伐？”陈庆之这段话出自《司马法》，战国齐景公时，穰苴极善用兵，连败燕晋之师，景公尊之为司马，被后世称为司马穰苴。至齐威王，追论古代战法，遂有《司马穰苴书》数十篇，简称《司马法》，又分权谋、形势、阴阳、技巧四章。

“这是何意？”元颢虽然翻阅历代兵书，与陈庆之相差甚远。

“一进必有一退，如同收回拳头蓄力。”城墙上敌众我寡，梁军结成阵线，每攻出六七步便停下来重整战线，免得出现缝隙为敌所乘。尤其在城墙上，如果被冲散阵形，士卒再勇猛，也无法抵御密集的兵器。战鼓震动天地，城门大开，一阵弓箭后，守军从城门冲出。杨昱并非庸将，见敌军攻上城墙，出城捣毁云梯，登城敌军便只有死路一条。

“擂鼓！”陈庆之就等此时，一声令下，渡河军队向城门压去。

元颢在睢阳登基称帝时组建三军，这是他首次恶战。城墙上滚石圆木倾泻，气势难当，元颢士卒都是降军，一遇强敌，进攻不利，顿失锐气，在滚木礌石之下开始后退。

元颢没有退路，心中一横，抽出宝剑指向城墙："诸位，我等渡江三千里，洛阳近在眼前，有进无退，退者格杀勿论！"

十几名督战偏将排成一排，登上舟桥，扬起战刀，砍翻逃兵，止住溃逃，攻城士卒停在护城河边，拦截敌军。敌军方向一转，冲向云梯和飞楼，城墙上抛下枯草和火油，大火熊熊燃起，云梯上士卒见到火势，急速攀爬，仍有十几人来不及登城，被火舌卷入空中，呼号惨叫，在空中飞舞。

荥阳守军士气大振，向城墙上压来，登城梁军有近百人，防守虽然严密，却时不时传来惨呼，被刀枪弓箭所伤，阵形被渐渐压缩。杨忠低头看看箭囊，弩箭只剩一半，圆阵中央躺了数十名受伤士卒，高喊："坚守垛口！"

元颢眺望城墙，守军出城反击，形势极其不利，梁军虽然登上城墙，却被紧紧包围。元天穆追兵就要到达，凶多吉少。他六神无主，问道："子云，如何是好？"

陈庆之却不担忧："无妨，杨忠足可再坚守一阵。"

云梯飞楼已毁，梁军断去支援，敌军源源不绝拥来。元颢看不出来胜机："子云，此战关乎天下，不可有失啊！"口气中已是恳求。

"陛下，奇兵已出。"陈庆之答道。

元颢向四下看去，六千身裹黑袍的梁军凭空消失，顿时明白，陈庆之还有奇兵，双方鏖战之时，守军倾尽全力守卫东门，其他城门的防守薄弱，马佛念和宋景休必是出战了。

39 五石散

“小歌，叔父来看你了。”尔朱世隆腆着肚子来到徽音宫，后面是他胞弟尔朱世承，比其兄宽一围，高一头。

“叔父，坐。”尔朱歌与尔朱世隆向来亲近，引两人入座，吩咐上酒。

“元颢打到荥阳了，我明日出征虎牢。”尔朱世隆坐于榻上，饮了一杯。

尔朱歌对天下形势了解一些，元颢为河阴之变复仇，自己身为尔朱荣的女儿，必定首当其冲。尔朱世隆本来极为轻视元颢，可是他打到荥阳，再没有狂妄语气：“无妨，上党王驰援京城，荥阳和虎牢都是天下雄关，我亲自把守。”

“梁国只敢据城而守，这次吃了豹子胆竟敢攻打洛阳，不是送死吗？”尔朱世承一拍几案，手中的肥鸡在他的巨掌中如同鸽子。

“奚毅在宫中，一旦有事，保护你逃出洛阳。”尔朱世隆吞吞吐吐，没有那么足的信心。

“大哥率领七千骑兵，百万叛军中阵擒葛荣，探囊取物一般，如今我们三十万大军，元颢仅有七千人马，我们还要逃命，传到大哥耳中，岂不丢死人了？”尔朱世承拍着胸脯，极端佩服尔朱荣。

“休得多言，鄂坂是荥阳和虎牢之枢纽，你驻守辕关，居中策应，极为紧要，不可大意。”尔朱世隆不信其他人，不得已让尔朱世承驻守要害。尔朱世承表面答应，暗暗打定主意，元颢不来鄂坂也就罢了，胆敢兵临城下，绝对杀他个片甲不留。

真是滑稽，父亲费尽周折让自己入宫，没几天又安排自己逃走，早知今日，何必当初？尔朱歌举起酒杯：“出征在即，祝叔父得胜凯旋。”

尔朱世隆举杯喝下，不愿意多耽搁，起来一拜，改了称呼，不以叔父自居：“皇后，还有一事，非臣子当问，这是非常时刻，臣不得不讲。”

尔朱歌不解：“叔父，请讲。”

“皇后可与陛下行夫妻之礼？”尔朱世隆豁了出去。

尔朱世承对尔朱荣十分敬服，把尔朱歌也当作神仙一般敬重，拍几案叫起来：“哥哥，这是作甚？皇后，别搭理他。”

尔朱歌不语，自从入宫，元子攸满腹心事，独在茅茨堂，还没有同房。她脸一红：“叔父，为何言及此事？”

尔朱世隆真心促成联姻，叩首说道：“你爹爹与皇帝结下大仇，唯有皇后早生太子，才能相安无事，否则必拔刀相向，全族性命都系于此，皇后不可不察。”

尔朱歌略微叹气：“皇帝一人独住茅茨堂，我又能怎么样？”

尔朱世隆看看四周无人，悄悄说道：“叔父有一姬妾极媚，眼波姿态无一不使人神魂颠倒，欲罢不能。小歌，不能总板着脸孔，哪有男人喜欢？”

尔朱歌不语，若为贺六浑，不须装模作样，自然男欢女爱，如蜜如漆，可是皇帝冷冰冰如同陌生人，自己如何求欢？可是太子确实关乎天下，点头应道：“叔父，我懂了。”

尔朱世隆唤来贴身侍从，拿出一包东西叮嘱道：“皇帝用膳之前，悄悄放入。”

“这是何物？”尔朱歌问道。

“五石散，服后脱衣裸袒，让皇帝飘然欲仙。”尔朱世隆也不隐瞒，魏晋风流，名士多服此物。

尔朱歌碰也不碰，任他放在面前。尔朱世隆话不投机，起身告辞。尔朱世承衣袖掩面，三拜而退，出门说道：“哥哥，你丢死人了，元颢七千人马把你吓成猴样，你还送五石散给皇后，哪像英雄好汉？”

尔朱世隆气急，用笏板敲打尔朱世承：“懂个屁，你是胡人还自称好汉，这是你说的吗？”南北朝之时正是民族融合的时候，汉人英雄自称好汉，尔朱世承在洛阳已久，俨然汉人自居，他抚摸头顶不敢顶嘴：“以后不这么说便是了。”

尔朱世隆仅有这一个幼弟，虽为人粗鲁，却爱如心肝，小心叮嘱：“鄂坂是荥阳、虎牢和洛阳之枢纽，十分紧要，万一元颢攻破荥阳和虎牢，你守好辕关，不要迎战，要是守不住，赶紧从河桥逃到晋阳，明白吗？”

尔朱世承一口应诺，拱手分开，尔朱世隆回到府邸沉思许久，向外挥手：“去召奚毅来。”

40 飞石攻城

北门之侧数百米漆黑一片，马佛念身边是五百梁军精锐，后面还有一万魏国降军，他们怀抱干柴隐藏在密林中，再向后排列十面战鼓，旌旗倒卷于地。守军云集东门，北门必定空虚，杨昱却非庸将，这里必有戒备。舟桥！马佛念一挥旗帜，小船摸黑进入护城河，南军擅舟，将小船划得有如神助，搭起舟桥。城上守军发现不妙，击响锣鼓，呼唤援兵。

出兵！马佛念再挥旗帜，士卒分持云梯两端，冲出密林，这里距离城门数百米，两盏灯笼之间，垛口间只有百余守军，城门处火光晃动，守军正在集合。

擂鼓！马佛念挥动旗帜，战鼓惊天，攻城士卒迈开脚步，冲过护城河。梁军弩手压向两边，冷射守军，十座云梯搭上城墙，士卒头顶盾牌向上攀爬。城墙上守军从垛口中探出头来，城上城下对射起来。

火箭！马佛念踏上舟桥渡过护城河，他独领偏师攻打北门，与东门遥相呼应。

数里外火光冲天，战鼓声在沉闷的天际轰响。那是北门方向，杨昱大吃一惊，他将主力调到东门，北门守军不足一万，敌军声东击北，那里才是攻城关键。他急召都督元恭，率领士卒沿着城墙驰援北门。西河王元悰连声劝阻："敌势甚大，分军守北门，东门危矣！"

哪里虚张声势？哪里才是真正的攻城要害？东门仍有数万守军，正冲出城外捣毁云梯和飞楼，断去敌军后路，形势尚在可控。北门火光冲天，战鼓声声，声势浩大。杨昱哼了一声："哼，小孩儿的把戏，元恭，速速驰援北门。"

元恭脚步却未移动，手指城外敌军阵营："那是什么？"

战事正酣，小猴子蹦蹦跳跳冲到陈庆之面前："关中侯，飞石机已成！"

元颢不知道这是何物，随陈庆之来到飞石机旁，只见五丈木架为骨，二丈铁架为臂，看起来极为质朴，并无花哨，两者相连处有一金属机关，上有刻度，不知有何用途。一道绳索牵引铁臂，数十工匠各执一端。陈庆之抬头望向城墙，梁军在垛口间坚守，守军拥在城门和护城河之间，密密麻麻："对准城门，试射。"

小猴子撮唇发出尖细的呼哨，工匠们拖动绳索，飞石机沿着滚木滑动到护城河边。绳索在滑轮上一绕，铁臂竖起，架在四角炮座上，略低于城墙。机骨与城墙同高，顶端有一个巨大兜囊，可以放入巨石。一堆通白的石头堆积在侧，半人多高，重达百斤，工匠将巨石滚入铁臂兜囊。小猴子站在那堆石头顶端大喊，发射！

元颢退后一步，心甘情愿将全军指挥权让出："子云，你来！"陈庆之想起曹操在官渡之战使用飞石车的往事，不敢抱过高的期望，“且先放一砲。”

工匠们拉起绳索，在飞石机顶端的滑轮上一转，绳索绷直，向前猛奔，速度越来越快，长臂快速提升，猛击横杠，将巨石抛出。飞石机声势惊人，城下呼号雀跃，城上鸦雀无声。谁知巨石飞出一道弧线，连护城河都没越过，扑通落入河水，翻了几个水花，沉于河底。守军大笑，攻城士卒都傻了眼，连元颢都暗叫晦气，阵前丢人现眼，影响士气。小猴子不急不慌在工匠们止步的地方画上一道雪白横线，返回飞石机旁，指挥工匠们抽取横梁，大声呼叫：“左偏一格，上升五格。”

陈庆之曾与小猴子讨论弩机瞄准的方法，士卒通过望山调整方向，根据第一支弩箭击中的位置调整偏差。他明白这个道理，静静看着。又一块巨石被放入，工匠们将长索系于腰间，小猴子再次蹦跳到元颢马前：“陛下，看我的。”

不待元颢令下，小猴子跃上战马，举起旗帜，冲！工匠们大声呐喊，发力奔出，只见一道白影，哪里寻得到巨石踪迹？一阵凉风拂过，只听扑通之声，众人向城墙望去。一座两层门楼，斜顶上覆瓦石，巨石竟然洞穿屋顶，砸出一个黑黝黝的窟窿。

杨昱胆战心惊，强作镇定，命令将士们：“诸位，这石头毫无准头，第一次入水，这次砸中屋顶，何惧之有？来，把敌军打下城墙！”

城墙上弓箭暴起，围攻登城的梁军。小猴子哪肯罢休，第三块巨石装入兜囊，他在马上大喊：“下调一格，兄弟们，再来！”

数十名士卒加入，狂飙冲出，带动巨石，耳廓之中只听到一声尖利巨响，巨石正中垛口，石屑与烟尘俱下，垛口凭空消失。

石块去势不止，击飞五六名士卒，砸中旗杆，战旗轰然坠落。攻城士卒军心大振，元颢来到第二辆飞石机下，亲挽绳索，虎贲随行，拉动飞石机，石砲冲天而起，直取杨昱帅旗。城墙上挤满士卒，躲不开巨石，士卒竟似被凌空铲去。

一时间，三座飞石机齐发，集中在城门敌军密集处，砸开垛口。守军在城墙上狼奔豕突，立时崩溃，士卒接连不断被挤下城墙，被飞石机直接击中的尚在少数。陈庆之策马回阵，立于舟桥，大声谕令将士："我军屠城略地，实为不少，战场上杀人父兄，掠人子女，亦无算矣。我军只有七千，敌军三十万，唯有必死，乃可得生！我们背后便是元天穆的骑兵，不可与之野战，当在他们未尽至之时，急取荥阳而据之，诸君如若狐疑，则自取屠脍！"

飞石机攻城，众人正在兴头，忽听元天穆大军已到背后，惊于形色。元颢策马过来，此战是成败关键，马鞭指着摆在护城河边的一溜金银财宝："我家底在此，率先登城者赏金百两！攻入洛阳大掠三日，绝不反悔！"

陈庆之告诉将士形势之严峻，唯有死拼，元颢诱之以利，押下重注，筹码不可谓不大，与江山相比却不算什么。攻城士卒士气大振，战鼓山响，云梯和飞楼再次向城墙靠去。飞石机将城墙扫荡一空，宋景休左手盘盾，右手弩机，立于飞楼顶端靠近城墙，连连发射。元颢神驰意往，忍不住感慨："得将如此，安能不胜？"

飞楼搭上城墙，宋景休射倒敌军，将盾牌和弩机一扔，腾空跃起，战锤直奔盾牌，咔嚓一声，将之砸成齑粉，连带敌兵都被震得吐血。宋景休一脚将尸身踢落，双锤一盘，扫出一片空地。梁军士卒跳入城墙，云梯迅速聚集，士卒蚁附而上，与杨忠会合，如同虎入羊群，被夹在中间的敌军早已丧胆，抛弃兵器跪地投降。杨忠一指城门：“冲！”

陈庆之居中指挥，小猴子调整方向，飞石机向下两格，三块巨石同时飞起，城门内结成阵线的敌军乱了套路，慌忙退入城门，大门嘭地紧闭。飞石轰然正击城门，撞断圆木，露出铁栅。飞石机连垛口都能轰去，城门由胳膊粗的铁条结成栅栏，上覆木板，小猴子准备了数不清的石块，砰砰震天撞地，城门残破。攻城士卒清理道路，射退敌军，数百人钻进铁栅，不多时城门大开。

梁军奔腾不息拥入城门，东门已破，守军将领慌了手脚，劝说杨昱突围，把荥阳城的溃兵带出去，会合尔朱世隆守卫虎牢。杨昱聚集数千魏军，匆匆结成阵线，重铠步兵断后，护着杨昱顺着城墙向北冲去。士卒嫌弃盾牌笨重，扔了一地。夜色深沉，月亮隐在云中，喊杀声渐行渐悄。他们在城墙转个弯从北向东，杨昱擦擦冷汗，只要退到虎牢关，挡住敌军，也可将功折罪。

迎面疾风扑面，随后嗡嗡之声，雕翎割裂空气，弩机霹雳声响成一片。魏军吃足强弩的亏，哪能听不出来？没有来得及躲避，弩箭到了，毫无防备之下被割倒一片。火光猛地在对面亮起，盾墙后便是端着弩机的梁军，再向后长槊如林，看不到尽头。守军连败几阵，早没了士气，掉头向后逃窜。杨昱抽出宝剑，呼喝几声，毫无用途，被乱军裹挟向东门奔去。

仆射府就在铜驼街之侧，距离皇宫极近，奚毅急匆匆来到尔朱世隆面前，躬身施礼：“仆射大人。”

尔朱世隆在洛阳城中只有奚毅可以信赖：“元颢的事情，你肯定知道，我带兵前往虎牢关，洛阳还有几件事情放心不下。”

奚毅在尔朱世隆面前仍有主仆之分：“奚毅必不辱使命。”

尔朱世隆盘算已定，举起手指：“万一元颢攻破洛阳，你务必保护皇帝和皇后逃出京城，渡过黄河前往晋阳，与大将军会合。”

奚毅知道事关重大，答道：“奚毅能够做到。”

尔朱世隆又说出第二件事：“只要有高敖曹在，河北汉人不敢造反，万一洛阳陷落，将高敖曹押运至晋阳。”奚毅拱手应承，尔朱世隆又说出第三件，“北海郡主羁押在驼牛署，我不放心，将她转移至金墉城，万一洛阳陷落，你悄悄杀掉，千万不要让皇帝知道。”

奚毅曾在河阴行宫救过明月一次，尔朱世隆哪里知道？奚毅面露疑惑，拱手问道：“北海郡主只是一个小姑娘，何必如此？”

明月是元子攸所爱，入宫必分尔朱歌之宠，万一诞下太子，江山就落入他人之手，尔朱世隆板起面孔：“做不到吗？”

奚毅矛盾万分，又不能不听：“奚毅明白，何不将北海郡主也押往晋阳？”

尔朱世隆眉头皱起，挥手让奚毅离开，暗暗恼怒：“来人。”一名侍卫快步跑入，尔朱世隆冷冷下了命令，“去驼牛署打开牢笼，放犯人出去，然后趁机。”尔朱世隆做了一个斜切的手势，只要囚犯杀死明月，即便元子攸查到，也可推脱。

明月睁开眼睛，发现自己躺在囚房正中，伤口被包扎起来，再向旁边看去，那名虬髯壮汉守在旁边，笑容让明月安心。鬼七的尸首躺在一边，脸上盖着破布，旁边还有一人并列，像是袭击自己的死囚。明月心如死灰，天子又有什么用？连自己的女人都保护不了，再次闭上眼睛，万念俱灰。那虬髯壮汉轻轻说道："我是翼州呼延族，你先歇歇，稍后带你出去。"呼延族离开明月，向铁笼子里低声问道，"好了吗？"

"快了。"铁笼之中传来一个浑厚的声音，又传出刺耳的磨铁声音。

"听说元颢打到荥阳了，京师戒严，人心震动。"呼延族说出近日的消息。

"梁军竟有如此战力？"铁笼之人自言自语，磨断铁栏的声音不绝。

姐夫进攻洛阳？杨忠也在军中吗？明月收敛泪水，仔细观看，这呼延族好像要搭救铁笼中人，那人怎么被装进铁笼吊在半空？

"哐当"一声，狱门大开，阳光刺入，战靴踏地，铠甲耀眼，长槊整齐，一队士卒冲入驼牛署，囚房霎时安静。糟糕，呼延族暗叫一声，将两具尸体拖到食槽之下，从栏杆钻回隔壁，虚掩铁栅，让人看不出就里。头顶上锯铁之声消失不见，这队士卒直奔大囚房，一员将领指着明月说道："将她带走。"

士卒冲进囚房，架起明月向外，隐约间还有士卒支起铁笼，尾随而来。初夏的阳光照射，晃得明月睁不开双眼，只觉片刻之间被抛入马车。战马和士卒踏步的声音响起，大约一顿饭的时间，车辆停止晃动。明月身处巨大铁笼，四周覆盖黑布，让人不知道所在。对面有一人虎踞龙盘，足高出自己一头，破衣烂衫，蓬头垢面，举着一只肥鸡，眼睛中露出迷惑和好奇的神情，俯视明月。

41 攻守之间

黄河尽处，邙山渐起，烟尘腾空而起。

荥阳破了！元天穆追悔莫及，紧赶慢赶仍然没有来得及，如果听温子升劝解，昨晚到达荥阳，形势不至于此。他跃马冲上高坡，烟尘之下是一座城池，土石焦黑，城垣残破，地面仍残留厮杀的遗迹。元颢五月十七日攻下大梁，五日内长驱百里攻破荥阳，什么样的军队竟能以此速度横扫千军？

“大都督，怎么办？”尔朱兆催马上前，目瞪口呆。

三千骑兵彻夜奔驰，休息一晚，步兵还在途中，最快也需五日才能到达。等待援兵攻打荥阳，还是绕城直奔虎牢守卫洛阳，元天穆难以决断。温子升打马过来，元天穆如见救星：“鹏举，荥阳已破，吾当如何？”

尔朱兆慌了神，抢先提议：“先去虎牢，拦住元颢进军洛阳之路。”

温子升不赞同：“我军骑兵利于野战，防御虎牢于事无补。”

“那该如何？”元天穆问，自己的三千骑兵杯水车薪，恐无裨益。

“莫要惊慌，元颢孤军深入，虽占据荥阳，不足虑也。”温子升跳下战马，歇息马力。

“有何对策？”元天穆一时理不清思路，要是高欢在此就好了。

“拦截！”温子升吐出两个字。

梁军横扫千军直捣河洛，元天穆只想防守洛阳，没想进攻。尔朱兆也反对：“我们就三千人马，怎么攻？”

“如果我等是元颢，该当如何？”温子升设身处地问道。

“又能如何？”尔朱兆心里慌乱，嘴上还是强硬。

“元颢仅有七千梁军，余者都是降卒，毫无战力，只需步军到达，足可一战！”温子升看得透彻，己方仍占据绝对优势，众人只是被荥阳失守的消息惊呆了。骑兵不能攻城，却可缠着敌军，让他们难以全力攻打虎牢，一旦步兵赶到，便可转守为攻。元颢要防御荥阳，还要攻打虎牢和洛阳，被前后夹击，四面合围，逃无可逃。元天穆神色略松，“好，我军转往西门扎营，看他怎么办。”洛阳和虎牢都在荥阳之西，在那里扎营便能拦住元颢进攻之路。

“大张旗鼓，绕城而西，以壮军威！荥阳城必然军心不稳，缒城而降！”温子升三言两语之间，形势骤然开朗，元天穆恍然大悟，虎牢和洛阳守军仍有十几万，加上东征邢杲的十几万精锐，三十万大军包围荥阳，元颢连城墙都守不圆，谈何防守？元颢被困在荥阳，不能攻打洛阳，早晚崩溃。温子升一招狠过一招，尔朱兆佩服不已，连称汉人狡诈。

“来，随我去看看。”元天穆翻身上马，率领骑兵奔到高处，看清荥阳，正巧有士卒缒城逃出城中。他哈哈大笑，马鞭遥指前方，“敌军崩溃如此，岂能再战？”

元颢仓促间收降过多，难免鱼龙混杂，温子升不敢大意，提醒元天穆：“大都督，有一事请教。”

“讲！”元天穆越来越重视温子升。

“元颢旬月间连下睢阳、考城、大梁和荥阳，破敌三千里，依靠什么？”温子升浇了一盆冷水。

元天穆疑惑起来：“元颢何时有了这等本领？”

温子升曾在广阳王元深的幕府，不是一般谋臣，他沿途不忘打听军情，已有端倪:“元颢借兵北伐，大都督可知他借来何人？”

元天穆心中一凛，作战知己知彼，连对手都不知道，实在草率，虚心问道：“何人？”

“领军者为关中侯陈庆之，本是梁帝萧衍之书童，现为前军大都督，元颢横扫千军，皆其功也。”温子升随元天穆出征邢杲，见他善于统军和谋断，为人少许粗鲁，绝不失信，印象大改。

元天穆冷静下来，不敢小视陈庆之：“敌军阵营不稳，何不一鼓作气？”

“大王，只要我们不让元颢和陈庆之攻打虎牢和洛阳，等待步兵到达，就可以将他困死在荥阳。他们断绝援兵和粮草，军心不稳，只能束手就擒。”温子升不赞同攻城。

“谅元颢不敢弃荥阳，攻打洛阳。”元天穆捋长髯沉思，敌军驻守荥阳，被团团围住，自会崩溃。他想通此节返回中军，驻军荥阳城下，等待后续大军，威吓守军，瓦解其士气。

御者急挥马鞭，金根车冲入铜驼街，一队羽林骑兵疾驰，行人避之不及。洛阳百姓睁大眼睛难以置信，天子驾六，皇帝御乘出行必有千乘万骑扈从，今日怎么只有一辆马车和几十名羽林骑兵？这是千古未有之异状。再看御者更是惊讶，那人头顶通天冠，身着朝服，面容苍白而英俊，竟是当今天子！纷纷跪倒叩拜。马车过后，百姓议论纷纷："皇帝陛下这是去哪里？"

"听说北海王到达荥阳了，天子是不是逃难去了？"

"北海王为河阴之变复仇，诛杀尔朱荣，怕什么？当开门迎接才是。"

元子攸策马向右，三拐两绕到了驼牛署，止住车驾，扬鞭向大门抽去，啪啪啪如同山响。祖莹气喘吁吁跳下战马，事到如今不敢再劝元子攸，走到驼牛署门前，要来长槊，咚咚咚击打大门。

驼牛署大门掀开一角，一名狱卒露出脑袋，被羽林军士按在地面跪倒。他不明所以，悄悄抬头，看见金根车上跳下一人，四周轰然跪倒，这是什么仪仗？皇帝！服服帖帖伏地不语。元子攸抽抽鼻孔，空气中掺杂着驼牛粪便的恶臭，栅栏内挤满囚徒，大步向里疾声问道："她在哪里？"

狱丞紧紧跟在元子攸身后，浑身颤抖："谁啊？"祖莹低声解释，那狱丞低声答道，"从来没有什么女子，今天囚徒打架，死了两人，不要惊扰陛下。"

元子攸四下看一遍，没有明月身影，来到顶端囚房，墙壁上写着几行血红大字：为君不仁，为臣不廉，怀朔葛荣，无食无衣无居无法无天，无父无母无妻无子无命，头断血流，永不朝魏！当初葛荣被槛送来京，三晚都在驼牛署，想必就是此处。元子攸无心细看，回头怒视祖莹："祖大人，你不是说明月在此吗？"

祖莹自知罪过极大，扑通跪倒："仆射大人就到，一问便知。"

“朕在这里等。”元子攸按下怒火，稍候片刻，那狱丞将一把大椅抬至正中，元子攸哼了一声，一卷袍袖坐了下来。

“启奏陛下！”一名宦官疾步跑入，跪地禀告，“仆射大人领兵五万镇守虎牢，今晨离开府邸了。”

“给我搜！”元子攸状若癫狂，羽林军推开大门，一起冲入驼牛署。

42 杀戮立威

元颢金盔金甲坐于正中，攻破荥阳的喜气荡然无存，仰攻坚城，损失巨大，不仅元颢统领的魏军死伤无数，连陈庆之也折损了五百多人，这是前所未有的惨胜。元颢暗自后怕，如果元天穆早到一日，背后多了这支精悍骑兵，被包围在城外凶多吉少。再一深想，现在形势不见得有利，元天穆的东征大军陆续到达，在城外扎下联营，气势汹汹，就等后军辎重和攻城器械，尔朱世隆从虎牢也派兵来援，降军多有缒城而出者，这仗根本打不下去。元颢向陈庆之问道："我军攻克荥阳，是否一鼓作气攻打虎牢？"

"不可。"陈庆之紧皱眉头，元天穆的精兵强将追到城下，如果攻打虎牢，背后有这么一支劲旅，根本打不下去。

"趁其大军未至，出城挑战如何？"元颢一计不成再出一计。

"元天穆不应战。"陈庆之已派遣杨忠挑战，敌军毫无动静，一心等待援军。

不能攻打虎牢、洛阳，元天穆偏不应战，死守荥阳又军心不稳，元颢升起逃走的想法。在建康漫长的等待时他没有放弃，萧衍只给他七千人马，他没有气馁，打下铚城蛰伏半年，他也没有犹豫，即便在睢阳城下，以七千人马面对七万大军，他也毫不退缩，不仅仅是为河阴之变复仇，也为他猎取天下的梦想，我是献文帝之孙，这是我的天下，凭什么放弃？然而攻入荥阳，距离洛阳百里，无形压力彻骨而来。古往今来多少英雄豪杰，抛头颅洒热血，又有几人能够猎取天下？登临太极殿俯瞰天下，要踏过多少尸骨？逃回建康还可以做个田舍翁，何必丧生沙场？元天穆大军未至，是唯一逃走的机会，一旦被合围，便插翅难飞。

“子云，”元颢不敢说出逃字，憋着的那股气就泄了，如同逆水行舟，稍一松气便会一泻千里，“能守住荥阳吗？”元颢的意思却是一样的，守不住便只能逃了。

元颢野心勃勃且能礼贤下士，知人善任，每战现身战场，鼓励士气，战后毫不吝啬，金银财物毫无挂心，分于士卒，梁军都心服口服，喝酒吃肉，毫无隔阂。一路过关斩将，丘大千、元晖业甚至杨昱战败乞降，元颢出力甚伟。陈庆之目光深邃，仿佛看透元颢内心：“陛下何意？”

元颢只好说出打算：“趁敌军没有合围，不如跳出包围，再图洛阳不迟。”

“不破洛阳，绝不回头！”陈庆之答得极为坚决。

元天穆步兵陆续到达，在城外扎下联营，气势汹汹，降兵根本拦不住。陈庆之不敢让他们把守城门，五六千梁军分成四路据守城门，每处仅有千余，一旦敌军齐集攻城，根本无法抵挡。中军帐中没有外人，马佛念忧心忡忡向陈庆之拱手：“元天穆前军已到，就等后军辎重，尔朱世隆也派兵来援，拦截我们进军道路。”

杨忠不怕敌军，却怕军心不稳：“敌军弓箭夹杂书信，射入城中劝降，有不少魏军缒城而下投奔敌军，用不了几天，不用敌军来攻，有人便会开城投降。”

别说攻打虎牢和洛阳，守住荥阳也无指望，马佛念劝道：“趁敌军没有合围，是否应该冲出去？”

马佛念逃跑的意思很明显，陈庆之微微一笑：“不逃，只需稳住军心。”

降军鼠首两端，马佛念思忖片刻，断然答道：“为今之计，唯有霹雳手段！”

杨忠一惊，连忙劝阻：“大哥，你是何意？”

“斩断降军退路，他们才能一心一意。”马佛念之计极为险恶，凉至透心。

“魏王能答应否？”陈庆之以萧衍为帝，私下仍然称呼元颢为魏王。

“能。”马佛念看透元颢，他是赌徒，只要有一线希望便会孤注一掷。

杨忠跪伏于地，向陈庆之叩拜：“关中侯，杀降不详，万勿滥杀！”

“两军阵前岂可妇人之仁？”马佛念忧心如焚，不是你死就是我活，哪能犹豫？

“我有一事不明，可否直言？”杨忠一路杀来，越来越糊涂，“护送北海王北返，只是幌子，我们要驱除索虏，恢复中原，可是我们攻破三十余城，魏军士卒皆是汉人，即便魏国亲王，亦褒衣博带，衣冠与汉人无异，何须驱除索虏？”

孝文帝倾慕中原，推行汉化，上至王公大臣下至百姓，早已不是胡人面貌。杨忠生于武川镇，自幼与胡人混杂，耳濡目染，胡人并非个个狼子野心，汉人也不都是正人君子。陈庆之却脸色一变，怒喝："杨忠，休得胡言乱语，扰乱军心！"

杨忠还要辩解，马佛念怕他言多有失，连劝杨忠。陈庆之一甩袍袖，号令升帐。

元颢听见战鼓前往陈庆之军帐，坐下说道："子云，不能在荥阳坐以待毙啊。"

陈庆之看透元颢内心的慌张，出言提醒："敌军向城内射箭，上附文字，宣称三十万大军围城，劝我军投降。"

荥阳城中敌中有我，我中有敌，人心难测，元颢干脆挑明，要趁敌军还没有大至，先退出荥阳，择机再战。"一旦逃亡，士气低落，陷入数十万大军之中，死无葬身之地！"陈庆之断然拒绝。

"那当如何？"元颢会错了意，见风使舵。

陈庆之给出两条路让元颢来选："唯有两策，凭坚城固守，杀伤敌军再伺机而动；二是以杀立威，阻止军中逃亡，破釜沉舟，开城迎战。"

元颢见有转机，盯着陈庆之："如果朕能阻止逃亡，你便能打下洛阳？"

"仅有一线之机。"陈庆之心中幻出一种前所未有的奇阵，这是他在睢阳大战丘大千时脑海中浮现的战法，"必须斩草除根，防止降军私通城外敌军，才可再战。"

赌下性命，博取江山！元颢早无退路，下了决心："杀之，以树军威！"元颢如同杀红了眼的赌徒，杀了那些降兵降将，他们才不会叛逃。

杨昱五花大绑跪在正中，身后是三十七员垂头丧气的荥阳守将。元颢面沉似水斥责道："卿负我，非我负卿也，你死在眼前，甘心否？"

杨昱与元颢有过节，第一次是和万俟丑奴作战时为了守住长安，不发兵救援元颢，荥阳之战便是第二次，杨昱不敢辩解，匍匐叩首："我并非不想求生，只是顾虑乱兵，不敢降于陛下，我父八十，无人供养，求乞小弟一命。"

他称元颢为陛下，跪地求饶没了骨气，手下众将都感不满。马佛念已知元颢心意，向前一步拱手说："陛下渡江三千里，无遗镞之费，昨日被杀伤五百余人，求斩杨昱以慰众意！"

元颢不想得罪弘农杨氏，无杀杨昱之意："马将军，朕自有主张。"

杨忠和宋景休心意相通，率领梁军将领跪地，众口一词："不斩杨昱，何以复仇？"

陈庆之走到正中向元颢三拜："不杀杨昱，难服众心！"

梁军众将三百多人，声势滔滔要杀杨昱，元颢无杀杨昱之心："诸位，我在江东之时，梁主曾说，他当年攻下建康，袁昂坚决不降，后来攻破袁昂据守的城池不但不杀，反而称颂他忠节，免其不死，为何今日要杀杨昱？"

元颢对萧衍改了称呼，在建康之时一口一个陛下，现在称为梁主，俨然分庭抗礼。陈庆之记在心中，暂不计较："陛下是否要留着杨昱与尔朱荣议和？"

元颢装模作样地询问手下陆续投降的众将："杀不杀杨昱，诸位意下如何？"

降将之中有脑瓜机灵之人，都说要杀；一些武将哪里转得了这么多弯，劝元颢勿杀。元颢分清楚众将立场，心中早有主意："免杨昱一死，余者皆斩！"

元颢谕令出乎意料，众人正在错愕，元颢亲兵上来推推搡搡，将三十多名荥阳守将推出殿外。马佛念走过来，阻止亲兵："我等纵横沙场，杀人无数，何须如此麻烦？"说罢抽出环首刀，揪住一人，刀尖从喉管刺入，鲜血迸流，那人吼叫一声已经断气。马佛念又掏出明晃晃的绕指柔，划开尸体铠甲，绕指柔杀千牛而不钝，极为锋利，横竖一划，在肚腹中横七竖八搅拌几下，探手摘下冒着血气的五脏六腑，滴滴答答捧在掌中，右脚踏到尸身，热血喷出一人多高。他脚下遍地的血红，全身被鲜血浸透，凶神恶煞一般，不若人类。他将绕指柔向元晖业手中一推："济阴王，该你了！"

元晖业没见过此等杀戮场面，不敢接刀，也不敢拒绝，浑身如抖筛糠。马佛念提起一名五花大绑的将领放在元晖业身边，握住他手腕，向前一送，刀锋毫无滞挂刺入胸口。开膛破腹，剜下心脏塞入元晖业手中，心脏犹自怦怦跳动。马佛念大开杀戒，让元颢降将在这里虐杀俘虏，手上沾满敌军鲜血，逼得他们无法投敌。宋景休和杨忠互看一眼，心中略有不忍，杨忠上前拦阻："够了！"

马佛念嘿嘿冷笑来到丘大千身边，杨忠劈手夺来绕指柔向地面一扔，怒吼："堂堂大丈夫，何须如此！"

宋景休不知谁对谁错，不喜这种杀戮场面，拉住马佛念：“大哥，别杀了。”

荥阳降将站立不住，纷纷跪地求饶。陈庆之于心不忍，摆手：“老马，罢了。”

……

遍地血河，枯骨如山。

“子云？”元颢没有得到答复，再次催促。

“填平护城河。”陈庆之没有退路，唯有破釜沉舟。这道命令不啻晴天霹雳，护城河是荥阳城的屏障，填平后如何防御？众将以为听错，相望无语。陈庆之不容置疑，“三日之内，填平护城河！”

元颢只有跟着陈庆之死战到底，发出命令：“还不遵令？填平护城河。”

陈庆之仍不罢休，继续命令：“拆毁北面城门！”

众将傻眼，敌人大军齐集，唯有护城河和城墙是屏障，填平护城河已经匪夷所思，竟还要拆了城门，连诸葛亮的空城计也不敢如此，这种打法前无古人，恐也绝后。

43 司马之法

当初魏明帝曹睿在洛阳西北角借助地势修筑金墉城，后来魏元帝曹奂禅位后居住于此，这里遂成为幽禁废主弃后的场所。魏晋南北朝悠悠三百载，数不清的帝王皇后嫔妃皇子在这里撒手人寰，尔朱世隆偷偷将明月和高敖曹迁居于此，也算符合明月身份。这里士卒与驼牛署狱卒不同，不苟笑容，却从不恶声恶气。明月中午一觉醒来，伸个懒腰，金墉城背靠黄河和邙山，空气极为干净，强过驼牛署。她被押解在单独的房舍，高敖曹如同往常，被囚禁在铁笼之间，每日三餐，虽不丰盛，却也可口。

“小姑娘，把那块咸芥菜头和面饼给我。”高敖曹懒散坐着，一道声柱直击明月耳垂。

“你不是有鸡吃吗？”明月把咸菜裹进面饼，撕下一些麻布包裹起来，走到窗前，“能接住吗？”

“我想换换口味。”高敖曹发誓，以后再也不吃鸡了。

明月用尽力气扔向铁笼，谁知麻布日久糜烂，迎风一吹，破烂散掉，面饼和咸芥菜向两边滑落。高敖曹手指一弹一推，面饼在空中拐了一个弯向铁笼划去，被高敖曹凌空一拨，面饼又飞出铁笼。

“你怎么扔了？”明月眼花缭乱，随即愕然，那面饼十分邪门，裹住咸芥菜，在空中转悠一圈又回到铁笼中。高敖曹接在手中，面饼和芥菜下了肚子，连说好吃。面饼在空中绕弯，神乎其技，明月连声称赞，高敖曹长叹一声坐在笼底：“昨日听你述说滏口之战，尔朱荣背后偷袭，算什么本事，有本事从盾牌和铠甲中站出来，一对一才算英雄。”

“孙子说，兵以诈立。他还说，兵者，诡道也！”明月也读了不少书，轻而易举把高敖曹驳倒，“你刚才一弹一推是什么功夫？”明月兴致盎然，在牢狱之中，聊天也算乐事，自从她斩断对元子攸的希望，世界好像变大了。

“摧龙八式。”高敖曹少时游侠，学了一身武功。

“十分厉害？”明月问道。

高敖曹深深吸气，胸口鼓起如斗，双臂握在铁栏杆，碗口粗细的栏杆砰的一声从中断裂。明月吓得直吐舌头，任何兵器都不能砍断铁栏，他竟能徒手做到？高敖曹哈哈笑起来：“小姑娘，如何？”

“哈哈，这就是兵以诈立。”明月略一皱眉想明白，前几日呼延族在驼牛署救他时，铁栏就快断了，连连拍手说道，“你功夫那么俊，怎么被尔朱荣抓进笼子？”

高敖曹极为恼怒：“翼州刺史元仲宗请我喝酒，把我灌醉出手，算什么本事？”

明月总能将人驳倒：“你随手拉断栏杆，为何又被人拘禁一年？”

“这个……”高敖曹被揭穿把戏，意气顿消，一时语结。

“你能够拉断铁栏，用手掌去砍百炼环首刀，肯定刀飞剑折吧？”明月笑容满面，再次用话来套高敖曹。

“我这毕竟是肉掌。”高敖曹已被明月揭破，不像刚才那么张狂。

“你苦练掌法多年，不如我这小姑娘随手拿一把钢刀，你练它作甚？”明月问住高敖曹，又笑吟吟问道，“你想必练有护身的功夫，比如那金钟罩铁布衫。”

“练过。”

“可及得上明光铠？”

高敖曹哑口无言，不知如何作答。

“你轻功极佳，跑起来一定比战马快多了，是不是？”明月拐弯儿挖苦高敖曹，怎么练掌法、护身气功和轻功，也远比不上百炼刀、重铠和战马。高敖曹汗水横流，自己二十几年苦练武功，竟然毫无意义！明月陪元子攸博览群书，引经据典，高敖曹哪是对手？明月笑着说，“圣人曰，盛世练武修身，乱世养兵匡天下，你竟不懂得这个道理！”

太平盛世修习武功，强身健体，乱世便应熟悉兵法，匡扶天下！高敖曹被羁押一年，痛定思痛，任侠之气消磨不少，经明月点醒明白了这个道理:“我以往浑浑噩噩，这一年真是醍醐灌顶。”他翻身盘腿坐在地面，恍然发呆，明月也不去打扰，过了许久天色渐黑。高敖曹狂吼一声，“我回忆过往，全是武功秘籍，竟无一本兵书。”

“武王问太公曰：‘攻伐之道奈何？’太公曰：‘势因敌之动，变生于两阵之间，奇正发于无穷之源。故至事不语，用兵不言。

且事之至者，其言不是听也。兵之用者，其状不定见也。倏而往，忽而来，能独专不制者，兵也。’”明月缓缓念道，这些内容刻在脑海，丝毫未乱。当初明月与元子攸情投意合，他胸怀大志，博览群书，明月为博他开心，无事之时便在藏书阁中，对诸家说法融会贯通，诸子百家、兵书战策、诗词歌赋都不错过，那时她一心一意只有元子攸，心态空明，书籍过目不忘。

高敖曹半懂不懂，这段话听起来至为高深，与武功秘籍大不相同。

“武王是周武王，太公是姜子牙，这段话的意思是，作战时须分正兵和奇兵，轮流指使，不为敌人牵制，才能出神入化。这段话出自《六韬》，你可曾读过？”明月稍加解释，她只通其意，说起来十分顺畅。

“你再说说。”高敖曹听文字似乎懂了，脑子里却没有任何印象。

“以仁为本，以义治之；杀人而安人，杀之可也；攻其国，爱其民，攻之可也；以战止战，战之可也。”明月轻轻朗诵，当年为元子攸所读，如今情义断绝，记忆仍在，念及此处黯然泪下。

“这是什么？”高敖曹一时难解，却知此书精深。

“司马穰苴是春秋时齐人，击退晋燕入侵，被封为大司马，后来齐威王追论他的战法，集为《司马穰苴兵法》。这本兵书宏阔深远，即便三代征伐也不能明白其中含义，你不懂也是应该的。”明月不去想伤心事，心里平复许多。

高敖曹连连摇头，他往日视兵书如粪土，今日开窍，却不知从何入手。

“梁国关中侯陈庆之是用兵大家，神乎其神，正在攻打荥阳，你若能在阵前看看，再与兵书印证，便能获益匪浅。”明月忽然想到，姐夫近在咫尺，杨忠也在军中，逃出金墉城就能与他们相聚。

“此事不难，今夜就可以走，前往荥阳观战。”高敖曹磨断铁栏，凭他的功夫，逃出金墉城易如反掌。

明月见过他本领，希望大增，此时天色已黑，士卒挑着灯笼过来，将托盘放在明月面前，竟是一盘羊肉羹，高敖曹叫嚷起来，“天天烧鸡，一年三百多只，惨绝人寰！”

明月扑哧笑出来，待士卒离开，绕到门口将羊肉羹放在栏杆外：“哎，给你的。”

高敖曹再运神功，那羊肉羹凌空飞入囚笼，两人吃完，明月把记忆中的《司马法》念出来，细细讲解，高敖曹半懂不懂强行记在脑中。半夜时分各自歇息，忽然灯火一闪，数个黑影缒索跃下，高敖曹耳朵一耸，辨出不对，黑暗中共有十人，四人持弓埋伏在城墙四角，两人持矛守住大门，还有四人各持刀枪直奔铁笼而来，提醒明月：“小心，刺客。”

金墉城毫无声息，明月正在酣睡。

44 声东击西

东征邢杲的十几万军队全数到达，尔朱兆、费穆和李叔仁等魏国名将尽在军中，尔朱世隆派出援兵会合，又收揽溃兵，共得人马三十万，声势大振。元天穆率领众将来到荥阳城外，一名缒城而出的降兵被带至元天穆马前，拜倒哭诉：“大都督，非我等不降，元颢将荥阳守将三十七人斩首，剖心挖腹，强令诸将烹而食之，使其死心塌地，不敢出城。”

元天穆肚腹中一阵翻滚，让此人退下，好一阵儿才缓过来：“元颢丧心病狂，实非人类！”

北门城门大开，一片繁忙景象，百姓肩挑背扛向护城河中填土。这实在出人意料，城墙和护城河是守城的关键，守军怎会大开城门填埋护城河？尔朱兆最为粗莽，嘀咕出声：“这是做甚，难道要献城投降？”

元颢斩杀三十七名降将，必然决一死战，绝无可能投降。费穆猜测道：“想必元颢要出逃，害怕我们堵住吊桥和城门吗？”

费穆口气发虚，自己都觉得可能性极低，没人为了出逃填平护城河，更何况北门面向黄河，向西便是重兵把守的虎牢和洛阳，道路狭窄难以逃脱。元颢如果出逃，应该从东门或者南门，那边才是梁国方向。众将苦思冥想，想不出所以然。

“抑或元颢声东击西？”温子升沉吟，城中能战士卒只有七千梁军，断绝援兵和粮草，围困一段时间，守军士气瓦解，必然不战而胜。

看来只有这种可能，元颢虚张声势，吸引敌军，其实要出逃。尔朱兆不敢冒险：“大都督，不管元颢如何谋划，先射杀这些人。”

“让他们填，三日后大军攻城！”元天穆调集斥候到北门，严加看守，时时报来军情。

初夏暖阳，元天穆在大帐与众将议论军情，斥候报来军情，城中来填河的百姓越来越多，日夜不息，北门护城河填出五十步，吊桥被拆得干干净净，还有人推动碾石，将护城河上的浮土压实。除了声东击西，众将七嘴八舌猜不出其他缘由，增派军队在北门驻守。

第二日，平地大风，飞沙走石，天地迷茫。元天穆担心守军逃逸，率领众将来到北门，口鼻被黄沙塞满，眼光也被遮挡，贴近护城河才看清楚，河段已被填平，压得结结实实，城门大开，无人看守。尔朱兆探脑袋向里看毫无所获，他攻城略地无数，未见到这种情景，处处透着诡异：“大都督，冲进荥阳城去看看？”

“好，就给你三千人马。”元天穆不喜此话，不耐烦起来。

这是尔朱兆的口头禅，他策马贴近护城河，城内阴风倒卷，不似有人，想起被屠杀的三十七名将领，毛骨悚然策马回来：“大都督，好似一座鬼城。”话音未落，城门无声无息阖上，众将惊讶不已，尔朱兆回头去看，“有鬼。”尔朱兆不怕打仗却怕鬼神，再也不提攻打荥阳。众将天黑时返回军营，只求困死元颢和陈庆之。

第三日半夜大雨洗天刷地，天色大亮时碧空透蓝，元天穆擂鼓聚将，点兵攻城。战马踏破营盘，斥候突入，滚鞍落马禀报：“荥阳北门战鼓山响，敌军出兵！”

众将面面相觑，元颢填平护城河是为了出战？兵力悬殊，守都不足，怎么可能野战？斥候再次冲进禀报：“报，敌军出城列阵！”

45 人心浮动

太极殿气氛诡异，荥阳距离洛阳咫尺，社稷颠覆就在眼前，大臣为何毫无忧患之色？元子攸平息焦虑，踱下丹陛，扫视群臣："元颢攻破荥阳，诸位有何对策？"

临淮王元彧本名亮，字仕明，众人认为他风神运吐，可比荀文若，于是改名元彧。尔朱荣入洛杀害元氏，他抚膺恸哭遂奔梁国。萧衍在乐游园召见，元彧听闻乐声，涕泪交下，悲感傍人。从魏国投奔来的人都称魏为伪，唯独元彧上奏署名魏临淮王，萧衍从不责怪。后来他听说元子攸践祚称帝，借口母亲老迈请求归国。元子攸怀疑起来，这是他的说辞，还是与元颢相谋，实为内奸？群臣不语，元子攸点名问道："临淮王，说。"

元彧拱手出列："大都督平灭邢杲，驰援京城，三十万大军将荥阳团团围拢，元颢能战之兵只有七千，何虑之有？"

若是往常，元子攸必定听得进去，如今哼了一声："元颢攻打郅城，你们说他孤弱。他与丘大千在睢阳对垒，你们又说他七千人马岂能打败七万大军。你们还说，考城三面为水，大梁为中原重镇，结果如何？竟然让人家打到荥阳，还说这等话。"元彧无语，元子攸目光扫到元延明，"安丰王一向沉默不语，今日总该说一句吧。”元延明是拓跋猛之子，袭爵安丰王，他性情清俭，不营产业，博览群书，兼有文藻，私藏图籍万卷。延昌初大饥，他将家财分与宾客，赡养其家，手下死心塌地。他曾为徐州刺史，甚得民誉，招怀旧土，远近归之。徐州频经战乱，人物凋敝，他招携新故，人悉安业，百姓咸附。他与元颢无私交，却嫉恶如仇，与尔朱荣不共戴天，一旦元颢攻到洛阳，会不会开门纳降？

元延明向来耿直，抬头禀报："元颢为河阴之事借兵，众人心有戚戚，皆无战意！故稍一不利，便望风而降。"

他说到关键处，元子攸停住脚步："既然如此，该当如何？"

元延明突然跪倒，鼓足勇气："恕微臣死罪，臣才敢讲。"

"言者无罪。"元子攸一挥袍袖，面对元延明。

元延明目光坚毅："北海王与陛下同为献文帝之孙，血缘最亲，骨肉相连，尔朱荣在河阴大肆屠戮，控制朝廷，有篡位之心。臣佩服北海王勇气，哀其孤弱。如今他一路向西，兵临荥阳，尔朱世隆和元天穆都是尔朱荣臂膀，实为宗室仇敌！陛下应打开洛阳城门，占据河桥，纵兵其后，匡扶社稷！"此语一出，太极殿震动，群臣都不敢相信自己的耳朵。元延明公开支持元颢，要配合他攻击尔朱世隆和元天穆等人。

"一国哪容二主？谁是你的皇帝陛下？"元子攸逼视元延明，若是元颢未曾称帝，他何尝不是如此想法。

"社稷为重。"元延明豁出去了，大声抗辩。

"你是何意？"元子攸还不敢相信他竟然说出这等话来。

"如果北海王能够肃清仇敌，中兴大魏，必得众心！"元延明的暗示清晰无误。

“安丰王，有话直说！”元子攸咆哮道。

“陛下可为太上皇！”安丰王说出心意，跪伏不起。

“妄言，拉下去，斩！”元子攸怒气勃发，元延明竟敢逼迫自己退位，大逆不道。

“刀下留人！”群臣轰然拜倒，太极殿中无一人站立，齐声为元延明求情。如果杀了元延明必惹众怒，虎贲武士手按剑柄目不旁视，恍若没有听到命令。元子攸不禁心寒，这些国家栋梁都站在元颢那边！倒退几步坐回龙床，呆呆不语，许久一挥袍袖，退朝。

元子攸找不到明月，掩面回到茅茨堂，与其做傀儡天子，不如与心爱之人举案齐眉。社稷、战乱、百姓与我何干？连心爱之人都救不了又怎能匡扶天下？正在此时，祖莹稽首而入，轻轻说道：“陛下。”

自从明月从驼牛署失去了消息，元子攸大为不满。祖莹羞愧难当，本不想觐见，只是眼下正值关键：“只要上党王在荥阳击败元颢，这些大臣便服服帖帖了。”

元子攸哼了一声：“若是元天穆被击败了，又当如何？”祖莹默然不语，元子攸万念俱灰，不在意朝堂得失，“祖大人，可打听到明月消息？”

“如今在洛阳，或许只有奚毅才知明月去处。”祖莹惶恐不安，日夜辗转想出这个托辞。

元子攸怒火中烧，强行忍住：“祖大人极为劳累，何不回府歇息？”

祖茔大气不敢出，深施一礼，倒退出茅茨堂。元子攸唤来宫人：“宣奚毅。”

片刻，奚毅大步进来向元子攸拜倒：“陛下。”

对待奚毅，元子攸极为矛盾，他是尔朱荣安插的内线，但在河阴行宫放走了明月，元子攸开始和他亲近起来：“起来吧，武卫将军，前几日托你之事有消息了吗？”

奚毅十分为难，明月入宫必分尔朱歌之宠，万一抢先诞下太子，尔朱荣必与元子攸翻脸成仇，不救明月又于心不忍：“臣已经打听到郡主消息，托人暗加护佑，绝不让人伤她。”

“哦？有人要伤她？”元子攸更加担心。

“陛下勿要担心，元颢攻到荥阳，应请尔朱大将军勤王，万万不可耽搁。”奚毅已经得知太极殿之事，适时转了话题。

温子升离京之时曾说过此事，他当时就预料到今天的局面，唉，如果他还在太极殿，我也不至于此。元子攸来不及惆怅，从善如流：“草拟谕令，召尔朱大将军勤王。”

“只要尔朱大将军一到，陛下还有何虑？”奚毅极为兴奋，再次跪倒，“皇后请陛下移居徽音宫。”

元子攸白天忙于朝政，晚上居住在茅茨堂，与尔朱歌多日未见，如今王公大臣叛离，元颢攻到荥阳，唯有尔朱荣可以依赖，只好如同朽木一般无思无想跟着奚毅，离开茅茨堂，向徽音宫走去。“明月在何处？”元子攸到了徽音宫门外，忽然问道。

奚毅扑通跪倒：“陛下与皇后大婚，实为化解河阴屠戮的关键，陛下独居茅茨堂，冷落皇后，还要册封北海郡主为淑妃，将要大祸临头！”

“这是何意？”元子攸只想尽快与明月团聚，没有想到这一层。

“尔朱世隆既然能从华林苑将北海郡主缉捕，何尝不能将她扑杀？”奚毅极尽恭谨，内容却如同晴天霹雳，“如果明月先诞下太子，尔朱大将军如何能够容她？”

元子攸听到此处，不由得呆住了：“那便如何？”

“陛下不要住在茅茨堂，去徽音宫吧。”奚毅一心撮合元子攸和尔朱歌。

“我若去徽音宫，明月如何？”元子攸退而求其次，先保护明月安全。

“我必保明月周全。”奚毅顿首。

“明月何时入宫？”元子攸跺脚，明月已经成了人质。

“此非臣所知也，要问尔朱大将军。”奚毅原原本本答道。

第五章

却月锋矢

天下，是天下人的天下

46 歃血为盟

军中不同庙堂，只执军礼，元颢赶到陈庆之军帐，梁军将领齐齐列于两侧，躬身施礼拜见。元颢与他们吃肉喝酒赌牌，从来不见外，也不还礼直向陈庆之："子云，作何打算？"

"出城迎战。"陈庆之满身戎装，白袍下明光铠熠熠生辉。

"多少人马？"城外三十万大军，元颢已经胆寒。

"三千。"陈庆之吐出两个字，只有元颢能够听见。

元颢绕至陈庆之身侧，附耳问道："子云可想逃回梁国？"

陈庆之大笑，震动大帐："今日之战，必破敌军！请陛下登城墙，为我击鼓助威。"

众将都看出元颢的犹豫，心里也在打鼓，三千人挑战三十万精锐敌军，根本不可能。杨忠与元颢关系匪浅，出列禀报："我等绝不抛下陛下。"

宋景休向元颢哈哈笑道："如果打不过，您还来得及从南门逃出去。"

马佛念苦笑，他与陈庆之挑灯参详战法，心中最为有底："关中侯，战机已至。"

陈庆之大踏步走出营帐，大帐位于荥阳北门瓮城中，四周墙壁高耸，梁军精锐尽集，队列延伸出内门，全军肃穆。双马驾驭的追锋车停在正中，御者持鞭空出一甩，爆出鞭花。车上一名士卒手持长槊，另一士卒半蹲，操持强弩。陈庆之踏上追锋车，目光巡视士卒，他们追随陈庆之大战徐州和涡阳，此次纵横三千里，横扫千军，凝结起血肉般的情谊。横风掠过城头，战旗飘扬，战马狂啸西风，正是决战的好天气。陈庆之遥指西边问道："诸位可知那边是何处？"

"洛阳！"马佛念策马立在第一排，率先回答。

"洛阳绵延千古，为我故都，陷落三百年，多少英雄豪杰闻鸡起舞，枕戈待旦，舍命洒血，只为复我故土。我们离别娇妻，放下儿女，不养父母，舍弃荣华来到这里，渡江三千里，攻铚城、睢阳、考城和荥阳，霍去病和卫青不过如此！今天我军面对三十万强敌，绝不服输，绝不退缩，宁可身亡，让我们的鲜血洗刷故土，躯体化为泥土！我们横扫千军的传奇将流传千古，后辈将以我们为榜样，不屈不挠，复我华夏！"陈庆之话语激昂，他北伐以来拜元颢为帝，再没说过收复故土这样的话，这是第一次从心底爆发。"诸位，我早已视你们为兄弟，今日死战当前，我们歃血为盟，结为兄弟，不求同日生，但求同日死于荥阳城下。"陈庆之抽出环首刀划过手掌，鲜血注入瓷碗，向空中举起："兄弟们，举杯！"

军中士卒举着大盆，盛满酒浆，军士们割开手掌，鲜血流淌，一起举杯。陈庆之仰头喝掉，不顾鲜血横流："我们七千人马，城外有敌军三十万，此战能不能赢？"

梁军都是百战老兵，临战极为沉毅，轰然回答："必胜！"

陈庆之深陷重重包围，打败敌军绝非易事，难得有必胜的决心。元颢精神大振，披挂金盔金甲笑着说："你们结拜竟忘记朕了，我元颢是丧家之犬，逃至梁国，泣血含悲只为复仇，不负祖宗，唯抱一死之念。没想到各位奋勇，从铚城出发横扫千军，攻至荥阳，百里之遥便是洛阳，既已到此，岂能退缩？朕攻到洛阳便打开皇宫，与诸位分享江山美人！"元颢歃血痛饮，将瓷碗向地面一扔："我擂鼓助威，祝诸位旗开得胜！"

"击鼓，开城！"陈庆之追锋车掉转方向，伴随元颢登上城门，鼓声一起，城门洞开。

杨忠率领一千骑兵缓缓出城，停在护城河岸边，宋景休列阵于西，最后是马佛念统率的一千右军，排列在东侧，三军齐发如同锋矢。现在初夏时分，遍地绿草如茵，唯独护城河被填平，如同一道金黄的腰带环绕城墙。

城外依山之处便是魏军营栅，战鼓声声，震天动地，魏军出动。

魏军大营战鼓震天，十几万东征士卒已到荥阳，加上洛阳的援兵和荥阳溃败的士卒，围城大军不下三十万，军心大振。"报，荥阳北门大开，敌军三千骑兵身披明光重铠，外罩白袍，列阵挑战！"斥候冲入帐中，跪地禀报。

敌军堂堂正正出城挑战，众将一时无语，费穆左思右想还是觉得敌军必逃："有诈，敌军在北门吸引我军，主力必从其他城门出逃。"这是唯一的可能，众人一起点头，元天穆传令下去，加强戒备，不让一人逃出城内。

"报，敌军宣战！"斥候滚动来报，任何人不得拦阻。

元天穆既识破敌军图谋，不为所动："不战！严守四门。"

尔朱兆忍不住了，敌军仅有三千人马，自己这边三十万，出列请战："大都督，给我三千人马迎战，必破敌军。"

"不急。"元天穆面色一冷，斥回尔朱兆。

"报，敌军送来一物。"斥候骑兵再奔入帐，抱着绸缎包裹，放于地面。李叔仁一挺长槊划开包裹，竟是女人长衫。尔朱兆抽剑割裂绸缎，露出妇人所用的肚兜，花花绿绿的衣裤和袜子随之落地。他哇哇大叫："欺人太甚，敌军如此张狂，大都督，出兵吧。"

即便北门开战，三十万人马守住其他三个城门绰绰有余，元天穆生性谨慎，手捋长髯，目光扫过温子升："鹏举，你意如何？"

"我军十倍于敌，只要继续围城，不变应万变，便万无一失。"温子升猜不出元颢打算，却不主张出兵。

众将都要求战，唯有温子升反对，元天穆正在犹豫，斥候来报："大都督，叛王元颢现身北门。"

元天穆凝眉细思，只要元颢在北门，便不担心其他人逃跑："费穆，李叔仁，你们与元颢相熟，去阵前看看。"

47 却月锋矢

“子云，这是何阵？”元颢看不懂梁军阵形，杨忠、马佛念和宋景休各领一千骑兵，聚成三支箭头形状，这是攻击之阵，绝难防守。

“普天之下，何阵最善攻击？”陈庆之等待敌军，正好与元颢讨论兵法。

“锋矢之阵。”元颢低头看去，三支梁军正是锋矢之阵，守城怎能摆出攻击之阵？

“普天之下，何种阵形最善防御？”陈庆之听见敌营战鼓山响，大战将至。

“却月之阵。”元颢不明白，却月阵背靠大河，前有偏厢车，搭配士卒长槊、巨锤、弓弩，对地形要求极为苛刻，锋矢阵与却月阵没有任何相似之处。

“无大河却有城墙，陛下以为如何？”陈庆之一直思索破敌之术，豁然贯通。

背靠城墙没有后顾之忧，城内源源不断送上兵器和粮草，接济伤兵，远远强于河流，元颢仍有不解：“城下没有偏厢车，如何抵挡敌军骑兵？”

“城墙比战车如何？我军退入城墙，抵御敌军，城墙上箭如雨下，足以杀伤敌军。”陈庆之将城墙当作却月阵的战车，元颢连连点头。陈庆之向后一指，“陛下请看。”

两侧甬道上布满飞石机，数十士卒牵引绳索，巨石堆积如山。攻下荥阳之后，小猴子彻夜打造百架飞石机，连日在山中采石运至城墙，数以万计。元颢终于明白，城墙防御骑兵，巨石相当于却月阵中的弩箭，比之厉害万分！瓮城中还挤满降军，陈庆之以往以降军为先，这次将精锐梁军摆在一线，用兵之妙，变化难测。“却月阵胜不能追，如何击败敌军？”元颢学了不少兵法，反问回来。

“一旦击溃敌军，阵形幻为锋矢，从乱军中杀出，如虎驱羊，岂能不胜！”陈庆之这才讲清阵法。

“子云一席话，让我得窥阵法变幻之奇妙，胜过十年征战，受教。”元颢恍然大悟。

“可惜用早了。”陈庆之仰天长叹，“陛下，何人为我军大敌？”

“尔朱荣，我与此人不同戴天。”元颢十分冷静，眼前的元天穆并非终极敌人。

“元天穆三十万大军包围荥阳，不得不祭出却月锋矢之阵，此战之后，尔朱荣必然深知此阵奥秘，难奏奇效！”陈庆之颇有遗憾。

“只要击败城外敌军，洛阳唾手可得，以天下之兵对付尔朱荣，何虑之有？”元颢苦笑说道，此战不胜，哪里还有以后？

敌营战鼓擂起，栅门洞开，两支骑兵飞奔而出到达城门外，竖起层层盾牌，其中一人向上观望：“上面可是北海王？”

元颢认得李叔仁，他曾为自己部下与万俟丑奴作战：“许久未见，向来可好？”

李叔仁施礼，仍把元颢当作宗室亲王：“萧梁是我国仇敌，大王为何投奔敌国，引梁兵入境？”

元颢令济阴王元晖业作答，详述为河阴之变复仇，中兴社稷的初衷。李叔仁策马向前，仰头清晰望见元颢面目：“识时事者为英雄，你虽攻破铚城、睢阳、考城、大梁，连荥阳都攻破了，可是城下三十万人马！上党王亲自领军，尔朱天光、尔朱兆、费穆、高欢、贾显智、贾显度、慕容绍宗、孙腾、王则、侯莫陈崇、宇文贵、高琳、金祚、薛椒、窦泰、贺若敦等都在麾下，名师大将尽集于此！你能战之兵仅有七千，如果放下兵器，我必死谏，救你一命。”

元颢听到这些名字，不禁倒吸一口冷气，与这些战将相比，丘大千不值一提，元晖业和杨昱虽然爵位极高，并非骁将。除尔朱荣一人，魏国全国精锐之兵都在荥阳城外。元颢是赌徒性子，既已称帝，又屠杀三十七名荥阳守将，只能置生死于度外，向李叔仁拱手：“你的好意心领了。朕兴兵讨伐尔朱荣，自知九死一生，宁可死于社稷，也不苟且偷生，如有万一，这颗头颅便交给你。”

李叔仁也是豪迈之人，自惭没有元颢的忠烈，道声保重，退回阵列。费穆一催战马来到城下：“元颢，可认得我？”

“郎兴一向可好？”元颢怒火中烧，费穆深受胡太后信任，河阴之变时驻守河桥，竟临阵投降，致使尔朱荣兵不血刃攻下洛阳，又向尔朱荣进献谗言，促成河阴屠杀，是仅次于尔朱荣的仇敌。元颢压下怒火，俯身问道：“费将军，朕有两事不明，欲求教将军。”

“请讲。”费穆向上略一拱手，尽了礼节。

元颢向下斥问：“你深受国恩，手握重兵，太后对你信任有加，命你守卫河桥，你却献城投降，是为不忠。你劝尔朱荣杀以立威，两千多位王公大臣丧生河阴，此为不义。你这等不忠不义之徒，有何脸面存于世上？”

费穆脸色分不清青红皂白，他不顾元颢，指着陈庆之问道：“休要啰唆，你旁边可是梁国关中侯？”

“正是陈庆之。”陈庆之懒得搭理，连拱手都免了。

“可识得曹义宗？”费穆厉色疾声。

曹义宗是梁国将领，身世非同寻常，他是曹景宗的九弟。曹景宗随同萧衍起兵，南征北战，是梁国的开国功臣，钟离之战时大败魏国中山王元英，进爵为公。那时陈庆之还是萧衍书童，常读兵书，有不解之处便向曹景宗请教，亦师亦友。曹景宗于天监七年病逝，至今二十年了。费穆提起故人之弟，陈庆之感慨非常，随口占出一诗：

去时女儿悲，归来笳鼓竞。
借问行路人，何如霍去病？

元颢深得诗中意境，击节叫好：“好诗，何人所作？”

陈庆之忆起往事感慨万分：“曹义宗的兄长曹景宗为开国大将，在钟离之战中凯旋，皇帝在华光殿行宴庆功，连句赋诗。曹景宗是赳赳武人，皇帝怕他难堪，没有让他赋诗，劝慰他说，将军是万人敌，不能作诗何须在意！曹景宗再三请求。可是诗韵只剩‘竞’和‘病’二字，都是群臣挑剩的，按韵赋诗极为困难。曹景宗痛饮数杯，提笔赋出此诗，皇帝和群臣莫不钦佩。”

这首诗极为简约，描述了曹景宗出征时家人的悲伤和得胜归来的情形，最后一句是点睛之笔，将意境代入马踏匈奴的金戈铁马，元颢连连点头。他本属胡太后一党，与孝文帝一脉相承极力汉化，对此诗喜爱非常。费穆听不到他们的交谈，向后伸手，一名士卒手捧两个檀木盒过来，他一掀盒盖，露出一颗人头：“陈庆之，可识得此人？”

陈庆之看不清盒中之物，已知不妙：“难道是曹义宗？”

费穆仰天长笑，极为狂妄：“曹义宗去年围攻襄阳，被我擒获，亲杀之。听说关中侯与他交往深厚，我用上好檀木打造两个木匣，曹义宗在此，空匣只待关中侯。”

陈庆之已知曹义宗兵败荆州被俘，没想到被费穆斩杀，顿时浑身发抖，说不出一句话。费穆还不罢休，一指元颢：“你是当朝太傅，在相州抵御葛荣，却投奔敌国，名为借兵北伐，实为篡夺帝位，狼子野心，路人皆知！你竟依岛夷萧衍为靠山，借来七千人马，想窃据京师，真是痴心妄想。萧衍窃据江南，待我平灭叛乱，将他擒来洛阳！”

元颢和陈庆之都被费穆所言气炸，元颢无话可说，指着城下：“射！”

费穆早有防备，盾牌挡住弓箭，哈哈大笑扬长而去，飞奔元天穆大营，在帐前下马，李叔仁面带不豫。费穆神采飞扬步入中军大帐，向上禀报：“大都督，元颢和陈庆之都在北门。”

得知陈庆之和元颢都在，便不会从其他城门逃脱，元天穆一拍帅案猛然站起：“点齐人马，出兵荥阳北门，绝不让元颢逃脱！”

战鼓初响，魏军从大营列阵而出，隐隐有十万之众。尘埃落定，城下战阵浮现，弓箭兵方阵掎角相倚压在两端，中间军阵都是重铠士卒，各持刀盾，必是攻城主力，其间夹杂云梯、尖头轳和轒辒车，足有数百。五座飞楼缓缓移动，挤满张弓搭箭的士卒，杀气腾腾。三队骑兵聚集其后，既可突骑冲入城门，又可截击逃兵。战鼓二响，旗帜招展，魏军隔着填平的护城河，一溜排开，与三千梁军对峙。陈庆之粗略一看，便知其数，缓缓点头：“只有十万，唉！”

“何故叹息？”元颢不解，己方的三千人马如同小小鸡蛋，对方十万大军如同巨石，真是以卵击石。

“敌军尚未全至，不够杀！”陈庆之意欲一战决胜负，恨不得天下敌军都在荥阳城下。

陈庆之竟有此等情怀，元颢一副听天由命模样：“请看敌军将领，我为你一一介绍。”

元颢手指正中央的大旗说道：“这便是元天穆的军旗，此人五绺长髯，性情温和，善骑射，初为并州刺史，与尔朱荣深相结托，屠戮朝臣于河阴，拥立长乐王为帝，获封上党王，率领大军击破邢杲，用兵稳重，为军中主将。”

梁军斥候虽然没有亲自到济南，却沿途打听到了击败邢杲的战法，陈庆之寄希望于元天穆仍然那样排兵布阵：“元天穆用兵未有尔朱荣之奇，希望他还用击败邢杲的战法。”

元颢手搭额前，尽力分辨清楚："左侧为镇东将军尔朱天光，少勇决，善弓马，尔朱荣十分爱护，每有军戎要事，常常询问。尔朱荣讨伐葛荣时，留他在晋阳镇其根本，对他说：'我身不得至处，只有你让我称心如意。'再左为尔朱兆，尔朱荣从子，手格猛兽，胆勇绝人，常为前锋都督，随尔朱荣讨平葛荣，和元天穆击灭邢杲，他的三千铁骑能突破任何阵线。"

"第三人为费穆，我必杀之！"尔朱天光左侧便是费穆，元颢恨之入骨。

"费穆之侧两人为贾显度与贾显智兄弟，他们的父亲为沃野镇长史，破六韩拔陵起兵时，他们拒守多时，后来贼兵势大无法抗拒，率领镇民浮河而下，辗转到达秀容，为尔朱荣所留，跟随尔朱荣击破葛荣，被授为抚军将军，封石艾县开国公。"

"元天穆右侧为慕容绍宗，前燕太原王慕容恪之后，恒州刺史慕容远之子，少言语，深沉有胆略，与尔朱荣是姻亲，六镇反叛之际携家带口投奔尔朱荣。河阴之变时曾经劝谏尔朱荣：太后临朝，淫虐无道，天下愤惋，共弃之。公既身控神兵，心执忠义，忽欲歼夷多士，谓非长策，深愿三思。此人忠勇两全，是不可多得的英雄，我对他十分敬重。"元颢曾是魏国太傅，点评人物，鞭辟入里。

"慕容绍宗身侧为王则，字元轨，少骁果有武艺，随叔父史老生征讨，以军功升为给事中。元天穆讨伐邢杲时，轻骑深入被擒，被救回后，主帅嘉奖其勇，告示三军。"

"再次为宇文贵，其父宇文莫豆干，被追赠柱国大将军。他年少读书之时，将书掷于地下道，'男儿当提剑汗马以取公侯，何能为博士也！'破六韩拔陵围攻夏州，刺史源子邕婴城固守，宇文贵为统军，后随尔朱荣擒葛荣，从元天穆平邢杲，为军中都督。"

"高琳字季珉，先祖是高句丽人，曾在前燕为质，后来归降魏国，跟随元天穆讨伐邢杲。"

"金祚字神敬，性骁雄，尚气任侠，六镇叛乱之时被雍州刺史元猛招募，以为军导，以军功累迁龙骧将军。"

"侯莫陈崇少骁勇，善驰射，谨慎少言，年仅十五，便从尔朱荣征讨葛荣。"

"窦泰善骑射，有勇略，祖父窦罗为统万镇将，其父窦乐抵御破六韩拔陵战死，他身负父兄骸骨归降尔朱荣，深受器重。"

"孙腾少而质直，明解吏事，六镇反叛时前往秀容投奔尔朱荣，为高欢长史，随尔朱荣攻入洛阳，从元天穆东征邢杲。"

元颢对魏军极为熟悉，一一讲明，忽然顿住："贺六浑和侯景为何不在阵中？"

"贺六浑和侯景？"陈庆之并不了解这两人。

"贺六浑本是汉人，在怀朔镇与胡人混杂，献反客为主和假途伐虢之计，助尔朱荣兵不血刃攻入洛阳。侯景是羯人，在滏口阵擒葛荣。他们击败羊侃，跟随元天穆讨伐邢杲，如今元天穆到达荥阳。他们去了哪里？"元颢琢磨，葛荣余部在韩楼率领下占据幽州，他们会不会在那里？

"如果他们攻打睢阳和大梁，便大事不妙。"陈庆之一路向西，沿途留下降军驻守，战力十分薄弱，一旦被攻破，便断了后援。

"何须多想，先破城下敌军。"元颢只顾眼前，不想以后。

“咚咚，咚咚，咚咚咚”，战鼓如雷，肃杀之气冲天。当前一人跨马持槊，异于常人，正是费穆！长槊向城墙一指，弓箭兵向前，梁军骑兵背靠城墙，目标极大，最怕弓箭兵，一旦箭雨罩下，必难幸免。一片黑色云雾从地面升腾，乌云压顶。

就在弓箭向前的刹那，梁军举起盾牌挡住弓箭，不退反进，快马加鞭向前急冲。他们算准时间，从箭雨中穿行，魏军再次搭箭之时，梁军已进入百步，冷气扑面而来，地面响起霹雳声。天气正晴，怎么会有雷鸣？空气仿佛被抽干，难以呼吸，无数黑点越来越大，魏军弓箭手没有盾牌防护，忽然间弩箭袭来，魏军弓箭手如同秋天的落叶，纷纷倒地。梁军骑兵出其不意杀入弓箭兵中，如入无人之境。弓箭兵在百步外才能克制骑兵，近战处于劣势，来不及拉弓，刀剑已到近前，弓箭手四处逃窜，阵形崩溃。

“冲！”费穆也非等闲，展开长槊，重铠士卒手举长槊，突入阵前，救援弓箭兵，只要将骑兵包围，便是大胜！

金锣之声响起，梁军骑兵杀散弓箭手，画个弧线，绝尘而退，背靠城墙，严阵以待。这一役仅是初战，魏军未伤及根本，费穆哪肯罢休？弓箭兵藏身在重铠士卒身后，再次向城门攻来。

48 危机四伏

弓箭手占据城墙，长矛守住城门，刀枪逼近铁笼，金墉城只囚禁高敖曹和明月两人，他们针对谁？数人向明月所在房舍围拢，还有几人停在铁笼边，戒备自己。他们没有披挂甲胄，飞檐走壁，黑布蒙面，不想让人知道身份，刀枪并非军中所用，脚步沉稳，呼吸均匀，绝非一般士卒。

高敖曹侧卧于地，抓起一粒石子，这本是明月述说兵法所用之物，手腕一抖，石子疾飞，正中三十步外的木门，声响如同战鼓，刺客吓一跳，各自躲闪。城墙上一名守城士卒，骂骂咧咧用灯笼在瓮城内照照，看不见动静，蜷回墙角酣睡。忽然人影一闪，血光崩现，士卒顿时气绝。这是一名刺客，长索在空中一荡，如同大鸟般越过铁笼。他蜂腰窄背，腰间有一宝剑，又细又长，绝非战场上砍杀的沉重之物。他一现身，其余刺客便围拢过来，显然此人是首领。

高敖曹手指微动，石块不绝飞出，直奔城门，声如洪钟。金墉城守军终于发觉，灯光闪亮，士卒披挂，呼叫声音从营房内传出。那刺客首领耳畔一动，猛地转身，目光炯炯盯着铁笼中的高敖曹："阁下何人？今日之事与你无关，莫要蹚这浑水。"

“为何要刺杀两手空空的小姑娘？”高敖曹头顶铁笼，不得不略略弯腰。

“受人之请，拿人钱财，替人消灾。”那首领客气答道。

“可否看在渤海高敖曹面上放过这小姑娘，我必报答。”高敖曹作揖，虎姿龙形，气势逼人。

“河北高昂武功了得，渤海高氏聚众数十万，葛荣都奈何不得，我不愿与你为敌，但我已拿人钱财，没有退回去的道理。”此人不急不慌，似乎不怕高敖曹。

“这小姑娘是我兵法师父，我不能袖手旁观。”高敖曹极为客气，仿佛谈着一桩生意。

“你身在铁笼，自身难保，不要连累自己性命。”那首领缓缓说道，不把金墉城守军放在眼中。

高敖曹向后稍退，双臂一冲，铁栏杆断裂两截，破笼而出，伸个懒腰，挺直胸膛：“兄台还有何话说？”

刺客首领吓了一跳，铁栏杆用刀砍斧凿也需半日，绝非人力可为。高敖曹抬眼向四面城墙一扫，笑着向明月拱手：“我在铁笼一年，终于让我悟通摧龙八式，我练给您看。”

“你是谁的徒儿？”明月与元子攸斩断情缘，万念俱灰，将生死置之度外，遇到这个有趣的高敖曹，笑着答道：“他们有不少人，你要小心。”

“你教我兵法，便是我师父。”高敖曹哼了一声，“区区鼠辈，竟敢趁夜欺负师父，算什么英雄？我不动手不抬足，只用吹口气，他们便灰飞烟灭。”

此话太过惊人，刺客们互相张望，难以置信，可是高敖曹冲出铁笼过于惊人，不敢完全不信。那刺客首领哈哈笑起来：“你若有此等功夫，便将性命交给你了。”

“狮子吼！”高敖曹大口呼吸，狂啸而起，冷风暴起，四周黑点如雨，铺天盖地，这是什么功夫？

箭雨倾盆，十几名刺客应声倒地，身上插满弓箭，没有一人可以站立。明月才看见一人单腿站立在旗杆之巅，向空中一跃，落在军营房顶，顺屋脊滑下，落在敖曹身边，与他抱在一起：“兄弟！”

此人五绺长髯，仙风道骨，背后长剑，一副道士装扮。明月双手一抱：“桃儿见过东方老，早听说阁下轻功冠绝当世，今日一见，名不虚传。”

东方老和呼延族都是高敖曹挚友，早年闯荡江湖，快意恩仇，得知他被尔朱荣拘禁，前往晋阳搭救，扑了个空，连番打听，才知道高敖曹被运至洛阳。呼延族潜入驼牛署，正要搭救，高敖曹又被转运至金墉城。东方老今夜再来劫狱，遇到刺客，叫醒金墉城守军，弓箭齐发救下高敖曹和明月。东方老被一个小姑娘叫出名字，对她毫无所知，十分吃惊。高敖曹更加惊异，问道：“你们认识？”

在长乐王府，元子攸向往高敖曹任侠江湖的事迹，常向明月述说，所以呼延族和东方老的名字早就磨出耳茧。她不想说出过往，一语揭过：“名震燕赵的东方老，谁人不知？谁人不晓？”

“你们何人，还不放下兵器？”金墉城守军被惊醒，一员将领在城墙上弓箭向下瞄准。

高敖曹担心明月，自己一走便没人保护，退入牢笼向东方老说道："你走，我再待几天。"

东方老费尽心血找到高敖曹，如果这次失手，下次营救更难："留这里做什么？"

高敖曹往铁笼里一坐，指着明月："我要修习《司马法》。"

"那是什么功夫？比摧龙八式还霸道？"东方老看看明月，不像高手。

"强过十倍。"高敖曹并无夸张，盛世练武，强身健体，乱世习兵，退可守护家人，进则猎取天下，明月这一席话让高敖曹十分受用。

"还不扔掉兵器？"城墙上将领再次高喊。

东方老呼啸一声，长索从城墙抛下，呼延族亮身垛口。东方老捡起一个盾牌，如同巨猿在空中画个弧线向房顶跃去，弓箭叮叮当当射在盾牌上，他用刀顶着刺客下巴，问清之后向明月喊道："有个叫作尔朱世隆的人要你性命。"说完翻身跃入城墙，消失不见，守城士卒追之不及。

"金墉城是什么地方，还敢行刺，找死！"守将挥手，士卒跑下城墙，团团围拢，这员将领来到囚笼旁边，嘿嘿冷笑，"搜。"士卒用长槊将高敖曹架起，进去搜身，找出一把短刀。那将领哈哈大笑："那些刺客愚笨如猪，以为你真能破笼而出？来，换个囚笼。"

金墉城中有极多囚车，过不了多久，守军运来铁囚笼，高敖曹弯腰进去，又被挂在屋顶。守军奉上美食美酒，高敖曹大乐："哈哈，炙牛肉，多谢多谢！"向士卒拱手施礼。

此时正是夜半时分，士卒们检查一番，各自归营，高敖曹扔了一块牛肉给明月，两人还没吃，东方老和呼延族又从城墙悠下来："你谢错人了，有人出钱，让他们每天不重样给你。"

"何人？"高敖曹兄长高乾曾在朝中为官，有不少好友。

"送给你那师父的，你是沾光。"东方老从守军那里听说，高敖曹也不多想，抓起牛肉吃起来："谢谢师父。"

明月一边吃一边想，难道元子攸托人照顾自己，他为何不来救我？一时想不明白。

49 大军云集

荥阳城墙又高又厚，让人望而兴叹。城门外表为木，钢铁为筋，尖头轳和轒辒车需反复撞击，极为费时，没有数日不可能撞开城门。城门后是瓮城，即便攻进去，还要沿台阶攻占城墙，只能舍弃城门，翻越城墙夺取城门，放攻城大军入城。今日极为特殊，守军填平护城河，捣毁城门，骑兵出城，迅疾穿越箭雨，出城逆战，杀退弓箭手，也不恋战返回瓮城。城门内烟尘弥漫，看不清楚玄虚。元天穆唤来斥候，从其他城门调集人马，元颢真要凭借三千人马硬撼数十万大军？温子升脑中轰然一响：“大都督，敌军意欲吸引我军在城门决战！”

“那便决战，怕他何来？”元天穆手握数十万大军，就想决战。

温子升兵法上与陈庆之相差极远，只知其一，不知其二，断猜不透陈庆之用兵之法，低头沉思。元天穆手持令旗，心中不定，敌军虚虚实实，让人难以猜测，如果元颢收降的士卒都在北门，自己未必能占多少便宜。他向来稳重：“诸位，如何攻城？”

“敌军大开城门，嚣张至极，难道怕了他们？必破此城！”尔朱兆策马而来，大声叫嚣。

“敌军防守北门，还是从东门攻城较好。”李叔仁持重，看出今日与往日不同。

“如果从他处攻城，元颢正好从北门逃命。”尔朱兆顾虑也有道理，陈庆之和元颢都在此处，说明这里是敌军主力。

荥阳城头鼓响，元颢金盔金甲坐于正中，有泰山崩而不变色的架势。他初战稍占便宜，气如牛壮，猛击战鼓：“费穆，可知此鼓来历？”

费穆没有听出什么异样，策马来到城下，仰头喊道：“元颢，有何玄虚？”

元颢连击三声，鼓声非同凡响，润泽清亮，可穿云霄。他鼓槌一扔：“此鼓用三十七张人皮缝制而成，便是那些不忠不义之徒的下场。来人，念给他听。”

一名裨将站出宣读，将被斩杀的荥阳守将姓名一一读出，向城下一掷，布帛如有神助，飘飘荡荡，顺风飘到护城河附近。魏军士卒捡来送到费穆面前，展开一看，正是三十七人名单。费穆用曹义宗人头惹怒守军，元颢依葫芦画瓢，将人皮大鼓推上城墙：“费穆，三十万大军能奈我何？别看我仅有七千人马，也必将你等乱臣贼子杀得片甲不留！男子汉大丈夫，宁折不弯，顶多将这腔热血祭献社稷，九泉之下亦可瞑目。”元颢故意激怒费穆：“可惜鼓声还不浑厚，不知费将军身高体重，皮肤可堪再覆一层？”

费穆勃然大怒，元颢势单力孤还如此狂妄，不等元天穆发令，擅自做主，举起长刀：“城内只有七千人马，哪位将士率先冲入城门，我必奏请朝廷，重重封赏！”

忽然西边烟尘翻滚，旌旗招展，速度极快，必是骑兵，足有上万，斥候飞马来报：“大都督，仆射大人派遣步骑三万驰援荥阳！”荥阳北门必有恶战，援兵来得正好，城下将近二十万大军，足可击败元颢，元天穆大声下令擂鼓，攻城。战鼓声声催人！费穆听到鼓声，命令士卒：“攻！”

魏军踏过护城河，城头冒出无数士卒，弓箭如雨而下，魏军躲在盾牌和尖头轳之后，进军速度稍减。费穆长槊指向空洞洞的城门：“杀。”魏军攻至城下，巨石滚木砸下，士卒加速抢入城门，齐声高呼：“入城！”

攻城太过简单，魏军众将来不及欢呼，一声巨响，铁门滑落，将魏军隔绝城下，密集的箭雨和石头向下坠落。费穆哼了一声，敌军不过如此，走到轒辒车前，撞！弓箭手冒出头来，向上压制守军。轒辒车下有四轮，以巨木为脊，犀皮蒙之，可藏十人，不惧弓弩巨石，直抵城下，铁门栏杆虽有碗口粗细，也经不起几次撞击。

元天穆指挥大军向前，十几万大军压在护城河两侧，尔朱兆的三千铁骑也从树林之中突出，就等破城。时间不长，阵前欢腾，铁栅被撞毁，士卒高喊“破城”向内涌入。城门洞之内极黑，视线无法看清，士卒涌动一阵又停下来，里面传出喊叫声：“铁栅！”

城门内外两侧悬挂铁门，这本是极为寻常的城防手段，费穆身先士卒，上下左右覆盖盾牌，指挥攻城，唤来尖头轳。城门内士卒退出，尖头轳次第进入，撞击栅门。正在攻城士卒混乱之际，脚下油滑，士卒低头辨别，黑腻腻的油脂沿着城门的缓坡流出，老兵魂飞魄散，向外奔跑：“火油！”

火焰喷薄而出，士卒在地面翻滚，凄厉之声不绝。费穆哪肯罢休？魏军拎着水桶浇湿全身，再次冲入，尖头轳砰砰开始撞击。

尖头轳和轒辒车撞击城门，片刻间不可能撞开，杨忠穿越瓮城返回城中，翻身下马，登上城墙。元颢独坐城头，敌军聚集北门，如同大海无边无沿，旌旗招展，战鼓声声，斥候来回奔驰，弓箭兵、长槊兵和重铠士卒战成一团，尖头轳猛撞内城，云梯遍布外城城墙。元颢没有退路，听天由命，命令左右将酒壶端上来，见到杨忠三人，起身相迎："三位将军辛苦，来，痛饮一杯。"

元颢毫无惧色，尽显枭雄本色，宋景休竖起大拇指："陛下，真英雄也！"

马佛念对元颢极为提防，皱皱眉头，向相反方向一拐，去找陈庆之商议军情。宋景休豪气顿生，一屁股坐在元颢对面："陛下，天子孤家寡人，想来无趣，我来陪你吃喝。"

"人生至此，快哉乐哉！想那秦皇汉武饮酒，何曾有数十万大军助兴。"元颢提起酒壶，牛饮入口。

杨忠端起酒杯，指着城下大军："吃饱喝足，与他们拼命。"

宋景休看着远去的马佛念，向元颢解释道："陛下莫怪，我大哥就是这脾气。"

元颢不以为意，哈哈笑着说："他样样都不错，就是从未把我当兄弟。"

这是实情，宋景休和杨忠都与元颢亲近，唯独马佛念不远不近。元颢斜看一眼远处的马佛念，独饮一杯："杨忠，我们认识多久了？"河阴之变发生在去年五月，距今正好一年，元颢不待回答，手指着胸口：“我不怪老马，你们三人在涡阳城下救我一命，是救命恩人，岂能在意俗礼？来，敬你们一杯，谢过当日救命之恩。”

宋景休先干为敬，元颢又向杨忠举杯：“你护送明月去邺城，用身躯抵挡弓箭，我一直都记在心中，再敬一杯！”他又倒出满满一杯，长叹一声：“唉，我父母早亡，只有一子。我有一事相求，不知两位将军能答应否？”

“陛下请讲。”杨忠和宋景休听出他有托孤之意，一起举杯。

“万一战事不利，景休，护送我儿冠受冲出包围，返回梁国，找个荒村人家，让他娶妻生子，子孙绕膝，便是多福，不知能做到否？”元颢阵前托孤，死战之心坚决。

“陛下！”宋景休连声应诺，眼睛已经湿润了。元颢是托付儿子给宋景休，其实让他逃出包围，等于救他一命。

元颢饮完杯中酒，抬头看着杨忠：“我视明月如己出，她身陷洛阳，下落不明，我忧虑万分。此战之后，你务必冲出包围找到明月，此生不许负她！”

明月家远在北海，元颢是长辈，用意极为清楚。杨忠大惊之下问道：“陛下，这是何意？”

元颢从怀中掏出一封书信：“我将明月托付元子攸，他如何待她？经此一事，我对元子攸没有丝毫期待。如今兵荒马乱，难行六礼，把此信带给你叔父，算是聘书。我是明月长辈，你叔父足可替你做主，定下这门亲事，如何？”

“陛下！”杨忠跪于元颢面前，喜极而泣，心中茫然，元颢将明月托付自己，本是极大喜事，如今明月和自己都生死难料，我当如何？元颢在大战前将儿子托付宋景休，把明月托付自己，九死一生之际如何拒绝？在这危急时刻，元颢让他们二人突围，给了一线生机。杨忠和宋景休百感交集，向元颢跪倒："陛下大恩，唯有以死相报！"

"朕已称帝，置死生于度外，你们如若死了，谁来保护我儿冠受和明月？请受朕一拜，他们两人就托付两位将军了。"元颢笑声中蕴满悲怆，单膝跪于地面，仰头痛饮，"你们也不要说他们是皇亲贵胄，身份悬殊，我若败了，明月和冠受的命还不如草芥。"

杨忠和宋景休泪水长流，端起酒杯："陛下，从今之后，生死与共，至死不渝！"

"既然如此，我们临阵结为兄弟！"元颢不管两人如何，纳头便拜，与杨忠、宋景休举杯起誓，豪气勃发，仰天狂啸！城下鼓声如雷响起，漫无边际的魏军踏过护城河。元颢猛然站起，将酒桌一脚踢落城墙，拔出宝剑击飞一支长箭。第二轮攻城开始，魏军头顶盾牌，夹杂无数云梯冲过护城河，守城士卒从垛口冒出头来，弩箭连发。

"杨忠，还有一事，要告诉你。"元颢虽然要拉拢杨忠，也为明月担忧，"明月本来和元子攸定期，我请你护送她到邺城，便是为了皇宫采选。可是元子攸娶了尔朱荣的女儿，明月被尔朱世隆抓走，生死不知，你帮我找到她。"元颢在洛阳广布眼线，消息灵通。

"陛下，我必冲入洛阳，找到明月。"杨忠浑身是胆，唯一的破绽便是明月。

“城门破了！”攻城士卒蜂拥而入，如同水银泻地一般攻入城门。荥阳守军逐次抵抗，未有奇招。元天穆手捋胡须自言自语：“元颢用兵不过如此，怎能一路势如破竹，攻到荥阳？”

身边诸将不明所以，温子升看着墙头，极为不解：“元颢稳如泰山，必有后招。”

李叔仁策马从阵前奔来：“大都督，前军攻入城门，机不可失，出兵吧。”

一旦攻下城门必全力掩杀，这是不二法则。但城门之内还有瓮城，墙壁高耸，甬道连接城墙，平常用作校场，足可容纳数万士卒。如果不驰援，被封了城门，便是瓮中捉鳖。元颢要在瓮城决一死战？元天穆当机立断，大声发令：“攻破城池，在此一举，冲！”

战鼓山响，大军漫山遍野向城门冲来。费穆率先冲进瓮城，只有城墙高耸，通向城头的四条甬道被木栅封死，守军明显是要将大军引入瓮城决战。何惧之有？费穆大声命令，尖头轳和轒辒车去撞击瓮城内侧城门，士卒分成四队，沿着甬道向上攻去。甬道狭窄紧贴城墙，仅容三四人并行，守军居高临下，矢石相交，木栅后刀枪齐出，相持不下。城门哗啦一声，铁门再次滑落，将入城魏军拦截成两段，费穆也在其中。

元颢坐于城头，向下喊道：“费穆，还不投降，朕可饶你不死。”

“元颢小儿，你笑死我也！”费穆命令士卒将尖头轳抬至城门两侧，铁门砸在其上，下面仍有半人高度，援军弯腰便可入城。

元天穆不等攻破瓮城，大声命令：“架云梯。”

片刻间云梯攀附城墙，士卒咬着钢刀向上攀登。温子升策马过来：“大都督，元颢战力似乎还不如邢杲。”

元天穆与邢杲大战，初时落在下风，大军全数压上才取得优势，今天费穆的前军轻易攻入城门，确实过于轻松。元天穆想想：“我军虽破城门，元颢全军未损分毫。”元天穆催马向前，在护城河外停住战马，兵以诈立，不可不防！

惊天震地的马蹄声从树林中腾起，尔朱兆按照事先约定，率领重装骑兵向前压上，他扣紧兜鍪，举起袖棒：“兄弟们，城门已破，杀！”

“元颢拉拢我军，让人不安。”马佛念望着远处的元颢、杨忠和宋景休三人跪拜，心里不是滋味。

陈庆之想起阿闍梨所说，元颢志在天下，自己为恢复故土，志向并不一致，可是眼前形势危急，城下杀声阵阵，敌军出动，烟尘翻滚，一窝蜂涌进瓮城，哪来得及计较这些？他手扶垛口说道：“敌军骑兵出来了。”

“关中侯，准备好了。”小猴子一蹦一跳跑来，他等的就是此时。

“擂鼓出击。”陈庆之令下，城墙上鼓声大作，马佛念和小猴子拱手而退。

杨忠和宋景休听到鼓声，决战在即，向元颢拱手：“陛下，看我等击破敌军！”

“朕击鼓助威！”元颢一扯领口，猩红大氅随风而去，咚咚咚击响战鼓。

绳索疾升，投石机缓缓抬起，欲顶破天空！巨石被推到兜囊之内，足有小牛大小，众人用力挽起绳索带动长臂，瞄准一辆正在跨越护城河的飞楼。巨石划空飞出，从十丈高的城墙上掷下，声势惊人。小猴子测算过距离和位置，飞石正中半腰，飞楼咔嚓一声从中折断崩塌，魏军士卒四肢挥舞惊叫，噼里啪啦跌落地面，大多腿断筋折，少数姿势不巧，头部着地，当即绝命身亡。

第二架飞石机高高耸立，发射大石砸向笨重的飞楼，飞楼距离城墙只有几十步距离，仓促之间来不及移动，巨石飞至，咯吱声中，斜着从顶端划过，带下五六名士卒，去势不减，落在遍地的士卒中，向后翻滚出十几丈，沿途鲜血迸现，杀伤十几名魏军。小猴子哪肯罢休？第三座飞石机竖起，顷刻间，最后一座飞楼也被毁去。魏军何曾见过这种兵器？他们本来要通过飞楼登城，却被砸得遍地粉碎，稍一犹豫，向城门涌去。

元天穆众将都是舞刀弄枪之辈，哪里知道飞石机？只知今日攻城一定不会顺利。温子升低头思索片刻，东晋的傅玄似乎有所记载，他记不详尽，担心失言，缓缓说道："似是三百年前，曹操与袁绍的官渡之战时的飞石机。"

"只有三架，何须担忧，杀进城去！"李叔仁策马催促，费穆已经进入瓮城，一旦被守军夺回城门，便要全军覆没。

温子升觉得形势不对，劝阻元天穆："城中必有防备，围城必阙，不如放一条出路，等敌军出城再行截杀。"

"何至于此？"元天穆催动兵马，开弓没有回头箭。

"何不分兵攻打东门？"温子升的提议也有道理，守军尽集北门，其他城门必然空虚。

“岂不放跑元颢？”元天穆有其他考虑，军中有人同情元颢，敌中有我，我中有敌，迟则生变，催马向城门奔驰。

两人正在商议，沉闷的马蹄声渐渐逼近，尔朱兆的骑兵加鞭催马，速度提至最高，开始冲城，元天穆挥鞭说道：“鹏举，让开。”

温子升双手紧握缰绳，坚持道：“大都督，不要入城！”

就在魏军骑兵提速之时，无数飞石机在城头竖起。天色渐暗，飞石机带着狭长的身影，如同巨大的妖兽笼罩城门，似有百架之多。天空一黑，牛犊般的飞石从天际划过，凌空抛来，遮天蔽日。魏军主力都在北门，极为密集，巨石裹挟大风狂啸，飞沙走石，刺人肌肤。一块巨石落在元天穆战马不远处，溅起的沙石有拳头大小，拦腰砸在战马脊背，战马狂啸一声，受惊猛冲。

地上哗啦啦流淌着黑油油的液体，入鼻腥臭，元天穆握紧缰绳，被战马一扯，双腿甩镫，翻滚于地，战马冲向城门，无数火把从城头坠落，迅疾燃起火焰。梁军在北门布满机关，填平护城河，拆毁城墙，元颢亲自出马，就为吸引自己全力攻城，利用城墙和巨石杀伤士卒。数十步外，黑油遇火燃烧，熊熊大火封住城门，元天穆大叫一声：“中计。”

尖头轳被火焰点燃，发出噼啪声音，轰然跌落，两道铁门一内一外，将瓮城隔绝。城墙上落下数百块巨石，一旦砸入士卒中，便带出数道血河。攻城大军在飞石机覆盖之内，费穆的前军被分割在瓮城中，盾牌挡不住巨石，云梯和飞楼全毁，战阵全乱，不可能继续攻城，唯有退出护城河外，整军再战。元天穆翻身起来，发出将令：“退！”

大军掉头极难，骑兵速度提至最高，仓促间哪能后退？与后撤步兵撞个正着，互相挤踏，更加混乱。尔朱兆与这三千铁骑连肺贴心，哪舍得被乱兵所阻，袖棒一横，掀翻一名溃兵，躲开巨石，战马缰绳一抖，向右侧城墙飞奔而逃，契胡骑兵各自扬鞭，战场一片狼藉。

飞石机砸散援军，战场形势翻转，陈庆之双手一举，梁军停止厮杀。元颢对费穆恨之入骨，站起来向瓮城喊道："费穆，还不降吗？"

元颢连喊数声，无人应答，费穆低头不语。元颢一箭正中兜鍪，那人摘下头盔，鲜血满脸："哈哈，费都督冲出城外了。"

原来费穆看见飞石机砸毁飞楼，火油灌入城门时，率领亲兵蹚过火焰，退出城门，灰头土脸回到护城河边，空中仍有巨石飞舞，他全部家底陷于瓮城，提刀嘶声喊道："杀回去！"

魏军溃兵聚拢一起，盾牌连环相结，守住阵形，费穆咬牙还要整军再战，城墙上战鼓大作。败局已定，无可挽回，费穆拊膺流涕，翻身上马，他与这些士卒生死与共，浴血奋战，今日全部折在瓮城，心痛难忍，大哭逃奔虎牢。

陈庆之待曹义宗如亲弟弟一般，恨不得将费穆挫骨扬灰，一举令旗，巨大圆石从又狭又陡的甬道向下滚落，魏军士卒哪里挡得住小山般的巨石？被巨石裹挟，无数士卒坠落城墙。

巨石之后便是梁军骑兵，跟随巨石向下俯冲，将近城门之际，城墙上水龙瓢泼，浇灭火焰，铁门向上拉起，三千银铠士卒劈开魏军溃卒，从城门磅礴而出，霹雳之声暴起，强弩贴地飞行，梁军骑兵横切入阵，不管溃兵，直奔契胡骑兵而去。银铠白袍锐不可当，横扫乌铠黑甲的契胡铁骑，转眼间尔朱兆战旗散乱，三千骑兵向西溃败。杨忠一马当先，正好与契胡骑兵相遇，战旗下一名敌将头戴突骑帽，全身乌黑铠甲，双手横握长柄袖棒。杨忠曾目睹尔朱荣击败葛荣之战，这支骑兵正是尔朱荣的契胡精锐，杨忠大喝一声："休走！"

战旗下正是尔朱兆，他正在率领骑兵冲城，忽然巨石漫天，前军崩溃，倒流而出，骑兵反而陷入泥潭，被裹挟着向后败退。这一仗糊里糊涂，难道就输了？正在此时，城门之内冲出无数银袍银铠的骑兵，他止住战马，纠集数百契胡骑兵，盘旋一圈，不甘心败退，高举袖棒："杀！"

如果不能一举冲散，敌军重新布阵，战局不可预料，马佛念策马奔来，高喊："这里交给你，我去追费穆。"

梁军分成两路，马佛念和宋景休驱赶溃军，杨忠直奔尔朱兆的契胡骑兵而来。弩箭、弩机射完一轮就要停战填装，十分烦琐，故此梁军弩机压满弩箭，挂在鞍桥，听见命令，战锤交与右手，左手搭上弩机，向尔朱兆骑兵冲来。

尔朱兆暗暗心喜，他的三千铁骑自幼在马上长大，弓马娴熟，最善骑战。战马披挂重铠，寻常弓弩不能伤及，袖棒无坚不摧，无论兵器还是铠甲都占尽上风。敌军只有千人，数量也在优势，尔朱兆取出弓箭，斜向天空，只待敌军进入射程，便要先发制人。忽然遍地冷风，黑点扑面而至，他全身伏在马鞍，头顶一凉，兜鍪竟被射落，掉落马下。他定睛细看，弩箭只有寻常箭矢一半长短，通体精铁，洞穿兜鍪，箭羽在空中震动，发出激烈的破空之声。弓箭都是木杆打造，这支为何浑身精铁？尔朱兆不识梁军弩箭，敌军在两百步外射穿精铁兜鍪，何等弓箭如此凌厉？自己射不到敌军，弩箭已到，难道梁军射程能够远及两百步？弓箭从高空落下，手持盾牌能罩住战马，可这弓箭贴地飞行，战马无从躲避！尔朱兆正在愣神，无数黑点狂泻而来，他更加惊恐，最优秀的弓箭手在百步距离可以发出五箭，这弓箭竟连绵不绝！尔朱兆惊恐不已，契胡骑兵被凌空射翻，他强压内心惊恐，取下袖棒，战马狂飙，晃眼之间接近敌军，你虽然弓箭厉害，不信你能逃过我袖棒！他直奔梁军战旗之下一员银铠战将，擒贼先擒王，射人先射马！将他格杀就能反败为胜！他的袖棒足有丈余，用尽全身气力，凌空砸下，刀枪根本无法格挡，一击则飞。他故技重施，袖棒带起风声，直奔梁军将领而去。

来人正是杨忠，手腕一翻，两柄熟铜战锤上举，格挡袖棒。耳轮中一声巨响，尔朱兆双手一空，身体向马鞍桥一伏，与敌将擦身而过。他反身砸出，手中只有半截木杆，那狼牙袖棒从中折断，不知道飞到哪里。红光一闪，右肩火辣，定睛细看，披膊被反手一锤扯开，鲜血横流。好在两马交错，杨忠战锤向后盘旋，若是正面砸实，胳膊就保不住了。这是什么兵器？尔朱兆连败两阵，仍不退却，抽出弯刀，策马反身。契胡骑兵见主将危殆，涌来将他围在中间。尔朱兆接来一柄袖棒，勇气倍增："吾乃骠骑大将军尔朱兆，你是何人？"

"直阁将军杨忠！"杨忠双锤一交，重新杀来。

尔朱兆为袖棒加了长柄，横向盘舞，直取杨忠。战锤盘转灵活，杨忠一横，要再次崩断长柄。尔朱兆刚才吃亏，横扫只是虚招，向后一缩，镔铁棒头与战锤撞在一起，只觉得一股大力传来，虎口吃痛，一道鲜血从掌间流淌。他没来得及收回袖棒，战马相交，另一柄战锤已到眼前。尔朱兆从小在马背上长大，向后一仰，战锤贴着胸前铠甲横扫而过。

尔朱兆魂飞魄散，兜鍪被弩箭射落，披膊散乱，胸铠破裂，浑身鲜血。他经历战阵无数，第一次被杀得盔歪甲斜，袖棒遇到战锤毫无优势，被契胡骑兵夹在中间，贴着城墙狂奔。尔朱兆气急败坏，强拉缰绳再战，背后风声乍起，已知情形不妙，仓促间将袖棒向后一挡，咔嚓一声巨响，被战锤砸在后背，身体向前一冲，一口鲜血从口鼻喷出，不省人事。契胡骑兵无心再战，催动战马一路溃败。

杨忠停住战马，观望战局，敌军溃不成军，脱离战场，护城河内遍布溃散的步兵，远处敌军阵形整齐，费穆前军尽没于瓮城，尔朱兆的骑兵溃散，前面便是元天穆的中军主力。

“大都督，出兵吧！”李叔仁手挺长槊，在阵前来回奔驰，眼见费穆和尔朱兆溃败，策马来到元天穆马前。

“且慢，待我三思。”元天穆手捋长髯，踟蹰不已。

“敌军大胜，不可强捋其锋。”慕容绍宗催马劝谏，敌军城防坚固，只要退回城墙，便有胜无败，“大都督，收揽士卒，结阵再战。”

“鸣锣！”元天穆一声令下，十二面金锣一起擂响，长槊平伸如林，严阵以待，阵营一角大开，接纳溃兵。

“天色将黑，不如退入大营，再战不迟！”慕容绍宗再次劝谏，经过大半日拼杀，士卒饥渴困顿，士气消散。

“退！”元天穆从谏如流，全听慕容绍宗的。陈庆之从梁国攻到荥阳，必是强兵，一次攻城夺下城池本就是痴心妄想，第一次攻城失利极为正常，只要收兵将荥阳包围，仍然有绝对优势。元天穆只是暗恨自己中计，陈庆之分明是向自己示弱，自己偏偏没有看出来。

杨忠击败尔朱兆骑兵，掉头杀向魏军步兵，不使魏军重新结阵，遇见密集敌军，一股脑儿纵马横冲。骑兵对骑兵，战锤强于长槊，冲击步兵时长槊更强，凌乱步兵根本无法阻挡。忽听金锣急响，败退敌军向护城河外汇集。杨忠摘下鞍桥上的弩机，还有五支弩箭，低声喝道："挂锤，上弩！"

杨忠士卒挂起战锤，弩箭压入弩机。杨忠左手握弩机，右手提长槊，战马横列，结成长阵，长槊横扫，排山倒海向战场压去。这种骑兵横阵，攻无锋，守有隙，是横扫溃兵的最佳阵形。上千骑兵狂啸而来，魏军四散，一支队伍拦在面前，战旗上描着斗大的"李"字，正是李叔仁的人马。他们刚攻入护城河，飞石漫天，前军崩溃，尔朱兆的骑兵落荒而逃，李叔仁带领士卒退出飞石射程，正在来回奔驰命令士卒结阵。溃兵如果结成战线，足可防御一时，可是数万大军漫山遍野，士卒找不到将领，将领不识身边士卒，一窝蜂向元天穆战旗奔跑。就在此时霹雳声起，没来得及竖起盾墙，梁军骑兵冲到阵前，李叔仁大声喊道："张弓！"

杨忠右手一举，战鼓声声，战马飞快变阵，从横阵凝为锋矢。马佛念和宋景休看到这边情形，放下溃兵，三支骑兵如同箭头一般，向李叔仁阵线背后兜去。如果真与敌军缠斗，折损必大，杨忠看清李叔仁战旗，只要战败主将，夺了军旗，敌军无处汇聚，便成溃败之势。杨忠猛踢战马，锋矢之阵穿越乱军，直奔李叔仁战旗，魏军被裹挟在银骑之间，抱头鼠窜。

李叔仁战旗旁边聚集数千士卒，杨忠将战马速度提至最高，弩机例不虚发，敌军已无战意，望风披靡。杨忠一马当先，挂弩机取战锤，小树粗细的旗杆咔嚓一声，半折而倒。他倒拖战旗，与马佛念和宋景休忽分忽合，忽远忽近，前后夹击，敌军终于不支，潮水般向后退去。

杨忠、马佛念和宋景休合兵一处，奔向高处，观望敌军阵形。魏军中军损失不大，战旗缓缓向后，退出弓弩和巨石射程，敲响金锣聚兵，败退士卒退回，重新结阵。如果不能一举击溃敌军，让敌军站稳阵脚，梁军便再次陷入重围。“杀！”宋景休已经杀红了眼。

“等等，我军为何没追出来？”马佛念回头张望，三千梁军反复驰骋，纵横沙场，荥阳城却动静全无，没有一兵一卒追出，靠这些人马攻入敌人中军，根本不可能。

“无须多虑，有关中侯在，怕什么？”宋景休担心战机稍纵即逝。

“城内只有数万降卒，鼠首两端，军心难测。”马佛念对元颢收揽的降军极不放心。

“一旦敌军退入大营，凭栅驻守，胜负逆转！”杨忠再劝，必须乘胜追击。

“且慢。”马佛念回马望向荥阳城头，如果陈庆之在此，会杀入地阵吗？即便取胜，也是杀敌一千，自伤八百。

元颢神驰意往，却月锋矢之阵大展神威，爆发出惊人威力。用城墙取代偏厢车抵挡敌军冲击，锋矢之阵退入城墙，远胜背靠大河，飞石机架于城墙，巨石如牛，无论射程还是杀伤更是远超弓弩。城墙、飞石和弓弩击溃敌军之后，三千骑兵锋矢冲出，如虎驱羊，势不可当！

“报，敌将鲁安临阵请降！”传令兵飞速来报。

“押上来。”元颢喜悦之情溢于言表，他猛击战鼓，双臂累得抬不起来，扔下鼓槌，“来，将荥阳库府打开，朕要酬谢三军。”

“陛下且慢。”陈庆之冲上城门，阻止元颢。

“将士劳苦功高，岂能不赏？”元颢收揽的降军士气不高，不赏便难以节制。

“陛下请看。”陈庆之摊开地图，向荥阳以西一指，在洛阳和荥阳之间，一座坚城背靠黄河，虎牢关！虎牢关距离荥阳四十里，南连嵩岳，北濒黄河，山岭交错，自成天险，一夫当关，万夫莫开，为历代兵家必争之地。战国时期，齐、楚、燕、韩、赵、魏六国驻兵于此和秦国对抗，刘邦、项羽曾在此反复争夺。元天穆收拾败军，正在向西边缓缓退却，如果他在那里收拾人马，凭关据守，胜负仍未可知。“元天穆大败，消息很快传过去，不如直驱虎牢。”陈庆之临机应变，定出方略。

元颢对陈庆之言听计从：“子云何须问我？下令吧。”

初战告捷，瓮城内一片狼藉，缴获铠甲和兵器无数，梁军精锐出城追击敌军，元颢收降的士卒清理战场，无心再战。城外梁军追杀出数里，烟尘硝烟平息，如果元颢士卒不能接应，必遭大败。元颢甚是头疼，没有降卒根本不能攻到荥阳，他们运送物资，乘胜追击也还可以，如果真要打硬仗就没了战力。他向城下喊道：“众位将士，你们奋勇杀敌，击破元天穆三十万大军，实为古今未有之壮举。敌军败退，不能放虎归山，将士们，杀！”

士卒们互相张望，没人踏出一步，元颢没想到军心如此，依次点名：“济阴王，快点齐兵马，事不宜迟。”

元晖业登上城墙，俯身过来：“功高不赏，哪有士气？”

丘大千也来劝说：“将士鏖战一天，滴水未进，筋疲力尽，此去虎牢四十里，强弩之末，不能穿鲁缟也，何不饱餐之后再行出兵？”

元颢没了主意，那厢库府将绫罗绸缎、金银财宝搬到瓮城：“子云，不如此时封赏，军心大悦后再战。”

陈庆之冒出汗来：“陛下何出此言？我军孤弱，凭借荥阳坚城才击败敌军，一旦元天穆在虎牢关整顿人马，便身陷千军万马，死无葬身之地！”

丘大千撇撇嘴巴：“我军大胜，虎牢、洛阳必望风而降，何须多虑？”

在这紧要关头，魏军将领踌躇不进，如果将绫罗绸缎分给士卒，怎么作战？元颢抽出宝剑走下瓮城，踏上追锋车：“诸位连番鏖战，劳苦功高，朕岂不知？洛阳就在眼前，一旦攻入，朕必打开皇宫酬谢。如今敌军稍却，虎牢和洛阳还在敌手，胜负未分，怎能懈怠？诸位，宜将剩勇追穷寇，跟我杀！”

元颢追锋车当先，率领本部人马冲出荥阳，直奔虎牢。陈庆之暗暗满意，北伐以来，元颢言听计从，与梁军将领兄弟相称，从未掣肘，探听情报，招降敌将，十分得力。在此关键时刻，率先出城反击，可谓当机立断。陈庆之急返城头，大声命令：“战鼓何在？”

50 临幸徽音

元子攸登上徽音宫玉阶，尔朱歌迎出殿门，率领宫人跪倒参拜。元子攸倍感温暖，将她扶起，只觉肌肤鲜滑，骨骼清丽，身体如麝如兰，美得难以直视。祖莹和尔朱世隆将她选为第一，实在不是偏袒。元子攸心慌意乱，板直身体细想，她是自己皇后，何须如此？拉她进入徽音宫。宫灯暗挑，红烛静谧，没有多余饰物，摆设都是些箜篌、琵琶和竖琴。

尔朱歌精心准备，做足礼仪向元子攸三拜："天将黑，可用膳？"

元子攸将她拉在身边："你是朕的皇后，不须如此，坐这里。"

尔朱歌从他怀中挣扎起来，坐在侧面："臣妾做了几道小菜，热了一壶酒浆。"

宫人托来几道小菜，无非清汤、蔬菜等家常之物，荤腥只有一碗炙羊脍。元子攸尝了几口，做法清淡，尽显食材的极佳味道，与往常所吃的浓油赤酱并不相似。第一口还不觉得如何，第二口便渐渐入味儿，尔朱歌来自秀容草原，菜却是汉人口味，元子攸笑着说："看不出来，皇后竟有如此手艺。"

尔朱歌屏退宫人，倒酒添菜，如同平常人家小夫妻一般，一顿饭吃完，元子攸觉得从未有过的畅快，拍拍肚子："奇怪，朕吃了这么多，为何不觉得肚腹滞胀？"

"臣妾少用油腥，食材天然，极易消化，既可吃得尽兴，又不会大腹便便。"尔朱歌招手让宫人移走膳食。

"我们贵为皇帝皇后，其实不如寻常百姓惬意，来，离朕近些。"元子攸喝了两壶酒浆，不知不觉之中心脏跳得更快。

尔朱歌却不靠近："陛下，臣妾还有一事不明。"

"哦，问吧。"元子攸融化在温柔乡中，这里比茅茨堂舒坦百倍。

"臣妾入宫许久，从未为陛下起舞，未展歌喉，见一面都不可得，臣妾想知道缘由。"尔朱歌接受了命运的安排，想方设法化解河阴之变的仇恨。元子攸不知道该如何说起，朝政繁忙显然是借口，他不屑出口，因为明月？更不便出口，尔朱歌不等回答，唤来女官，乐声缭绕，歌舞翩翩。初夏之际，她披轻纱，雍容华贵又媚到极致，浅唱低歌之间，明眸善睐之际又有万种风情。元子攸在太极殿受了一肚子气，倍觉尔朱歌值得信赖，如今温酒下肚，歌声如怨如泣，仿佛述说幽居冷宫的孤单。

"皇后如此才艺，让人眼界大开，朕敬你一杯。"一曲既罢，元子攸拍手叫好，将尔朱歌拉至怀中，肌肤圆润有致，轻轻一挑，罗衫滑落。那些王公大臣号称国家栋梁，其实心向元颢，可是尔朱荣杀死自己的亲兄弟，顿时恨从心头起，眼前他的女儿婷婷袅袅，又是自己的皇后，岂能放过？元子攸血脉偾张，将尔朱歌拦腰抱起，走到床榻，毫不怜香惜玉，双手一扯，尔朱歌衣衫尽落。

第六章

虎牢轘辕

天下，
是天下人的天下

51 计赚虎牢

杨忠、马佛念和宋景休绕开费穆前军，迎击尔朱兆骑兵，冲入李叔仁阵中，眼前只剩元天穆中军。他们正在观敌瞭阵之时，荥阳城头战鼓声声，战旗向西边聚集。一名斥候从城门中奔出，一道烟尘直奔杨忠面前，传出军令："关中侯有令，直攻虎牢！"

初战告捷，必然鸣金收兵，大肆封赏，陈庆之反其道而行之，马佛念一拍大腿，佩服他用兵之大胆："兄弟们，每人去取一套魏军铠甲。"众人素来佩服马佛念，遍地溃兵，取铠甲不难。梁军策马战场，围住魏军败兵，强令他们褪下铠甲，卷成包裹，压在鞍桥之后。不多时，几十辆偏厢车从荥阳运来弩箭，只用一顿饭工夫，三千骑兵备好魏军铠甲衣物，稍微饮食，白袍外翻，战马衔枚，绕开元天穆残兵，向北疾奔。此时天色已黑，将士头顶残星晓月，马蹄击打地面，战场硝烟被抛在背后。

将士鏖战一天，肚腹空空，口干舌燥，宋景休追上："大哥，歇息一阵吧。"

"速战速决。"马佛念掏出羊皮水袋，猛喝一口，只要有一名骑兵逃至虎牢，尔朱世隆得知荥阳失守的消息，紧闭四门，强攻难如登天。

“让这家伙吃饱喝足。”宋景休从箭囊上取出弩箭，填满弩机。

杨忠策马跟上，三人并骑：“我们三千人马怎能打虎牢？”他们马不停蹄前往虎牢，没有云梯和飞楼，除非战马长上翅膀，否则绝不可能越过虎牢城墙。虎牢城墙高绝，北面黄河滔滔，南面是高耸的嵩山，飞鸟难渡，何况人乎？

马佛念哈哈一笑，他打算伪装魏军诈城，虎牢关北濒黄河，南依嵩岳，为锁天中枢，三秦咽喉，唯有攻克虎牢才能从深壑幽谷通往洛阳。梁军速度极快，很快就远远看到壁立千仞的虎牢关，当年项羽在彭城击败刘邦，擒获吕雉，刘邦一路败退到虎牢，大战七十，小战四十，硬把项羽拦截在虎牢关外，成为楚汉战争的转折点。马佛念压低声音：“兄弟们，当年刘关张三英战吕布就在虎牢关，我们杀到这里，比当年攻打董卓的十八路诸侯厉害多了。”

笑声轻轻响起，马佛念不敢怠慢，城中有五万大军，绝难强攻：“大家扮作魏军士卒，趁着城内不明状况，冲进城中。”

马佛念披上魏军铠甲，卷起梁军战旗，一名敌军将领被推到近前，马佛念问道：“鲁安，你临阵投降，是真是假？”

鲁安是魏军骑将，并非尔朱荣嫡系，在乱军中被梁军包围，扔下兵器，搞不清楚是投降还是临阵被擒，连声说道：“是真！是真！”

马佛念拔出千牛刀，顶在他胸口：“我看你是假降！”

鲁安捶胸告饶：“尔朱荣屠戮宗室，我食君禄，早想反戈一击，只是老父老母都在洛阳，实在没有办法。”

鲁安将老父老母拉出来保命，是贪生怕死之辈，马佛念不与他啰唆："你若真心投降，我问你，虎牢守军是何人？"

鲁安不敢犹豫："中郎将辛纂。"

马佛念刀子一顶惊吓鲁安，让他难辨虚实："敢骗我？元子攸诏令尔朱世隆镇守虎牢，你怎么说是辛纂？"

鲁安生怕马佛念千牛刀一挑，今日便是末日："辛纂驻守虎牢，尔朱世隆是后来的。"

"你可认得辛纂？"马佛念追问，鲁安频频点头，"我们到虎牢城下，就说荥阳初战不利，元天穆命你来借兵，敢乱说吗？"马佛念的千牛刀已经晃到鲁安面门。

"知道。"鲁安既已被擒，一切认命。

梁军隐身在距离城门极近的小坡下，夜深人静，守军视线难至，马佛念率领数十名换上魏军铠甲的梁军，将鲁安护在中央，打着魏军旗帜，策马向虎牢奔驰。静夜之中，马蹄声音极为清晰，鲁安大呼小叫，倒也神气，交涉不多久时间，吊桥咣当落下。马佛念纵马踱过护城河，被拦在护城河与城门之间，此计十分冒险，万一敌军带来荥阳消息，这五十名梁军极难逃出护城河外。

一名裨将出现在城头，向下喊道："放下兵器，才可入城！"

鲁安体如筛糠，马佛念哼了一声，来到队列之前斥责道："军情如火，你是何人？还不请辛纂来此！"

"中郎将还在歇息。"这名裨将心里发虚，搞不清来人的底细。

"大战正酣，还有心睡觉，这是大都督将令，速让辛纂来此！"马佛念准备妥当，从降军身上搜来调兵虎符，也不知道对不对得上。

"稍候，我就去请中郎将。"裨将不敢怠慢。

如果守将到来，敌军增多，夺城更加不易，马佛念向上喊道："十万火急，我等直接入城去找中郎将。"

"未有将令，不敢开门。"那裨将从垛口上探出脑袋，说罢就进城禀报。

52 兵败如山

尔朱兆吐出一口鲜血，睁开眼睛，战马正在狂奔。他掀开兜鍪，满面是血，他恍然记得，兜鍪被那个叫作杨忠的梁将击落，部下又给自己戴上。杨忠！他从来没有这么狼狈，都记在他的身上。尔朱兆从战马坐起向后瞭望，烟尘翻滚，步骑杂乱，身边还有上千人马。他拨马回来，举起长槊，眼冒金星，身体摇摇欲坠，嗓子扯破："杀回去！"

尔朱兆策马奔出数十步，没一人跟来，契胡骑兵都无战意。尔朱兆与这三千骑兵多年征战，平灭破六韩拔陵义军，擒葛荣，平邢杲，身经百战，战无不克，一声令下，刀枪火海都不皱眉，这种情形还是首次遇到。尔朱兆一晃长槊："岂能被梁军击败？跟我来。"

话音未落，契胡骑兵拨马过来，将尔朱兆拥在中央，有人牵引缰绳，有人挥鞭击马，落荒而逃。银铠白袍的梁军冲到数百步之外，尔朱兆长叹一声，士气难复，只能整军再战。

"将军，去哪里？"一名亲信统军问道。

荥阳西北便是虎牢，是攻打洛阳的必经之路，尔朱兆与尔朱世隆向来不睦，如今惨败不想被奚落，断绝去虎牢的念头，命令士卒和元天穆会合。尔朱兆一边撤退，一边招揽残兵败将，契胡骑兵折损不大，只被梁军锋矢之阵冲散，大旗竖起后，契胡骑兵大都归队，尔朱兆心中稍安。行不多远，前面军队中一人盔歪甲斜，正是元天穆，尔朱兆催马上来：“大都督！”

元天穆跳下战马，与尔朱兆抱在一起：“吐沫儿，受伤了？”

尔朱兆抹嘴擦去血迹，他败得极为窝囊，深以为耻：“梁军偷袭，算什么本事，我必再与他大战三百合。”

元天穆叹气，拉着尔朱兆坐在地面：“梁军精锐，一次夺不下荥阳也很平常，如今军心已散，先撤回大营，再战不迟。”

温子升纵马奔驰而来，禀报：“大都督，敌军骑兵一路向西！”

“不好，他们要攻打虎牢！”元天穆瞬时惊醒，冷汗倒流，对方运兵如电，根本不给自己喘息机会：“吐沫儿，驰援虎牢，通知仆射大人，守住虎牢即可，待我大军入城！”

尔朱兆点头答应：“唯有如此！”

温子升下马跪倒：“大都督，兆将军断然守不住虎牢，如今之势，唯有天柱大将军出马才能力挽狂澜！”

尔朱兆勃然大怒，抽出马鞭就要兜头劈下：“你胆敢如此！”

“吐沫儿休得无礼！”元天穆止住尔朱兆，也不满温子升所说，“鹏举，难道我们三十万人马就这么认输吗？”

温子升取出地图，摊在地面：“兆将军先去虎牢通知仆射大人，虎牢向北便是毕公垒，可北渡黄河，直奔晋阳，将战局禀报天柱大将军。”

尔朱兆不想失了面子，极不愿意将大败的消息传回，指着荥阳方向：“区区数千梁军何在话下？待我到了虎牢，决一死战，报一锤之仇。”

元天穆冷静下来，温子升所说不错，应该尽快通知尔朱荣，命令尔朱兆：“你到虎牢之后，协助仆射大人守城，再派遣三路斥候，通知天柱大将军、镇守鄂坂的侍中大人和皇帝陛下，加紧戒备，不可大意！”

尔朱兆对尔朱荣心服口服，对元天穆口服心不服，不得不遵照将令向西狂奔。四十里路并不太远，几个时辰之后，到达虎牢东门的护城河外：“放下吊桥，快开城门，让我入城。”

“来者何人？”守城将领问道。

“骠骑将军！”尔朱兆军士大喊，他揭开兜鍪，在灯笼火把之下亮出面孔。

“将军稍候，待我通禀。”守城将领不敢违令，开门须有尔朱世隆或者中郎将将令。

尔朱兆策马过了吊桥，暴跳如雷，向上一指：“军情十万火急，贻误战机，死罪！”

守将向下拱手：“骠骑将军，我速去速回。”

尔朱兆袖棒在城门重重一击，击落数块木屑，守将大吼一声，城墙上士卒弯弓搭箭，瞄准尔朱兆：“胆敢无礼，弓箭不长眼！”尔朱兆骑兵在城墙下，禁不起一阵弓箭，他恨恨不已，却不敢再砸城门。

虎牢南门，梁军先一步到达，也被拦在城门外，如果守将入城禀报或生变故，看来必须强攻。马佛念心生一计，向上大喊：“诸位谨遵军法，我十分佩服，这里有大都督书信，容我面见仆射大人，亲自呈上。”

守将被夸得很受用，略一犹豫：“你们退到护城河，你二人随我入城。”

五十名梁军退到护城河边，不多时城门咣当开了一道缝隙，几名士卒走出城门，认出鲁安，稽首道：“将军请进。”

时机稍纵即逝，马佛念手臂一抬，弩机咔嚓射出，射翻一名士卒，冲到城门。守军一看形势不好，连声喊道：“快，关门！”

两扇大门就要合拢，马佛念弩机连发射倒守军，梁军砍断吊桥铁索，向前猛冲，去夺城门。吊桥一根铁索刚断，另一根半断的铁索带着吊桥向上升起。那名裨将现身城头，哈哈狂笑：“竟敢诓骗于我，射！”

两扇大门砰地撞出一起，鲁安大骇：“快退！”

城门不能严丝合缝，几具尸首形状诡异，挡住了城门。梁军掀开战袍，露出明光铠冲入瓮城，无数魏军涌来，马佛念暗叫糟糕，被包围进去绝难求生。他扳动弩机射翻一名敌兵，战马踏上甬道，直奔城头。

“快，放铁栅！”守城裨将高喊，士卒放开铁索，铁栅滑落，深陷泥土之中，吊桥收回，敌军只有几十人，插翅难飞。

杨忠和宋景休见马佛念动手，各催战马直扑城门。吊桥高高扬起，杨忠强弩向上射去，但铁索虽然半裂，却非弩箭可以射断，晃晃悠悠升起，宋景休大叫不好。铁栅坠落，城门虚掩，城内传出阵阵喊杀声音，杨忠和宋景休火急火燎。忽然城头白马狂啸西风，一匹战马奔上城墙，霹雳声音山响，环首刀银光一闪，火星四溅，吊桥晃了几下向下跌落，马佛念高声断喝：“进城，攻打东门！”

战马飞奔，梁军挽着铁索，铁栅哗啦啦升起，虚掩的门缝里是看不见尽头的魏军。风驰电掣，杨忠和宋景休催马飞跃吊桥，挺长槊挑开城门，夺门而入。虎牢城中的五万士卒分散在四座城门，数量数倍于梁军，他们却以为梁军被包围在荥阳，哪知道战事骤起，京城羽林仓促迎战，来不及结成战线，被骑兵狂风般冲散。弩箭乱，长槊横，刀枪飞，梁军夺了瓮城。马佛念率领几十名骑兵没入黑暗，去夺南门。

虎牢关周城数里，城墙上没有阻挡，马佛念正在奔驰，有士卒高喊：“军副，看！”虎牢关城墙壁高千仞，北边是黄河，西边和南边高山连绵，东边一马平川，视野极远。东南方向正是荥阳，两道火龙正向虎牢关进发，元天穆从荥阳撤军来虎牢固守，另外一支队伍，定是陈庆之率领的梁军，虎牢已经成为胜负关键！马佛念策马狂奔，远处亮起灯笼，魏军城墙上建起木栅，防守严密，他高声喝道：“你等何人？还不放我们过去？”

对面灯笼一挑，照亮战旗，两个斗大的“尔朱”二字：“骠骑将军尔朱兆在此，你是何人？”

糟糕，尔朱兆到了，马佛念也不答话，掉转马头向回疾驰。虎牢有五万守兵，自己只有数千人马，不可能夺取城门，只能等待陈庆之到达才能反攻，他叫来斥候：“速去禀报关中侯，我们夺了虎牢南门，敌军守卫东门，速速发兵。”

斥候拍马而去，马佛念急返南门，看见宋景休：“大眼，杨忠去了哪里？”

“他去中郎将府了。”宋景休正在城墙架设木栅，打开栅门放马佛念进来。

尔朱世隆搂着两名软玉温香的美妾，睡得香甜，听见府外急报：“仆射大人，城外有人求见！”他极为扫兴喊道：“不要烦我，天亮再开城门。”

“骠骑将军尔朱兆，军情紧急。”传令士卒颇为称职，强行禀报。

尔朱兆在荥阳包围元颢，怎么来到虎牢，荥阳破了？尔朱世隆披衣而起，撩开纱帐顶盔贯甲：“多少人，什么情形？”传令士卒将尔朱兆的狼狈模样描述一番，尔朱世隆大骇，元天穆败了！三十万大军围攻荥阳，名将如云，败得如此之快，元颢有如此本领？他忽听南门方向喧嚷起来，仆役四处奔跑大喊：“城破了，破了！”

尔朱世隆冲向马房，手拢缰绳，踏进马镫，无奈肚腹便便被马背弹开，摔倒在地。他叫一声晦气，命仆役单腿归于地面，踩着爬上战马，双手一横长槊：“来，跟我杀敌！”

“骠骑将军怎么办？”传令士卒急急站起，拦在尔朱世隆面前。

“让他进城防御。”尔朱世隆一拉缰绳，战马咆哮，双手拢在马脖子上，长槊掉地。他从士卒手中接回长槊，紧抱在胸口，聚集数千人马，长槊向南门一指：“敌军偷袭，数量不多，跟我来。”

他一马当先，做出英武的样子让士卒看，一夹马腹，战马吃不住重量，向下一软，他翻个筋斗，栽落马下摔个结实，脸蛋开花，嗓子眼难受无比，昨晚酒菜喷射出来。他拄着长槊站起来，四面士卒掩面偷笑，他勃然大怒：“哼，城中哪用骑马？看我长槊的功夫。”

尔朱世隆挥舞长槊向南门杀去，羽林久在洛阳，盘舞长槊英勇非常，从未上过战场。不多时，杀声渐起，火光跃动，无数骑兵贯穿街巷，霹雳声爆响，迎面冷风袭来，勇气已经泄了一半，忽然发现士卒没有携带盾牌，正在惊恐之时，尔朱世隆长槊一举：“杀。”

对面并无敌军，魏军士卒聚集街中，东张西望不知道向哪里杀。忽然，两边街巷白袍飞舞，原来梁军骑兵分成多路，悄悄从街巷杀至，两面搅动，将魏军冲成数截。尔朱世隆一看形势不妙，悄悄扔下长槊钻入巷中，辨别方向，我该逃往何方？洛阳也是虎口，罢了，为今之计，只有一人可保安全无虞，大哥尔朱荣！

尔朱兆刚进城门，喊杀声此起彼伏，梁军攻破虎牢关了？他大惊失色，虎牢和荥阳是洛阳屏障，大事不好！他劈胸抓来一名守城士卒：“仆射大人在哪里？”

“攻打南门了。”士卒向南边一指。

尔朱兆折损不大，仍有再战之力，他挥袖棒大喊：“儿郎们，与我攻打南门。”

“将军且慢，仆射大人让您守东门。”传令士卒拉住尔朱兆战马缰绳。

尔朱世隆有五万士卒，足可以重夺南门，尔朱兆命令士卒关闭东门，聚集瓮城，只要元天穆大军毕至，就能守住虎牢。这一仗真是糊里糊涂，三十万大军攻打荥阳，怎么被打到了虎牢关？

53 武功兵法

一个素雅孤单的影子提着一盏宫灯，悄无声息地走进金墉城，守卫不知道去了哪里，这盏宫灯不急不慌地进了殿中。明月翻身坐起，那人一抹白纱遮面，清秀无比，正是在华林苑见过一面的阿阇梨。她将宫灯挂在墙角问道：“明月，在这里可好？”比那又臭又危险的驼牛署好了许多，明月背着她点头，阿阇梨抬头向上：“不要装睡。”

高敖曹从囚笼中探出脑袋:“既然出来见人,为何还戴面纱？”

阿阇梨不想让金墉城士卒认出面目，进偏殿摘下面纱。明月看见她的面容不禁呆了，世上还有如此完美的女子，只是为何看不出年纪？高敖曹身在铁笼,仰面朝上,没有看见阿阇梨面容:“你来这里作甚？”

“和你说说话。”阿阇梨展颜一笑显示没有恶意,又问高敖曹:“尔朱荣为何羁押你？”

“你问我,我问谁？”高敖曹当真不明白,他去年被请去喝酒,酩酊大醉，醒来发现就在笼子里，糊里糊涂被关了一年。

“你如何认识尔朱荣？”阿阇梨一直在寻找尔朱荣羁押高敖曹的原因。

“我和兄长在长安，尔朱荣那时是直阁将军，偏要胡服胡语，让我遇到打了一架。”高敖曹心里想，尔朱荣不会那么小气吧？七八年前打一架还记到现在。

“怎么打的？”阿阇梨推算时间，高敖曹的兄长高乾曾在京城任员外散骑侍郎，与领军将军元叉亲近，应该与尔朱荣属于一党。

“他们七八人打我一个，领头的是尔朱兆，我有轻功，他们追不上，骂我胆小鬼，我拉出距离，转身放倒一个，他们围住我，我偏和他们比速度，一个一个打，他们就不是我敌手。尔朱荣十分惊异，仰望天空沉思很久，策马走了。”高乾后来留在洛阳，高敖曹去了嵩山，尔朱荣接替父亲职位返回了秀容，两人再也没有见面。

阿阇梨来偏殿中坐下，思索尔朱荣羁押高敖曹的原因，如果为羁縻河北汉人势力，为什么偏偏抓住不是那么重要的高敖曹？她低头看见地面一片石子，似是两军相接：“你们在画什么？”

“若论武功，一对一契胡士卒谁也打不过高鸡骨，列阵作战，高鸡骨又处处下风，我们想不明白。”明月陪着元子攸看兵书，死记硬背，只从字面理解，高敖曹从来没有看过兵法，两人有很多不懂之处。

“谁是高鸡骨？”高敖曹被称为鸡骨，气得直翻白眼。

阿阇梨想了许久答道：“世上有两人可以解你困惑。”

“哪两人？”高敖曹极想知道兵法。

“当世两位兵法大家，梁国关中侯陈庆之和魏国大将军尔朱荣。”阿阇梨忽然明白了尔朱荣的用意，转身离去。

“多谢仙子照顾。”高敖曹明白，自己和明月在金墉城受到保护，一定是阿阇梨所为。

天似穹庐，风吹草低。此时正是五月鹰飞之时，尔朱荣手抚长草，鼻腔充满草香，苍莽草原才是我的归宿，那些达官贵人才会躲藏在厚重的城池中，压抑得不能呼吸。可是草原上的英雄豪杰一股脑儿向南边冲去，中原有无论寒暑都有收成的肥沃土地和蜜糖般的女人，有雄伟的城池和宫殿，各种各样的精细美食和光华四溢的丝绸，还有温暖舒适的天气。

上天赐予汉人田地，赐予我们胡人草原！

尔朱荣身边落寞，久居京城的尔朱世隆，好兄弟元天穆，勇猛无匹的尔朱兆，独当一面的尔朱天光，智勇双全的高欢，擒获葛荣的侯景，都在南边攻伐，越陷越深。他们飞蛾扑火一般向中原涌去，其实是自投罗网。尔朱荣深知，汉人绝不是软弱可欺的羔羊，那是产生了卫青、霍去病的民族，他们只是喜欢自相残杀而暂时虚弱，一旦振作，冲入中原的胡人都将烟消云散，唯有草原戈壁才能保护我们，汉人只能生存在男耕女织的温暖潮湿的地方。

唯有征服，攻破汉人的城池，填平城墙，把耕地变成草原，让牛羊自由自在地游牧，让汉人褪下褒衣博带，换上胡人的短衣左衽，剃掉父母赐予他们的头发，变成辫发的胡人，天下才没有纷争。尔朱荣仰天躺在草地，温暖的阳光沐浴身体，望着天空中飞翔的雄鹰，热血沸腾，这是从古至今从来没人敢想敢做的大事。

马蹄声贴地而来，急促不安，一名骑兵已在眼前：“禀报太原王，元颢攻破荥阳，三千梁军背城逆战，大破我三十万大军！”

元颢攻破睢阳、考城和大梁，不让人吃惊，因为守城士卒本就不是精锐，元颢打出为河阴之变复仇的旗号，望风而降并不意外。可是元天穆大军击破邢杲，北拒葛荣余孽，正是自己的主力，尔朱兆和尔朱天光也在荥阳领军作战，元颢怎能用三千骑兵击败三十万精锐大军？汉人向来都是步兵车战，据城自守，敢在荥阳城下背城逆战？糟了！荥阳之后就是虎牢，尔朱世隆能够挡住元颢吗？尔朱荣飞身上马大喝，速回晋阳！

54 惊弓之鸟

元天穆本想撤到大营休整，第二天再战，听说梁军直奔虎牢，魂飞魄散，如果敌军夺占虎牢，关闭隘口，大军无法驰援，洛阳必失，夺回荥阳毫无意义。他召集众将商议军情，众口一词，只能退守虎牢。他们草草饭罢，大军开拔，西向虎牢。温子升等众将退下缓缓提醒："如今大败，不如整军缓行，到虎牢还有一战之力。"

元天穆哪有时间，叹气说道："鹏举此言不错，可是敌军奔袭虎牢，必须抢先到达。"

"仆射大人还有五万士卒，虎牢易守难攻，只要守三天，我军仍可击败敌军。"温子升仍然不忘给元天穆打气。

元天穆叹一声气，令士卒点起灯笼火把，魏军新败，伤兵哀号，辎重拖累，只能缓慢行进，他大声鼓励："伤兵留下，放弃辎重，快马加鞭，到虎牢饱餐，与仆射大人内外夹击，报一箭之仇！"

魏军放下包袱，速度稍快，忽然喊声大作，一条火龙从背后杀来，正是梁军。元天穆下令结阵，重铠士卒向后，一字排开，士卒引弓向天，严阵以待。

陈庆之乘坐追锋车，率领剩余梁军冲出荥阳，斥候往返不停报来军情。五胡十六国时，胡人多为骑兵，数量不如晋军，打一仗换个地方，继续侵扰，搞得晋军寝食难安，这种缠绕之战向来是步兵噩梦。今天形势大变，元天穆骑兵驰援虎牢，留下十万步兵，陈庆之率领三千多骑兵，反复纠缠。

元天穆在前结阵，陈庆之举起令旗，骑兵绕开防线，兜到敌军背后。魏军如同惊弓之鸟，重铠士卒仓促向后，张弓搭箭，哪知梁军并不进攻，拍马而去，来到数里外山包饮水喂马，饱餐一顿。元天穆继续行军，梁军从山包冲下，魏军结阵，梁军奔驰远遁。元天穆大军加快前行，梁军就截断落后士卒，大开杀戒，如果结阵缓行，梁军就如影随形，令元天穆毫无对策。

费穆军队尽折在荥阳城中，愤恨至极："大都督，把骑兵集中起来，我去打一仗。"

元天穆军中本有不少骑兵，一部分交给高欢攻打睢阳，断元颢退路，尔朱兆率领另一部分驰援虎牢，骑将鲁安临阵投降，带走不少骑兵，如今军中还有一万，分属各个将领，把他们集合起来交给光杆将军费穆，众将肯定不服，却是唯一可行的战法，他一挥手："骑兵集中此处，我亲自领军决战，费穆，随我来。"

近万骑兵汇集一起声势浩大，再一细看，这些骑兵来自不同将领，铠甲样式和兵器都不相同，来自代北的胡人头顶突骑帽，战马披挂重铠，也有汉军轻骑。元天穆顾不得那么多，策马军前："数千梁军扰我行军，欺人太甚，待敌军接近，听我号令，骑兵出阵截杀梁军，不得有误！"

众将觉得此计不错，骑兵分散在步兵间，突然杀出必有奇效。果然魏军一动，梁军骑兵再次缠绕出来，元天穆暗自得意，自己骑兵数量占优，即便不能击溃敌军，也能护卫步兵行军，不受干扰。梁军胆子越来越大，距离魏军行军路线百步，时不时射出弩箭，迫得魏军举着盾牌行军。元天穆等到时机，鼓角齐鸣，几支骑兵忽然杀出，奔梁军而去。梁军只是偏师，大约数百骑，不敢接战，仓皇退走。魏军出了口恶气，哪肯放弃，费穆一马当先，死追不放。梁军速度极快，偏离官道，翻过山坡消失在苍茫暮色之中。

夜色易于隐藏和偷袭，梁军熄灭火把，消失得无影无踪，费穆无可奈何，返回元天穆大军。忽然嗞嗞之声骤起，弓箭！费穆大叫不好，火把是最好的箭靶子。一阵箭雨之后，骑兵散乱，东突西奔，战鼓猛响，灯笼火把亮成一片，一支军队拦截在魏军骑兵和步兵之间。九曲伞盖之下，一人金盔金甲立于金根车上，正是元颢。他在荥阳城下收降无数士卒，实力越来越强，留下部分军队守住荥阳，点齐五万人马前来增援陈庆之，沿途没有干扰，正好斥候带来陈庆之口信，趁梁军骑兵诱敌，黑夜中穿插到敌军之间，骤然用弓箭偷袭魏军，收效甚大。元颢心情大好，他自忖追不上骑兵，命令士卒点燃灯笼火把，敲响战鼓，来到两军阵前："元天穆何在？"

元天穆打量对面敌军，数量不在自己之下，战旗下正是元颢，策马出列："北海王，元天穆在此。"

元天穆称呼元颢为北海王，不认他称帝之举。金根车六马向前，元颢来到近前："上党王是元氏宗亲，血脉相连，怎能助纣为虐，帮助尔朱荣屠杀宗室亲王？"

元天穆并不买账："六镇兵起，天下大乱，你等王公大臣只知内斗，哪知上阵作战？若非天柱大将军击败破六韩拔陵，阵擒葛荣，平定河北，剿灭邢杲，天下还是大魏的吗？你为献文帝之孙，理当同仇敌忾，拱卫社稷，却逃奔敌国，与邢杲暗通款曲，趁我不备，攻打洛阳，有何面目在此饶舌？”孝文帝去世后，胡太后坚持胡汉融合，领军将军元叉极为抵触，与六镇将领遥相呼应，抵制汉化。尔朱荣在京城为直阁将军，与元叉交好，多次向他进献战马。两派相争爆发出无穷的宫廷阴谋和仇杀，后来胡太后罢免元叉兵权，再夺其职，逼迫元叉和其弟元爪自杀。元叉一党分崩离析，势力却未消亡，反而聚集在尔朱荣旗下，发动河阴之变，将胡太后沉于黄河。两派争执数十年，谁也说不清楚对错，唯以刀枪说话，元天穆与尔朱荣同气连枝，向来属于一党。

元颢深知他的立场，仍然苦劝：“孝文帝迁都洛阳，希望胡汉一家，为何偏要和尔朱荣结党，冒天下之大不韪？”

这些话在朝堂上都说不清楚，在战场上哪能辩驳，温子升低声提醒：“大都督，救援虎牢要紧。”

元天穆忽然明白元颢在拖延时间，大声下令：“拔营起寨，救援虎牢！”

“多谢上党王让路，后会有期！”元颢亮起灯笼火把，率领骑兵向西奔驰，他的大队人马早在黑夜中越过元天穆队伍直奔虎牢。元天穆大骇，陈庆之和元颢都超过自己，奔向虎牢，尔朱世隆和辛纂能守住吗？

55 激战虎牢

杨忠一挥长槊，白袍骑兵纵马进入虎牢城，在街巷中直奔中郎将府，忽听前面喧嚣，数百名士卒手持长槊拦在街心，战旗下有一名魏军将领。杨忠收槊摘锤向前一指：“你是何人？”

“辛纂！”那名将领全身整齐铠甲，元颢与杨忠等人把酒之时，常点评魏国名将，辛纂也在其列。去年梁军将领曹义宗攻打荆州，他正好担任荆州行台，被团团围住，只有两千士卒却奋战不止，后来费穆击败曹景宗进入荆州，在酒宴上说道，如果没有辛行台在此，我哪能建此大功！辛纂进京后被赐绢五十匹，金装刀一口，任中郎将驻守虎牢。

“宣旨！”杨忠策马前奔，距离敌军只有十几步距离。

军中司马出列，手捧元颢圣谕，朗声念道：“尔朱荣屠戮宗室，朕泣请梁朝，借兵西向，匡扶社稷，凡我大魏子民，只要不助纣为虐，放下兵器，便为朝廷赤子，皆赦无罪！”

梁军攻打荥阳前，元颢下了这道赦令，沿途招降纳叛，功不可没。辛纂不愿意投降，可是城内大乱，尔朱世隆去了哪里？一名裨将凑在他耳边说道：“仆射大人逃了。”尔朱世隆都弃城逃跑，自己何必还要打下去，将兵器向地面一扔，拱手道：“辛纂愿降！”

杨忠策马来到他面前："尔朱世隆在哪里？"

辛纂答道："不知下落，想必逃了。"

虎牢距离洛阳极近，打到洛阳就能找到明月，杨忠带着辛纂冲往西门。虎牢关百姓不多，地域促狭，梁军片刻冲到。杨忠战锤一指，辛纂明白他用意，向前喊道："北海王乃皇室近亲，我等世受皇恩，岂能为仇敌守城？速速放下兵器！"

虎牢守军本归辛纂节制，他既已下令，守军便开门投降。梁军从南门攻入，夺了西门，打通了攻向洛阳的通路。杨忠惦记明月，命令身边士卒："守好西门，我去追击。"

杨忠留下五百士卒守卫西门，打开城门打算一口气攻向洛阳，忽然一阵马蹄声响，一队银铠骑兵冲入瓮城，领头之人正是马佛念："二弟，去哪里？"

"大哥，东门如何？"杨忠关心战局，几乎同时问出声来。

"魏军守住东门，城外已见元天穆旗帜。"马佛念翻身下马，取出地图摊在地面。

杨忠急于前往洛阳，在马上去看地图。虎牢关北门通往毕公垒，从此可以渡过黄河北上晋阳；东门是一马平川，可直驱中原腹心洛阳，正是梁军攻来的道路；南门贴近嵩岳，距离荥阳最近；西门连接深谷，其势陡峻，山道盘旋，上有轘辕关直通洛阳。杨忠马鞭一指："我去攻打轘辕关。"

"虎牢东门和北门在魏军手中，必须守住西南两门，不可分兵。"马佛念向来居中指挥，军情紧急，也不客套。

杨忠恨不得插翅赶到洛阳："大哥，我带五百兄弟，趁夜偷袭轘辕关，打开洛阳门户。"

“集中兵力守住虎牢，才能进退有据。”马佛念飞身上马，要前往南门等候陈庆之。

“大哥，我只带五百人马，一旦轘辕关守军得知虎牢失守，便来不及了。”杨忠极为固执，元颢将明月许给自己，近在咫尺，他一心只想攻破洛阳，找到明月。

“轘辕关驻守着尔朱世承的两万大军，你五百人又能如何？只要守住虎牢，将元天穆大军拦在关外，挥师西进，夺取洛阳不难。”马佛念苦口婆心，他不想分兵。

杨忠只好恳求：“明月就在洛阳，危急万分，我已到虎牢，能不去搭救吗？”

马佛念猜到了缘由，依然苦劝：“不可感情用事，守不住虎牢便不能拿下洛阳，不但救不下明月，我们七千人马陷于重围，凶多吉少。”

宋景休催马奔来，远远大喊：“陛下到了南门，大哥二哥速去商议军情。”

杨忠一心系于明月，向马佛念和宋景休拱手：“大哥三弟，恕我心急如火要救明月，先攻打轘辕关，二位速去见关中侯。”

马佛念大怒，拦在城门之间：“杨忠，你要违抗军令？”

“大哥，我们是生死好兄弟，陛下将明月许配二哥，便是弟妹，亲如一家，不能见死不救。”宋景休问明缘由，也不知道该帮哪一边，先劝马佛念又劝杨忠：“我们先见陛下，他与明月亲如兄妹，不会不管。”

此时已是后半夜，如果消息走漏，敌军必有准备，攻打轘辕关和洛阳必然耗费时日，明月生死不知，杨忠一刻也不耽搁向士卒喊道："诸位兄弟，我们护送北海郡主北上，如今她身陷洛阳，我要前往搭救，愿意攻打洛阳就随我出城，愿意留守虎牢，我不拦着。"大多数梁军策马出列，约有六七百人。杨忠向马佛念和宋景休拱手："后会有期！"策马出城。

"轘辕关有两万守军，伫立在峡谷之间，你们是去送死！"马佛念还要拦截，被宋景休劝开，叹气一声，安排好西门防守，策马前往南门。元颢起身相迎："三位在荥阳击败元天穆，又连夜夺下虎牢，劳苦功高！"

宋景休与元颢走得越来越亲近，向上拱手："陛下来得好快，怎么没见到关中侯？"

元颢从来没有架子，走到地图前："关中侯攻打虎牢东门，杨忠何在？"

"他要攻打洛阳，解救明月，率领五百人马向西去了。"宋景休毫无保留，坦言无讳。

"轘辕关有尔朱世承的两万人马，他五百人怎么行？"元颢关切之情溢于言表。宋景休和马佛念也是这么劝说杨忠，可是他心里只有明月，哪里听得进去。

"关中侯正在攻打东门，何不内外夹击？"马佛念为杨忠的鲁莽懊恼，跳开话题。

"马军副说的极是，快快驰援。"元颢关心则乱，立即和马佛念商议军情。

"关中侯必在纠缠元天穆，大眼从城内夹击东门，我从城墙上攻。"马佛念没时间多谈。虎牢之战打了半天，越打越乱，双方都用骑兵攻守，步兵在荥阳和虎牢之间奔走。

尔朱兆在城楼上急得团团转，率领骑兵登城作战还是头一回。他策马在瓮城和城墙之间往返几圈，看看吊桥摸摸铁索，举着袖棒下马盘舞，觉得浑身不舒服，劈胸抓来一名守军头目："仆射大人和辛纂在哪里？"

"听说中郎将已经降了。"这名士卒听到风声，不敢置信。

"什么？"尔朱兆信了，如果辛纂不降，早该到了东门，"仆射大人何在？"

"仆射大人带着人马冲出北门了。"这名头目消息灵通，打探来不少消息。

"气死我也！"尔朱兆战靴猛跺，虎牢关本有五万人马，大部跟着尔朱世隆从北门逃命，还有人随辛纂投降，退到东门的只有几千，兵力处于劣势。他向远处张望，元天穆为什么迟迟不来。忽然城墙上火光亮起，一支人马呼啸而来，尔朱兆一挥袖棒冲去："儿郎们，随我来。"

契胡骑兵纷纷下马，随着尔朱兆来到木栅，骑兵铠甲沉重，他们平常在马上，省去不少气力，今日下马登城，连呼带喘爬上木栅，向对面一看，五辆轒辒车并排，其后是银铠银甲的精锐梁军。他们在荥阳城下接过一仗，对霹雳弩和战锤心惊肉跳，又遇到精锐梁军，不禁胆寒。魏军木栅新立，只有一人多高，远不如城墙坚固，而弓箭齐发也射不透轒辒车覆盖的牛皮。尔朱兆急得哇哇大叫，袖棒向下砸去，刺啦划开覆顶，一支弩箭射出，刺穿披膊，直入右臂，尔朱兆大吼一声，袖棒叮当坠落。他退回木栅之后，一支精钢弩箭插在右臂，痛入心扉。军医上来为尔朱兆拔箭，被他一把推开，还要再战，无奈伤在要害，不能拉弓举棒，欲战不能。尔朱兆只好退后，让军医拔箭疗伤，他在荥阳城下兜鍪被射落，左臂和胸口被杨忠战锤砸伤，右臂又中了弩箭，他一生鏖战，从未吃过如此大亏。可是势单力孤，只能苦守住此门，等候元天穆大军。一名士卒冲上城墙，大声禀报："敌军数万人马，攻打内城！"

尔朱兆跳下木栅向瓮城跑去，天色依稀放亮，借助微光，尔朱兆向下观瞧，街巷中挤满敌军，攻城器械堵满街巷。尔朱兆惊恐万分，梁军把虎牢关攻下来了？西门直通洛阳，十分要紧，没有守住吗？暗恨尔朱世隆，若非他逃出虎牢，城内有五万大军，足可一战。

"将军，第一道木栅被攻破了。"一名士卒从城墙转弯处奔来禀报。

守军仓促间在城墙上竖起三道木栅，一道已破，另外两道不能持久，城墙上的梁军看不到尽头，城内敌军竖起云梯开始攻城。忽然远处火龙起伏，沿着山坡漫山遍野，尔朱兆大喜，援兵终于到了，举起袖棒高喊："大都督到了，打开城门，迎接援兵。"

尔朱兆打开大门，斜拉吊桥，守军听到消息，士气大振，配合契胡骑兵弓箭齐发，不求打败敌军，只求暂缓一时。虎牢城墙极高，两军相持，一时也还守得住。忽然梁军士卒提着木桶向前泼洒，尔朱兆鼻孔一吸，已经闻出冲鼻的味道："小心火攻。"

火箭引燃木栅，腾起熊熊火光，尔朱兆大声下令："快，再竖木栅，让你们烧。"

梁军不慌不忙，烧掉一道栅栏再烧下一道。天色放亮，城外军队渐渐看清，尔朱兆一名眼尖士卒高喊："我军旗帜！"城墙上欢腾一片，尔朱兆不敢大意，梁军用魏军旗帜骗过虎牢守军，未尝不会故技重施。他渐渐看清，战旗下银光耀眼，哪里是元天穆的军队？分明是梁军！尔朱兆极为眼熟，魂飞魄散高喊："快，下城，撤！"

尔朱兆心一横，砍落吊桥，带着契胡骑兵大开城门，仓皇逃出虎牢城外，回头瞻望，城头魏军大旗坠落，守军举城投降。尔朱兆倒吸一口冷气，幸好跑得快，要不然非被生擒活捉不可。尔朱兆清点人马，他的契胡骑兵都跑出虎牢，是不幸中之万幸。奔出数里找到一处小河，他下马趴在水中牛饮，忍不住悲从中来，连番鏖战，浑身伤痛，无饮无食，肚腹空空，全身一点儿气力都没有。他这次输得极惨，突然仰天长笑，众人都不明白他心思，他起来说道："我虽然战败，你们还在，还有什么好悲伤的？"

一名传令兵策马奔来，大声禀报："大都督已到虎牢城下，令我军前往会合。"

马佛念夺了东门，大开城门，迎接陈庆之入城。追锋车疾驰踏入护城河，陈庆之跳下来扶起马佛念和宋景休："辛苦，南边的兄弟们伤亡如何？"

"不大。"马佛念计取虎牢，折损极少，"只是杨忠他，唉！"

"他怎么了？"陈庆之心咯噔一下，难道杨忠出了意外？

"他打洛阳去了。"轘辕关和洛阳重兵云集，杨忠根本螳臂当车。

"竟敢如此？"陈庆之治军极严，杨忠竟违抗军令，擅自出兵，实属罕见。

“关中侯，明月在洛阳出事儿了。”马佛念仍然极力为杨忠开脱。

“知道了。”陈庆之紧皱眉头，元天穆还在虎牢城下，他还要分兵去救杨忠。

56 山路险阻

明月当空，一条峡谷从虎牢西南而出，西侧是鄂岭口，东有太室峰，山路险阻，峡谷十二曲道，曲折迂回。杨忠牵着战马，外裹魏军衣物，士卒举着羽林军旗帜，在峡谷中一高一低地摸索前行。攻打轘辕关是杨忠思念明月的突发奇想，我珍惜好兄弟的生死，不能让他们为我送命，可是明月身在洛阳，凶险无比，她一个孤弱女子哪堪折磨？

虎牢距离轘辕关百里都是崎岖山路，斗转星移，天色大亮，梁军时而在平地骑行，时而牵马翻越陡坡，趁消息未至轘辕关，仍然可用计谋取胜。不知道虎牢情形如何，马佛念和宋景休有没有夺下城池？我们占据西门和南门，魏军占据北门和东门，谁的援兵先到，谁就立于不败之地，关中侯和元颢能不能抢在元天穆之前？杨忠思绪万千，脚步不停歇，翻过一个山坡问道："这是第几道了？"

斥候早找到向导，是一名三十多岁的猎人："第十道了，翻过前面两道便是轘辕关。"

杨忠忽然想起："轘辕关有没有其他路径？"

猎人常在山中打猎，道路极熟，指着身后群山："那是万安山与嵩山的豁口，一般客商旅人都走大道，从关口前往洛阳，行人极多，便没有猎物，我们从来都走山路。”

“山路？”杨忠心中一动，或许可以绕过轘辕关，直攻洛阳。

“山路陡峭难行，耗时数倍于官道。”猎人答道。

如果走山路，恐怕虎牢丢失的消息就传到洛阳了。杨忠嗯了一声继续赶路，又翻过一道山梁，士卒集合到密林中歇息，吃饱喝足。杨忠来到几名魏军降卒身边：“你们来自哪里？”

一人抢先回答：“我们是京城羽林，奉命驻守虎牢。”

杨忠盘问几句，知道他们所言不虚：“想死想活？”

“想活，想活。”一名士卒回答，“尔朱荣屠戮宗室，羽林军恨极了，北海王势如破竹，我们都想开城迎接王师。”另一名士卒信誓旦旦，不像假装。

“你们有此心，也是忠良。”杨忠安慰几句，他们攻无不克战无不取，的确也因为尔朱荣不得人心，“你们既是京城羽林，必然常在此处，将关里情形详细道来，不许隐瞒。”

羽林降卒画出轘辕关地形，详细解释，杨忠反复对照无误，带着五六名梁军士卒从侧面山路攀登向上，俯瞰轘辕关。此关依豁口而建，城池极小，拦在两座山峰之间，没有护城河，城墙只有两人多高，城墙极厚，似为了填平豁口便于驻军。云梯能够直接搭上城墙，比虎牢关容易攻打许多。出兵到此，十分侥幸。杨忠折返下令士卒砍断树木，制作云梯，斥候四处警戒，防止旅客商人误入林中。傍晚时分，十座粗壮结实的云梯造成。

57 再战虎牢

尔朱兆来到元天穆大营，直扑中军大帐：“大都督，尔朱兆死罪！”

元天穆被敌军骚扰，四十里路整整走了一晚，到虎牢关下，见城池已失，便在东门外十里安下营栅，没来得及歇息，见尔朱兆浑身是血，问道：“虎牢如何丢了？”

尔朱兆将昨晚战事述说一遍，元天穆长叹：“你连战不止，非你之过。”尔朱兆伏地三拜，起身坐下。元天穆叹气又问：“元颢攻破虎牢，我军何去何从？”

众将哑然无语，梁军连克荥阳和虎牢，抢到元天穆大军前面，阻断了前往洛阳的道路。元天穆只好再问尔朱兆：“你与敌军接战最多，应该如何？”

“唯有请来尔朱大将军！”尔朱兆只服尔朱荣一人，直言不讳。

“我已令斥候渡过毕公垒，将虎牢失守的消息传至天柱大将军。”元天穆与尔朱荣相交莫逆，不忌讳尔朱兆所言。

“应将虎牢失守的消息告知轘辕关和洛阳，免得为敌所乘。”温子升再三提醒。

此事要紧，元天穆命令多路斥候向洛阳和轘辕关报信，再向众将询问计策。费穆在荥阳惨败，无心再战：“从此北上，从毕公垒渡过黄河，可与大将军会合。”

“为今之计，只能如此。”元天穆平灭邢杲后志得意满，不旋踵在荥阳被打败，心里极不是滋味。

“且慢，大都督。”一人排众而出，正是温子升。

“鹏举，有何对策？”元天穆坐下，耐心倾听。

“我军撤往黄河以北，洛阳怎么办？不能置皇帝于不顾。”温子升问住众将，谁也不敢说放弃洛阳，可是梁军攻克虎牢，拦住西进道路，无法救援洛阳。

“鹏举，你意如何？”元天穆虚心求问。

“收拾兵马，反攻虎牢！”温子升语出惊人。

“还有再战之力吗？”元天穆摇头苦笑。

“元颢夺下虎牢，必会攻打洛阳。”温子升设身处地猜到梁军动向。元天穆眼前一亮，梁军主力攻打洛阳，虎牢有机可乘！

虎牢城内喜气洋洋，歇兵一日。将领们在军帐中畅饮，元颢坐于偏席，陈庆之推辞不过，居中而坐，梁军将领居左，魏军降将居右。元颢毫不吝啬，拿出酒肉庆祝，将所得财物全部分给将士。他一年前逃到梁国，落魄之极，今天攻到虎牢，实在难以想象，举杯发出感慨：“诸位奋战，连克荥阳虎牢，洛阳就在眼前，各位再接再厉，勿要懈怠。”

“遵旨！”魏国将领跪倒，梁军将领以陈庆之马首是瞻，向上拱手。

魏将脸上都有愤愤不平之色，元颢尽力修补双方关系："军中用军礼，不要跪拜，否则如何喝酒议事？诸位请起，咱们议议军情。"

骑将鲁安新降，急于立功，放下酒杯说道："我军大胜，须一鼓作气，攻打洛阳。"

魏军将领纷纷应和，丘大千在睢阳临阵投降，元晖业在考城被俘，杨昱在荥阳差点儿被杀，辛纂昨日在虎牢临阵投降，他们本就熟识，各领数万人马，数量远超梁军，对陈庆之已有不服之色。元颢心里清楚，现在不是内部钩心斗角的时候，向陈庆之拱手："子云，意下如何？"

元天穆绝非平庸，两次大败之后没有溃散，在虎牢关外召集降军，至少有十万之众，如果攻打洛阳，他必夺取虎牢，前景殊难预料。自己一路取胜还好，一旦挫败，眼前这些人恐怕就要拔刀相向。陈庆之饮了杯中酒向自己将领问道："洛阳还在敌手，元天穆实力犹在，驻军虎牢城外，诸位不妨各抒己见。"

马佛念拱手道："尔朱荣悬兵晋阳，只需几日便可南下洛阳，不可不防。"

众人忽略了尔朱荣，如果他从晋阳出发驰援洛阳，则平添大敌。元晖业说道："如此更应兵贵神速，夺取洛阳。"

"哪位将军愿往？"陈庆之踌躇许久，他分身乏术，不能兼顾洛阳和虎牢，如果亲自攻打洛阳，不放心这些人守虎牢；如果留在虎牢，根本不能指望他们打下洛阳。

"子云，需你亲自领兵攻打洛阳。"元颢全赖陈庆之，攻打洛阳不容有失。

“何人防御虎牢？”陈庆之反问。

这次轮到元颢犯愁，丘大千、元晖业、鲁安和辛篡这些降将靠得住吗？或许陈庆之前脚一走，他们就即刻献城投降，他略一沉思问道：“子云，意下如何？”

陈庆之沉默，马佛念会意：“陛下深得众望，如能挥兵西进，洛阳必望风而降。”这是马佛念和陈庆之的谋划，元颢倾尽全力攻打洛阳，陈庆之防守虎牢，定然无虞。

丘大千把酒杯放在桌面：“难道关中侯想逃回梁国？”

此话十分突兀，元颢连战皆捷，没有败象，勃然大怒：“怎敢如此说话？离间军心，罪在不赦！”

丘大千耿着脖颈抗辩：“大军攻到虎牢，只能一往无前，岂有死守虎牢之理？”

元颢怒斥：“大胆，岂敢诬陷子云逃亡？军司马何在，重责二十军棍！”

“丘都督一心战事才出此言，陛下恕罪！”元晖业急急忙忙跪下替丘大千求饶。

中郎将辛篡起身跪倒：“军前议事无罪，因言重责大将，谁还敢说话？陛下恕罪！”

元颢皱起眉头，一挥袍袖：“此事从长计议，回营歇息。”

丘大千跪倒三拜，向马佛念哼了一声，与魏军将领一起出营，只留下陈庆之。元颢走到地图前说道：“尔朱荣几天可以到洛阳？”

“十日。”陈庆之答道，虎牢失守的消息传到尔朱荣耳中至少三日，他整军出发，经上党至河阳渡过黄河，是他去年发动河阴之变的路线。

“须在十日内攻下洛阳。”元颢真正大敌是尔朱荣，如果让他先到洛阳，后有元天穆追兵，形势不可收拾。

“陛下，你我二人，必有一人守虎牢，一人攻洛阳。”陈庆之断定魏国降将不可靠。

“攻城拔寨，我不如子云。”元颢颇有自知之明，力劝陈庆之攻打洛阳。

“我军连克荥阳和虎牢，声威大震，洛阳王公大臣早已胆寒，只需陛下兵临洛阳，必有人开门献城。”陈庆之微微一笑，劝元颢御驾亲征。

“子云有如此把握？”元颢极想攻打洛阳，只担心打不下来。

“陛下在太极殿岂能没有内应？”陈庆之力主元颢攻打洛阳，原因在此。

元颢哈哈大笑：“瞒不过子云，只是还有轘辕关。”

“杨忠去了轘辕关。”陈庆之对杨忠不听号令极为不满，现在刚好助元颢攻城。

“运筹帷幄之中，决胜千里之外，自古名将不如也！”元颢大喜，杨忠是他最信赖的梁军将领，这是最妥当的安排。

“陛下宜速往，若不能攻下洛阳，请速退回虎牢。”陈庆之不敢大意，打到虎牢已算侥幸。

“你留多少人马？”元颢不断招降纳叛，有了十几万军队，其中一半留守睢阳、考城和荥阳，在虎牢约有五万。

“陛下的军队都带走，我一个都不要。”陈庆之担心降卒碍手碍脚，不如都跟元颢走。

“元天穆至少有十万人马，兵力悬殊。”元颢为陈庆之担忧，两人已经打出了友情。

“我驻守虎牢，绝不可能长久，请陛下打下洛阳，尽快回师虎牢，共破元天穆。”陈庆之眼前的大敌是元天穆，一旦他全力攻城，守军实在太少。

“我这就出兵。”元颢当机立断，有了杨忠便有了主心骨。

“陛下切记，打下洛阳，立即回援。”陈庆之再次叮嘱。

58 尔朱世承

皓月入云，星空稍暗。

杨忠心如箭矢，只想飞奔到明月身边，毫不耽搁，他解下白袍包裹弩机，压下弩箭，发出“吭吭”的声响，率领二十名梁军从树林中悄悄潜出，埋伏在城墙下，听到墙头篝火燃烧的噼啪声。梁军八人一组，抬着云梯冲出树林，奔向城墙，只跑出二十步，墙头喧哗，敌军发现梁兵正要敲锣，黑暗中乌光一闪，一枚弩箭射入咽喉。梁军弩箭齐发，射翻守城魏军，云梯搭在墙头，大队梁军从树林中奔出，登上城墙。此时轘辕关才发现，梁军还怕不够乱，击响战鼓，惊天动地，敌军不知道有多少人马。看来，虎牢关失守的消息还没有传到轘辕关，杨忠打开城门，梁军骑兵狂卷而入，分成数路，一边杀敌，一边放火。魏军大乱，到处是火和喊杀声，找不到领军将领，夺路而逃。杨忠左槊右锤，在敌军营内左冲右突，忽然看见敌军中一名将领，策马上前。那名敌将长槊横扫，杨忠战锤向下格挡击飞长槊，战马一冲，撞翻敌将，长槊顶在他咽喉：“尔朱世承在哪里？”

“那边。”那员魏军咽喉被刺入少许，鲜血迸流。

轘辕关极小，士卒将营房挤得满满当当，西北有一独立院落，黑漆漆门口有两盏灯笼，想必是将领居所。杨忠收回长槊，放过敌将，战马直趋那座府邸，长槊挑开大门，院落里鸦雀无声。梁军士卒将火把向房顶和室内扔去，片刻浓烟滚滚，杂役仆从哭喊涌出，其中一人三十左右，赤着肥胖的上身，白花花极为显眼。杨忠长槊一横，拦住他去路："侍中大人，要去哪里？"

这人猛地跪倒，举起双手："勿杀，勿杀。"

杨忠擒获尔朱世承，俯身问道："问你一事。"

"请讲。"尔朱世承全身发抖。

"可认得北海郡主？"杨忠擅自攻打轘辕关，就为明月。尔朱世承不敢隐瞒，尔朱世隆将明月从驼牛署转移到金墉城，没瞒着他。"她在哪里？"杨忠用槊尖顶住尔朱世承肚子。

"她是你何人？"尔朱世承见过明月，她应是皇帝淑妃，与这梁军将领有什么干系？

"在哪里？"杨忠长槊一探，挑破尔朱世承胸口，鲜血横流。

"金墉城！那里十分安全；我带路，必将她找到。"尔朱世承跪地求饶，只想保全性命。

"捆了。"杨忠恨不得插翅飞到金墉城，只是梁军数量极少，还要分兵驻守轘辕关，除非疯了才妄想用几百骑兵攻打洛阳。他登上另一侧城墙，一马平川，魏军打开城门逃出，消失在苍茫暮色之中，唯有一座伽蓝高耸，那必是永宁寺了。一名传令兵驱马上前禀报："陛下今晚可至轘辕关，令你歇兵一日，会合大军攻城。"

"攻打哪里？"杨忠只想直扑洛阳。

"轘辕关。"传令兵是元颢派来，轘辕关已破，可是军令就是如此。

元颢率领五万人马进入轘辕关，见城头飘扬梁军旗帜，大为惊讶。对面梁军一起拜倒，为首正是杨忠，元颢下马扶起，大声夸奖：“我本想和你一起攻打轘辕关，没想到你不但破城，还生擒尔朱世承！”

轘辕关一破，洛阳唾手可得，“明月就在金墉城。”杨忠一心只有明月，拱手禀报。

“你想如何？”元颢百感交集，山下就是生长于斯的洛阳。

“立即出兵。”杨忠休兵一日，精神百倍。

“兵发洛阳！”元颢踌躇满志，策马校场，大声喝道：“尔朱世承何在？”

尔朱世承被五花大绑押来，元颢向下一指：“你们尔朱一家居于秀容草原，数代为我藩篱，已历百年，先帝纳尔朱荣之女为妃，两家数代交好。你们竟在河阴大肆屠戮，幼帝仅有三岁，何辜之有？竟被沉于黄河！豺狼反噬其主，以此为甚！”

尔朱世承知道今日绝无好结局，抬起头来：“我既落于你手，只求速死。”

元颢向来赏则无度，罚则无底，抽出腰刀走到尔朱世承身边：“好，尔朱世承，你的人头将被送到洛阳，让那些人看看，我元颢有恩必报，有仇必复。”

尔朱世承硬撑：“元颢，今天我败了，你杀我，明日你败了，谁来杀你？”

元颢横扫千军到此处，哪会被尔朱世承吓住，哈哈大笑：“败？我偏要你再活一日，明天出兵洛阳，拿你祭旗！人头挂在旗杆，让你看看谁输谁赢。”

59 三面合围

“禀报大都督，刁宣和刁双二位将军到！”传令兵大声通禀，两员战将迈步进帐，一起单腿点地跪倒：“大都督，我等攻克大梁，两万人马随我等到达！”

“禀报大都督，我军攻克考城，四万大军已到虎牢！”另一员将领大步入帐，此人名叫王老生，向元天穆拱手禀报。

“三位将军辛苦。”元天穆心中大安，他收拾溃军十几万，加上这些人马，虎牢城外云集二十万大军，足可一战。“诸位将军，我军虽丢失荥阳、虎牢，却也夺回考城和大梁，断了元颢后路，天柱大将军即日南下，两军夹击，必破元颢。”元天穆有了底气。

“报！元颢领军出发，攻打洛阳！”一名斥候从虎牢带来军情。刚刚恢复的信心又被击垮，一旦洛阳丢失，宗庙社稷崩塌，便大祸临头。“鹏举，你意如何？”元天穆依仗温子升，虚心求教。

“虎牢城中还有多少人马？”温子升出列向斥候询问。

“只有梁军。”斥候不停穿梭，亲眼看见元颢领军浩浩荡荡离开虎牢。

“急攻虎牢。”温子升火急火燎，如果元颢攻打洛阳，轘辕关和洛阳绝难幸存。

“诸位，元颢急攻洛阳，虎牢空虚，机不可失，我们就追着他们的屁股打。费穆、李叔仁何在？”元天穆不再征求其他人想法，立即下令。

“在！”李叔仁和费穆抢出一步。

“率领四万大军攻打南门，不得有误！”

“刁宣、刁双、王老生，率领本部人马，攻打东门！”

“尔朱兆、温子升、慕容绍宗，随我攻打北门。”元天穆排兵布阵已毕，站起说道，“我二十万大军三面攻城，梁军兵力捉襟见肘，速战速决，不让元颢回援。”

第七章

洛阳破

天下，是天下人的天下

60 仓皇北顾

珠帘脆响，香风吹拂，尔朱歌仪态万方步入明光殿轻轻三拜："时候不早，何不歇息？"

"虎牢破了。"元子攸胆寒不已，如今只有轘辕关一道防线，洛阳危在旦夕。元颢兵锋甚锐，连克数十座城池，杨昱、都督元恭、西河王元悰和骑将鲁安在荥阳临阵投降，中郎将辛纂降于虎牢。魏军毫无战意，望风披靡才是主因。

"陛下有何打算？"尔朱歌对这个年轻的皇帝并无成见，既然自己命中注定属于皇宫，就该尽力化解仇恨。

"死守。"元子攸还有几万人马，尚可一战。

"固守十日，爹爹就能到达。"尔朱歌修书尔朱荣，快马送至晋阳。

"希望轘辕关多守几日。"元子攸抚摸着尔朱歌，事到如今只有尔朱荣可以依靠。

"陛下歇息吧，天要亮了。"尔朱歌牵着元子攸，直入云罗帐。

东方欲晓，元子攸拥着尔朱歌酣睡，忽然宫门鼓声震天。这两面大鼓只为大礼所用，今天怎么会无端响起？元子攸扶着床榻起来："何人喧哗？"

宫女小步快走，跪在纱帐外："高道穆敲响大鼓，冲进太极殿，说元颢攻破轘辕关。"

元子攸猛然站起，顾不上朝袍，向太极殿慌张奔去。鼓声毫不停歇，宫人交头接耳，四处奔走，连小鸟似乎都知道有大事发生，四下惊飞。"轘辕关怎么了？"元子攸气喘吁吁穿越太极殿，叫停高道穆。

"陛下，轘辕关破了。"高道穆扔下鼓槌，扑通跪倒。他出身贫寒，在陋巷中长大，博读群书，勤于任事，现为宁朔将军。大厦将倾，亲近的大臣一个未到，连城阳王元徽和祖莹都没了踪迹，眼前只有这么一个人。

"召集群臣。"元子攸惊慌失色，轘辕关距离洛阳只有半日距离，梁军随时兵临城下。

"我敲了许久，一个人都没有啊。"高道穆心里越来越凉。

"再敲。"元子攸一甩袍袖返回太极殿，尔朱歌匆匆从后殿出来："陛下在等什么？"

元子攸被恐惧笼罩，这一年多何等惊心动魄。去年二月，他因为愤恨胡灵太后，缒城而出投奔尔朱荣，登基称帝还没有一天，两个兄弟就血溅行宫，他成为傀儡，连心爱的明月都无法保住。尔朱荣平灭葛荣，元天穆击败邢杲，江山渐渐稳固，他刚松口气，元颢就攻破了虎牢和轘辕关！鼓声骤停，元子攸希望大起，他们来了吗？元徽不会弃我于不顾吧？大门中开，只有高道穆一人大声嘶喊："天子，走吧，洛阳已不复是天子的洛阳了。"

祖莹小跑进来，扑倒在元子攸面前："天子，安丰王和城阳王进宫了。”

“让他们进来！”元子攸仍想坚守洛阳。

“他们率领百僚，封府库，备法驾，奉迎元颢入洛阳宫，陛下速走！”祖莹站起，发现自己身在龙床之侧，这绝非他可以来到的地方，连忙退后几步。

“乱臣贼子口口声声君臣大义，这般鼠首两端！”元子攸怒气冲冲，忘记了害怕。

“去哪里？”三人之中只有高道穆还算冷静。

“长安。”祖莹答道，自古长安帝王都，秦汉因之成大事。

“长安去年收复，宫室残破，又无精兵良将，怎能据守？”高道穆反驳，城池残破倒在其次，没有军队才是关键。

“还可以去哪里？”元子攸觉得有道理，放弃了长安。

“元颢士卒不多，乘虚深入，将帅不得其人，故而至此。陛下应亲帅宿卫，高募重赏，背城一战，臣竭死力必破元颢孤军！”高道穆慷慨陈词，祖莹连连摇头，半年前众人说元颢军力孤弱，现在虎牢和荥阳都丢了，这根本就是风凉话。高道穆自知夸夸其谈，压低声音说道：“陛下若恐胜负难期，不如渡过黄河，宣召大将军引兵来会，犄角进讨，旬月之间必见成功，此万全之策也。”

“只好这般。”元子攸走下丹陛，他万没有想到竟落得投奔尔朱荣。

“陛下走吧。”高道穆跑下丹陛，平常这是大不敬的死罪，现在无人追究，羽林和宫人早已跑得干净。

祖莹拜倒哭喊：“恕祖莹不能追随陛下，尔朱荣屠戮宗室，我与他不是一路人。”

元子攸还想劝劝祖莹，被高道穆扯着袍袖跑出太极殿。元子攸一时还不适应被拉扯，正想甩开高道穆，回头看一眼跪地的祖莹，再想想出门奉迎元颢的大臣，高道穆不知比他们好多少倍，反手握住他跑到宫门外。忽然想起尔朱歌，不能将她留在皇宫。啊，还有明月，洛阳兵荒马乱，她又在哪里？他翻身喊道："祖莹，你在洛阳，找到明月。"

"陛下，必尽死力。"祖莹看着元子攸仓皇的样子，忍不住泪水横流。

一架追锋车踏碎宫砖，驰入皇宫禁苑，尔朱歌一拉缰绳："皇帝，走。"

"金根车呢？"元子攸执拗起来，追锋车绝非皇帝御乘，尔朱歌贵为皇后，岂能当马夫？

"陛下，别讲究了！"高道穆快急哭了，金根车宽大，奔驰不如追锋车。

"君臣大义，礼仪所在，乱了规矩禽兽不如！"元子攸从小入太学，此时异常偏执。

元子攸不肯上车之时，洛阳百姓纷纷从家中跑出，毫无惊慌之色。一群小孩子在街巷中蹦蹦跳跳，用童稚之声拍手唱道：名师大将莫自牢，千军万马避白袍。洛阳百姓兴高采烈，前往阊阖门迎接元颢。"名师大将莫自牢，千军万马避白袍！"元子攸轻声念道，元颢有如此军威，他和我一样血缘，同为献文帝之后，难道天命在他不在我？

"您就上来吧。"高道穆从背后抱起元子攸，把他推上追锋车，换下尔朱歌，执鞭在空中一挥向北狂奔。太极殿远去，永宁寺擦肩而过，两头铜驼仿佛活了，讥笑自己仓皇逃亡。暗影一闪，追锋车已冲出阊阖门，出护城河绕过半个洛阳，永宁寺渐渐远去，洛阳！元子攸呆若木鸡，苍天！为何作弄于我？元子攸悲愤到极点，满朝文武大臣都投奔元颢了吗？元徽、祖莹，你们也抛弃了我吗？

“陛下勿要担心，有臣妾。”尔朱歌握着元子攸冰凉的双手，在颠簸的马车中倚靠着。

61 拖延待变

“关中侯，魏军离开大营，一路向北，一路向南。”斥候快步禀报，转身离去。

陈庆之的行辕设在西门城楼，分遣梁军守住东南北三座城门，其余军队作为后备驻扎西门。西门外是一道峡谷，通往轘辕关和洛阳。陈庆之经历许多艰难时刻，无论在睢阳大战丘大千，还是在荥阳背城逆战三十万人军，他都主动选择战场和时机，这次颠倒过来，谁也不知道魏军何时进攻，从哪里进攻。如果元颢军队还在，陈庆之有把握守住虎牢，现在梁军连续作战，折损不少，杨忠带走五六百人马，他只剩五千梁军。虎牢周匝十里，防线稀疏，何堪一击？

“我军孤弱，分兵守不住。”马佛念也没了对策。

“既然守不住，何不掉头攻打洛阳？”宋景休说了一半，也知道这种打法凶多吉少，只有在这里狙击敌军，才能为元颢攻取洛阳争取时间。

“不要妄语。”陈庆之提醒他不要乱了军心，“固守待援，保存战力，勿使士卒折损。”陈庆之军令一发，将领们离开鼓楼，各奔城门防御。

宋景休和马佛念守卫东门，刚到城墙就听见城外胡角声音。孝文帝推行汉化，使用战鼓和金锣指挥作战，唯独尔朱荣的契胡军队使用胡角。果然，魏军在城外分成三个阵形，一阵正在接近城门，另外两阵稍远，显然要利用人数优势轮流攻城。胡角再响，魏军来到护城河边，几艘小舟被掷入河中，学着梁军搭设浮桥。马佛念略一皱眉，护城河是第一道防线，决不能轻易让敌军渡过："大眼，冲一下。"

宋景休召来三百士卒，手持弓弩冲出城门，来到护城河边，箭雨飞泻，迟滞敌军。不多时，城中工匠在盾牌掩护下竖立起木栅，梁军躲在其后，就等小舟靠岸。魏军人多势众，数十小舟直奔对岸，一边搭桥一边渡河。宋景休如果散开军队，必然折损士卒，正在为难之际，飞石车高高竖起，小牛般的巨石直扑护城河，顿时舟翻人仰，魏军士卒像饺子一样砸落水面，只好顶着矢石强行渡河。飞石减缓了魏军过河速度，宋景休士卒太少，带领士卒缓缓缩至城门。过不多久两处浮桥搭起，魏军保护尖头轳和轒辒车过河。

马佛念看看天空，日头西斜，拦截魏军一个多时辰："收兵。"

金锣震天，宋景休率领士卒撤回，城门闭合，铁栅呼啸而下。他登上城墙来到马佛念身边，数十架云梯渡过浮桥，聚集在护城河岸边，敌军压至前线，主力大军过河。胡角争鸣，攻城大军一字排开，士卒头顶盾牌，向城墙拥来。魏军算准守军不多，极为分散，城墙上的弓箭巨石稀疏，偶有云梯和尖头轳受损，立即补充，很快云梯在城墙上连成一片。敌众我寡，如果分兵驻守，损失极大，马佛念决定逐级抵抗，拖延时间："在城楼两端搭缓坡，结木栅！"

62 千里重逢

杨忠夺轘辕关之后第二天，元颢脔杀尔朱世承，元颢五万大军踏着一地鲜血碎肉，开赴洛阳。杨忠驰骋到元颢身边，依军礼禀报："陛下，我去攻打阊阖门。"

"这一仗不用你来打。"元颢挺直身体，与杨忠并骑。

"洛阳城厚壁高，不宜攻取，须早做筹备。"杨忠心急如火，明月生死不明，必须速战速决，军中连攻城器械都没有，虽然士气高昂，也不能插翅飞进洛阳城。

"无须多虑。"元颢踌躇满志，侧身问道，"虎牢可守几日？"

"三日。"杨忠也牵挂虎牢的梁军，他们只有五千多人，被元天穆大举攻城，极难防守。

元颢杀尔朱世承前反复拷问得到确切消息："一旦夺取洛阳，你去金墉城救出明月，她将成为你的妻子。"

"关中侯怎么办？"杨忠两难之间。

"我亲自回师驰援。"元颢心中笃定，有了明月，何愁杨忠不投向自己？他不再多说，策马来到高处，永宁寺塔高高耸立，阊阖门近在眼前，洛阳，我又回来了！不是北海王，也不是魏王，而是君临天下的皇帝！

间阖门依稀可见，没有敌军踪影，杨忠越发不解，忽然城门大开，吊桥向下，王公大臣向外涌出，为首两人在元颢马下拜倒：“臣临淮王彧，臣安丰王延明，率百僚，封府库，备法驾，迎陛下入城！”

王公大臣跪倒三呼万岁，元颢招来杨忠，指向其中一名大臣：“那是黄门侍郎祖莹，带他去金墉城解救明月。”他抖缰绳策马缓行，这些王公大臣先叛胡太后，又与尔朱荣同殿称臣，弃元子攸跪在我的马前，哪有气节？只是用人之际不能乱来，轻轻说道：“平身！”

杨忠带上祖莹，率领梁军绕开魏国大臣，驰过吊桥入阊阖门，踏上铜驼街，快马加鞭来到金墉城下。城墙高耸绝难攻取，可是守军早已跑空，梁军如入无人之境，他们推开厚厚的大门，眼前是数道甬道，军士分头去找。杨忠带着祖莹笔直向前，里面空空如也。祖莹来过金墉城，依稀记得关押重囚所在，向侧面一指。杨忠进了偏殿，长草荒芜，不似有人迹，梁军遍寻一遍，金墉城空无一人。

明月身在巨大铁笼之中，覆盖厚布，马车晃晃悠悠，四周漆黑，辨不清楚方向，这是何处？高敖曹丢过来一只肥鸡：“省着吃，以后要挨饿了。”

“为什么？”明月有高敖曹保护，不再害怕。

“元颢攻破轘辕关，皇帝逃出洛阳，狱卒都逃了。”高敖曹耳朵灵敏，听清守军嘀咕。

姐夫到洛阳了？杨忠也在军中吗？他如果知道我在这里，定会不顾一切冲过来，就像在邺城一样，囚笼忽然掀开一角，正是奚毅：“郡主安心，是我。”

明月认出奚毅，当初他救自己一命，十分亲近：“奚毅将军，我们去哪里？”

尔朱世隆让奚毅杀掉明月，他当然不肯，趁乱将明月从金墉城运出，不知道该去哪里，找元子攸无异于送死。他苦思许久答道：“我送你去阊阖门，元颢入城，定能保护你。”

一名军士冲来喊道：“奚将军，赶紧出城吧，元颢军队来了。”奚毅与尔朱荣有中表之亲，被元颢抓获定然难活，这名军士拉着牛车缰绳：“奚将军，走吧，我们把北海郡主送到阊阖门。”

明月知道奚毅和尔朱荣的关系：“奚将军勿怕，我必保将军无恙。”

奚毅不肯投降元颢，向明月拱手：“郡主心意我懂了，我出城追随皇帝，后会有期。”

明月也不勉强，奚毅翻身上马向城门奔去。黑布盖上囚笼，耳边哈哈大笑，那名军士向奚毅背后说道：“竟敢不听仆射大人的。”

马车颠簸，也不知道走了多久，高敖曹忽然说道：“不对，不是阊阖门！”

囚笼打开，浓烈的汗臭中人欲呕，两侧囚徒鬼哭狼嚎不绝于耳，他们得知元颢入城的消息，躁动不安。士卒将囚笼抬入顶头的大囚房，来到明月面前拱手道：“郡主，对不住了。”

明月吃惊：“你们做什么？奚将军命你去阊阖门。”

这名军士执行尔朱世隆的命令：“仆射大人吩咐把你押到这

里，是死是活，全看天命。”说完上锁匆匆离去，各自逃亡。

明月蜷缩在囚笼一角，顶不住困意，侧头睡去。天光渐亮，往常狱卒应打开铁门，往马槽中倒入稀粥，犯人们趴在地面用手捞吃，常因为吃多吃少打作一团。今天出奇安静，连狱卒的脚步声都没有，高敖曹扯下一只鸡腿，塞入口中：“狱卒们怕也跑了。”

囚徒们早饭未至，一起喧哗，平常狱卒应该现身呵斥，可是今天大门紧闭，毫无声响。囚徒们嗓门儿越来越大，胆子大的扯下马槽去砸铁栅栏，仍没有狱卒露面。也不知道谁大喊一声：“新皇帝攻到洛阳了，他们全跑光了。”

驼牛署大乱，明月问高敖曹：“怎么办？”

“不急，讲讲《司马法》。”高敖曹说道，明月每天讲解兵法，他听得如痴如醉，反而不想出去了，他左思右想也不明白，自己独自可以轻松打败胡人，在战场却打不过。

明月不想在这又脏又臭的地方久留，灵机一动：“谁是当下兵法第一？”

“尔朱荣？”高敖曹打不过葛荣，葛荣被尔朱荣灭掉，这想法顺理成章。

“还有一人率领七千人马攻到洛阳，横扫千军如卷席，魏国名师大将望风披靡，此人如何？”明月笑看高敖曹。囚徒们沸反盈天，最后一道铁门极厚，一时半会儿还打不开。

“陈庆之？”高敖曹深知，在乱世武功不如兵法，一心钻入兵法之中。

“何不加入陈庆之军中，学他用兵之法。”明月在梁国见过陈庆之，不知道他会不会传授高敖曹兵法。好！高敖曹一拍囚笼，如果向陈庆之请教兵法疑惑，裨益极大，以他的身手潜入梁军之中，并非难事。

“小妞回来啦！”尖细的声音从隔壁传来，铁栏杆拦得住囚徒，却拦不住视线。隔壁那伙儿囚徒眼珠发亮，聚集在栏杆外，他们数天前欺侮明月，现在大乱，更加肆无忌惮。

血光一闪，木片嵌在那人脖颈，高敖曹抢先动手杀人，随即拉断栅栏，抓住明月从铁栏杆间钻出，腾空而起，在铁栅顶端跳跃奔向大门。一个囚徒爬上栅栏，抓住明月脚腕，自身吊在空中。高敖曹使足力气，将那人一脚踩落，再抬头时，前面已有五六名囚徒爬上栅栏。

高敖曹身形晃到近前，抄住迎面囚徒一只脚，向铁栏杆上一抡，骨断筋折。他把那人身子抡起如同兵器，将囚徒打落地面，扔出尸体砸落最后一名囚徒。高敖曹倏去倏回，挡之则死，没人敢爬上铁栅。两人冲到尽头，下面聚集数百囚徒，打不开大门，向上攀爬，从四面八方围拢过来，面目狰狞，铁栅上方狭窄不便腾挪，高敖曹逃生不难，却无法带走明月。

“把小妞留下，可活一命！”一个阴森声音响起，说话之人躲在人群中不敢露面。

黑暗中影影绰绰或站或爬，明月吓得闭上眼睛，忽然脚底吃痛，几个囚徒拆了铁栅，从下到上乱捅一气。那声音又响起来：“弟兄们，铁门就要砸开了，闲着也是闲着，不如一拥而上，将这小妞办了，快活一番，岂不是好！”囚徒们呼啸狂喊。

忽然一声巨响，铁门破碎，虚空乍现，阳光晃得囚徒们睁眼瞎。铁骑突入，两柄战锤左右一分震耳欲聋，冲出一片空地，双锤一交如同霹雳，高喝一声：“呔！可知北海郡主在哪里？”

囚徒们好不容易逃脱出来，不想被骑兵拦住，操起铁栅，迎面刺去，一阵霹雳声音，囚徒们身中弩箭，惨呼跌倒。那人一提战马，长槊横扫，囚徒如同麦穗般倒地不起，无人敢当。高敖曹大惊，即便武功惊人，剑气可及十步，也不能如这人一般，转眼间将几十名囚徒放翻在地。那人催动战马沿着甬道猛冲，铁马银铠，战锤和长槊交织，囚徒赤手空拳，哪里能够抵挡？他长槊如同割麦子一样横扫过去，大喊：“明月，你在哪里？”

明月见到铠甲认出梁军，无法辨别面目，声音却极为熟悉，轻轻答了一声：“杨忠？”

那骑兵耳郭一动，向上仰视：“明月，是你吗？”

杨忠！你来了吗？明月泪流满面，杨忠身处三千里之外的梁国，破敌千重，奇迹般冲入重牢，此情此景让她彻底斩断与元子攸的最后一缕情丝。

杨忠听见明月声音，日思夜想的她就在眼前，战马狂啸，战锤向空中一举，来这里！囚徒们被杨忠的声势吓倒，哪里还敢拦挡，各自逃生。高敖曹万念俱灰，他苦练武功，拳脚再强也无法抵御此人一锤，抓起一根铁条，身形前冲：“你是何人？”

杨忠哪知高敖曹？见他手举长铁条冲来，战锤一横，一击之下铁条必定脱手而飞。哪知来人极为灵活，身体一旋，铁条换方向，来势不止。杨忠长槊横扫，那铁条如同灵蛇般一绕，顺着槊杆刺来。高敖曹眼疾手快，左手握住槊杆，猛然发力，他力大无穷，一般人绝对把持不住。杨忠忽觉一股大力从长槊涌来，战场上兵器相交，无人敢于赤手空拳来夺兵器，他猛然一惊，战锤回旋，击向眼前这名衣衫褴褛的囚徒。高敖曹更吃惊，这人力气与自己相差不多。他反应极快，觉到铜锤风声扑面，身体一蹿，借着长槊，陡然跃起三丈，昂然立起，再抓起一根铁栅，凌空击向杨忠。

杨忠身披明光重铠，催动战马，胸铠迎铁栅而上，咔嚓一声，两股巨大力量撞在一起，杨忠胸口一痛，铁栅破甲而入。明光铠用整块百炼精钢打造，杨忠第一次胸铠被刺破，肩膀一晃，铁栅吃不住如此大力，咔嚓断成两截。杨忠胸口鲜血涌出，到达那人近前，强忍疼痛，战锤一抡。谁知那人身轻如燕，早已滑开，哈哈大笑："你是何人，有这般力气？"高敖曹还没笑完，耳边霹雳之声，黑暗中有数个亮点飞来。他半截铁栅一抖，击落一支弩箭，第二支已到身前，身体凌空一转躲开，再也躲不开第三支，被扑哧贯入肩膀。高敖曹大吼一声："竟敢暗箭伤人，算什么英雄好汉？"

两人电光石火之际走了几个回合，杨忠心神大乱，他在战场上从来没有遇到过这种对手，如同鬼魅，速度惊人，身形灵活，铁条竟能贯穿明光重铠，若不是反应快，用肩膀折断铁栅，前胸已经透心凉。明月惊呼奔来，被杨忠拉上战马。

"桃儿，你受苦了。"杨忠看见明月衣衫褴褛，神色憔悴，心中又怒又恨，眼泪也忍不住流淌下来。

明月掀开他的兜鍪，一道泪水从她眼中滚滚流淌，他横扫千军，面对敌人绝不皱眉，此时却哭得如同孩子一般。想起去年在邺城之外，城门关闭，弓箭如雨，刀枪如林，葛荣叛军喊杀冲天，只要蜷缩在他怀中，便十分安心。明月拭去他的泪水："怎么来了洛阳？"

三十二座城池，四十七场恶战，血染铁衣，半年披星戴月，杨忠不知从何说起：“为你。”

两人相隔千山万水终于重逢，明月探进他怀中查看伤口，五指全是鲜血：“伤得严重吗？”

杨忠哪介意区区伤痛？笑着说：“没关系。”

铁门大开，骑兵涌入，高敖曹哪里敌得过这么多敌人，被围在中间。一道绳索从天而降，高敖曹双脚一踏，身形一闪，握住绳索翻上屋檐，他向下喊道：“你是何人？”

杨忠凝望明月，懒得去看高敖曹。明月答道：“高大哥，他是杨忠，梁国关中侯麾下直阁将军！我是吕桃儿。”

“你是北海郡主？”高敖曹吃惊不小，他知道明月和元子攸青梅竹马，怎么会与这梁军将领在一起？

一人忽然翻下天窗，手持长索，正是呼延族：“走！”五百梁军将驼牛署团团围拢，还有无数士卒冲来。高敖曹喊道：“明月，我带你去见皇上。”

明月彻底对元子攸死心，向高敖曹说道：“你如果见到他，将这个还他。”说完，将一个手镯从手腕褪下，扔向高敖曹。

高敖曹还是不放心：“快走，不安全。”

明月忽然笑了，靠在杨忠的铠甲上：“高大哥，这里是世上最安全的地方。”

“郡主保重。”高敖曹见明月和杨忠关系亲密，不再多说，跃上屋脊急速向北。他渐渐明白形势，梁军已经攻破洛阳城，这是只有宋武帝刘裕才有的赫赫武功，难道梁军中竟出了比肩刘裕的不世将领？想到这里猛然顿住脚步：“且慢，不出洛阳。”

“去哪里？”呼延族停住脚步，城里官宦人家要么奔出洛阳逃避战乱，要么投靠元颢。

“潜入梁军。”高敖曹想起了明月所说的，“葛荣人马如若一对一，可是我对手？”

“三对一都不是对手。”呼延族十分笃定。

“为什么我们在战场上却打不过他们？”高敖曹的心思从武功转向了兵法。

呼延族懒得想这些：“战场是战场，武功是武功，两回事儿。”

“我要请教一下。”高敖曹身子一翻跃下屋脊，前面是一队梁军骑兵，他如影随形跟踪而去。呼延族跟上说道：“关中侯还在虎牢，他们是梁军先头人马。”

“就去虎牢。”高敖曹身体一蹿，将梁兵撞下战马，策马飞奔，仰天长笑，呼延族如法炮制夺了战马。高敖曹心情大好：“梁兵没什么了不起，还不是被咱们抢了战马？”

63 三门全失

“报！南门已失！”一名梁兵从城墙上狂奔而来，向马佛念禀报。过不多时，数百名梁军从南边退来，战袍稀松，显见厮杀惨烈。马佛念大喊一声：“打开栅门。”

为防止敌军从城墙攻入瓮城，城门两端竖起木栅，败退的梁军印证了南门失守的消息。宋景休愕然，元天穆攻城速度如此之快，出人预料。此时城下敌军渡过护城河，城上不停将火油和茅草抛下，用火箭引燃，无奈城墙宽广，梁军人数太少，垛口间稀稀拉拉。无数敌军手举火把沿着城墙尾随而来，城下见城上有接应，士气大振，绕开重兵防守的城门，攀上城墙，拖着攻城云梯，向木栅杀来。宋景休走到木栅前：“大哥，怎么打？”

马佛念守不住宽广的城墙，将士卒集中在城门，木栅与门楼构成高低有致的防线。魏军接近，云梯啪地搭上木栅，则击发霹雳弩，魏军早知厉害，手忙脚乱跳下云梯躲藏。魏军身背圆盾登城，过了半晌才有几十面大盾运上城墙，鼓角争鸣，城墙狭窄无法展开，没有尖头轳这些攻城器械，只得向上仰攻，在梁军强弩压制下毫无进展。忽然魏军一阵欢呼，他们从城墙抛下绳索，尖头轳缓缓升起，到达城墙。宋景休问道：“大哥，去冲一下。”

“我们在荥阳已经折损了五百多兄弟，不要硬拼。”马佛念舍不得从南边带来的梁军。城下又一阵喧哗，一辆巨大的轒辒车在十几根绳索的牵引下，离开地面。

“起火了。”宋景休递来一块胡饼，他来到北方改了口味，面饼才够劲儿。北门城楼火光冲天，北门丢失，敌军南北夹击，眼见就要断绝退路。没过多久，数百梁军从灰烬中钻出来，沿着城墙撤到东门。“大哥，后路要断了。”宋景休和马佛念驻守东门，如今南北两门都在魏军手里，他们会合北门和南门的士卒，已有一千多人马。如果退入西门，敌军全力攻城，极为被动。忽然南边人声鼎沸，一队魏军士卒推着巨大的轒辒车冲来，攻打木栅。鼓角争鸣，南北门打开，魏军高举火把向中央冲来，显然要贯通全城，切断梁军退路。灯笼高耸在中央的钟楼，马佛念在这里留下少许士卒和大量辎重，居中接应，至关紧要。他当机立断：“退守钟楼，我断后。”

“大哥，当心。”宋景休叮嘱一声，跑下城墙，率领梁军翻身上马，打开瓮城城门，向钟楼奔驰，抢在魏军南北两路前到达。梁军打开铁闸，放宋景休士卒登上钟楼。钟楼比城墙略高，周长数十丈，为三层阁楼，是城中最高建筑。宋景休回望东门，马佛念点燃木栅和城门，阻住敌军，率领梁军直奔钟楼而来。

南北两路魏军刚到，没来得及将钟楼围圆，就被弩箭射散。东南北三个城门火光冲天，魏军号角齐响，正在整军，巷战就要爆发。马佛念道：“你和五百兄弟把战马带去西门，会合关中侯。”

钟楼到西门只有数百步距离，宋景休拱手：“大哥，我在西门等你。”

宋景休策马来到西门，见到陈庆之讲述城门丢失经过。陈庆之询问折损，梁军遇敌即走，伤亡轻微，才暂时放心。他下令将弩箭和火油运送到钟楼，往返数次，天色已大亮，魏军大队人马入城将钟楼团团围住。一夜时间，梁军放弃三座城门，五千人马固守西门和钟楼，等待元颢回援。“再去求援。”陈庆之再派斥候前往洛阳，话音未落，胡角遍地，元天穆开始攻打钟楼。

64 与能义绝

"大道既隐，天下匪公；祸福不追，与能义绝。朕犹庶几五帝，无取六军。正以糠秕万乘，锱铢大宝，非贪皇帝之尊，岂图六合之富！"太极殿中百官拜伏于地，丹陛蜿蜒之上，元颢头顶通天冠，身着戎装，背对群臣侃侃而言，祖莹手握朱毫在几案上疾书。这段话诉说元颢没有贪图皇位，只是天下大乱，须得有人力挽狂澜。

"直以尔朱荣往岁入洛，顺而勤王，终为魏贼。逆刃加于君亲，锋镝肆于卿宰，元氏少长，殆欲无遗。已有陈恒盗齐之心，非无六卿分晋之计。但以四海横流，欲篡未可，暂树君臣，假相拜置。害卿兄弟，独夫介立，遵养待时，臣节讵久。朕睹此心寒，远投江表，泣请梁朝，誓在复耻。风行建业，电赴三川。"元颢这封辞藻华丽的信函写给元子攸，说尔朱荣早有篡位之心，只是天下大乱，拿你当作傀儡，陈述河阴之变的血泪，是元颢内心的真实写照。众臣曾经迫于尔朱荣淫威，不禁汗颜。

"正欲问罪于尔朱，出卿于桎梏，恤深怨于骨肉，解苍生于倒悬。谓卿明眸击节，躬来见我，共叙哀辛，同讨凶羯。不意驾入城皋，便尔北渡。虽迫于凶手，势不自由，或二生素怀，弃剑猜我。闻之永叹，抚衿而失。何者？朕之于卿，兄弟非远，连枝分叶，兴灭相依。假有内阋，外犹御侮，况我与卿，睦厚偏笃，其于急难，凡今莫如。弃亲即仇，义将焉据也。且尔朱荣不臣之迹暴于旁午，谋魏社稷，愚智同见。卿乃明白，疑于必然，托命豺狼，委身虎口。弃亲助贼，兄弟寻戈。假获民地，本是荣物，若克城邑，绝非卿有，徒危宗国，以广寇仇。快贼莽之心，假卞庄之利，有识之士咸为惭之。今家国隆替，在卿与我，若天道助顺，誓兹义举，则皇魏宗社与运无穷。傥天不厌乱，胡羯未殄，鸱鸣狼噬，荐食河北，在荣为福，于卿为祸。岂伊异人？尺书道意，卿宜三复。兼利是图，富贵可保，狗人非虑。终不食言，自相鱼肉。善择元吉，勿贻后悔。”元颢叙说自己从梁国借兵北伐，解救元子攸，叹息他不明时务与仇人携手，令亲者痛仇者快，盼望元子攸接到书信后悬崖勒马。

书信词语优雅，情真意切，是元颢心血所凝，上至亲王下至大臣无不钦佩。他们痛恨尔朱荣在河阴屠杀，迫于无奈苟且偷生，元颢孤身南投，七千人马横扫千军，若非亲眼所见，没人能够相信。况且元颢是献文帝之孙，其父北海王元详和元子攸之父元勰都是孝文帝的兄弟，血缘最近，元子攸被赶出洛阳，元颢登基称帝理所当然。

元颢正要赦免这些与尔朱荣同殿称臣的大臣，忽听一阵喧哗，银盔银甲的梁军将领冲入，为首正是杨忠，把跪地的大臣推得东倒西歪。他拱手问道：“陛下，何时驰援虎牢？”

杨忠的直阁将军只有四品，比这些王公大臣的品级低了许多。元徽大怒：“你是何人，跪下！”

元颢极为精明，正好观察反应。杨忠跪倒禀报：“我军在虎牢只有数千，须立即驰援。”

元颢呵呵一笑，试探众臣反应：“各位爱卿，哪位愿提兵前往？”

杨忠拱手向上：“请陛下御驾出征。”

元徽走到杨忠面前：“懂不懂君臣礼节？竟敢在陛下面前咆哮，死罪！”

“城阳王，军中礼仪与朝中不同，无须介意。”元颢本是枭雄，用人之际哪会因为微末礼节得罪大将，扶起杨忠：“诸位有所不知，我已将北海郡主许配给杨忠将军，各位多多亲近，不要见外。”

明月曾在华林苑参加礼聘皇后，很多王公大臣知道此事，转眼就要许配给梁军将领？元颢走向几案，仔细去看写给元子攸的信件，祖莹龙飞凤舞，文字煞是好看。尔朱荣陈兵晋阳，元天穆主力攻打虎牢，沿途收降的军队难当大用，这些王公大臣手无缚鸡之力，鼠首两端，绝难依靠，唯有杨忠勇冠三军，对明月一心一意，须尽心收敛，想到这里断然下令：“元天穆手下败将，何堪一击！杨忠，率领骑兵星夜兼程驰援虎牢。诸位辛苦，这就启程，与朕同往虎牢，共破元天穆。”

65 东冶之约

一辆画轮车在峡谷中颠簸行进，彩漆书画轮毂，上起四夹杖，左右开四望，绿油幢，朱丝络，青交路，其上形制如辇，其下犹如犊车。远古尊贵者不乘牛车，汉武帝发布推恩令，诸侯裂土分封诸子，小诸侯乘坐牛车。东汉末年黄巾蜂起蚁附，天下大乱，更缺少马匹，上至天子下至黎民便常乘坐牛车。在这旷野中，虎牢正在激战，百姓逃亡，四马驾驭的画轮车向虎牢方向奔驰，让人称奇。“到了。”画轮车停在城门两百步弓箭射程之外，显见御者绝非普通。

御者奔向城墙高喊：“诸位军爷，烦请通报关中侯，好友来赴东冶之约。”

梁军士卒直奔城楼，禀报：“关中侯，一辆画轮车从西驶来求见，声称赴东冶之约。”

陈庆之连番恶战，战袍铠甲仍然一尘不染，虎牢东北南三门的火光熄灭，胡笳和战鼓声响彻云天，魏军不顾一切攻打钟楼。马佛念正在坚守，如同犄角深入虎牢心脏，使得敌军不敢集中全力攻打西门。陈庆之北伐以来四十七战，所向无敌，不停进攻，聚集兵锋，穿城克墙，保持锐气，一旦处于守势，兵力捉襟见肘，难以应对。他沿途折损一千多人，又被杨忠带走五百，虎牢城中只有五千人马，敌军有十万之众，这一仗极难打赢。阿阇梨预见自己将会攻入洛阳，相约虎牢见面，想起她洞见人心的目光，陈庆之一阵激动，她如约而至，我岂能怠慢？暂时放下烦恼，脚步轻盈，与阿阇梨重逢是极大欢愉，世间竟有此等人物？永嘉之后冠带东渡，南人视北人为蛮人，胡人聚居之地有这等超凡脱俗之人？城门打开，陈庆之向画轮车躬身施礼："故友相逢，乐哉！"

画帘一挑，阿阇梨清丽而绝艳的容颜出现在绿油幢和朱丝络之间，阳光从西边射来，画轮车又在高处，背后腾起七彩云霓，赤光万道如同神仙。她轻轻一扶陈庆之手臂，走下画轮车："关中侯，记得在东冶的赌约吗？"

"当然记得，我认输。"陈庆之身在虎牢，元颢已经攻占洛阳，就如阿阇梨的预言。

两人环城而上，阿阇梨向城内望去，喊杀声环绕："驻守钟楼的可是马佛念？"

"守了五天了。"陈庆之答道，阿阇梨仿佛有天眼，洞穿一切。

"你当如何？"阿阇梨问道。

"退。"陈庆之极为焦虑，马佛念被围钟楼，如果全力去救，西门就保不住，如果马佛念退回西门，必然损失惨重。

"一日之内，援军即至。"阿阇梨从洛阳匆匆赶来，就为传达这个消息。

陈庆之心中大安，命令士卒用旗帜通知钟楼的马佛念据守，向阿阇梨拜谢："多谢传来军情，实为大恩。"陈庆之心有疑惑，阿阇梨直呼元颢其名，似乎不倾向于他，她为何来到虎牢通报军情？

马佛念战袍裂如缕，他杀退敌人无数次进攻，山穷水尽。五天前魏军攻入虎牢，从四面八方涌来，马佛念熄灭灯笼，任由敌军在城内横冲直撞，少数魏军来夺钟楼，梁军士卒用弓箭射退。当敌军占领整个城池，一股脑围攻西门的时候，钟楼战鼓山响，马佛念从背后突袭，在街巷中留下遍地的尸首。魏军恍然明白，这座坚固的钟楼就像楔子一样刺在腰间，优势兵力无法发挥，攻打西门必先夺取钟楼。魏军全力围攻，背后又有西门的梁军，他们用一天的时间搭起木栅构建防线，将两处敌军分隔开，才敢安心攻打钟楼。

魏军刚把云梯搭上钟楼，四周民宅涌出白袍梁军，横冲直撞将魏军冲散，捣毁云梯，在钟楼梁军接应下返回。魏军再集齐兵力，守军花样百出，滚木、巨石、弓弩和火油，轮流倾泻。钟楼岿然不动，元天穆心急如焚，一旦敌军攻破洛阳便大势已去，挥军连夜攻打，可是火油横溢，引燃四周民宅，火光冲天，徒唤奈何。

钟楼地势狭隘，连城门都没有，只有狭陡甬道，遍布铁栅，元天穆兵力优势发挥不出来，尖头轳撞不开厚厚的城墙，几次攻打夺了数尺甬道，密密麻麻布满魏军尸身。元天穆远远观战，毫无对策，坚固堡垒不可强攻，眼下救兵如救火，哪里耽搁的起？最后依了费穆之计，堆积土山，形成缓坡接近钟楼，却又花费了几天时间。

“武卫将军为何四面堆土？”按照元天穆设想，只要有一面即可以攻城。

费穆在荥阳全军覆没，与元颢结下血海深仇，咬牙切齿道：“我军人多势众，一面也是堆，不如四面围死，让梁军插翅难飞。”

元天穆颇不以为然：“各位将军，意下如何？”

李叔仁和费穆并非一心，不想斩尽杀绝：“我军急于攻克虎牢，驰援洛阳，不如网开一面，围三阙一，不要耗费时间。”

众人都觉有理，费穆强行反驳：“元颢全靠这数千梁军，一举攻灭就能斩草除根。”

元天穆手捋长髯抬头观望，钟楼极为狭窄，少许兵力便能里三层外三层紧紧包围，他大喝一声：“拆房担土，四面堆积。”

魏军潮水般撤出，拆毁房舍搭起土丘，半天时间有了雏形，梁军露出慌张神情，魏军不是要夺取钟楼，要将梁军包围剿灭。马佛念站在钟楼正中，背后摆放两面战鼓、四面金锣和十二面战旗。土丘渐渐高过城墙，一旦魏军掷出火把，木质钟楼一片火海，梁军绝无生路，下令：“准备突围。”

一名魏军将领登上土丘，在盾墙保护中向内喊道：“有活着的吗？”

马佛念在城墙垛口之后，只有十步之遥：“马佛念在此，来者何人？”

费穆揭开兜鍪露出面孔，叉腰狂笑：“死在眼前还敢问我何人？土丘就要合拢，还不跪地求降？”

“手下败将，还敢言勇？”马佛念不肯输了士气。

“此一时，彼一时，元颢攻打洛阳了，虎牢只有你们几千人，以为我不知道？劝你赶紧投降，还能留一条命。”费穆攻入荥阳瓮城，被暴揍而大败，对梁军憋着怒火。

梁军在虎牢逐步退缩，实在是由于人数太少，马佛念低头查看形势，土丘横面大约五十步，堆积出缓坡，直指钟楼城墙。土丘间有数百步间隙，魏军结成防线，防备梁军突围。突围伤亡必定惨重，唯有与西门梁军配合两面夹击。马佛念低声说道："令旗。"钟楼梁军展开军旗，示意两面夹击，那边毫无声息，难道西门有变？

费穆长刀向西一指："还想求援，西门自顾不暇！"元天穆率领大军围攻西门，他领教过梁军的战力，不敢从城门强攻，利用兵力优势散开到城墙，搭云梯登城。一般攻城都是从外向内，有护城河和吊桥格挡，从内向外则容易许多，不仅可以攻打城门，还有甬道通往城墙。魏军人多势众，散开数里向上攀爬，蔚为壮观。李叔仁手持巨槊走上土丘，见费穆调集军队将钟楼围圆，问道："费将军，这是做什么？"

"斩尽杀绝，元颢即便攻得洛阳，亦不足虑！"费穆在荥阳城下吃了大亏，发誓雪耻。

李叔仁与元子攸亲近，心急如焚："赶紧打下虎牢，保卫洛阳才是当务之急。"土丘就要堆积到城头，如同黑云压顶，防线即将合拢，一定要把梁军聚歼。只是西门为何毫无动静？城墙上一个守军都没有，难道他们撤离西门，前往洛阳了？

"一旦敌军合围，兄弟们就要折在这里！"一名梁军偏将看出异样，急于突围。

"看！"马佛念手指西门，一面大旗正在升起，绣着一个斗大的"元"字，这是元颢的战旗。

66 追锋电掣

“大事不好，元颢攻下虎牢，杀向洛阳！”尔朱世隆狼狈不堪跪在尔朱荣面前，他丢失虎牢后北渡黄河，一路狂奔到晋阳，当今天下，唯有尔朱荣才能挡住陈庆之的锐利兵锋。

尔朱荣闭上双目，洛阳据有八关之险，荥阳、虎牢和轘辕关扼守其西，城池高大，山河险峻，虽有重兵把守，但轘辕关城池极矮，尔朱世承并不知兵，绝拦不住元颢。尔朱荣倒吸一口冷气，元天穆、尔朱兆、尔朱世隆、李叔仁和费穆这些名将都在荥阳和虎牢鏖战，元颢七千马何能至此？“详细说。”尔朱荣睁开眼睛，尔朱世隆将三千梁军背城逆战的经过讲述一遍，在此要紧关头不敢隐瞒，连虎牢丢失的情形也讲得极为清楚。

“贺六浑何在？”尔朱荣第一个想到的就是高欢。

“他率领骑兵攻破睢阳，断了梁军后路。”尔朱世隆并非没有好消息，元颢和陈庆之全力攻打洛阳，高欢尾随梁军，一路收复了睢阳、考城和大梁。

陈庆之！尔朱荣猛然走出军帐，指着许久未用的追锋车命令道：“召集人马，即刻出兵，不得有误！”骑兵聚集，大军发动。尔朱荣向来骑乘战马，瞧不上战车，一人驾驭、一人持戈、一人张弩实在浪费，行驶又缓慢，哪比得上战马随意驰骋？今天他偏偏踏上追锋车，尔朱世隆满腹疑惑，“大哥，去哪里？”尔朱荣听到消息不等筹备粮草，没有派出斥候，更不祭旗就整队出兵。

“马不停蹄，前往洛阳！”尔朱荣恨不得再快一些，陈庆之兵锋之快平生仅见。他当初二月出发，四月拿下洛阳发动河阴之变，已经是极快，陈庆之不遑多让。

“尔朱天光速返晋阳，镇守并肆。”尔朱荣的追锋车一路狂奔，传令兵拍马而去。他向来倚重尔朱天光，第一道命令便让传令兵前往元天穆军中调回尔朱天光。

“令贺六浑和侯景前来会师，不得有误！”尔朱荣第二道命令发给高欢和侯景，如果贺六浑在，元天穆岂能兵败荥阳？

“贺拔胜率领步骑五千撤离定州，前来会合！”贺拔胜是成名已久的大将，向来独当一面扼守定州，防止葛荣余孽死灰复燃，这次连他也调出来，可见尔朱荣全力以赴。

“令元天穆撤去虎牢之围，北渡黄河前来会合。”尔朱荣向来尊称元天穆为兄，战时直呼其名，以示军中不同平常。

“大都督正在包围虎牢，为何不内外夹击元颢？”尔朱世隆此时才来得及插话，尔朱荣已经发出五六道军令。

“他绝非陈庆之对手，速退还能保持兵力，否则全军尽没。”尔朱荣皱眉沉思，不欲多加解释，在追锋车上展开地图，旌节指点，丈量距离。

尔朱世隆仓皇逃回晋阳，对军情一概不知：“我们去哪里？虎牢还是洛阳？”

“先到长子，你向南寻找皇帝，迎他到此，这事至为紧要，如果皇帝和元颢携手，我们无法以一隅抗天下。”尔朱荣一点地图，长子位于上党西南，东望太行山，西枕太岳和沁水，是一座并不起眼的人口寡稀的小城。尔朱世隆不敢多问，一句怨言都没有，跳下追锋车，唤来战马，率领士卒向南狂奔而去。

67 军心动摇

杨忠在夜幕中穿越山谷，来到虎牢西门，向上喊道："速开城门。"

"援军来啦！"梁军认出杨忠，扶垛口向下一看，只有区区数百，无济于事。虎牢城门大开，杨忠奔驰而入，跳下战马匍匐在陈庆之面前："关中侯，杨忠死罪！"他违反陈庆之军令，擅自出兵轘辕和洛阳，是军中大罪，可是他连战皆捷，功莫大焉。

陈庆之不知该赏该罚："洛阳军情如何？"杨忠还未回答，身边一人掀开兜鍪，露出面孔。陈庆之悚然一惊，即刻拜倒："陛下！"

"无须多礼，登城。"元颢亲率骑兵回师虎牢，大军在后无人约束，隐去外貌，让人不知道他的行踪。

杨忠跟着陈庆之登上城墙，向城内望去，心脏几乎跳出腔外，四座小山堆积到钟楼，如同黑云压顶，木栅相连，无边无涯围得水泄不通，只需一轮战鼓，钟楼必定失守。"老马在哪里？"杨忠时时惦记两个好兄弟，身边梁军一指钟楼，示意马佛念和宋景休在那里。

"朕来打这一仗。"元颢不战而取洛阳，自觉无所不能。陈庆之对元颢甚为尊崇，从来都征询他的意见才开战，故此两人精诚团结，几乎没有争执。

魏为木德，旗帜服饰都是青色，南朝尚水，战旗是黑底。“元”字青色旗帜在城门升起，荥阳鏖战就在数日之前，元天穆认得这面战旗，呆呆地看着，如果元颢大军回援，攻守颠倒，逃命都来不及，岂能仰攻坚城？战场宁静，攻城号角停歇，千军万马齐黯。

猛然间战鼓山响，十二面战鼓一字排开，气势压倒一切。鼓声刚歇，号角齐鸣，一人头顶通天冠，悠然出现在城头，向下喊道：“元天穆何在？”

元天穆辨认出那人正是元颢，策马出列：“北海王！”

元颢攻下洛阳，自信满满：“上党王是元氏宗亲，国之栋梁，我听闻，当初尔朱荣河阴滥杀之时，你愤愤不平，苦苦相劝，今日何不弃暗投明，共平天下？”

“北海王，你投奔宿敌梁国，我只怕大魏的江山易主，落入萧衍岛夷之手。”元天穆哪肯临阵投降？马鞭指向元颢。

这是两人第二次说起此事，元颢哼了一声，双手张开：“百官何在？”

“陛下，万岁！万万岁！”城墙之上山呼万岁，无数大臣涌上城墙跪倒，元颢左侧第一人是城阳王元徽，再次是安丰王元延明，朝中王公大臣都在元颢左右。

“大势不好！洛阳陷落了。”李叔仁慌慌张张来到元天穆身边。

城墙上众臣平身站起，将元颢簇拥在中央，元天穆大骇，他们都投降元颢，显然洛阳陷落。尔朱兆匆匆向元天穆拱手：“大都督，我北返晋阳与大将军会合再做计较，告退！”他二话不说翻身上马，率领契胡骑兵直奔虎牢北门，那里通往黄河渡口。向来嚣张好战的尔朱兆打了退堂鼓，元天穆已知事不可为，向左右问道：“元颢攻克洛阳，卿等可愿随我北渡？”

人人都知大势已去，献文帝共七子，长子元宏就是孝文帝，第六子彭城王元勰为元子攸之父，第七子北海王元详是元颢的父亲。元子攸和元颢同为献文帝之孙，血缘极近。元颢横扫千军攻占洛阳，无论实力还是血缘，都是天子的不二之选。元子攸下落不明，无论逃亡、投降甚至战死，都难翻身。众将正在犹豫，温子升策马拱手道：“元颢新入，人情未安，今往击之，无不克者，如果大王平定京邑，奉迎大驾，是恒文之举也。”

恒文是春秋时晋国大臣，扶持重耳继位，流传千古。元天穆苦笑，尔朱兆都跑了，手下这些将领说不准就临阵而降，此语无异于天方夜谭。温子升拱手再拜：“大王若舍此北渡，为大王惜之。”

元天穆苦笑：“鹏举欲降，何须拉我？你投奔元颢便是。”

“元颢如有重兵早已开战，哪能啰唆？想必他只有少数骑兵驰援虎牢，军队还在路途，机不可失！”温子升反复劝谏。

元天穆手捋长髯，不敢再战：“三军丧胆，不宜再战，撤！”元天穆占据虎牢三座城门，说退就退，人马如同潮水般退出。

钟楼上梁军齐声欢呼，他们本处绝境，元颢战旗一出，形势大变。马佛念当即下令追击，梁军担心魏军诈退，羊入狼群，马佛念大声说道：“兄弟们，尔朱兆的三千骑兵横冲直撞，将领突于前而非殿后，是真退，不是诈败。”

“其他人马为何不动？”宋景休不得不极为谨慎。

“他们要降。”如果不追击，魏军缓缓撤军，如若冲出，他们必降，马佛念令旗向下一挥，杀！同时西门大开，在连绵不绝的战鼓声中，梁军涌出，还有人马顺着城墙向北门和南门杀去。

公元 529 年，北魏永安二年五月二十五日，元颢进入洛阳，改年号为建武，大赦天下，旋即反攻虎牢，元天穆向北逃窜，费穆等人临阵投降。元颢任命陈庆之为侍中，车骑大将军，封邑一万户。陈庆之挥军反击，夺取大梁。至此陈庆之以七千之众，从铚城出发到洛阳，凡取三十二城，四十七战，所向皆克，留下了“名师大将莫自牢，千军万马避白袍”的千古传奇。

第八章

传檄天下

天下，是天下人的天下

68 天下诡谲

元颢从洛阳反攻虎牢，击败元天穆，率领大军返回洛阳，整日在朝中处理天下大事。梁军结束了半年的厮杀，入驻永宁寺，位于皇宫正门和阊阖门之间，军政衙门都在左近，九层浮屠俯瞰洛阳全城，为军事要冲。寺内比丘僧人安置在其他寺院，唯独阿阇梨独居佛寺，一道圆门相隔，与梁军相处无事。阿阇梨登上九层佛塔放眼四望，元颢进入洛阳，天下更乱。她苦苦寻找平定天下之主，使其皈依佛门，以慈悲之心执掌天下，平息战乱，结束四百年浩劫，避免太武帝灭佛那样的劫运，可是出世一年苦苦追踪，毫无进展，那个平定天下的英雄在哪里？

慧成在她身后半步，双手合十："元颢横行三千里入主洛阳，未必不是天下之主。"

阿阇梨不看好元颢，他难以抵抗尔朱荣，还要提防陈庆之的梁军，未必占得上风："谁执掌魏国社稷，还要看陈庆之和尔朱荣之战。"元子攸单骑北顾看似狼狈，仍不可小视："元子攸败在鱼龙混杂，不少大臣私通元颢，如今追随他的人都是忠臣。元颢收降纳叛，看似人多势众，其实重蹈覆辙。"

"那些迎接元颢的王公大臣竟有内奸？"丘慧成是宗室，在元颢和元子攸之间颇为为难，不知道支持哪一方。

“内奸肯定有，大多是墙头草，元颢和元子攸都是献文帝之孙，对那些王公大臣而言没有多大的区别，谁势大就倒向谁。”阿阇梨看透众人之心。尔朱荣发动河阴之变，凭借七千人马阵擒葛荣，派遣高欢击败羊侃，元天穆擒获邢杲，将大半叛乱平定下去，战功赫赫，只有百年前的太武帝拓跋焘可以相比，是百年一遇的统帅。陈庆之横扫千军攻入洛阳，创造刘裕北伐之后的不世武功。两人出生在一个时代，必将爆发前所未有的大战，也将决定元颢和元子攸的命运。只是陈庆之连战折损，没有补充，只有五千之数，梁国援军在三千里之外，洛阳城中胡羌人马十倍于梁军。元颢沉迷于酒色，拉拢梁军将领，处于危境而不自知。

阿阇梨寻访未来天下之主，只能等待形势明晰，想起脚踏七星的明月，更猜想不透，明月如果入宫，不管是皇后还是淑妃，诞下皇子，极有可能成为天下之主。阴差阳错，元子攸立尔朱歌为后，明月不但没有成为淑妃，反而留在洛阳，与杨忠情投意合。或许尔朱荣将会击败陈庆之，元子攸返回洛阳再娶明月？脚踏一星能掌千兵，脚踏七星北斗，天生帝王命，阿阇梨仔细查过明月脚底，七颗痣按照北斗七星状排列，绝无错误。

“听说元颢有意将明月嫁给杨忠。”慧成与皇宫勾连极深，杨忠只是小小直阁将军，娶了明月也不可能诞下天下雄主。

我错了吗？阿阇梨沉吟不语，何人才能猎取天下？阿阇梨虽然找到明月，她却与元子攸渐行渐远，她还能成为大魏的淑妃吗？抑或脚踩芒星的明月未必诞下未来的天下之主？如果当真如此，我入世一年竟是一无所获！

69 蒙面疗伤

邺城的景象仿佛颠倒过来，当时杨忠身中百矢，所幸身披数重重铠，没有伤到要害。这次是明月在驼牛署和金墉城身心俱伤，躺在杨忠怀抱中，就如同在邺城，在千军万马中也觉得安全万分。杨忠当日将明月救出囚笼，打开一处宫殿，将她横置榻上，胳膊、小腿和肩膀都有刀伤，手腕和脚腕被镣铐磨出骨头，小衣撕烂，血迹斑斑也有伤痕，也不知道她在牢狱中多久，竟然化出脓疮。后来杨忠返回虎牢驰援，不消数日又回到洛阳，成日陪在明月身边。杨忠要来医药，亲自换药包扎，手指轻触倏地闪回，俯身在她耳边问："你受伤颇重，我为你包扎。"

明月在驼牛署和金墉城饱受折磨，结痂和臭衣烂衫长在一起，动一动疼入心扉。她听见杨忠说话，精神一松，迷迷糊糊睁开眼睛，胳膊小腿冰凉，知道他要解开内衣擦拭。明月勉强撑起身体，扑入杨忠怀抱，委屈袭来，咬住嘴唇忍住悲声，肩膀耸动扯动创口，轻轻哼了一声。杨忠搂着她消瘦的肩膀，创口迸出血迹，"桃儿别哭，安全了。"她陷于囚笼之中，被穷凶极恶的囚徒包围，吃了多少苦头？再看她浑身伤口，心痛不已。

明月擦去他的泪水，这个铁一般的男人，百矢穿身不曾哼一声，在自己面前柔情万丈，元子攸处处以江山社稷为重，哪顾得自己？说道：“请君动手。”

杨忠出门打水，备好创药和干净的包扎布帛，合上大门，用白布蒙住双眼：“今日疗伤没有半分邪念，没有半分不敬之意，莫怪。”撕开明月小衣，触手光洁，唯有创口凸起，用干净的棉布仔细擦干净，如有遗漏，日后就会迸发脓疮。

明月被碰到痛处，“哎呀”一声，杨忠收敛心神，专心擦拭，她腰下浑圆，触手如玉。两人齐心协力包扎完毕，明月又痛又累，杨忠解开蒙眼布带，她身上伤口如此之多，必受了极大的苦难：“洛阳是我们的了，再没有人可以欺负你。”

“有你在，我不怕。”明月伏在杨忠怀中，痛哭起来。

大门撞开，宋景休冲进来，看明月袒膊与杨忠拥在一起，吃惊道：“皇上传令，太极殿朝会。”

70 斩杀费穆

公元529年，永安二年六月初九，洛阳太极殿。

元颢少时意气风发，继承父亲爵位，累迁为散骑常侍、抚军将军、徐州刺史，后来因为莫须有的罪名遭御史弹劾除名。他没有消沉，天下大乱何愁没有出头之日？万俟丑奴聚众造反，侵扰长安，关中糜烂。朝廷恢复元颢王爵，加使持节、假征西将军、都督豳华东秦诸军事、西道行台。元颢挥师转战击破叛军，解豳华之围，增封食邑八百户，授尚书右仆射，进迁为车骑大将军、仪同三司。广阳王元深败亡之后，元颢成为宗室中唯一能够抵御葛荣的亲王，被调到河北，正要进入邺城时传来河阴之变的消息。他南投屈膝于萧衍，受封为魏王，实为忍辱负重之举。幸赖陈庆之的七千甲兵护送，踏上北归征程，燃薪称帝，一路向西，洛阳王公大臣封府库开门相迎，岂是人力所致？天命也！

元子攸只是一个国子监就学的儒生而已，何曾身经百战？尔朱荣发动河阴之变，屠戮宗室大臣，元子攸为活命成为傀儡，懦弱无能之人成为堂堂大魏之主，岂不羞煞赫赫武功的道武帝和太武帝？

“朕请兵北伐，克三十二城，凡四十七胜，横扫千军，与诸位重会于太极殿！”元颢走下丹陛，群臣在脚下匍匐，大声宣颂：“陈庆之发自铚县至洛阳，所向无前，功莫大焉！进封侍中、车骑大将军、左光禄大夫，增邑万户。”

“谢陛下隆恩！”车骑将军为汉制，金印紫绶，仅次于大将军，位次上卿，品位远高于梁国所封的飙勇将军。然而陈庆之自幼跟随萧衍，如今听命于两位皇帝，亘古少见，一旦两位皇帝颁布不同旨意，真不知道何去何从。

元颢大封功臣，从扈从的梁国将士到投降的魏军将领，绝不遗漏，忽然口气变得轻柔：“将军杨忠救朕于南奔途中，护送北海郡主北归，助邢杲大破李叔仁，战睢阳，夺考城，逆战元天穆，攻占虎牢，马踏轘辕关，直捣洛阳，功莫大焉，特进东宫直阁将军。”

直阁将军是从三品，不算突出。马佛念笑呵呵说道：“大喜！好事儿近了。”直阁将军为皇帝近侍，杨忠担任此职意味深长。

“带上来！”元颢封赏已毕，面色一沉，向殿外喝道。

费穆被五花大绑押上太极殿，仰头大笑：“北海王一向可好！小弟被缚，无以为礼！”

元颢不习惯在丹陛上说话，走下玉阶：“费郎兴，不意重逢是此情此景，你可还好？”

费穆与元颢曾同殿为臣，不低声下气：“除了被缚得太紧，一切尚好。”

“为何被缚？”元颢心情爽朗，审问费穆扬眉吐气。

“若非尔朱世隆临阵败走，我岂能被擒？”费穆并不服气。

“荥阳城下如何？”元颢夸耀战绩，三千梁军背城逆战，布成锋矢却月之阵，杀得三十万大军溃败如退潮，至今心驰意往。

费穆嘴巴很硬："我从青州一夜千里来到荥阳，强弩之末，你以逸待劳，胜之不武。"

元颢望着朝中大臣："费穆该如何处置？"这些大臣三心二意，只求荣华富贵，没人为费穆求情。马念佛暗暗着急，元颢夺下洛阳，天下州郡效忠元子攸，如果杀了费穆，谁还臣服？向陈庆之低声说："天下未平，岂能杀降？"

陈庆之与梁军大将曹景宗在涡阳大破魏军，是生死之交，他幼弟曹义宗被费穆杀死，传首洛阳，陈庆之恨不得食费穆之肉，哪肯劝说？马佛念拱手出列："杀降不吉，皇帝三思。"

元颢极器重马佛念："马军副要留费穆性命，诸位意下如何？"

孝文帝汉化并非万众一词，王公大臣分成两派，大多数汉人大臣恨费穆入骨，却有不少宗室亲王不喜汉化，同情费穆，只不敢出头。元颢偏要试探他们的态度，一扫袍袖坐在玉阶，质问费穆："去年二月太后命你驻守河桥，你为何引狼入室，让尔朱荣渡过黄河，还劝他屠杀立威？"这是元颢恨之入骨的原因，尔朱荣是河阴之变的首恶，费穆排在第二。

"禽兽尚有舐犊之情，哪有母亲毒死亲子！我为先帝之臣，岂能不为先帝复仇？"费穆毫无惧色当庭反驳，指的是胡灵太后毒杀亲子的往事。

"文死谏，武死战，你既为臣子，太后当政时何曾谏过？"元颢一拍玉阶，双眉倒立怒吼，"幼帝元钊乃我手足至亲，牙牙学语，何辜之有！王公大臣两千余人与你同殿称臣，你不但不救，反劝尔朱荣杀之。你卖友求荣，保全自己，虚言妄语，我岂不知？"

众人回想河阴之惨，都承认这段话有理。元颢站起斥责："我请兵北伐，就为诛除寇仇，岂能放过你？推出去，斩！”

“且慢。”一袭儒服的温子升从末班走出，向元颢拱手。

“温鹏举，你为费穆请命？”元颢没想到温子升会出头。

“费穆并非屈服于尔朱荣，而是尊奉皇帝。”温子升坦然回答。

“他既尊元子攸，岂能臣服于我？”元颢扫视群臣，城阳王元徽、安丰王元延明、黄门侍郎祖莹位列朝班，这些人朝三暮四，根本靠不住。

“帽上著笼冠，袴上著朱衣，不知是今是，不知非昔非。”温子升拱手而答，随口拈来一首诗。

“何意？”元颢停了片刻，这首诗似乎意有所指。

“陛下和长乐王都是宗室近亲，我等都是大魏之臣，从未叛离。”温子升这首诗的意思是，大臣们穿同样的官服，你方唱罢我登场，谁能说清楚对错，元颢和元子攸都是皇室近亲，王公大臣倾向于谁都不算叛逆。

元颢举起为河阴之变复仇的旗号，如果连费穆都不杀，怎样向天下交代？喝道：“费穆投奔尔朱荣，绝不饶过！”

“我一生征战，死得其所。”费穆不愿乞活，“你趁洛阳空虚偷袭，算何英雄？”

宋景休长笑，决不示弱：“你既不服，何不比画一下？”

“无须如此！”元颢不想生事。

宋景休头一次上朝堂，哪懂礼节，将费穆身上绳索斩落：“你用何兵器？”

“随便。”费穆见有转机，不想随便死掉，“我若赢了，怎么说？”

宋景休抽出环首刀向费穆面前一扔，本来群臣朝觐，除了尔朱荣那种剑履上殿、赞拜不名的权臣，绝不能带入兵器。元颢借助梁军攻入洛阳，一心收揽宋景休和杨忠等人，不在乎这些缛节。魏国大臣向后缩了几步，太极殿是朝堂正殿，元旦正会和大婚所在，哪容随便比武？宋景休接来环首刀，右手握起战锤来到费穆身边："我本以为你是豪杰，却在这里讨价还价，好没意思。"

陈庆之呵斥宋景休："这里是朝堂，还不退下？"

宋景休乖乖退回，颇不以为然，光明正大比武定生死，有何不可？碍于陈庆之的军令，不好开口。元颢喜欢梁军之间分歧，以便分化瓦解，他龙骧虎步到宋景休面前："不能在太极殿动手，何不在明光殿前比武以娱。"

元颢有心杀人立威，率领大臣们来到明光殿前的空地。费穆左手提盾，大吼一声，左脚盘，右腿蹬，到宋景休三步之外，环首刀一道闪电劈去。宋景休斜在左侧，费穆手腕一横，改劈为掠，画出半圆，仍与宋景休身子差了半截，稳住步伐刺向宋景休胸口，发现他身体倾斜，刀尖在明光灿灿的胸铠上划出一道火花。费穆已知不妙，他自幼飞马开弓，身手不凡，盾牌向前一推，欲将敌人推开，却空空如也。他目光闪回，宋景休腰身微弯，似在蓄力，便知千钧之击将至，盾牌举起，忽觉呼吸停滞，空气吸干，两耳鼓动，硕大金球迎面飞来。费穆双脚扎根用力格挡，忽然肋下一凉，听到断筋削骨的割裂之声，半个身子软倒。他正要低头去看伤口，眼中血光四溅，万雷轰顶，战锤破空正中脑骨，赤红蓝绿青蓝紫，一腔热血喷射出来，如同打破了血葫芦，横溅三丈。

费穆尸横明光殿外，一地雪白血红，元颢极为晦气，让人将尸身拉下去，鲜血滴滴答答洒落一地。群臣神情大骇，文臣手足乱颤，武将也没见过这种宫廷比武，魂不附体。费穆是魏国有数的能征惯战之将，去年大战襄阳，今年平灭邢杲，一照面就被眼睛贼大的梁军将领击杀。元颢震慑了王公大臣，双手指天："传檄天下，敢与朕为敌者，以此为鉴！"

71 患难与共

黄河，又是黄河！

去年四月，胡太后鸩杀宣武帝，正要和明月大婚的元子攸缒城而出，从孟津渡过黄河，投奔太原王尔朱荣，筑高台燃薪称帝。短短一年，元子攸又经此处，兄弟坟茔郁郁葱葱，陪伴身边的却是尔朱歌，明月不知所终。

“陛下，没有船。”高道穆在黄河岸边奔驰，这里是元颢势力范围，如果溯河向西到达秦晋相交的风陵渡，道路崎岖，元颢派骑兵半天就能追上。

元子攸四下眺望，看见远处的舟桥黄河，那是孝文帝所建：“朕与北中郎将杨侃甚熟，走舟桥。”元子攸不想绕道，宁愿相信杨侃。人心难测，高道穆拿不准主意，或许杨侃就会将皇帝扣留解送洛阳。“皇后，你看如何？”元子攸即将逃奔尔朱荣，态度已变。

“但听陛下。”尔朱歌离开皇宫，与元子攸不再水火不容。

“我信得过杨侃！”元子攸马鞭向空中一甩，声响被黄河洪流淹没，追锋车向舟桥驶去。魏晋南北朝注重名门望族，大于夷狄之防，弘农杨氏是顶级的门阀。秦末大乱之际，华阴杨硕率领八个儿子随刘邦征战，六子杨喜击杀项羽，官封赤泉侯。弘农杨氏从此位在列卿，爵为通侯。东汉时杨震穷究学典，设馆授徒，官至司徒、太尉，刚正清廉，子孙数人均官至太尉，四世三公。到了南北朝，弘农杨氏仍然根深叶茂。杨侃字士业，父亲杨播是司徒杨椿的兄长，从小精研书法琴艺，深通儒学，不问仕途，向亲友说："耕读为本，岂会误了上进？"后来承袭父亲爵位与元子攸交好，去年担任北中郎将驻守北中城。

追锋车接近舟桥，一队骑兵奔出，穿越舟桥来到南城，为首一人身穿儒服头顶银盔，正是杨侃。高道穆大叫不好，杨侃带兵来了。杨侃当面而来，没有分散包围拦截，滚鞍落马，跪地三拜："参见陛下，臣救驾来迟！"他将一道檄文奉上，亲挽缰绳牵引追锋车渡过踏上舟桥。

元子攸打开檄文，心里咯噔一跳，这是元颢檄文。高道穆摸不清杨侃用意，策马上前："皇帝想前往长安，但是宫廷残破，不易停留，杨将军有何筹划？"

杨侃停住脚步，双手环抱施礼："唯陛下马首是瞻。"他看一眼尔朱歌，神色一黯，元颢是狼，尔朱荣是虎，才出狼穴又入虎口，又不能当面揭破："无论陛下去哪里，杨侃都追随左右，粉身碎骨也心甘情愿。"

"朕必不忘今日之恩，过河说话。"元子攸极为感动，幸亏有高道穆和杨侃，才脱离险境。他将檄文看完，元颢述说为河阴之变复仇的缘由，大赦天下，不由得心情郁闷。追锋车进了北中城，元子攸下车拉着杨侃双手："弘农杨氏上下百口，如果你随朕逃亡，必会牵扯，卿请返回洛阳，以待后图。"

杨侃跪拜于地，坚决跟随元子攸：“岂能为一己之私废君臣大义？”翻身而起，召集亲信骑兵，携带干粮和兵器，护卫追锋车出城北逃。元子攸慌乱中脚下一滑，臂膀被尔朱歌握住。“这么不小心，我来扶你。”尔朱歌这话让元子攸胸口一突，燃起怒火，我算什么皇帝？全靠尔朱荣扶持！眼前是尔朱歌的笑颦，在众叛亲离之际，她始终相伴，牵起她的手掌转了心意：“今天如同丧家之犬，心情却好得出奇。”

尔朱歌如同小鸟般雀跃，自由自在的草原才是她的梦想，她甩掉步摇冠扔在车上：“嗯，我们去草原骑马射箭。”转身之际，见元子攸小心翼翼捡起珠饰：“这些正好当盘缠，买马购弓，才好骑马射箭不是？”

尔朱歌笑了：“爹爹饲养战马，多得数不清，子攸。”

元子攸逃出北中城，心中忧郁稍缓，笑问：“如何计量？”

尔朱歌说起在草原的日子，心情极好：“用山谷衡量战马，我和爹爹说，女儿带着东边五座山谷的马儿，您看好西边十个山谷的，别让马儿走丢。”脸上爬满笑意，换下高道穆：“你骑马，我驾车。”

元子攸落难，反没有君臣之分，尔朱歌一抖缰绳，追锋车向前一跃，元子攸将步摇冠递给杨侃：“既然皇后不要，不如赏赐给你的妻子。”

杨侃松开战马缰绳，接住笑着说：“这是皇家所用，我哪里敢用？”

众人大笑，元子攸只有高道穆和杨侃两位大臣，却忠心耿耿，再无朝三暮四之辈，反而安心。追锋车在杨侃护卫下向北奔驰，天色转黑之时前方出现一座大城，正是河内郡。此城处于黄河北岸，无论元颢北上或者尔朱荣南下必经此地。河内太守元袭并非亲信，进城不知吉凶祸福。元子攸犹豫时，尔朱歌绕开城池向北："不须盘桓，只需直往与父亲会合。"

连元徽和祖莹都降了元颢，人心难测，何况元袭，元子攸点头："我驾车，你歇歇。"

尔朱歌心中一暖，坐在御者位置，元子攸接来缰绳，揽住尔朱歌腰肢，两颗慌乱的心脏再碰在一起，彼此才是世间可以依靠之人。

72 传檄天下

明光殿灯火通明，元颢大宴群臣，众人心态各异。

在攻入洛阳前，陈庆之为军中主将，发号施令，元颢屈居侧席。自从攻入洛阳，两人便主客颠倒，元颢在太极殿高坐明堂，陈庆之站立殿中。在明光殿，陈庆之跪坐右班之首，三拜才能说话，人家是皇帝，功劳再大只是臣属，军有军礼，臣有臣节，陈庆之不觉得不妥。梁军将领更没有异样，元颢在涡阳落难时就一起喝酒吃肉，毫无芥蒂。明光殿宴席刚开，礼节已毕，元颢端着酒杯来到陈庆之面前敬酒，再与梁军将领碰杯，开怀畅饮，君臣礼数被抛到一边，大碗喝酒，大口吃肉，大声喧嚣。元徽却坐不住了，砰地将酒樽向桌面一放。祖莹知他心意，斥责梁军将领："陛下赐酒，为何不拜？"

杨忠和宋景休摸不着头脑，元颢目光炯炯看着众臣的反应。宋景休举杯说："你这老儿何意？陛下让喝就喝，让跪便跪，他让我喝酒，我偏下跪，不是抗旨不遵吗？"宋景休哪懂得皇帝赐酒的那套礼仪？这番话听起来有理，祖莹是黄门侍郎，最懂礼仪，大谈周礼以礼定尊卑，无礼不成宴。宋景休听得乏味，翻翻眼珠："当初元子攸敬酒，你也这般？"

祖莹脸色一紧点头，宋景休将酒杯一放："我礼节不全，你易主而拜，谁更忠乎？"

一场宴席惹出礼仪之辩，宋景休讽刺祖莹前几天还奉元子攸为帝，今天便转投元颢。祖莹脸上红一阵黑一阵，大臣们都是一样，没了喝酒庆功的气氛。温子升担心祖莹惹祸，走到殿中："我年轻时有一匹神骏的白鼻䯄，写过一首诗，诸位想听否？"

元颢眼前一亮，温子升曾在广阳王幕府参与军机，文武全才，用人之际正好收揽，当即点头。温子升举酒环敬众人念道："少年多好事，揽辔向西都，相逢狭斜路，驻马诣当垆。"

"狭路相逢未必仇敌，痛饮！"元颢当先叫好，向祖莹说，"这里不是太极正殿，不用拘泥朝堂之礼，武将沙场折冲，破敌千重，不知朝廷礼节，无须多怪。"

祖莹默默坐下，开门投降哪比得上梁军一路厮杀的功劳，他替魏国大臣们出头，其他人都不附和，只好作罢。元颢兴致极高，与元氏宗亲共饮，其乐融融。莺歌燕舞，宴饮已罢，元颢问道："诸位，檄文发出，可有消息？"

安丰王元延明一直暗中帮助元颢，通风报信，在宗室亲王中最倾向元颢："黄河以南的州郡多已归附，唯有数州不识时务。"元颢攻下洛阳，传檄天下，齐州刺史元欣召集文武官员商议，认为北海王元颢和长乐王元子攸都是皇室近亲，皇位未落入外人之手，打算接受元颢赦免。其他官员不知所措之际，军司马崔光韶高声反对："元颢受梁朝节制，勾结敌国颠覆国家，绝不可以倚靠。"元欣于是斩杀元颢派来的使节，仍然效忠元子攸。襄州、广州和南兖州都拒绝元颢的任命，冀州刺史元孚将元颢的檄文封好，送给元子攸。平阳王元敬先在河桥起兵讨伐元颢，未能成功而死。除了这些州郡，天下十之七八都归附元颢。唯有尔朱荣手握重兵，元天穆、尔朱兆、高欢、侯景、贺拔胜、贺拔岳正向晋阳汇集。元颢问道："如何对付尔朱荣？"

元延明起身答道："分兵数路，不日即可荡平。"

元颢摇头，如果劝说元子攸返回，州郡自然全部收复："祖大人，长乐王在哪里？"

元颢称呼元子攸为长乐王，不把他当皇帝，也暗示将恢复他爵位，不以敌人相待，祖莹拱手答道："渡过黄河了。"

一旦元子攸投奔尔朱荣，形势变糟糕，元颢慨然说道："朕和长乐王是至亲骨肉，不忍刀枪相向，再写一封信请他回来，一家人有什么不能谈？"

几案布好，元颢稍加斟酌，温子升提笔，只一顿饭时间，信件起草完毕，祖莹大声念出：朕哭泣恳请梁朝发兵，誓在报仇雪耻，向尔朱荣问罪，救你于桎梏。我的社稷从尔朱荣手中夺来，并非你有，你托命于豺狼，委身于虎口。国家兴替全在你我二人，若上天佑我，大魏中兴，若不能如此，对尔朱荣是福，对你则是祸。你应三思而行，无须介意个人荣辱，保住魏国祖宗社稷才是正理。

群臣纷纷赞赏，尔朱荣屠戮大臣，元颢出兵讨伐名正言顺。如果元子攸识大体回到洛阳，尔朱荣不能挟天子讨不臣，中兴有望。如果元子攸委身仇敌，他即便夺回社稷也是为尔朱荣做嫁衣。

明光殿宴席之后，祖莹离开明光殿，从东掖门出宫，路过洗月亭，想起当年与元子攸在这里筹划时局，不禁感慨，一年时间天翻地覆。忽觉人影一动，洗月亭内竟然有人，祖莹迈步入亭，正看见元徽和温子升两人，压低声音问道："你们怎么在这里？"

元颢刚入洛阳，宫禁不严，皇宫中多是旧人，元徽和温子升参加酒宴后商量时局，遇到祖莹，信得过他："祖大人莫非也惦记此处？物是人非。"

祖莹坐下无言，元徽想摸他的底细，笑着恭维："祖大人文章惊人，条条在理，让人无可辩驳。"

祖莹心里不好受："各有各的理，陛下，哦，长乐王未必听得进去。"

元徽听出了祖莹心中的杂念，朝中大臣也有两派：一派支持元颢，痛恨尔朱荣；另外一派认为他勾结梁国入侵，为萧衍之走狗，费穆在明光殿被杀，更加深了这种印象。温子升慨然说道："不该杀费穆啊。"

元徽眼珠一转问："当日你在虎牢，元天穆北奔晋阳，为何不与他同去？"

温子升坦然，口中答道："大都督命我入朝。"

元徽脸色一变："北海王勾结寇仇，大魏社稷将亡矣，我欲渡黄河追随皇帝，你等可愿做我内应？"

祖莹低头无语，温子升拱手："社稷重于君，我温子升对大魏绝无二心。"

元徽冷冷低笑："元颢擒获费穆，尚不能用，当庭杀之，王公大臣哪个不寒心？劝你们不要死心塌地，恕我不奉陪了。"元徽说完不敢耽搁，拱手说后会有期，派遣随从回府知会一声，匆匆缒城而出，单骑向北奔出。

第二天元颢登朝，便得到元徽北奔的消息，极为懊恼，后悔杀死费穆导致元徽出逃，可惜人死不能复生，该死的死了，想逃的逃了。元颢向朝臣说道：“元徽后妻是长乐王舅女，我不计前嫌赦免他，他却离我而去。当初其妻与广阳王通奸，他暗中构陷，以致广阳王被剥夺兵权，被葛荣擒斩。此人睚眦之愤，必思报复，留之无益！”

祖莹暗暗摇头，元颢杀死费穆，京城大臣不断逃出，追随元子攸，局面诡谲，谁能猜透天命？

73 牢狱之交

“小姑娘。”门外一声叫嚷，高敖曹大摇大摆走进来，呼延族抱一坛酒，东方老拎着一篮吃食，跟在后面。

明月脱险后，坚持住在北海王府的内院，一般人不容易进来，高敖曹三人功夫俊朗，潜入王府并非难事。明月忍伤痛起身相迎：“高昂，你来做什么？”

“请你喝酒，牢狱之交甚于兄弟之情，咱们有交情。”高敖曹箕踞席上，“胡人乱七八糟，椅子却舒服，比咱们汉人席地而坐舒坦。”

秦汉魏晋之时，汉人屈膝跪坐，时间长了便腿麻骨痛，把腿伸直就是箕坐，极为不礼貌。明月走到厅堂说：“椅子就是比跪坐舒服，可那些儒生一定要跪坐在那里。”

“礼仪在他们眼中，天大地大一般，穿胡服坐胡床，没了华夷之防，天下就会大乱，当初周文王还是蛮夷。”高敖曹出自渤海高氏，气概豪迈，豪爽洒脱，胆力过人，曾经自诩：男儿当横行天下，自取富贵，岂能端坐读书当老博士？从来不把那些儒士放在眼中。

“你们自相残杀，八王之乱引起祸端，匈奴五部大都督刘渊是汉朝公主血脉，起兵恢复汉室才是正宗。”呼延族所说的是一段极为复杂的历史，当初汉高祖与匈奴和亲，将宗室之女嫁给单于冒顿，相约为兄弟，冒顿子孙以刘氏为姓。东汉末年，匈奴左贤王刘豹娶呼延部之女，生下刘渊。刘渊继承匈奴五部大都督之职，血统夹杂胡汉，他自幼喜爱《春秋左氏传》和《孙吴兵法》，遍读《史记》和《汉书》和诸子百家，内心是彻头彻尾的汉人。世人都说刘渊是五胡乱华的祸首，刘渊却自认为汉室宗亲。呼延一族百年与匈奴单于通婚，早变成通透的汉人，不愿意将刘渊创建的前汉称为五胡之一。

这是一笔糊涂的历史账，高敖曹想不明白，拍开酒坛说：“来，胡人汉人就像这酒肉，原来分得清楚，吃到肚子里谁还能分得清酒和肉？”

这话倒是有理，大汉击败匈奴几百年，通婚杂居，早已不容易分清。明月点头：“是啊，再来些烧鸡、烤鸡、炖鸡、肥鸡，凑出个五胡和汉人，融合一起，天下也不用这么乱。”

在被囚禁的一年多时间，尔朱荣命令给高敖曹鸡吃，尔朱兆和尔朱世隆哪敢违背？每天一只鸡，从此别牛羊，高敖曹见鸡而逃。侍女们端来各种美食，其中就有烧鸡，他捏着鼻子坐远，抄起酒坛牛饮，压制鸡肉味道。高敖曹拜访明月自有用意，他自幼痴迷武学，与燕赵豪侠为伍，任侠乡里，自从被尔朱荣擒获，才明白天下大乱，兵法远胜武功，在驼牛署和金墉城巧遇熟读《司马法》的明月，才知兵法别有洞天，故此携酒前来，意欲探究兵法，喝几口便开口请教：“小姑娘，你那日说起《司马法》，我还有想不通之处，特来请教。”

高敖曹的长兄高乾与元子攸相交莫逆，明月见过他的兄长高乾几次，又在驼牛署和金墉城被高敖曹相救，自然不会藏私："若论单打独斗，无论葛荣还是尔朱荣的胡人，都不是你对手，偏偏在战阵之上，胡人纵横疆场，你们这些江湖高手却打不过，我猜对了吗？"

"小姑娘冰雪聪明，正是此事。"高敖曹抓破了头皮也想不通其中道理。

"我只会死背兵书，若论兵法，有一人可为你师。"明月虽没有看到陈庆之横行三千里，却知道他是兵法大家。

"名师大将莫自牢，千军万马避白袍！"高敖曹在驼牛署与梁军交手，杨忠凭借战马、强弩和战锤与手无寸铁的自己一战，若一对一单挑，高敖曹有把握三招击败杨忠。

东方老哼了一声说："那些梁军也不是三头六臂，稀松平常。"

"你们练了一辈子功夫，打通经脉，辗转腾挪，都是武功盖世的大英雄，那些梁军士卒是普通耕地的农夫，一对一哪能打得过你？可是披铠结阵，以万对万，野地决战，你们不是对手，这便是兵法。"明月不喜欢那些自以为是的豪侠，他们哪有严明的军纪？

高敖曹在北冀州山中聚众数千自保，连葛荣叛军都打不过，要如同梁军这样攻城夺地，野战决胜，绝难做到。呼延族仰头痛饮："小姑娘说得极是有理。"

高敖曹打遍天下无敌手，在兵法上一窍不通，虚心向明月请教："小姑娘师傅，关中侯的兵法是哪里学的？他有没有师傅？"

"关中侯本是梁国皇帝萧衍的书童，萧衍为前齐刺史时，他通读《司马法》《六韬》和《孙子兵法》，常要互相印证，关中侯查找对照，背诵下来讲与萧衍听，一来二去，无意中将兵法烂熟于胸。”明月在梁国时常与杨忠、马佛念和宋景休在酒馆里谈天说地，她极为聪慧，翻看兵书印证，知道了陈庆之学习兵法的经过。

“萧衍老儿是皇帝，书房中肯定堆满了兵法秘籍，这关中侯机缘极佳。”东方老是北方豪侠，心里没有把萧衍当作皇帝来敬重。

“那时萧衍还是南朝齐国的黄门侍郎，后来当了刺史，没有当皇帝。”明月纠正了东方老，二十五年前齐国永明十二年，魏孝文帝率领三十万大军进攻齐国，沿淮河向东攻打钟离和义阳，萧衍领兵救援。陈庆之只有十七岁参赞军务，排兵布阵。两军对峙之际，萧衍连夜率领奇兵走小路赶到魏军阵前的贤首山，将旗帜插满山峰。天亮时，义阳守军见到援兵士气大增，出城攻击魏军，萧衍亲自上阵，摇旗擂鼓助威，士气高昂，奋勇杀敌，魏军溃不成军。明月讲完那场战事，说出关键：“打败敌军之后，萧衍恍然大惊，一切排兵布阵都出自关中侯，他领兵冲杀而已。可是关中侯并没有在意，认为出谋划策就是职责所在。”

“陈庆之遍阅兵书参与军机，运筹帷幄，决胜战场，自己不自知，也是奇缘。”高敖曹拊掌感慨，陈庆之马非所便，射不穿札，原来他年轻时未曾上阵杀敌。

“后来萧衍起兵造反，代齐建梁，数次征战都是关中侯居中筹划，助萧衍夺得天下。”明月细数梁帝萧衍的几次大战，陈庆之在幕府参谋，天下不知道他的存在，连他自己也没想到不知不觉之中，将兵法融会贯通。

“关中侯于萧衍，便如同汉高祖刘邦的韩信。”高敖曹极为向往，当年刘邦夺取天下之后说，连百万之众，战必胜，攻必取，吾不如韩信，吾能用之，此吾所以取天下者也。

“汉高祖刘邦有自知之明，萧衍不明白所以，糊里糊涂打下江山，以为是自己战功。关中侯忠心耿耿，从无二心，所为是主书本分。梁国奠基之后，他一身兵法二十余年再无用武之地。直到四年前，魏国徐州刺史元法僧在彭城投降，萧衍以关中侯为武威将军，独自领兵，那时他已四十一岁了。”明月常为元子攸和元颢翻阅兵书，答疑解惑，经历与陈庆之相似，“直到前年涡阳大捷，萧衍恍然大悟，连战皆捷其实是关中侯的功劳，对他推崇至极。”

“本非将种，又非豪家，觖望风云，以至于此。深思奇略，善克令终。开朱门而待宾，扬声名于竹帛，岂非大丈夫哉！”高敖曹举酒长饮，念出萧衍对陈庆之的评价，悠然神往。

“关中侯衣不纨绮，不好丝竹，虽然马非所便，射不穿札，却善抚军士，能得其死力。”明月饮了一小杯，对陈庆之推崇备至。

“关中侯初同燕雀之游，终怀鸿鹄之志，掌兵长驱伊洛，前无弱阵，攻靡坚城，其所克捷，亦足称道。”东方老干掉杯中酒，心服口服。

“以七千人马入中原，大小数十战未尝受挫，遂入洛阳，六朝征伐之功，未有若是之快者也！”呼延族击酒而歌，对陈庆之用兵之法十分敬佩。

四人越喝越高，对陈庆之钦佩不已，高敖曹拔剑起舞，唱起荆轲之歌，慨然而铿，将宝剑一扔，仰天说道：“武功是匹夫之勇，与兵法相比如同皓月星辰，不可以道里计。我高敖曹练内功，学剑术，钻研芥末微学，今日才知天地之广阔，唯有兵法才能在乱世救百姓于水火！”

东方老一拍大腿，将酒杯一抛：“何不去拜关中侯为师？”

“关中侯肯见我吗？”高敖曹与梁军从无往来，江湖上门户森严，兵法更加慎重。

“有位女居士说，只要提及她，陈庆之必授你兵法。”呼延族和东方老当初得到阿阇梨指点，得知高敖曹的下落，那时她曾说过此话。

74 各有图谋

元颢进入洛阳后大加册封，陈庆之被封为前将军，驻军永宁寺，处于阊阖门与皇宫之间，位置十分险要。各种吃食酒肉源源不断送入，元颢时不时从皇宫出来，与梁军饮酒作乐，有时带着歌伎舞姬，丝竹声乐，梁军哪曾有过这等待遇？纷纷称赞元颢。马佛念却有重重心事，叫上宋景休和杨忠来到陈庆之住处，先说几句军务，又道："北海王入洛，下一步该当如何？"

萧衍圣旨只说护送元颢返回洛阳，没有说到洛阳后如何，陈庆之对梁国忠心耿耿，可是元颢近在眼前，天天见面，一道道圣旨不能不听，陈庆之是不世的战将，却非翻云覆雨的帝王之才，反问："你有何议？"

"城内胡人是我军十倍，不宜久留，我军已护送北海王返回洛阳，便可回师建康，向陛下交旨。"马佛念充满担忧，想退出这危险的局面。

"应禀报陛下，将首都迁回洛阳，恢复汉室故土。"宋景休在洛阳极是舒坦，根本不愿意走，多数梁军也是如此。

迁都不是武将可以议论的，陈庆之和马佛念瞪着宋景休，让他再不要乱说，"洛阳看似歌舞升平，其实危机重重，尔朱荣悬兵黄河，虎视眈眈。”马佛念相信陈庆之能够听得进去。

“尔朱荣又如何？荥阳城下，三十万大军都被击溃，如今我们收降这么多魏国人马，实力大增，怕他作甚？”宋景休从梁国打到洛阳一路凯旋，早不把魏军放在眼中。

“大眼，看不出来吗？降军根本不堪用，如果尔朱荣攻来，只望他们不反戈一击，还能指望他们对敌？”马佛念苦口婆心，其实都是说给陈庆之听。

“大哥，退出洛阳可以，但是有一事，你得先应了。”宋景休并不执拗，突然起身向陈庆之拱手，“关中侯，请你做媒，为杨忠向皇上提亲。”元颢依赖梁军夺回洛阳，如果陈庆之提亲，元颢为了江山社稷，一定会答应。

杨忠对军国大事并不上心，又极为相信陈庆之和马佛念，故此一语未发，听到此话满面通红向陈庆之跪倒：“请关中侯成全，只不知道明月肯不肯。”

马佛念面色一凛，断然说道：“二弟，万万不可。”杨忠和宋景休脸上尽是诧异，马佛念说道：“如果二弟与明月结亲，便是一家，我军怎么退出洛阳？如此一来，玉石俱焚，关中侯三思！”

陈庆之沉思，一旦杨忠与明月成亲，梁军难以抛下元颢返回梁国。他皱眉问道：“即便没有杨忠与明月之事，皇帝会让我军撤回吗？”

元颢在明光殿中，命宦官叫来安丰王元延明，起身拱手：“多谢安丰王，朕才能不战而克洛阳。”

“全赖陛下神武，连破荥阳、虎牢，我才能开门迎接。”元延明毕恭毕敬拜谢，他对尔朱荣在河阴屠杀极为不满，暗通元颢，里应外合献了洛阳。他坐下说起朝堂之事，“齐州不肯纳降，陛下可知为何？”

魏梁两国交战数十年，元颢借梁兵攻克洛阳，不少大臣以此拒降，元颢很是懊恼，辩解道：“朕不从梁国借兵，如何击败尔朱荣？”

元延明理解元颢，也理解那些大臣：“这天下姓元还是姓萧？”

元颢收起笑容：“你是何意？”

元延明起身拱手：“如果这是梁国的天下，我便离开洛阳，追随长乐王。”

元颢向天盟誓：“列祖列宗在天之灵，元颢在此明誓，天下永远是祖宗的天下，如有违背，元颢愿入阿鼻地狱，不得往生！”

元延明拜倒：“我军十倍于梁军，何不先下手为强！”

元颢独饮一杯：“如果驱逐梁军，谁来抵御尔朱荣？”元子攸不甘于失去洛阳，尔朱荣必然调集大军南下，元延明被问住，元颢笑着说：“尔朱荣是今日之敌，梁军为明日之敌，希望祖宗保佑，他们两败俱伤，我们便可坐收渔利。”元颢尽心拉拢和分化梁军，只希望他们为自己打江山，叮嘱道：“暂时别碰梁军，以备尔朱荣。”

75 挟天子

尔朱荣一路狂飙南下，在追锋车上口授军令，召集将领。尔朱天光率先到达，尔朱荣马不停歇令道："你驻守晋阳，以安人心，筹备粮草军械。"

尔朱天光抱拳领令，跟随追锋车继续奔驰："军队还未集结，叔父去哪里？"

"你且回去。"尔朱荣心急如焚，让尔朱天光离开，继续向南奔驰，挤在战车上的尔朱世隆也想不通："大哥，军队都被打散了，这几百人当什么用？"

皇帝！尔朱荣看清天下形势，一旦元子攸投降元颢，大势已去，自己绝不可能以一隅而抗天下，唯有将元子攸抢在手中才可以号令天下，与元颢争锋。过不多久，尔朱兆率领三千骑兵赶到，声势大振。他向尔朱荣一拜，怒气冲冲用马鞭直指尔朱世隆："你临战脱逃，丢失虎牢，让我军大败！"尔朱世隆正要辩解，尔朱兆突然将一颗头颅扔到他身边："逃便逃了，连你亲弟弟都不知会一声，看看吧。"

尔朱世隆捧起头颅仔细观看，正是兄弟尔朱世承，泪如泉涌，号啕大哭。尔朱兆将梁军攻破轘辕关，擒获并斩杀尔朱世承的经过讲了一遍，尔朱荣本要骂尔朱世隆几句，见到此种情形，不禁悲从中来，无法责备。尔朱世隆将弟弟头颅用木匣封好，跪在追锋车上指天，咬牙切齿道："元颢，我必以你心肝祭奠世承！"

尔朱荣极为后悔，要是早些动身前往洛阳，岂会连京师都丢给了元颢？可他想不通，元颢只有七千人马连克坚城，旬月间攻入洛阳？非自己无谋，实在匪夷所思。追锋车载着尔朱世隆的一路哭声继续向南。

76 有情无情

元颢攻入洛阳，忙着江山社稷，听说明月养好伤立即召唤。明月来到明光殿，元颢展颜一笑，看她脸色恢复了八九成：“和姐夫说说，你到洛阳，元子攸到底怎么照顾你的？”明月将进入洛阳与元子攸见面，把采选经过讲述一遍，元颢动了怒火：“华林苑与皇宫一墙之隔，他匆匆见你一面，岂有此理！”

明月对元子攸极为失望，却帮他说话，皇帝忙于政务，采选期间不宜相见，等等，元颢摆手打断：“想见自然能见，不想见才有这么多借口。”又问：“长乐王逃到尔朱荣那里去了，我写信劝他回来，他如果回来，你打算怎么办？”

明月与他有婚约，难道就变了不成？杨忠一片痴情，蒙眼疗伤，虽然没看到什么，手指触碰身体，让明月心头鹿撞，这些小女儿心事，无法向姐夫言明。元颢也在盘算，元子攸如果回来，尔朱荣不能用他调兵遣将，天下的州镇也不会抵御自己，元颢便舍得明月换取元子攸的臣服。如果元子攸一心与自己为敌，明月嫁给他毫无裨益，不如许给杨忠，让他死心塌地跟随自己。想到这里，试探明月：“你看杨忠如何？”

明月脸上一红，没想到姐夫直问此事，低头不语，元颢胸怀天下，如今元子攸立场未明，还不能决断："刚到梁国时，杨忠救了我们，在郧城为你身负百箭。这次攻打洛阳，他一路当先，冲进金墉城救你，对你的情谊天地可鉴。只是他号称出自弘农杨氏，其实先祖早就流落六镇，身世甚低，怕是配不上你。"

清河崔氏当初多么兴旺发达，北魏太武帝拓跋焘一声令下，崔浩全族被诛。明月不在乎出身名望，只在乎这个人："如果没有杨忠，我性命都没了，还有什么配不配？只是我与子攸早有婚约，不能随便反悔。"

有了这句话，元颢心里有底，只要元子攸愿意臣服归来，仍将明月嫁给他；如果他死心塌地追随尔朱荣，自然要撕毁婚约，将明月嫁给杨忠。口中却是另一番话："无论是谁，你都要想清楚真心，即便姐夫是皇帝，也不想强迫你。"

明月不畏千里来洛阳与元子攸团聚，宁愿让出正妻位置，要与他长相厮守，他却将自己投入驼牛署和金墉城，元子攸和尔朱歌渡过黄河，何尝想过自己？说道："姐夫，子攸不会返回洛阳。"

元颢不想争论此事，忽然笑起来："你曾在枋头坞，可认识刘离？"

明月十分诧异，元颢怎么会知道刘离？答道："刘离父亲为保护杨忠战死在左人城，被杨大叔收养，我在枋头坞的时候，与她在一起的时候最多。"

"她和杨坞主要来洛阳了。"元颢在涡阳酒馆时听说了刘离，暗暗记在心中，刚打下洛阳就向枋头坞发下聘书，就为收服宋景休："朕做了这个媒，杨坞主不会拒绝吧？"只要收服杨忠和宋景休，手握陈庆之两员大将，他敢不听自己的吗？

枋头坞喜气洋洋，杨闵收到圣旨，让他和刘离进京，虽然没有明说婚事，心中有数。自从宋景休斩下任褒头颅为刘御医报仇，刘离就认定了这个大眼睛的梁军将领，后来陈庆之来说媒，杨闵一口应允，只待婚期，如今皇帝下旨催婚，枋头坞百姓啧啧称奇。接了圣旨三天，杨闵准备妥当，瓜果李桃和鸡鸭鹅堆满马车，还有自产的烧酒和粗布，竟有好几车。葛荣已被平灭，沿途虽有流寇盗贼，但坞壁士卒抵御过几十万葛荣大军，哪怕些许草寇？杨闵选拔两百名坞壁士卒，身披重铠，手握战斧，骑乘战马，沿途护卫，又有元颢圣旨，一路必可周全。

刘离新娘子打扮，坐在牛车上与坞壁百姓告别，心中惆怅，从此跟随宋景休，也不知何时才能回到枋头坞重聚。一行人浩浩荡荡离开坞壁，百姓送到黄河渡口依依惜别。刘离激动又紧张，两三天就能到洛阳，大眼睛的夫君正在翘首以待。

77 天子踪迹

元天穆在荥阳和虎牢连败，收集残兵败将返回上党郡等候尔朱荣。此情此景如同一年前，那时两人在这里会合，发动河阴之变，掌控朝局，阵擒葛荣平定河北，元天穆击败邢杲，荡平山东，除了关中的万俟丑奴，天下就要平定，却被元颢和陈庆之横扫千军，连京师洛阳都丢了，旦夕之间翻盘。尔朱荣下追锋车与元天穆抱在一起相视大笑，尔朱兆不明所以，如此形势有什么可乐之处，却跟着呵呵笑起来，唯有尔朱世隆将弟弟头颅收殓在楠木盒中，抱在怀中一脸悲容。

随从在开阔处搭起围障，尔朱荣与元天穆临难相聚："军情如何？"

"可惜了费穆！"元天穆将费穆在虎牢战败投降，在洛阳被斩杀的经过讲述一遍，连声叹气。费穆能征惯战，与尔朱荣相交莫逆。尔朱荣心中悲恸，荥阳、虎牢之战损失惨重，尔朱世承被脔杀，费穆身死洛阳，元子攸和女儿生死不知。

"军情不稳。"元天穆又说，黄河以南的州郡几乎传檄而降，人心纷扰，尔朱荣大本营晋阳也非风平浪静，就连贺拔胜、高欢、侯景、甄密、李叔仁也各自拥兵，瞻前顾后。

“不如退守晋阳，静观其变。”元天穆不敢与陈庆之交兵，几十万大军都挡不住他的兵锋，如今陈庆之占据洛阳，兵马数十万，守住上党和晋阳就算不错。

“天下形势只在一人。”尔朱荣望向远处，战马饮水吃草，还没有恢复体力。

“何人？”元天穆还找不出破局之法。

“皇帝。”尔朱荣极为清醒，只要掌控元子攸，便可以号令天下，安定军心，如果找不到元子攸，以一隅而抗天下，危如累卵，就大事不妙。

元子攸绕开河内郡又奔行一日，距离洛阳越来越远，心中稍安，夜间停下马车。杨侃和高道穆在四周警戒，尔朱歌生火造饭，传来肉香，她仿佛回到过去浪迹大漠的日子，兴致勃勃：“皇帝，尝尝我射杀的黄羊。”

元子攸急忙逃命，哪有时间吃饭，此时饥肠辘辘，羊肉香甜无比，大口吃起来。尔朱歌一边烤肉一边哼唱，元子攸听呆了，采选之时王公大臣都说她容颜可沉鱼，歌喉可落雁，元子攸觉得夸张。此时夕阳西落，天苍野茫，风吹草低，心胸开阔正好应景，元子攸竟忘记了逃离洛阳的郁闷，不由得叹道：“先祖道武帝和太武帝跃马扬鞭，纵横草原，才有猎取天下的志向，皇宫深处狭隘拥挤，只有钩心斗角和尊卑之分，哪有祖先的胸怀？”

这正合尔朱歌心意，她将火光挑亮，抓起数串羊肉递给元子攸。元子攸走过去交给高道穆和杨侃，两人跪倒，元子攸苦笑：“别拜了，我如丧家之犬逃出洛阳，落难天子还不如一介平民，你们一路追随，我感激不尽了。”

杨侃掏出一封布告递给元子攸，元颢不知道元子攸逃到哪里，把信件发往河内郡，抄录之后张贴在城门，被杨侃揭了下来。这封布告内容与上一封信大同小异，元颢入洛，固然因为梁军猛锐，但也有很多人仇恨尔朱荣而投降。元子攸问道：“你意下如何？”

“陛下可愿甘居人下？”高道穆反问。

个人荣辱和祖宗社稷孰重孰轻？南归洛阳，与元颢携手共同对抗尔朱荣？如果没有尝过做皇帝的滋味，元子攸就会如同元延明出城迎接元颢，可自己是皇帝，怎能回头？他将元颢的布告扔入火堆：“写几道圣旨，把御驾所在告知远近，号召天下勤王。”

“此为生死存亡之关键，陛下若返回洛阳，天下皆归元颢，却能保住大魏社稷。如果北奔，尔朱荣挟天子讨不平，一旦击败元颢，还是大魏的天下吗？”高道穆心向元子攸，愤恨尔朱荣河阴屠杀，立场不稳。

“若让元颢坐稳天下，天下会不会姓萧？”元子攸看一眼尔朱歌，“即便大将军击败元颢，天下也不会落入他的手中。”

高道穆心有疑虑：“梁军兵锋旺盛，七千人马席卷河洛，如今占据洛阳得到天下精兵，大将军恐怕也是无可奈何啊！”

“元颢得了洛阳又如何？他外有强敌，内有不测之敌。”元子攸逃出洛阳，反而看透了王公大臣根本不足倚靠，“这封信不需回复。”

78 进退不决

永宁寺前殿让与梁军，后苑仍为僧人比丘居住，陈庆之心事重重，徘徊到后苑，那里有一双可以透视天下的双眸。大门一开，阿阇梨殷殷站在门前。陈庆之上前施礼："多谢阿阇梨相助。"当日陈庆之在虎牢被元天穆二十万人马围攻，幸亏阿阇梨告知洛阳已破，援军将至，陈庆之改变部署夹击元天穆，才有大胜，也才笃定阿阇梨的立场。阿阇梨请陈庆之进来："我在建康时曾允诺，请你登永宁寺塔，俯瞰洛阳。"

永宁寺塔远高于建康的同泰寺塔，陈庆之刚入洛阳时极为震惊，但他一向对伽蓝和佛像无感。阿阇梨看透他心思，不讲述佛教典故，登上浮屠，大风呼啸，阿阇梨指着脚下："铜驼是汉武帝所造，纪念张骞开通西域，那时大汉铁血怒马，让人向往。"

陈庆之默然不语，经历五胡十六国，汉人龟缩南方，连洛阳和长安都丢给胡人，哪能与汉武帝的开疆拓土相比？他指着西北地势高绝的城垣问道："那可是金墉城？"

"长门久已闭，离宫一何静。细草缘玉阶，高枝荫桐井。微微夕渚暗，肃肃暮风冷。神行扬翠旂，天临肃清警。"阿阇梨念出一首诗，向陈庆之说道，"这是温子升的诗，倒也把金墉城写得透彻。”

洛京被黄河、邙山逶迤环绕，苍木如云，碧草萋萋。北城有大夏门和广莫门，东有建春门、东阳门和青阳门，南为开阳门、平昌门、宣阳门和津阳门，西边是西明门、雍门、西阳门、阊阖门和承明门。城内被铜驼街一分为二，御道东排列着左卫府、司徒府、国子堂，太庙和护军府在最南端，御道西是右卫府、太尉府、将作曹、太社和凌阴里，宫殿恢宏，树木成行。陈庆之在梁国时总以为洛阳化为荒土，长江以北尽是夷狄。到洛阳才知道衣冠士族尽在中原，人物阜盛，目所不识，口不能传，远非建康能及，感慨说道：“我到了洛阳，如同登泰山知土丘之小，望大海知江湖之微。”

“关中侯使命已达，下一步如何？”阿阇梨问来毫无含糊，好像是她分内之事。

陈庆之不敢轻视：“正要请教，我有进退两策，要么退出洛阳返回江南向皇帝复命，要么训练士卒，请求派兵驰援，驱除索虏，恢复故都。”

“退，这边的皇帝可会同意？”阿阇梨指着脚下的皇宫暗指元颢。陈庆之摇头，尔朱荣未灭，元子攸北奔，自己是元颢依靠，他不会同意。

“南边的皇帝是否同意增兵？”阿阇梨指向南方，指的是梁帝萧衍。

陈庆之想起近日朝会，齐州刺史元欣认为元颢勾结梁国入侵，斩杀使节，拒绝投降，朝中不少大臣也存着这种想法，元颢嘴里不说，肯定担心自己反客为主夺占洛阳：“增兵，恐怕这边的皇帝也有顾忌。”

“进退不得又如何？”阿阇梨问出了最坏的情形。

“死无葬身之地！”陈庆之前有尔朱荣大军，后有处处掣肘的魏国大臣，困守洛阳绝无生路，“当日在建康，为何不将这番道理告知？”

阿阇梨听他语气生硬，乖巧说道：“关中侯那时未必听得进去。”当时很多人曾劝陈庆之不要北伐，他的确听不进去。阿阇梨反问：“而且关中侯北伐功在千秋，我为何劝你？”

“功在千秋？”陈庆之看不透阿阇梨，她前言后语都有说不清的地方。

“宫门开了，你的新皇帝要来了，何不问他？”阿阇梨向塔下示意，让陈庆之接待元颢。

79 同床异梦

元颢跳下金根车，带着亲近侍卫进了永宁寺山门。他为人豪爽，半年来白马啸西风，与梁军在战场上打出了交情，极喜欢与他们推杯换盏，歌舞不休，不是纯粹虚情假意地收买人心。陈庆之远远过来倒地要拜，元颢扶起来说："大门关上，咱们就是军中袍泽，只依军礼，不同于朝堂。"

陈庆之也不矫情，站立一旁。梁军将领兴高采烈向元颢拱手施礼，元颢抱拳应对，脸上多出了几道笑容，命令大摆筵宴。陈庆之将元颢引入正堂，屏退闲杂跪倒："陛下。"

元颢十分意外，皱眉问道："何事？"

陈庆之攻入洛阳的喜悦渐渐平复，看到了危机重重："我不辱使命，护送陛下返回洛阳，可是朝廷上下对我的人马十分忌惮，我请领兵东返。"

元颢还需借助陈庆之抵御尔朱荣，哪肯答应："陛下将我委托于君，你却要舍弃我返回南方，难道只为自身安危，不为国家考虑？"元颢口中的皇帝是指梁帝萧衍，继续放软语气："皇帝并无旨意退兵，子云若退，恐怕我也要被责罚。"元颢搬出萧衍，倒不是强词夺理，萧衍诏令陈庆之护送元颢攻打洛阳，没说到达洛阳就退回梁国，萧衍也没想到今天的局面。

陈庆之早有计较，以退为进：“我军远道至此，朝廷上下并不顺服，敌军已知我军虚实，尔朱荣一旦召集人马四面包围，如何抵御？陛下如若不想我退出洛阳，就只能进。”

“进？”元颢夺下洛阳心愿已足，不知道还要进到哪里。

“渡过黄河追击元子攸，击败尔朱荣。”陈庆之绝不能守在洛阳，等敌军坐大。

元颢心中翻江倒海，陈庆之素有恢复汉人故土之意，一旦击败尔朱荣，还是自己的天下吗？拒绝道：“尔朱荣坐镇晋阳，攻打不易。”

陈庆之暗暗叹息，元颢不同意进也不让退，他七千人连番恶战，兵员只减不增，绝不堪战：“若要守住洛阳，须补充兵源。”元颢不想把投降魏军交给陈庆之，询问如何补充。陈庆之信不过投降的魏军：“请敕令各州，如有南人青壮，须送往洛阳补充军队。”

如果增加陈庆之的兵力，社稷难保不落入梁国之手，元颢深思许久，施出拖延之术：“此事牵扯极大，待我三思。”

陈庆之继续请求：“和尔朱荣大战一触即发，还请陛下征调南军入援。”

一旦陈庆之援军到达，未必不会踢开自己，成为另外一个尔朱荣，甚至将魏国纳入梁国，天下便姓了萧。元颢怒极，不理陈庆之，大步出了佛堂。陈庆之极为烦闷，进退之路都被断绝，连兵源都补充不成，又无梁军驰援，外有强敌内有掣肘，真是大祸临头。又不能彻底得罪元颢、只好跟出去。永宁寺前摆开筵席，梁军将领入席，元颢举起酒杯：“幸赖祖宗佑护，上天眷顾，诸位用命，朕横行三千里，夺回社稷，需歌舞以贺！”

丝竹声起，乐工舞姬徐徐而入，歌舞曼妙，梁军将领哪看过皇宫歌舞？饮酒入鼻，双目绷直，歌舞醇酒美人当前，有几人能抵挡？陈庆之烦恼莫名，阿阇梨判断无误，元颢不让自己走，也不给自己援兵，五千残兵怎样困守洛阳？歌舞已毕，元颢仰天大笑："朕称帝之时便要与诸位共天下，你等出生入死，朕岂能吝惜财物女子？"他双掌一拍，黄金珠宝被一盘盘送入。元颢抓起一块赤金元宝："绫罗绸缎，珊瑚玛瑙，都不如十足黄金，诸位休要客气，你等有护驾之功，在洛阳怎能缺了金子？"

梁军将领哪见过这么多金子，目瞪口呆，歌伎舞姬娇娆近前，坐于梁军将领之侧，斟酒布菜，巧笑劝酒，军营莺歌燕舞。一名舞姬自恃貌美靠向陈庆之，陈庆之不视不语也不用她斟酒，舞姬悻悻坐在一边。马佛念更不客气，将千牛刀向桌上一拍，吓得舞姬逃到一边。杨忠心中只有明月，哪肯让这些女子服侍？向元颢拱手道："陛下，我自己饮吧，不需她们伺候。"

元颢在等待元子攸的回信，一旦他返回洛阳，明月和杨忠的婚事便要作废。杨忠是陈庆之手下大将，失信极为不妥，元颢选了色艺俱佳的舞姬，一旦他动心，便可以赏赐，也算弥补，谁知杨忠看都不看，元颢摆手让那舞姬退下。其余梁军众将都是战场上杀出来的，哪有许多讲究？美女醇酒当前，几人能够坐怀不乱，各自拥搂痛饮，不复军营体统。

陈庆之放下酒杯，起身离席。元颢作战时擂鼓助威，胜仗之后不吝封赏，醇酒美人，与自己的队伍打成了一片，实在福祸难测。马佛念一直留意陈庆之神情，离开宴席来到四遭无人之处："关中侯，这里比战场还要凶险。"洛阳城中敌我难分，形势诡谲，哪如战场上敌我分明？陈庆之回望与元颢痛饮的将领们，暗暗叹气，将刚才与元颢的对话说出来。元颢既不同意追击元子攸，也不同意自己退回梁国，也不让梁军北上支援，连补充新兵都迟迟不愿答应。马佛念听完叹气："关中侯志在恢复中原，我们反而帮助他打天下了。"

元颢和元子攸是胡人还是汉人？陈庆之在南方之时听闻黄河以北都是五胡之后，魏国当然是狄夷。他来到洛阳渐渐发觉，孝文帝汉化之后，亲王娶汉人为妃嫔，元颢身兼胡汉，穿衣打扮和礼仪文化皆同汉人："我立志驱除胡虏，到洛阳才发现胡虏居然变成了汉人。"

马佛念也是苦笑："关中侯威行河洛，声震中原，功高势重，为魏主猜疑，变生不测！"

陈庆之极倚重马佛念："又当如何？"

马佛念看着与众将称兄道弟的元颢，冷冷说道："一不做二不休，趁其不备控制元颢，占据洛阳，奏请陛下调集军队，长驱直入，恢复中原，这是千载难逢的机会！"

元颢常来永宁寺，擒他易如反掌，再从梁国调来十几万人马，或许真能占据洛阳，可是萧衍没有这道圣旨，陈庆之阻止道："再勿多言，待我启奏陛下，调集大军赶赴洛阳支援。"

马佛念看出形势危急："内外都是强敌，如不采取雷霆手段，死无葬身之地！"

陈庆之没有政治野心，又对萧衍忠心耿耿，马佛念的计谋超出他的想象。在他看来，如果补充兵源便可以与尔朱荣决战，如果形势不利，退出洛阳返回梁国，仍可自保，心中没有扣押元颢自立的打算。

80 长子合兵

元子攸的追锋车一路向北，两旁渐渐有了奔驰的骑兵。杨侃和高道穆到处打听，往返汇报："这是元天穆的人马，从虎牢退回来，听说尔朱兆到了长子。"

长子处于上党郡和河内郡交接处，与尔朱荣会合的必经之路。元子攸紧吊着的心总算落下来，到了安全地界反而犹豫起来，尔朱荣是仇敌，在晋阳当个傀儡皇帝、笼中之鸟，或许不如返回洛阳当长乐王，想想这一年，有平定葛荣和邢杲的风光，最终落得匆匆北顾，心里说不出的怨恨。烟尘腾起，尔朱歌仿佛有心灵感应："爹爹到了。"

尔朱荣蓄养战马极多，用山谷衡量，按照颜色分类，没有一匹杂马。眼前这支军队的战马全是黑色，膘肥马壮，除了尔朱荣没人有这么精壮的骑兵队伍。烟尘越来越近，一辆追锋车停在眼前。尔朱荣从车上跳下，扑通跪倒："陛下，臣尔朱荣接驾来迟！"

尔朱荣被赐赞拜不名，找到元子攸又惊又喜，顾不得许多跪倒。元子攸没想到他如此对待自己，疑虑打消，扶起尔朱荣："我落难到此，大将军不愧是擎天之柱，请起！"

侍从托来一副金光灿灿的铠甲，尔朱荣递给元子攸："请陛下着戎装，共讨逆贼！”

士卒们遮出围障，元子攸和尔朱歌入内更衣，片刻时间元子攸全身黄金铠甲，威风凛凛，如同战神般从围障中走出，尔朱歌身材窈窕，铠甲衬托她如同月宫的戎装嫦娥。尔朱荣大喜过望，口授军令：“皇帝陛下已至军中，天下兵马齐集长子勤王，讨平叛逆！”

元子攸有了主心骨，意气风发：“我已起草谕旨告知天下，想必大军已在途中。”他丢失洛阳，担心受到屈辱，尔朱荣屈膝下跪，也没有打算退守晋阳，而要夺回洛阳，自己便不会成为晋阳的笼中鸟，顿时觉得自己做出了正确的选择。

尔朱歌本想与元子攸前往秀容草原弯弓走马，没想到大军掉头南下进军洛阳。又要回到皇宫吗？这是我无法逃脱的宿命吗？那里钩心斗角密不透风，元诩被胡太后毒杀，那里泯灭人性，只有残酷的血腥。“子攸，要回到洛阳吗？”尔朱歌不甘心，她不知不觉中已经改了称呼。

元子攸面露困惑，他当然要夺回江山社稷：“我是皇帝，你是皇后，不去洛阳去哪里？”

尔朱歌默然，洛阳是京师，那里有魏国的宗庙和陵寝，可是平城也有，她小声问道：“为何不去平城？”

元子攸眼中精芒一闪，尔朱荣曾打算恢复平城故都，他如果率兵北返，自己只能当个傀儡皇帝：“这是谁的主意？”

尔朱歌哪想到那么深？继续劝说：“我不想回去，那里有可怕的命运，会让我瑟瑟发抖。”

“胡言乱语，那是祖宗的江山和社稷，我出生和长大的地方，只有乱臣贼子才会被屠戮和斩杀，就像葛荣和邢杲！”元子攸反驳，他和尔朱歌争论多次，每次都不欢而散。

“我不回去！”尔朱歌声音决绝，不打算妥协。

“你随便！”元子攸绝不能容忍这种想法，我是皇帝，必须返回京师。

尔朱歌悲伤地离开行宫，来到军营去见父亲。周围是看不到尽头的军帐，她越看心越凉，父亲聚集大军，必定要攻打洛阳，他的想法与夫君没有什么不同。尔朱歌进到军帐，尔朱荣正在秉烛观看地图，黄河三桥，洛阳的三川八关，是进军洛阳的必经之路。

尔朱歌一开口就被打断，尔朱荣与以往一样说辞，你是我女儿，连接部族与皇室，必须做一个称职的皇后，与天子居于京师。当尔朱歌含泪恳求留下来的时候，尔朱荣继续查看地图寻找进军道路，尔朱歌极为失望：“爹爹，我常做噩梦，皇宫是不祥之地。”

尔朱荣愠怒地打断：“小歌，勿要胡言乱语！”

“这是真的，元诩死在我怀中，那里只有阴谋和暗算，您如果留在那里，皇宫就是您的坟场，全家都会死！”尔朱歌大声喊道，那是诅咒之地，她一定要逃离。

尔朱荣挥动袍袖，愤怒地走到帐篷之外，忽然停住脚步转身询问：“小歌，你在皇宫是不是听到了什么？”

尔朱歌垂泪点头：“皇帝不能忘记被屠杀的兄弟，他时刻都在谋划，置您于死地。”

尔朱荣点了点头：“回去吧，我知道了。”

尔朱歌见完父亲茫然若失，牵着小红马穿行在军中。士卒们用长槊搭起帐篷，伙军杀羊煮汤，搬出烤馕，燃起篝火，围成圆圈，唱起回波乐，踏地起舞盘旋，摔跤角力。尔朱歌心中的阴霾扫去小半，想挤到他们中间唱歌舞蹈，可是她刚走近，所有人跪倒拜见皇后，这让尔朱歌兴致大减。

她牵马悻悻出了军营，一小队骑兵策马过来护在前后，尔朱歌十分扫兴地返回军营，这里至少比不透风的行宫要好一些。她忽然意识到，自己在军营里徘徊是为了见一个人，那个让她魂牵梦绕的男人。她走回大帐，或许父亲升帐议事，他也会来？可是帐前冷落鞍马稀，哪能见到意中人？

悠扬的笛声响起，只凭音质就能听出是贺六浑的玉笛。尔朱歌跃上小红马，策马出营，骑兵队伍随即跟出，向月明之处奔驰。半山草坡之上，一匹战马啃着肥油油的苜蓿，一个结实的身影坐在树下，双手抚笛，正是高欢。尔朱歌牵缰绳，止住骑兵队伍，随着熟悉的曲调向草坡上缓缓走去。一曲既罢，她正好来到高欢面前，数年征战为他洗礼，目光沉稳有力。高欢在这一年里，随同尔朱荣渡过黄河发动河阴之变，出滏口击败葛荣，将羊侃逐到梁国，又与元天穆擒获邢杲，从一个牧马人成为肆州刺史，他变得更加自信，躬身施礼："小歌。"

两人走出骑兵的视线，尔朱歌被揽进高欢怀中，浓重的男人气息扑来，全身血液和魂魄都被吸干，沉醉在长吻之中，从日落到月升。尔朱歌在他胸前猛然一推："贺六浑，跪下！"

高欢听说尔朱歌来到军营，用笛声将她召唤到身边，情不自禁吻下去，这才想起她的皇后身份，双膝跪倒："参见皇后！"

尔朱歌坐下，不让高欢起来：“贺六浑，知道我是谁吗？为何如此？”

高欢故作不解：“你永远是我的小歌。”

尔朱歌不想落了下风：“这是对待皇后的礼仪吗？”

高欢曾与尔朱歌数度缠绵，没有把她当作皇后，而是当作情人，拜了一拜：“小歌，你不能返回洛阳。”

这句话正合尔朱歌心意：“为何？”

高欢知道她的性子：“百灵鸟应该自由自在生活在草原。”

“我是草原上的百灵鸟还是皇后？”尔朱歌和元子攸没有情感，只是政治联盟。

“还用问我？”高欢对尔朱歌念念不忘。

“带我离开这里。”尔朱歌要抓住这个机会，返回皇宫就进了囚笼。

“皇后。”高欢伏地不起，他难以放弃踏星而行的梦想。

“联姻不能化解杀戮，皇帝对爹爹充满仇恨，他会杀了他，我的族人会全部死掉，我将迎来更悲惨的命运。”尔朱歌扑到高欢面前，“皇帝返回洛阳，父亲回到秀容草原，相安无事，这样才能拯救我的族人。”尔朱歌说过这个道理，尔朱荣根本不听。

“小歌，我会带你离开皇宫，回到草原。”高欢相信联姻不能化解仇恨，可是谁也不敢带走皇后。深夏草长，高欢将尔朱歌扑倒，轻解罗裳，埋头在她胸口，亲吻她脖颈。尔朱歌望着天空的月亮，越来越绝望，任凭高欢脱光衣服，身体冰凉如水。高欢停下手脚，欲火消失，翻身坐起替她擦去泪水，再为她披上衣物。

尔朱歌整理好衣服，在高欢脸颊轻轻一吻：“从此我是皇后，不再是你的小歌。”

“小歌。”高欢喃喃说道，却看见尔朱歌面容生出威仪。

“贺六浑，你可以走了。”尔朱歌硬起心肠断去希望，无论父亲还是高欢都是男子汉大丈夫，根本不懂得仇恨和阴谋。

“小歌，我劝大将军返回晋阳。”高欢摩挲着尔朱歌的发梢。

“你能做到？”尔朱歌又燃起了希望。

“有一个人可以。”高欢搂住尔朱歌的腰肢，“那人名叫陈庆之，率领七千人从梁国出发，白马啸西风，声震河洛，小孩子们都会唱，名师大将莫自牢，千军万马避白袍。”

“陈庆之如何让父亲返回？”尔朱歌不太明白。

“只要陈庆之将大将军拦截在黄河，皇帝便不能回到皇宫。”高欢看到了这种可能。

尔朱歌不把希望寄托在陈庆之身上：“世上没人能够拦在爹爹的战马之前。”

尔朱荣与陈庆之是百年难遇的名将，龙虎相争，胜负难料，高欢心潮澎湃：“未必。”

山坡之下，一队骑兵奔驰而过，为首那人停住战马，拢耳倾听，再也找不到笛声：“这么耳熟？我好像在哪里听过。”

杨侃从骑兵队列中出来：“城阳王，快去见皇帝。”

这正是从洛阳北奔的城阳王元徽，昼伏夜出赶到长子，接近军营时听到熟悉的笛声，纵马寻到山岗，再也听不到。看见山下有一队骑兵，他策马问道：“诸位军爷，可曾听到笛声？”

这队骑兵正是护卫尔朱歌的御林军，都不回答。元徽认出铠甲服饰：“你们是御林军，难道皇帝在此？”御林军警戒森严，无人搭理元徽。元徽悻悻回来：“皇帝应该在此。”

杨侃奉命迎接元徽，催促道：“皇帝在行宫等你，勿要多想，跟我来。”元徽策马前行，时不时回望山岗，隐隐约约可以看见两个人影在月光下依偎，他们是谁？

元子攸的行宫就是一座寻常府邸，听说元徽投奔，喜出望外迎出门外。元徽拉着元子攸衣角跪倒：“陛下，恕我来迟！”他曾对元颢存有希望，没有与元子攸一同渡河，心中还有疑虑。

绝大多数王公大臣都投降元颢，元子攸正缺人手，哪会怪罪元徽，扶他起来：“洛阳形势如何？”

元徽在洛阳不受重用，极为怀恨：“梁军到处劫掠，元颢不知抚慰，自以为上天授命才能夺得洛阳，整日与亲信宴饮，陛下夺取洛阳易如反掌！”元子攸大喜过望，兴奋地连连踱步，元徽取出地图双手献上：“元颢缘河据守，这是他的驻防图。”

元子攸展开细看，元颢派遣军队分驻要害，宗政珍孙和河内太守元袭驻守河内郡，夏州刺史李缅防守北中城，元延明和元颢之子元冠受沿黄河布防。这幅图十分关键，元子攸拉着元徽出门：“跟我去见大将军，将这幅图给他。”

“君岂能去见臣子？”高道穆拦住两人，让元子攸稍微平静。

“罢了，待大将军至，再给他。”元子攸停下脚步，深更半夜去见尔朱荣，确实不妥。

元徽立了大功，趁元子攸高兴问道：“刚才我在城外山岗下见到御林军，那是何人？”

“哦，皇后去见大将军了。”元子攸不觉异常，父女之情人皆有之。

山上有两人，笛音如此熟悉，元徽猛然想起华林苑采选，高欢抚笛伴奏，就是此曲。啊！祖莹曾说尔朱歌私通高欢，差点儿惹出杀头之祸，难道是皇后私会高欢？“城阳王，你脸色好像不对。”高道穆观察仔细，看出元徽的异样。

“长途跋涉有些累了，我去歇歇。”元徽惊心动魄，此时要依仗尔朱荣，即便尔朱歌与高欢私通，也不能告诉皇帝。

“陛下，陈庆之搜寻南人，已有数万，要编练成军。”元延明是魏国宗室，痛恨尔朱荣河阴屠杀，倒向元颢，又开始担心陈庆之。

“梁国大军陈兵边境，一旦入境，社稷不保！”祖莹仍为黄门侍郎，负责起草文书。

元颢没理由不让陈庆之补充兵员，却可以暗地做手脚：“安丰王，你私下联络州郡，将南人暂缓送入洛阳。”洛阳的南人不多，陈庆之练不出多少兵来，又向祖莹说：“你写封奏折给萧衍老儿，说天下已定，无须加兵。”

祖莹排开笔墨，咬笔沉思片刻，文章一挥而就：今河北河南克定，唯尔朱荣尚敢跋扈，臣与庆之自能擒讨。州郡新服，正须绥抚，不宜更复加兵，摇动百姓，望陛下明鉴。

元颢去年十月攻袭铚城，今年四月进拔荥城，在睢阳击败丘大千，攻克考城，五月十七日攻克大梁，二十二日夺取荥阳，次日在荥阳大破元天穆，二十五日攻入洛阳，全靠陈庆之的军队，如果再增加他的兵力，洛阳恐怕便归了梁国。如今元子攸北奔后毫无消息，尔朱荣会不会挥军南下攻打洛阳？即便如此，自己携天下之众，以陈庆之为前驱，击败尔朱荣不难。

陈庆之招募南人从军，在洛阳只得到一千人，淘汰老弱，数目更少。城内胡羌人马有十万之众，元颢拉拢梁军众将，何尝不是笑里藏刀？一旦反目，自己难以抵挡。更可怕的是尔朱荣，他是不世出的名将，一旦全力南下，自己有城内的胡羌掣肘，还要分兵监视魏国降军，与尔朱荣对战几无胜算。陈庆之志在驱除胡虏，恢复中原，现在变成元颢复国的前驱，最好的结局是被圣旨调回建康，谈何恢复故土？马佛念的谋划再次闪现在脑海，只要挟持元颢，梁国大军从东南两个方向进入魏国，十日便可到达洛阳，正好收拾故土。只是萧衍皈依佛法，出兵北伐费了极大口舌，发全国之兵征讨魏国，恐怕不是易事。事到如今没有其他办法，他大声喊道："军副！"

马佛念应声而入，抱拳施礼，陈庆之问道："可记得当日之谋？"马佛念点头，眼中闪出兴奋的火花。陈庆之说道："我派信使请陛下进兵，一旦有事，就在洛阳动手！"

马佛念拱手而答："元颢三五日便来宴饮，擒他易如反掌！"又想到梁军将领与元颢称兄道弟，尤其杨忠对明月一往情深，缓缓说道："只怕杨忠有顾虑。"

陈庆之也很头疼，杨忠会不会拒绝对元颢动手？即便勉强同意，会不会露出马脚？如果不告诉杨忠，磨刀霍霍，他岂能看不出来？这等大事瞒着他，日后必生芥蒂，马佛念想想说道："关中侯，我先探探他口风。"

陈庆之摇摇头："不须如此，我相信杨忠。"说完起身离开，去赴阿阇梨的龙门之约。

永宁寺钟声悠然，一辆画轮车停在山门之外，阿阇梨不想容颜惊了凡尘，坐在垂帘内向陈庆之说道：“在建康时，我曾许诺为向导，带你游览洛阳，今日特来赴约。”

陈庆之拱手答道：“敢不从命？”

“何不上车？”阿阇梨的声音带着笑意。

“那是皇宫车驾，不敢逾越。”陈庆之请阿阇梨上追锋车，御者挥鞭，七十二名梁军精锐护在两旁，踏上铜驼街向阊阖门冲出。孝文帝迁都洛阳后，在伊水龙门的峭壁上开凿石窟，河阴之变后，不少主持造像的王公大臣身亡，无人出钱出力，龙门萧条。陈庆之看着巨大的洞窟和佛像，心中更觉震撼。追锋车沿伊水前行，阿阇梨问道：“我有一事不明，请教关中侯，魏孝文帝算是胡人还是汉人？”

陈庆之答道：“魏朝虽盛，犹曰五胡，正朔相承当在江左，秦皇玉玺今在梁朝。”

晋朝永嘉之乱后，匈奴、羯、鲜卑、羌和氐相继在北方建立了十六个国家，称为五胡十六国，后来鲜卑拓跋氏崛起，也属五胡之一。阿阇梨笑而不语，请陈庆之进到洞窟：“此为宾阳洞，意为迎接初升的太阳，魏国宣武帝元恪为父亲孝文帝而建，用工八十万，耗时二十四年，五年前完工。”

穹隆雕刻重瓣莲花宝盖，周围是八个伎乐天和两个供养天人，衣带飘扬，姿态优美。三世佛寓意过去、现在和未来。主佛为释迦牟尼，面颊清瘦，体态修长，身着宽袍大袖袈裟，平直刀法明快地雕刻密集的衣纹。释迦牟尼身旁侍立二菩萨，含睇若笑，文雅敦厚，褒衣博带袈裟，立于覆莲座上。陈庆之被罩在佛光中，心灵悸动，合十向主佛三拜。再向两侧看去，一佛像坐于榻上，身披紫裘，白练襦裙，一膝支起，左手抚膝，右手执麈尾，上身略前倾，蹙眉张口，呈辩说状，目光深沉，眉头紧蹙，舒散自如，安详自信，从容不迫地侃侃而谈，蕴含奔放之气。壁画讲述了一位名为维摩诘的菩萨，转世到毗邪离城，拥有万贯资财，出入街巷传播大乘佛学。一天维摩诘自称有病，大菩萨文殊前往问疾，两人辩论，诸菩萨弟子、帝释、天王及国王大臣等前来观看。陈庆之又去看第三层浮雕，一位帝王头戴冕旒，身穿衮服，诸王和中官为前导，宫女手持伞盖、羽葆、长剑、香盒相随，在御林军簇拥下缓缓行进。人物密集重叠，顾盼照应，浑然一体，变化丰富。绘画常用形体高低大小区分人物等级，这幅雕刻并无显著的人物大小之别，服饰大致相同，但从人物风度威仪间的微妙差别，显示出作为全图中心的皇帝迥异常表的高贵与尊严，高超的雕琢手法令人叹为观止。

“关中侯，这是胡人还是汉人？”阿阇梨再问。

“服饰、礼仪和仪仗皆是汉人，这是魏国孝文帝？”陈庆之略加思索回答。

“这雕刻名曰皇帝礼佛图。”阿阇梨答道，“宣武帝为父孝文帝祈求冥福修建，五年前刚完工。”

陈庆之“哦”了一声，原来北魏皇室与汉人毫无二致，他又去看南边的皇后礼佛图，横向浮雕中人物颀长，略向前倾，保留了盛典中的帝王生活气派，又有飘然如仙的礼佛氛围和凝然静谧的心境。宫女含睇若笑，娇慵前行，与虔敬肃穆的礼佛氛围形成了对照，暗合人世和天界差异，是元恪为母亲文昭太后所刻，她便是出自渤海高氏逃奔高句丽的汉人女子高照容。

“真正恢复中华是此人，足以千古扬名。”阿阇梨指向雕刻正中的孝文帝，“孝文帝元宏六十年前生于平城紫宫，为献文帝拓跋弘长子，母亲李夫人是中山大族李惠之女。魏国子贵母死，他被立为太子时生母被赐死，由祖母冯太后抚养成人。”孝文帝母亲和祖母都是汉人，拓跋魏后世娶汉女为妃，元颢父亲北海王元详也是如此，都有浓厚的汉人血脉。北魏皇室与弘农杨氏、河北李氏、清河王氏、渤海高氏频繁通婚，名望高于一般汉人百姓，这在当时极为看重，陈庆之也不得不服膺孝文帝的宽广胸怀。

“魏晋以降，胡汉相杀百年，孝文帝精通五经，博涉史传，善谈老庄，擅长文章，诗赋铭颂，任兴而作；有大文笔，马上口占，侍臣笔录，不改一字，辞旨可观。他常说，君王处心公平，推诚待人，只要能做到，胡汉可以亲如兄弟。”阿阇梨知之甚详，娓娓道来。拓跋宏五岁即位，二十三岁亲政，从平城迁都洛阳，改鲜卑姓氏为汉姓，移风易俗，与汉人通婚，参照中原典章制度制定官制朝仪。陈庆之沉思，驱除索虏和孝文帝推行汉化，孰优孰劣一目了然，不禁叹道：“孝文帝胸襟气度，实为千古一帝，我自愧不如。”

陈庆之横扫千军攻入洛阳，意图恢复汉人故都，驱除索虏，孝文帝早已推行汉化，难道全是一场空？他茫然进了另一洞窟，看到一幅题记：维太和之十八年十二月十一日，皇帝亲御六旌，南伐萧逆。军国二容，别于洛汭。行留两音，分于阙外。太妃以圣善之规，戒途戒旅，弟子以资孝之心，戈言奉泪。其日，太妃还家，伊川立愿，母子平安，造弥勒像一区以置于此。至廿二年九月二十三日，法容刻就，因即造斋，镌石表心，奉申前志。永愿母子长餐化年，眷属内外，终始荣期，一切群生，咸同斯福。维大魏太和廿二年九月廿三日，侍中、护军将军、北海王元详造。这是元颢之父当年随同孝文帝南征，为母亲祈福的雕刻。陈庆之手指在空中比划模仿字迹，他年轻时为萧衍主书，撰写圣旨信件，字体极佳，眼前这魏碑体前所未有，保留了浓厚的隶书笔形，转折处方整，横、撇、捺画收尾时出锋上扬，用笔逆入平出，提按较少，字体茂密，粗细均衡，横画沉着厚重，气势雄浑，符合北人粗犷的性格。陈庆之感慨于孝文帝汉化之丰功，又为这书法所折服："疏处可以走马，密处不使透风！"他本以为长江以北尽是夷狄，来到洛阳后才见其衣冠风流，不是想象中的蛮荒之地，孝文帝迁都只有二十六年，民族融合一日千里。

阿阇梨轻问："关中侯还要驱除索虏吗？"

胡汉融合创造了灿烂文化，魏国元氏与北方高门望族几代联姻，血统都分不清胡汉，陈庆之想了许久也不知道答案。两人出石窟，踏上追锋车，阿阇梨此番话大有深意，从意想不到处颠覆了陈庆之由来已久的志向。横扫河洛，恢复中原，竟是毫无意义的一场空吗？车驾入城一路无语，到了永宁寺，阿阇梨说道："还有一事，请关中侯帮忙。"

"何事？"陈庆之对阿阇梨心悦诚服，她所托的事情，必然尽心竭力。

"我有一小友，出自渤海高氏，姓高名昂，欲学兵法，请关中侯留意。"阿阇梨向陈庆之施礼，从侧面进了寺庙。

陈庆之记住了这个名字，却不知道阿阇梨的用意：“为何要传授他兵法？”如今尔朱荣即将兵临洛阳，大敌当前，传授兵法应该不急于一时。

“关中侯，你将以七千人马硬抗三十万大军，你的对手将是百年来最伟大的将领，他甚至是亘古未有的骑兵统帅——尔朱荣。”阿阇梨沉吟许久，说出了关键，“但是，尔朱荣最为忌惮的人并不是你，而是这个高敖曹。”

这简直匪夷所思，陈庆之半晌也没有明白，他早已让杨忠等人打探北方军情，高敖曹虽然武功盖世，却只有一支几千人的部队，连葛荣都打不过，更别提尔朱荣了。阿阇梨缓缓说道：“十几年前，高敖曹曾与尔朱兆等人动手，我猜测，他的武功之中蕴藏着至上的兵法，正是尔朱荣忌惮他的原因。”

阿阇梨竟是让我从高敖曹武功中悟出兵法，与尔朱荣决战吗？可是他是不世的战将，如果旗鼓相当，势均力敌，自己还有一战的可能，如今自己深入中原，断绝援兵，背后有元颢掣肘，洛阳城有十倍的态度不明的羌羯军队，随时都会在背后捅一刀，自己只有得不到补充的五千残兵，真的能够与尔朱荣一战吗？眼前唯一的指望就是皇帝能够尽快派遣大军赴援洛阳，听说十几万梁国大军已经到了边境。

82 后援断绝

东汉建安十三年，诸葛亮出使江东，对孙权说：秣陵地形，钟山龙蟠，石头虎踞，此帝王之宅。四年之后，孙权筑石头城，并将秣陵改为建业，寓意建帝王之大业。后来孙权称帝，定都建业，把原将军府改名为太初宫，并在周围筑起宫墙加强防卫。西晋攻下建业，东吴覆亡，末帝孙皓投降，三国时代终于结束，西晋将建业改为建邺，建业作为东吴首都的时间只有六十八年。西晋八王之乱后，司马睿东渡，将京城迁到建邺，避愍帝司马邺的名讳，改建邺为建康。都城沿用东吴旧城，在其基础上扩建，中心为建康宫，在北面筑白石垒和宣武城，南边琅琊郡城，西面石头城，西南冶城和西州城，东南东府城，南面丹阳郡城，屯有重兵防守，地居形胜，守卫坚固。建康城以建康宫为中心，宫墙三重，外周八里，正南的第三重大司马门直对宣阳门，两门之间是二里长御道。建康宫正对宣阳门，再南五里为朱雀门，外跨秦淮河的浮桥，直抵南面祭天的南郊。宣阳门至朱雀门间的御道两侧布置官署府寺，南端临秦淮河左右分建太庙和太社，百官、百姓居住在御道两侧和秦淮河畔。苑囿分布于建康东北郊，北有华林园，原是东吴的旧宫苑，玄武湖在都城北，筑长堤以防水患，引湖水通入华林园、天渊池和宫内诸沟，再下注南城壕。冠带东渡，南迁人口甚多，在城东沿青溪外侧大兴土木，舟船经秦淮河从东西两方面抵达建康，秦淮河北岸的乌衣巷则是东晋王、谢名门巨族累世居住之地，京师鼎族多在青溪左及潮沟北。

建康宫也有内外三重，外重宫墙内有驻军，第二重宫墙内布置官署，朝堂和尚书省仍在东侧，向南有门通出宫外，形制与洛阳宫殿相同。西侧有中书省、门下省、秘阁和皇子所住的永福省。第三重墙内才是真正的皇宫，中央便是太极殿以及并列的东堂和西堂，太极殿后面是寝宫，前为皇帝的式乾殿，后为显阳殿。太极、式乾、显阳三殿和太极殿南的殿门，形成全宫的中轴线，寝殿之北是内苑华林园。

太极殿为大朝会之用，皇帝在两侧东西堂处理日常政务，今天洛阳的奏报终于到达建康，萧衍踌躇许久，终于在东殿召集亲信大臣前来议事。“本非将种，又非豪家，觖望风云，以至于此！可深思奇略，善克令终。开朱门而待宾，扬声名于竹帛，岂非大丈夫哉！”萧衍坐于正中，悠然念起了这首当年写给陈庆之的诗，那时陈庆之在涡阳打破魏军，萧衍对他的评价已经无可复加，如今得知他以七千人马横扫河洛攻入洛阳，更让人瞠目结舌。

“名师大将莫自牢，千军万马避白袍！这是洛阳的童谣。”萧衍悠然神往，那是什么样的场景，七千白袍白马啸西风，横扫千军。

文武大臣也是惊骇莫名，他们知道陈庆之护送元颢北伐，却停在铚城半年，他们都以为夺得了大片的土地，这次北伐已经大功告成，陈庆之应该凯旋。随即传出陈庆之深入魏国腹地的军情，他们都觉得陈庆之疯了，好在他只有七千人马，梁国不至于伤筋动骨。可捷报频频传来，在睢阳击败丘大千，攻克考城和大梁城，他们已难以置信，如今陈庆之竟然攻克了洛阳，那可是沦陷了三百多年的大汉的都城！

“从铚城至洛阳，四十七战，攻城三十二，皆克，所向无前！”太子萧统极为兴奋，即便是他又如何能想象这样的战果，“子云以数千人马入中原，士马强盛之地，大小数十战，未尝少挫，遂入洛阳，六朝征伐之功，未有若是之快者也！”

群臣震骇之后又有了各种心思，朝堂上的欢欣鼓舞渐渐平息，一起抬头望向苍老的天子萧衍，他果然又拿出了奏报：“子云现在只有五千孤军，魏国元子攸北逃与尔朱荣会合，掉头南下，一场大战即将爆发！”大臣们的兴奋被彻底浇灭，萧衍继续说道：“子云请我调兵北上，支援洛阳，如今十几万大军集合边境，只要一声令下，十日之内便可赴援，众位爱卿意下如何？”

大臣们默然，他们的祖先大都从北方迁来，也曾经闻鸡起舞，志在收复故土，可是三百多年过去了，山外青山楼外楼，秦淮歌舞几时休？暖风熏得游人醉，直把建康作洛阳。如果按照陈庆之所请，梁国的精兵强将都要北去与尔朱荣大战，兵凶战危，难以预测。在他们心中，保住眼前的荣华富贵就好，谁愿铁血征伐？

“父皇！还有什么好议的？救兵如救火，须尽快进兵！”萧统正在血气方刚的年纪，看了一圈默然的大臣，心思透凉，他们奢华糜烂，歌舞升平，哪里愿意率领援兵赴援北方。

王公大臣也有说不出来的苦楚，当时陈庆之出兵北伐，谁也没想到这支七千人的偏师能够攻下洛阳，故此没人阻拦，可是陈庆之竟然打下洛阳，一个噩梦突然降临，如果派遣大军守住洛阳，那么国都是否就要从建康迁回北方？他们不少人年纪苍老，一辈子长在南方，哪里想到有朝一日要搬到北方？可是军队深入敌境，不出兵救援实在说不过去，故此都不知道该怎么回答萧统。

“你们倒是说句话！关中侯正在洛阳等待消息，如果我们不出兵，我们的七千人马就死无葬身之地！他们是我们派出去的，怎么能放弃？如果不赴援，谁还愿意为我们卖命！”萧统根本没有想到，这么一个大好消息，朝臣竟是这副不死不活的态度。

“萧统，这里还有一份元颢发来的奏报。”若是年轻三十年，萧衍一定亲自领兵北上，趁魏国大乱猎取天下，定都洛阳，可是他今年六十五，沉溺佛教，再无一统天下的决心。宦官取来元颢的奏报，大声念道：今河北河南克定，唯尔朱荣尚敢跋扈，臣与庆之自能擒讨。州郡新服，正须绥抚，不宜更复加兵，摇动百姓，望陛下明鉴。

王公大臣们一起呼出了一口气，心里骤然一轻，既然连元颢都说不用出兵，自己便能理直气壮地留在建康享福，不用领兵进入北方，更不用将家室迁回朔风凛冽的北方。萧统呆住了，陈庆之请求出兵，元颢反对，两人奏报正好相反，萧统心里当然相信陈庆之：“父皇，子云自小跟着您，幼时是您的书童，长大后是您的主书，他的话您不信吗？他一定危急万分才写信求援，难道您就眼睁睁看着他和七千勇士被敌军包围，而不去救援吗？且不说驱除索虏恢复中原，也不提光复大汉故都，您派支军队把他救出来，不行吗？”

“我再想想，退朝。”萧衍看出了大臣的意图，只有萧统一人愿意出兵，其他人都浑浑噩噩，只求自保，让他们赴援洛阳，无异于送死，事到如今只有御驾亲征才能协助陈庆之击败尔朱荣，可是我真的要把都城迁到洛阳吗？子云啊，子云，我把你派遣到北方，并没有想到你能够走这么远，你为什么不夺下铚城、睢阳或者考城就停住你的战马，开疆拓土不是很好吗？你为何要直捣河洛，连洛阳都夺下来？让我进退失据。

“统儿，你来。”萧衍在御座上呆坐许久，唤来还没有离开的太子萧统，又唤人到同泰寺取来一套僧服：“你把这件袈裟送到洛阳去吧，子云当知我心意。”萧统呆若木鸡，陈庆之请求兵马，却得到一件袈裟，这是何意？还要再劝，萧衍挥挥手说道：“别说了，我知道你的想法，你正当盛年，志在天下，朕不如将这皇位交给你，你如同子云那般，率领人马纵横中原，猎取天下。”

萧统冷汗倒流，猛然跪地：“父皇何出此言？您身体康健，儿臣哪有非分之想？”萧衍哼了一声，留下袈裟退下朝堂。

萧统独自出了太极殿，向西北望去，怅然而落泪：“关中侯，萧统尽力了，对不住。”

预告

尔朱荣大军压境，元颢利用杨忠和明月掣肘陈庆之，一边是兄弟和军中袍泽，一边是明月，杨忠何去何从？枋头坞百姓将刘离送入京城洛阳与宋景休完婚，共牢合卺之时正是大兵压境之日，这对新人和枋头坞百姓将面临什么样的命运？由于元颢的拉拢和明月的出现，杨忠渐渐和马佛念产生了嫌隙，两个生死与共的兄弟会不会翻脸成仇？

陈庆之横扫千军攻入洛阳却深陷绝境，他只有五千残兵，前有百年间最为强悍的统帅尔朱荣，后有元颢猜疑，失去南梁援军，在这种不利情况下，南北最顶尖的两位军事天才的龙争虎斗，谁胜谁负？

一边是同为献文帝之孙的骨肉至亲元颢，一边是有屠兄杀弟之仇的尔朱荣，魏国皇帝元子攸选择与仇敌尔朱荣携手共同对付元颢，即便击败元颢，元子攸和尔朱荣仍然不共戴天，到底谁生谁死？或者玉石俱焚？一边是沉鱼落雁的尔朱歌，一边是青梅竹马的明月，元子攸又要如何抉择？

阿阇梨看出高敖曹武功中孕育的至高兵法，将他推荐给陈庆之，陈庆之在绝境之中能否看破其中玄妙？他能率领五千残兵击败尔朱荣，完成千古伟业吗？抑或是从重重包围中逃出洛阳？更大的可能是兵败覆亡！

渤海高敖曹，打架斗殴，偷鸡摸狗，调戏妇女的小混混儿，浑浑噩噩，却是天柱大将军尔朱荣最为忌惮的人物，他的武功中包藏着绝妙的兵法，他何时觉醒？横空出世！

（敬请关注《猎天下第4部：奇正之兵》）